UNE FUNESTE CROISIÈRE

Jessica Fellowes est une autrice, journaliste et conférencière internationale. Elle a publié cinq guides officiels sur la série *Downtown Abbey*, créée par son oncle Julian Fellowes, tous des best-sellers. Ses romans de la série des *Sœurs Mitford enquêtent* (*L'Assassin du train*, *Le Gang de la Tamise*, *Un parfum de scandale* et *Une funeste croisière*) ont quant à eux été nommés pour plusieurs prix littéraires en Angleterre, France, Allemagne et Italie, et ont été vendus dans dix-huit pays.

Paru au Livre de Poche :

Les sœurs Mitford enquêtent

1. L'Assassin du train

2. Le Gang de la Tamise

3. Un parfum de scandale

JESSICA FELLOWES

Une funeste croisière

Les sœurs Mitford enquêtent

TRADUIT DE L'ANGLAIS PAR VALÉRIE ROSIER

ÉDITIONS DU MASQUE

Titre original :

THE MITFORD TRIAL

Publié par Sphere, Little, Brown, Book Group, Londres.

Arbre généalogique : © Julilo Design.

ISBN : 978-2-253-19541-2 – 1re publication LGF

Pour mes parents, Rory et Georgina

LA FAMILLE MITFORD

DAVID FREEMAN-MITFORD
(1878 - 1958)
« Farve »

SYDNEY BOWLES
(1880 - 1963)
« Muv »

NANCY (1904 - 1973)
Romancière à succès à la plume ironique, elle tombe amoureuse de la France et vit longtemps à Paris et à Versailles.

PAMELA (1907 - 1994)
Plus réservée, elle fait tout de même scandale en se mariant en noir. Elle se lance avec vigueur dans la défense de la cause animale.

THOMAS (1909 - 1945)
Seul fils de la famille, mort au combat pendant la Seconde Guerre mondiale.

DIANA (1910 - 2003)
Connue pour sa beauté époustouflante, elle épouse le chef des fascistes anglais, et passe trois années en prison.

UNITY (1914 - 1948)
Fascinée par l'Allemagne nazie et amie d'Hitler. À la déclaration de la guerre, elle fait une tentative de suicide.

JESSICA (1917 - 1996)
Elle participe à la lutte des Républicains contre les forces de Franco et devient journaliste d'investigation aux États-Unis.

DEBORAH (1920 - 2014)
Duchesse du Devonshire et propriétaire du plus grand château d'Angleterre, elle y consacre une pièce entière à Elvis Presley.

Prologue

18 juin 1933

La mer et le ciel d'un noir d'encre s'étaient scellés sur l'horizon telles les paupières closes d'un mort. La lune était cachée derrière les nuages et, dans la nuit sans étoiles, on décelait pour seul mouvement l'écume blanche qui ourlait les bords du transatlantique, à mesure que la proue fendait l'eau.

Pont B, dans le salon de la cabine 17, planté devant un meuble-bar doublé de miroirs, un homme fixait d'un œil trouble les bouteilles d'alcool disposées devant lui, dont la plupart étaient déjà à moitié vides, après seulement quelques nuits de traversée. Il se servit du whisky dans un verre d'une propreté douteuse. Sur le gramophone, une chanteuse esseulée pleurait ses déboires amoureux. L'ambiance confortable de la pièce aurait pu être celle de la salle de séjour d'une maison de banlieue de faux style Tudor, s'il n'y avait eu l'odeur de la mer et le sol qui tanguait parfois sous les pieds. Sur un divan était posé un oreiller près d'une couverture pliée. À quelques mètres de là, derrière une mince cloison, on entendait une femme faire sa toilette dans la salle de bains avant d'aller douillettement se coucher.

Les rideaux étaient tirés sur les portes-fenêtres vantées pompeusement dans la brochure éditée par la compagnie de navigation ; elles donnaient sur un balcon tout juste assez large pour contenir une table et deux chaises. Les occupants de la cabine pouvaient y contempler le soleil couchant en dégustant un cocktail sophistiqué. Détail qui ne figurait pas dans la brochure : il y avait encore assez d'espace pour que quelqu'un s'y cache, tapi dans le coin.

L'homme s'assit dans le fauteuil qui faisait face à la pièce en tournant le dos au gouffre ténébreux du dehors. Il était fatigué, il avait trop bu, s'était trop bagarré, et il savait qu'il avait trop perdu. Il avait commis des erreurs et se sentait trop vieux pour les réparer. D'ailleurs, il avait déjà essayé, et c'était peine perdue.

Il entendit la porte de la cabine s'ouvrir, mais elle se trouvait hors de son champ de vision et il ne sut si quelqu'un était entré ou s'apprêtait à sortir. Il songea vaguement à se lever pour vérifier, et ce fut sa dernière pensée. Une douleur fulgurante le transperça, son verre lui tomba des mains et sa bouche s'emplit de sang.

PREMIÈRE PARTIE

— C'est bon, dit Louisa. Vous pouvez entrer.

— Nanny ne voulait pas qu'on vous dérange, dit l'une des trois. Mais moi, je savais que vous ne seriez pas fâchée.

C'était Jessica, une grande blonde âgée de quinze ans, connue de tous sous le nom de Decca. Sa bouche au pli volontaire révélait un caractère bien différent de la gamine de trois ans aux longs cheveux bouclés que Louisa avait rencontrée quand elle était entrée au service des Mitford. La fratrie comptait à l'époque cinq sœurs et un frère, car la plus jeune, Deborah, surnommée Debo, n'était pas encore née. Cette dernière, dont les cheveux blonds étaient coupés juste sous les oreilles, s'approcha timidement du chevet de Louisa et lui tendit une carte pliée en deux.

— J'ai fait sécher des bleuets, c'est pour vous.

— Merci, mademoiselle Deborah, dit Louisa en lui rendant son sourire. Je les garderai dans ma poche comme porte-bonheur. Bon, j'imagine que je ferais mieux de me lever, il paraît qu'on m'attend quelque part, n'est-ce pas ? lança Louisa, ce qui suscita quelques gloussements chez les plus jeunes.

Puis elles lui dirent que Nanny avait préparé le petit déjeuner et qu'elles allaient dans la maison d'à côté retrouver Muv et Farve, autrement dit lord et lady Redesdale. En ce moment même, le premier devait sûrement trépigner d'impatience en tapotant le cadran de sa montre. L'aînée des trois filles, qui n'avait encore rien dit, se contentait d'observer posément Louisa. Si les autres sœurs avaient une nature expansive, Unity était quant à elle d'un abord beaucoup plus réservé. Enfant, elle se retirait souvent à l'écart, et quand elle parlait,

1

15 octobre 1932

Ce matin-là, Louisa Cannon, car tel était encore son nom, resta un moment allongée dans le lit à contempler le plafond tout en analysant ses pensées du moment. Elle avait dormi profondément dans une chambre qui lui était étrangère… Mais était-ce une bonne chose ? N'était-elle pas censée être un peu sur les nerfs ? Dans ces circonstances, il était de bon ton de montrer une certaine excitation mêlée d'appréhension, même quand votre cœur débordait d'espoir et d'allégresse. Pourtant Louisa se sentait parfaitement calme et tranquille, un peu comme si elle avait erré trop longtemps loin de son foyer et s'apprêtait enfin à rentrer chez elle. À cet instant, il y eut du bruit sur le palier, puis elle entendit qu'on piétinait sur place derrière sa porte en chuchotant avec ardeur. Louisa se retint de pouffer de rire tandis que la poignée en cuivre tournait lentement et qu'on faisait taire une dernière protestation d'un chut impérieux. Alors, trois sœurs apparurent sur le seuil et restèrent plantées là, à la regarder avec de grands yeux. La plus petite se dandinait d'un pied sur l'autre avec l'impatience qui lui était coutumière.

PREMIÈRE PARTIE

c'était généralement pour s'adresser à Decca dans leur langage secret.

— Oui, mademoiselle Unity ? lui lança Louisa.

— Est-ce que vous l'aimez vraiment ? demanda simplement Unity, les yeux toujours rivés sur Louisa, qui lui répondit sans ciller un « Oui » ferme et définitif.

Unity hocha la tête d'un air solennel et quitta la pièce en poussant ses sœurs cadettes devant elle.

Louisa venait de passer la nuit dans le cottage installé dans une ancienne écurie, à l'arrière de la résidence londonienne des Mitford, située dans Rutland Gate. Elle prit le temps de savourer son petit déjeuner avec Nanny Blor, dont les cheveux roux avaient grisonné avec l'âge sans que la gouvernante perde une once de sa vivacité. Puis la jeune femme se campa devant le miroir du petit vestibule et se coiffa de son nouveau chapeau en soie gris tourterelle orné d'un voile argenté, qu'elle épingla avec soin. Elle boutonnait son manteau quand la porte de devant s'ouvrit soudain en grand. Nancy et Tom, respectivement première et troisième dans la fratrie Mitford, s'engouffrèrent précipitamment, charriant avec eux une bouffée d'air frais, en ce mois d'octobre.

— Lou-Lou, lui dit affectueusement Nancy en l'embrassant sur la joue. Vous êtes absolument ravissante.

Juste un peu plus jeune que Louisa et toujours célibataire, elle n'avait pourtant montré aucune aigreur quand Louisa lui avait annoncé ses fiançailles, bien au contraire. Elle lança un coup d'œil à son frère en l'incitant à renchérir.

— Oui, dit Tom. Vous êtes splendide. Quel délicieux chapeau.

C'était un beau ténébreux aux allures de héros romantique. Louisa savait qu'à travers l'Europe toutes ces dames mouraient d'envie de l'avoir comme cavalier, durant les grands bals donnés par la haute société. Elle-même avait perdu son père des années plus tôt, aussi avait-elle demandé à Tom, non sans nervosité, de lui prêter son bras pour remonter l'allée. Quant à la mère de Louisa, elle ne serait pas à son mariage, car elle s'était sentie trop fragile pour faire le trajet depuis le Suffolk, ce qui ne l'empêchait pas de se réjouir du bonheur de sa fille. Certes Louisa avait servi chez les Mitford en tant que domestique au fil des années, pourtant ils étaient pour elle ce qui se rapprochait le plus d'une famille. La moitié du temps, ils la rendaient folle et lui tapaient sur les nerfs, mais elle leur devait un peu de son bonheur, et elle avait voulu qu'ils fassent partie de la noce.

Nancy fouilla dans son sac et en sortit un tube de rouge à lèvres.

— La touche finale, dit-elle à Louisa, qui la laissa docilement lui appliquer du rouge sur les lèvres, puis un soupçon de parfum sur les poignets et derrière les oreilles.

— Bon, si on y allait ? lança Louisa avec une petite crispation au creux du ventre, vite dissipée par un fort sentiment de soulagement.

Tout était bien ainsi.

Nancy regagna la maison principale, car elle allait partager un taxi avec ses sœurs Unity, Decca et Deborah, tandis que leurs parents seraient emmenés par la cadette, Pamela, qui adorait conduire. En plus du troupeau de vaches dont elle s'occupait pour son beau-frère, son

Austin 10 vert foncé faisait sa fierté et sa joie. Diana, leur autre sœur, viendrait séparément avec ses deux jeunes garçons, Jonathan et Desmond, de sa maison de Cheyne Walk. Bryan Guinness, son époux, se trouvait à la campagne, dans leur manoir de Biddesden où il avait principalement séjourné les derniers mois. Des rumeurs couraient sur un divorce imminent, mais rien n'était encore déclaré officiellement, et Louisa était trop avisée pour tenter d'en savoir plus.

Lord Redesdale avait prêté son automobile à Louisa. Quand le chauffeur coiffé de sa casquette à visière lui tint la portière ouverte, elle se rendit compte alors seulement qu'elle n'était encore jamais montée à l'arrière d'une voiture. Aussitôt prise de timidité, elle demeura silencieuse durant le trajet jusqu'à l'hôtel de ville de Chelsea, Tom assis à côté d'elle. Durant ces quelques minutes, son père lui manqua cruellement ; sous ses manières un peu rudes, il avait un amour sincère pour sa famille, et elle aurait aimé prendre sa main calleuse aux ongles encrassés de suie entre les siennes. Et si elle avait commis une terrible erreur en arrivant dans cet équipage ? se demanda-t-elle soudain. Cela risquait de passer pour de la prétention, alors qu'elle avait juste trouvé amusante cette offre généreuse faite par ses anciens patrons. Peut-être aurait-elle dû prendre le bus, comme d'ordinaire. En plus, j'aime bien prendre le bus, songea-t-elle, mal à l'aise. La voiture ralentissait pour se garer le long du trottoir de King's Road, à quelques mètres de la porte bleue qu'elle franchirait bientôt, quand Louisa aperçut Guy Sullivan, son promis, qui hâtait le pas. Le hasard fit qu'il repéra la voiture où elle se trouvait, puis croisa son regard en un éclair à travers la vitre. On dit que cela porte la poisse, de se voir avant le mariage, non ? songea-t-elle en se renfonçant dans son siège, mais alors Guy lui décocha un grand sourire tandis que les verres ronds de ses lunettes réverbéraient l'éclat du soleil. Tout dans la tension de sa silhouette longue et mince montrait combien il avait hâte de l'épouser, et Louisa sut elle-même que, de sa vie, jamais elle n'avait ressenti une telle impatience : enfin, elle allait devenir sa femme.

Ensuite, la petite troupe des noceurs traversa la route et se rendit au Pig's Ear pour le « repas de fête », comme Nancy tenait à l'appeler, qui se composerait en fait de sandwichs, de thé et de bière. Guy et elle avaient réglé tous les frais eux-mêmes ; il n'y aurait pas de champagne. Mais cela convenait parfaitement à Louisa alors qu'elle se tenait à côté de Guy devant leurs amis, les joues crispées à force de sourire, sa main gauche ornée d'une fine alliance en or. Quant à Guy, il ne lui lâchait pas la main droite et la pressait de temps en temps en se tournant vers elle pour la regarder.

— Je n'arrive pas à y croire, dit-il. C'est enfin arrivé. Louisa Cannon, ma femme.

— Mme Sullivan, le reprit-elle, taquine, en récoltant encore un baiser du jeune marié énamouré.

— Eh là, vous deux ! Vous aurez tout le temps pour ça plus tard, leur lança un Harry Conlon radieux en tirant son ami par le bras. Il n'y avait pas du gâteau et des discours au programme ?

C'était Harry qui avait servi de témoin à Guy. Mary, son épouse, une jolie femme enceinte jusqu'aux yeux, le tira par la manche.

— Quand ils seront prêts et pas avant, le tança-t-elle

avant de se pencher vers Louisa. Je crois qu'il était plus nerveux que Guy, lui murmura-t-elle. Il avait terriblement peur d'égarer la bague. Jamais il n'a eu autant le trac. C'est le comble, pour un musicien.

Elles échangèrent un regard complice par-dessus leurs maris respectifs, puis Mary s'éloigna pour s'asseoir quelque part.

Le pub était bondé. Ils avaient voulu fêter modestement l'événement, mais il y avait là toute la famille de Guy, ses parents, ses trois frères et leurs épouses, plus différents cousins et jeunes enfants, ainsi que tous les Mitford, plus quelques amis : Jenny, qui avait grandi dans le même groupe d'immeubles que Louisa, avait fait un beau mariage grâce à son charme et à sa beauté, et elle était venue exprès de New York pour un court séjour avec Richard, son époux ; Luke Meyer, qui était devenu l'ami de Louisa du temps où elle était la femme de chambre de Diana, et qui travaillait maintenant à Munich comme correspondant du *Times* ; plus un ou deux copains d'enfance de Guy, issus du quartier où il avait grandi. Cela aurait amplement suffi en nombre d'invités, mais les collègues de Guy s'étaient mêlés à la partie et la salle était remplie à ras bord. Louisa avait découvert que, dans la police, quand quelqu'un de la maison se mariait, il fallait fêter ça. Et comme Guy avait gravi les échelons, de gardien de la paix à inspecteur de la police judiciaire, cela faisait du monde. Subalternes en uniforme ou supérieurs en costume civil, tous se goinfraient de sandwichs aux œufs et au jambon en portant toast sur toast à la santé des jeunes mariés, M. et Mme Sullivan.

Louisa attira Guy vers une table dans le coin, sur

laquelle était disposée une pièce montée recouverte d'un glaçage blanc, près d'un long couteau plat. Quelqu'un fit tinter son verre et le silence s'installa dans la salle. Louisa s'écarta d'un pas en repoussant gentiment la main de Guy.

— Vas-y, c'est à toi, lui murmura-t-elle.

Elle le vit résister à l'envie de polir ses lunettes. Au lieu de ça, il leva son verre de bière.

— Mesdames et messieurs, mon épouse et moi-même…, commença-t-il, mais alors des rugissements montèrent de la salle et ses collègues se mirent à scander son nom.

D'un geste de la main, il leur intima de se taire. Louisa vit que lord Redesdale regardait autour de lui avec perplexité.

— Mon épouse et moi-même sommes très heureux de vous voir tous réunis ici. Avant que nous coupions le gâteau, j'aimerais remercier quelques personnes qui ont rendu ce jour possible.

Il sortait une feuille de papier de sa poche quand la porte du pub s'ouvrit en grand. Plusieurs têtes se tournèrent vers le seuil où un garçon de courses apparut, porteur d'un pli.

Une petite voix au fort accent cockney résonna dans le silence :

— C'est ici qu'on fête le mariage de Sullivan ? J'ai un message urgent pour le marié.

Dans un concert de murmures embarrassés, les gens s'écartèrent pour le laisser passer. Après avoir fait le tour de la salle des yeux, le garçon baissa sa casquette sur son front et remonta jusqu'à Guy qui le regarda approcher, tenant toujours le mot d'une main, le verre de l'autre, figé sur place comme un enfant jouant à 1 2 3 Soleil.

Au moins, le moment où quelqu'un peut intervenir pour s'opposer au mariage est passé, songea Louisa.

Le garçon de courses se campa devant Guy et lui tendit son pli. Reprenant vie, Guy confia papier et verre à Louisa, puis il saisit le mot, le lut, et revint à la mer de visages attentifs. Louisa décela dans l'atmosphère un mélange d'exaspération et de curiosité.

— Ça vient du chef de la police, commença-t-il, provoquant aussitôt un brusque changement d'attitude chez les policiers, qui furent tous sur le qui-vive. Le rassemblement de l'Union britannique des fascistes a commencé, et la foule est bien plus importante et chahuteuse que prévu. On a besoin de tout le monde. Tous les congés sont annulés.

Il regarda Louisa et ses lèvres formèrent en silence une excuse, mais avant qu'elle ait eu le temps de réagir, les collègues de Guy avaient tous reposé leur verre et ils se ruaient vers la sortie en lançant pour certains un « Désolé, mon vieux » avant de disparaître. En fait, c'était leur raison d'exister, et Louisa le savait. D'ailleurs cette sommation n'était pas une surprise, car Guy l'avait prévenue de cette éventualité deux jours plus tôt, trop tard pour différer le mariage. Louisa lui prit la main.

— Tu ferais mieux d'y aller.

— Désolée, madame Sullivan.

Il l'embrassa sur les lèvres et elle lui décocha un petit sourire.

— Je suis femme de policier, pas vrai ? Nous nous retrouverons à la maison, ce soir, pour le souper.

La maison, dans l'immédiat, c'était chez les parents

de Guy. Son père malade avait besoin de soins constants, et la mère de Guy n'avait pas la force de l'assumer seule. Louisa et Guy en avaient discuté, et ils avaient décidé d'habiter là jusqu'à ce qu'une autre solution se présente. Louisa n'y voyait pas d'inconvénient, d'autant qu'elle n'avait pratiquement pas de meubles et que la maison était propre et confortable. Ainsi, ils pourraient économiser et trouver un logement à leur convenance. Quant à leur lune de miel, elle se bornerait à un trajet en train jusqu'à Brighton et à une nuit dans un hôtel du bord de mer. À quoi bon se tracasser ? Autant prendre les choses du bon côté.

À peine Guy fut-il sorti que Luke vint la rejoindre et l'embrassa sur la joue.

— Tu es splendide, ma chérie, dit-il. Cette couleur te va à merveille.

— Qu'est-ce qu'ils fabriquent ? s'interrogea Louisa, car elle avait remarqué que lord et lady Redesdale étaient plongés dans une vive discussion avec leurs filles Nancy et Unity.

— D'après ce que j'ai cru comprendre, les filles veulent rejoindre le rassemblement pour apporter leur soutien à Sir O, dit Luke. Apparemment, Muv et Farve tentent de les en dissuader, mais les connaissant, c'est peine perdue, si tu veux mon avis.

— On dirait que personne ne veut rester avec moi pour fêter mon mariage, soupira-t-elle, désappointée.

— Allons, dit Luke en haussant un sourcil. Ne fais pas ta chochotte. Ça ne te va pas. Et puis, je suis là, non ? Est-ce que je compte pour du beurre ? Je vaux bien quarante policiers à moi tout seul.

— Largement. Pardon.

Oui, c'est idiot, alors que la famille de Guy est toujours là et qu'il reste plein de bonnes choses à manger, se dit Louisa en se rappelant à l'ordre. Pourquoi faut-il que j'accorde autant d'importance aux Mitford ? J'en suis quitte pour être fatalement déçue dans mes attentes.

La seule personne dans la salle qui eut le bon goût de paraître honteuse et confuse, ce fut Diana, dont le teint laiteux s'était légèrement empourpré. Même si elle était encore mariée à Bryan, tout le monde savait qu'elle avait pour amant sir Oswald Mosley, fondateur de la BUF, l'Union britannique des fascistes, et instigateur du rassemblement d'aujourd'hui. Louisa avait entendu Diana lui déclarer sa flamme et sir Oswald lui répondre que c'était réciproque, mais qu'il ne quitterait jamais sa femme. Diana évita soigneusement Louisa du regard tout en confiant ses garçons à Nanny Blor, car sa propre gouvernante, Nanny Higgs, était en congé, puis elle s'empressa de quitter le pub. Louisa vit un inconnu en trench-coat gris lui emboîter le pas. Coiffé d'un chapeau à large bord qui dissimulait ses traits, il se hâta vers la sortie sans jeter un regard en arrière. Il ne portait ni journal ni serviette en cuir. Peut-être était-ce un inspecteur en civil plus lent à réagir que ses collègues ?

Sacrés Mitford ! songea Louisa. Même le jour de mon mariage, c'est encore eux qui décident de tout !

2

En tant qu'inspecteur de la police judiciaire, Guy ne portait plus l'uniforme, mais il n'avait pas non plus pour habitude d'assumer ses fonctions en costume orné d'un œillet blanc à la boutonnière. Il pensa à enlever la fleur, puis décida de ne pas laisser son travail empiéter davantage sur son mariage. Louisa avait déménagé ses affaires de la chambre qu'elle louait à quelques pas de là, et Guy avait bien l'intention de porter sa jeune épouse dans ses bras pour franchir le seuil de leur chambre à coucher ce soir-là. Il le ferait dans son meilleur costume, avec l'œillet à sa digne place.

Tous les policiers avaient été avertis qu'ils devraient s'en référer directement à leurs supérieurs au point de rendez-vous, près de St Martin-in-the-Fields. Certains des agents en uniforme sautèrent sur des bus de passage, d'autres hélèrent des taxis, et quelques-uns montèrent à quatre dans leurs propres voitures. L'inspecteur principal Stiles prit Guy avec lui. Comme d'habitude, il était très élégant en costume de Savile Row, avec ses cheveux argentés bien plaqués en arrière. Plus encore que le jeune marié.

— Désolé, Sully, lui dit Stiles tandis qu'ils remontaient King's Road à toute allure.

— Pas de problème, chef. On n'y peut rien.

— Au moins vous avez une bourgeoise, maintenant. Un bon souper vous attendra, quand vous rentrerez chez vous.

Guy émit un petit rire poli sans prendre la peine de faire remarquer que, n'ayant jamais quitté le foyer familial, il avait eu droit tous les soirs de sa vie à un repas chaud. À trente-deux ans, il était le dernier de ses frères à être encore couvé par sa mère. Mais ce soir, ce serait Louisa qui préparerait son dîner. Il ignorait d'ailleurs si elle savait cuisiner, mais ce qu'il savait, c'était que même si elle lui servait des tripes bouillies, il mangerait tout jusqu'à la dernière bouchée en lui disant que c'était délicieux. Il était déterminé à être un bon mari. Même s'il avait échoué au premier examen de passage en étant absent à la fête de son propre mariage…

Guy chassa cette pensée et se concentra sur l'affaire en cours.

— Quelle est la marche à suivre, chef?

Stiles s'arrêta devant une Daimler noire, le modèle type des officiers supérieurs, mais dans celle-ci, Guy aperçut un coussin rose sur le siège du conducteur, et son chef surprit son regard.

— J'ai le dos raide, expliqua-t-il.

Ils montèrent en voiture, et deux agents en uniforme qui marchaient non loin de là les rejoignirent à l'arrière.

— Indiquez qu'on tourne à droite, voulez-vous? demanda Stiles à l'agent assis derrière lui, qui abaissa la vitre et sortit son bras.

Stiles démarra, quitta la chaussée et, tout en roulant, les informa des événements de l'après-midi.

— Comme vous le savez, nous avons appris il y a

quelques jours que Sir O projetait ce rassemblement. C'est le premier du genre et nous ne savons pas trop à quoi nous attendre, mais si on nous a tous mobilisés, je dirais que ça signifie qu'il y a plus de monde que prévu.

— C'est-à-dire ? demanda Guy. En a-t-on une idée ?

— Plus de cinq mille personnes. Nous nous tenions prêts, mais nous n'avions pas escompté un tel nombre. Il y a là-bas des agents en tenue plus quelques autres en civil, qui guettent toute activité irrégulière suspecte ou débordement éventuel. C'est contrariant. Je n'aime pas l'idée qu'autant de gens s'imaginent que la BUF a quelque chose à leur offrir.

— Ben moi, je suis plutôt pour, si vous voulez mon avis, patron, dit l'homme qui avait rentré son bras. Macdonald est un fameux crétin, pas vrai ? Un traître envers le Parti travailliste. Il nous faut un vrai chef, quelqu'un qui croit en les Britanniques et les classes laborieuses.

Stiles lui jeta un coup d'œil sévère dans le rétroviseur.

— Je ne vous demandais pas votre avis, Kershaw, lança-t-il, puis il regarda la route devant lui et freina pour laisser traverser une jeune mère tenant un petit enfant par la main. Vous deux, les gars, présentez-vous devant l'église et on vous dira où aller. Sully, je veux que vous rejoigniez l'arrière de la foule. Guettez tout comportement suspect. Ceux qui profitent de la situation, que ce soit des pickpockets ou des gars qui cherchent la bagarre.

— Bien, monsieur.

— Il nous faut savoir qui sont ces gens.

— Bien, monsieur, répondit Guy machinalement. Pourquoi, monsieur ? ajouta-t-il.

Stiles poussa un soupir.

— Un homme politique vous donnerait sûrement une réponse différente, mais selon moi, nous avons affaire à des fauteurs de troubles. Ce sont pour la plupart des jeunes gens qui s'ennuient, frustrés de n'avoir pu combattre à la guerre. Ils ne connaissent pas leur chance, ajouta-t-il en jetant à Guy un regard en coin.

— Oui, monsieur, acquiesça Guy en toussant nerveusement, car la honte de ne pas avoir combattu ne l'avait jamais quitté, même si ce n'était vraiment pas sa faute, puisqu'on l'avait réformé à cause de sa myopie.

Oui, on peut dire que j'ai eu de la chance, car si mes frères ont tous été mobilisés, l'un d'eux n'en est pas revenu, songea-t-il en regardant par la vitre alors qu'ils roulaient sur Pall Mall, à l'ombre des grands édifices couleur crème qui abritaient les clubs privés réservés aux hommes. Ces types devaient roupiller dans des fauteuils avec des taches d'œuf sur leurs cravates sans se douter le moins du monde des effectifs de police qui grouillaient dans ce coin de Londres. Le temps était sec et clair, quoique un peu frais. Un jour idéal pour se marier, avait-il pensé ce matin-là. Idéal aussi pour quiconque avait l'intention de se rendre à un rassemblement public. La pluie suffisait à refroidir les ardeurs politiques de la plupart des gens, mais aujourd'hui, il n'en tombait pas une goutte. Pourtant les rues semblaient calmes, à part les flâneurs qui faisaient du lèche-vitrines et déambulaient entre St James's et la National Gallery, ou débouchaient des rues sordides de Soho. Des policiers se hâtaient tout le long de l'avenue, et Guy vit un ou deux passants leur jeter un regard inquiet en se demandant pourquoi ils étaient si nombreux.

Stiles se gara dans une impasse au coin de Haymarket et tous les quatre s'empressèrent de descendre de voiture, mais une fois dehors, Guy ne décela dans l'air aucune rumeur indiquant la proximité d'une foule importante. Rien, à part une brise froide qui lui raidit un peu le cou.

Les agents en uniforme se mirent à courir, mais Stiles et lui avancèrent à bonne allure sans rien dire, tendant l'oreille à d'éventuels signaux d'alarme. Pourtant rien ne se fit entendre. Ce ne fut que lorsqu'ils débouchèrent sur Trafalgar Square que la scène leur apparut, et elle ne correspondait pas à ce qu'ils avaient escompté. Les forces de l'ordre étaient bien trop nombreuses ; on aurait dit un rassemblement de gardiens de la paix et de brigadiers. Ils ralentirent le pas en approchant d'une foule étonnamment paisible. Déconcertés par ce calme, les agents rengainèrent vite leurs matraques et se postèrent aux côtés du public rassemblé sur la place. Tous les visages étaient tournés dans une seule direction : un homme en costume sombre et chemise blanche, les cheveux noirs peignés en arrière, la moustache fournie, qui était debout sur le socle de la colonne Nelson et parlait avec animation.

Stiles s'arrêta et mit les mains dans ses poches en haussant les sourcils.

— On s'est fait avoir, déclara-t-il.

— Monsieur ?

Mais Stiles n'en dit pas plus et fit signe à Guy de le suivre. Ils se frayèrent un chemin dans la foule en se rapprochant de l'homme posté sur le socle. Alors seulement Guy reconnut sir Oswald Mosley. Il savait de qui il s'agissait, non pour les raisons habituelles, car Guy ne s'intéressait guère aux intrigues politiciennes, mais parce que Louisa lui avait parlé de l'homme que Nancy surnommait « sir Ogre ». C'était l'amant de Diana, même si la femme pâle postée à côté de lui, accompagnée de deux garçonnets de dix et douze ans, n'était pas Mme Guinness. Huit costauds en chemise noire et pantalon gris foncé les encadraient, bras croisés, mais leurs coups d'œil nerveux vers les forces de l'ordre qui se déversaient sur la place démentaient leur feinte assurance. Quelques femmes étaient disséminées dans le public, tels des coquelicots parsemant un champ de blé, mais pour la plupart, c'étaient de jeunes hommes en chemise grise et pantalon de flanelle, dont seulement quelques-uns portaient des vestons. Étaient-ils donc partis de chez eux en chemise et pantalon ? se demanda Guy. Cela semblait étrange, surtout à cette époque de l'année, où le temps pouvait se dégrader à tout moment. À moins que ce ne soit un choix collectif, l'adoption d'une sorte d'uniforme. Cette idée le fit tiquer. Les uniformes de la police et des soldats, ou même celui des pompiers et des infirmières, avaient quelque chose de rassurant, de protecteur. Chez des civils, quel était le but recherché ?

À droite de sir Oswald, il y eut du mouvement et Guy vit l'orateur décocher un bref coup d'œil à Unity Mitford qui s'approchait, essoufflée. Son visage encadré d'épais cheveux blonds qui débordaient de son chapeau n'exprimait aucune émotion particulière. Diana se cachait gauchement derrière la silhouette sculpturale de sa sœur, et son expression à elle était sans équivoque : une admiration sans bornes.

La voix de sir Oswald gagna en volume et ses gestes se firent plus incisifs. Guy essaya d'écouter ce qu'il disait sans rien saisir de cohérent dans ces phrases sans suite ; c'étaient surtout des instructions et des exhortations à l'adresse de ses partisans, accueillies par des ovations et quelques applaudissements. Une chose pourtant était claire : sir Ogre se considérait comme un leader, le seul capable de sortir les gens du chaos et du désordre qui les entouraient, ce qui fit bien rire Guy dans ces circonstances : un rassemblement de gens qui écoutaient docilement l'orateur, entourés des rangs bien organisés de la police londonienne.

— Qu'est-ce qui se passe, d'après vous ? murmura-t-il à Stiles.

— Qui sait ? répondit Stiles en haussant les épaules. Soit quelqu'un de la BUF a tuyauté la police parce qu'ils attendaient plus de monde et ne voulaient pas de bagarres, alors que c'était leur premier rassemblement public, soit l'un de leurs opposants a voulu les faire paniquer et fait passer de fausses informations à Scotland Yard.

« Nous devons nous battre pour notre liberté de parole, disait Mosley. Nous résisterons aux communistes et au régime d'oppression qu'ils voudraient nous imposer. Nous ne leur céderons pas un pouce de terrain. S'ils attaquent, eh bien oui, mes amis, nous riposterons. »

À ces mots, comme sur un signal, les gardes du corps décroisèrent les bras et Guy sentit bouger la foule, sans savoir si c'était en avant ou en arrière. Sur les bords, des agités cherchaient visiblement la bagarre. Un cri monta du devant de la foule, près de Mosley, et trois ou quatre autres braillards s'époumonèrent. Sans doute des éléments perturbateurs, comme on pouvait s'y attendre.

Mosley continua à parler, mais il perdait peu à peu de son assurance et ses gestes se firent plus nerveux. La femme debout à côté de lui ramena ses enfants près d'elle ; son sourire crispé s'était effacé. De divers points de la foule, des voix se mirent à scander à l'unisson des slogans antifascistes.

Hitler et Mosley, à quoi servent-ils ?
La brutalité, la sodomie, la faim et la guerre !

À partir de là, tout dégénéra rapidement, tandis que les fascistes s'en prenaient aux opposants, hommes et femmes. Les coups de poing volèrent, les injures rugirent. Mosley arrêta de parler et Guy le vit rassembler sa famille autour de lui avant qu'on les escorte à travers la foule, sûrement vers un véhicule en stationnement. Guy essaya de repérer les sœurs Mitford, mais elles aussi avaient disparu.

Stiles tira Guy par le bras.

— Laissons les agents s'en occuper, lui cria-t-il. Suivez-moi.

Tandis qu'ils s'extirpaient des rangs serrés d'agents en uniforme, Guy se rendit compte que la plupart des gens s'en allaient aussi. Seuls quelques gars avaient choisi de rester en arrière pour en découdre. C'était sans doute ce qu'ils attendaient depuis le début. Et Mosley, le souhaitait-il aussi ? Guy espéra que non, mais la tactique était trop évidente : créer du désordre, puis être celui qui rétablirait l'ordre.

Une fois remonté dans la voiture, Guy sentit la tension oppressante s'atténuer ; malgré l'air frisquet, il transpirait sous sa chemise. Soudain, cela lui revint, et il se tourna vers Stiles.

— C'est le jour de mon mariage, monsieur. J'aimerais aller retrouver ma femme.

— Mon vieux, je regrette ce qui s'est passé, lui dit Stiles avec une petite tape dans le dos. Mais à mon avis, nous n'en avons pas fini avec ces salauds-là. Autant savoir à qui nous avons affaire.

— Monsieur.

Stiles lui adressa un sourire ironique.

— D'accord, ce n'est pas le moment de faire une conférence. Allez-y. Bonne chance. Je vous retrouverai lundi matin.

Guy consulta l'heure à sa montre. Une heure et demie seulement s'était écoulée depuis qu'il avait quitté le pub. Avec un peu de chance, Louisa y serait encore. Il passerait la prendre et, au diable l'avarice, ils prendraient un taxi jusqu'à la gare pour attraper le premier train pour Brighton. Il savait qu'elle avait une petite valise toute prêtc, et lui n'aurait besoin que d'une brosse à dents et d'un rasoir. Dans quelques heures, il la serrerait contre lui sous les draps de lit d'un hôtel, et le reste du monde pourrait bien disparaître.

3

23 mai 1933

Louisa frappa à la porte de service du 26 Rutland Gate. La veille, une lettre de Nancy était arrivée, la priant de venir de toute urgence, sans spécifier de quoi il s'agissait. Guy l'avait taquinée en disant que l'urgence en question était sans doute un petit dépannage de couture, et Louisa l'avait volontiers admis. Pourtant elle n'avait pu s'empêcher de répondre à cette requête. Plantée devant l'entrée de service, elle se dit que c'était parce qu'elle avait envie de dire bonjour à Nanny Blor, et non parce qu'elle évitait de se présenter à l'entrée principale pour être introduite dans la maison par la grande porte. N'étant plus une domestique, mais une femme mariée en voie de devenir une sténographe confirmée, elle était parfaitement en droit de monter les marches et de frapper d'une main ferme avec le heurtoir de cuivre. Et pourtant.

La porte lui fut ouverte par une jeune fille de cuisine que Louisa ne connaissait pas, et qui la fit aussitôt entrer. Elle lui apprit alors que Nanny Blor était sortie avec Debo, la petite dernière des sœurs Mitford, et qu'elle ne serait pas de retour avant une bonne heure.

Quelques minutes plus tard, Louisa fut invitée à monter l'escalier qui menait à la bibliothèque. En entrant, elle trouva Nancy confortablement installée sur un divan profond, avec un service à thé devant elle. La pièce pompeusement appelée bibliothèque ne comptait en fait qu'un mur tapissé de livres, car lord Redesdale était peu féru de littérature. Selon la petite histoire, il avait lu un livre avant la guerre qui l'avait absolument comblé, alors pourquoi chercher plus loin ?

Il faisait bon pour un mois de mai. Pourtant, qu'il pleuve ou qu'il neige, Louisa savait que les fenêtres restaient toujours entrouvertes de vingt centimètres. Cela faisait partie du mode de vie à la Mitford. Depuis 1920, elle était toujours restée liée à cette famille d'une manière ou d'une autre. Nancy était une jeune fille de dix-sept ans quand Louisa avait fait sa connaissance, et elle-même n'avait alors que trois ans de plus. Tandis qu'elle fuyait un oncle qui n'était qu'une fripouille et une vie à Londres dont elle ne voulait plus, travailler comme bonne d'enfants pour lord et lady Redesdale avait été plus qu'un refuge : une planche de salut. Grâce à eux, et à leurs sept enfants, elle avait eu accès à un monde tout autre que celui qu'elle avait connu et dont ses parents avaient décrété qu'il resterait le sien. Cela avait parfait son éducation, et si elle faisait toujours partie des classes laborieuses, elle et Guy étaient libres d'imaginer un avenir qui serait différent de celui de leurs parents. Leurs enfants, s'ils avaient la chance d'en avoir, auraient probablement une vie encore meilleure et prometteuse.

Malgré tout, par habitude, Louisa ne pouvait s'empêcher de retrouver son ancienne condition de domestique en présence de l'un ou l'autre membre de la famille Mitford, et elle se surprit à hésiter une fraction de seconde quand Nancy l'invita à s'asseoir. De toutes les sœurs, c'était elle que Louisa connaissait le mieux. Aînée des sept enfants, Nancy était dotée d'un sens de l'observation particulièrement aiguisé vis-à-vis du milieu où elle évoluait, comme Louisa l'avait constaté en lisant son premier roman, *Christmas Pudding* ; mais elle était moins encline à livrer ses propres sentiments. De toutes les sœurs, c'était sans doute la plus drôle, la plus audacieuse et la plus sociable. Au fil du temps, Louisa s'était forgé une armure pour ne pas se laisser trop atteindre par ses piques venimeuses. Pourtant elles étaient à l'aise l'une avec l'autre. Après tout, elles étaient entrées pratiquement ensemble dans l'âge adulte, et Louisa savait tout de Nancy ou presque, même si ce n'était pas réciproque. Depuis le mariage de Louisa, plus de six mois en arrière, elles ne s'étaient guère revues, et Louisa n'avait aucune idée de la raison de son appel.

— Mme Mosley est morte, déclara Nancy après lui avoir servi du thé et une tranche de cake.

— Ah.

Ce fut tout ce que Louisa trouva à dire, ne sachant au juste quelle réaction Nancy attendait d'elle.

— Évidemment, Diana est anéantie.

Louisa s'efforça d'interpréter à bon escient cette dernière phrase. Lady Mosley était-elle l'épouse ou la mère de sir Oswald ? Et pourquoi ce décès anéantissait-il Diana ?

Devinant sa perplexité, Nancy posa ses tasse et soucoupe.

— Diana est sur le point de divorcer, expliqua-t-elle

avec quelque impatience. La procédure est en cours et près d'aboutir. Elle ne voudrait surtout pas qu'on pense qu'elle se réjouit de cette mort.

— Oui, je comprends, acquiesça Louisa en s'avançant un peu.

— Et entre nous soit dit, elle doit redouter de perdre un peu de son attrait aux yeux de Sir O. À présent qu'elle n'est plus sa maîtresse, il risque de ne plus la voir comme une conquête émoustillante.

Révulsée par ces propos et la mentalité dont ils faisaient preuve, Louisa grignota une bouchée de cake pour se dispenser de tout commentaire.

— Bref, voici l'histoire : sir Ogre va devoir jouer au veuf éploré pendant un bon moment, même si j'admets qu'il semble sincèrement éprouvé. Diana et lui ne devront pas se fréquenter tant que le divorce ne sera pas prononcé. En conséquence, lady Redesdale a suggéré à sa fille de partir en croisière avec elle pour deux à trois semaines.

— Un charmant projet.

Nancy eut un petit haussement d'épaules ironique.

— Vous parlez d'un ennui ! Être coincée sur un bateau toute la sainte journée à arpenter le pont sans terre en vue et sans pouvoir échapper à des passagers plus barbants les uns que les autres... Très peu pour moi. Il n'en reste pas moins que c'est une bonne solution au problème en cours. Lady R veut aussi emmener Unity, qui rêve d'aller ensuite passer l'année scolaire à Munich dans une institution pour jeunes filles, et en chemin, elles pourront déposer Decca à Paris, où elle doit séjourner un an. Bref, nous assistons à un brusque revirement de cette chère mère au cœur de pierre, qui souhaite ainsi prendre tendrement congé de ses filles, dit

Nancy. Quant à moi, je n'ai jamais eu droit à ce genre de faveur, conclut-elle en reprenant sa tasse. À la première occasion, j'ai quasiment été jetée dehors.

Cela ne s'était pas exactement passé comme ça, songea Louisa, pourtant elle lui lança un regard compatissant. Elle-même et sa mère s'étaient éloignées l'une de l'autre, après le départ de Louisa. Bien sûr sa mère avait été contente de voir sa fille prendre son essor, mais cela les avait aussi séparées : Mme Cannon n'osait pas interroger sa fille sur ses nouvelles préoccupations, et Louisa craignait que sa volonté de vivre autrement soit blessante pour les propres choix de ses parents. Leurs échanges se bornaient donc à parler de la pluie et du beau temps et à évoquer des souvenirs communs.

— Quant à moi, je ne puis partir en croisière, car il faut bien que quelqu'un reste pour veiller au grain. Lord Redesdale ne passe pratiquement plus de temps à Swinebrook, il reste à Londres, à son club, à roupiller toute la journée dans un fauteuil en cuir.

Swinebrook[1] était le surnom que Nancy avait donné à la demeure que lord Redesdale avait fait construire près du village de Swinbrook. Ils avaient tous adoré Asthall Manor, le domaine où Louisa était entrée à leur service, et elle comprenait bien leur nostalgie. Le nouveau lieu de résidence n'avait rien d'attrayant ni d'agréable. Nanny Blor avait dit à Louisa que le broc d'eau qu'elle utilisait pour faire sa toilette dans sa chambre gelait souvent durant la nuit.

— Par conséquent, il faut bien que quelqu'un se

1. Jeu de mots dépréciatif, *swine* signifiant « porc » en anglais. *(N.d.l.T.)*

rende là-bas de temps en temps pour vérifier que Nanny Blor et Debo ne se meurent pas d'ennui et de solitude, poursuivit Nancy. D'ailleurs, je ne peux pas batifoler, je dois gagner ma vie. J'écris toujours pour *The Lady*, je sais, ça ne vole pas haut, mais au moins on me paie, et cela me permet de renouveler un peu ma garde-robe. Et puis je ne peux pas laisser Hamish en rade.

Les fiançailles de Nancy avec Hamish St Clair Erskine dataient de cinq ans et ne semblaient toujours pas aller vers leur conclusion logique. Le couple tenait-il, ou était-il au bord de la rupture ? Personne n'en savait rien. En tout cas, Louisa savait ce que la famille souhaitait pour Nancy, et ce n'était certes pas de la voir convoler en justes noces avec Hamish.

Cela faisait un moment que Louisa avait mangé tout son gâteau et elle entendit avec effroi son ventre gargouiller. Elle avait travaillé durant l'heure du déjeuner afin de partir tôt pour ce rendez-vous avec Nancy. En rentrant à la maison, elle s'arrêterait chez le boucher et ferait une surprise à Mme Sullivan en préparant le souper pour tout le monde.

— Lou-Lou ? lança Nancy en claquant des doigts. Ouh ouh ! Vous avez l'air ailleurs.

Louisa revint à la réalité.

— Pardon. Vous disiez ?

— Je crois que vous devriez accompagner ma mère pendant cette croisière. Je sais, vous n'êtes plus la femme de chambre de Diana, mais peut-être pourriez-vous être celle de lady R pour quelques semaines… une sorte de congés payés ? C'est tout simplement trop lui demander de s'occuper de Diana, Unity et Decca. Vous les connaissez.

Louisa regarda par la fenêtre ; le ciel était couvert et les gens marchaient vite en remontant le col de leurs manteaux contre le vent âpre qui s'était levé.

— Je crois qu'elles vont prendre un train de Victoria Station à Paris, puis un autre pour Venise, où elles embarqueront, poursuivit Nancy. Le bateau fera escale dans différents ports d'Italie et de Grèce, avant de regagner Venise trois semaines plus tard et, de là, elles rentreront par l'Orient-Express. Qu'en dites-vous ?

Louisa regarda Nancy, son air implorant, ses boucles bien coiffées encadrant un visage en forme de cœur, son chemisier en soie et sa jupe en laine fine, ses talons à bouts carrés à la mode. Elle songea à son propre manteau râpé pendu dans le vestibule et au chapeau qu'elle n'avait pas remplacé depuis trois ans (pas question de mettre tous les jours son chapeau de mariage). Dans la bibliothèque d'Asthall Manor, du temps où elle travaillait chez les Mitford, Louisa avait contemplé avec avidité les atlas et les tableaux en rêvant à ce qu'elle aimerait faire avant de s'établir pour fonder un foyer. En fait, malgré tous les changements qui s'étaient produits dans le monde durant la dernière décennie – Amy Johnson pilote d'avion, et Roald Amundsen, explorateur de l'Arctique –, l'occasion d'aller séjourner à l'étranger dans de bonnes conditions était hors de portée des gens comme elle. Les Mitford l'avaient emmenée à Dieppe, et elle était allée à Paris et à Venise en tant que femme de chambre de Diana. Elle aurait adoré sentir à nouveau la chaleur du soleil méditerranéen sur son visage, mais le salaire de Guy se trouvait grevé par le coût de sa formation, et elle lui était redevable.

— Merci, mademoiselle Nancy, c'est gentil de

penser à moi, répondit Louisa aussi poliment et fermement que possible. Non, je crains de ne pas pouvoir. C'est une merveilleuse opportunité, mais pas pour moi, cette fois.

Louisa ne serait plus jamais domestique. Jamais, pas même pour mille livres par jour, ni pour toutes les olives d'Italie.

4

Une fois que Louisa eut décliné l'offre de Nancy, un certain malaise s'installa entre elles. Sachant qu'on ne pourrait y remédier sur l'heure, Louisa prit congé en s'excusant. Escortée par la même servante, elle sortit par la grande porte et alors qu'elle descendait les marches du perron, elle vit une voiture marron se garer. Une Jaguar ? Elle s'y connaissait mal en marques de voitures, mais c'était une merveille, comme on dit. Diana était assise côté passager, vêtue de noir et coiffée d'une capeline à large bord censée dissimuler un visage dont la beauté était devenue célèbre. Quant au conducteur, Louisa le reconnut : c'était Cecil Beaton, un ami de Diana, un type à l'air canaille qui tirait le portrait de toute leur petite bande et dont les photos illustraient souvent les rubriques mondaines écrites anonymement par Nancy pour le *Tatler*. Après son entrevue avec Nancy, Louisa n'avait guère envie de croiser Diana, aussi s'empressa-t-elle de s'éloigner. Elle remarqua alors qu'une autre voiture se garait cent mètres plus bas. Ce conducteur-là aussi lui sembla familier, mais était-ce parce qu'elle le connaissait, ou parce qu'il avait un physique passe-partout ? Il soutint son regard sans montrer pour autant qu'il la connaissait. Tout en se hâtant vers l'arrêt de bus de Scotch Corner, elle se dit qu'elle devait se tromper.

Une fois à Hammersmith, Louisa descendit plus tôt que d'habitude et fit un détour pour passer chez le boucher, où elle trouva porte close. Alors seulement elle se rappela qu'il fermait plus tôt le mercredi après-midi et se dit que ce détail n'aurait pas échappé à sa belle-mère, qui faisait la cuisine bien plus souvent qu'elle. Mme Sullivan passait sans relâche ses journées à veiller sur son mari déclinant, une tâche épuisante. Louisa en était bien consciente et compatissait. Dans l'idée de rompre un peu avec la monotonie qui s'était installée dans leur quotidien, elle alla chez l'épicier acheter deux boîtes de corned-beef, des pommes de terre, des carottes, un chou-fleur et une demi-livre de cheddar, pour leur préparer un repas surprise, une spécialité… Enfin, dans la mesure de ses faibles moyens. Toutes ces années passées au service des Mitford avaient érodé son maigre savoir-faire culinaire, car Mme Stobie, la cuisinière de la famille, préparait tous les repas qu'elle faisait monter à l'étage de la nurserie pour Louisa et les enfants. Diana engageait toujours elle aussi des chefs talentueux, qui donnaient aux domestiques le goût des bonnes choses. Quand elle vivait seule, Louisa s'était nourrie principalement de pain grillé et de soupe en boîte.

Alors qu'elle ouvrait la porte de la maison en brique accolée à ses voisines, Louisa s'arrêta sur le seuil en entendant crier depuis la salle de séjour située sur le devant. D'instinct, elle se dit qu'elle ferait mieux de faire connaître sa présence avant d'entendre quelque chose de fâcheux. Pourtant elle hésita, et tendit l'oreille. C'était Mme Sullivan, qui parlait d'une voix suraiguë :

— Je remarque qu'elle est contente de s'appeler ta femme quand ça l'arrange. Mais guère quand il s'agit d'accomplir ses devoirs d'épouse.

— On est en 1933, Maman. Les épouses n'ont pas de devoirs, repartit Guy d'un ton ferme et posé, où perçait pourtant une pointe d'exaspération.

— Je ne vois pas pourquoi, riposta sa mère. Quand j'ai épousé ton père, j'étais heureuse de cuisiner et de faire le ménage. J'étais fière d'être Mme Sullivan.

— Louisa aussi en est fière.

— Oh non, les tâches ménagères que doit honnêtement assumer toute épouse qui se respecte, ce n'est pas assez bon pour elle. Il faut qu'elle aille travailler à l'extérieur, non ?

— Maman…

Mais Mme Sullivan continua sur sa lancée et Louisa l'imagina sans mal pointant son doigt sur son fils, qui la dominait de vingt bons centimètres.

— Encore, si c'était pour rapporter un peu d'argent. Mais non, c'est pour se former, comme elle dit. Et toi, pauvre garçon, tu dois nous entretenir tous les quatre…

— Ça suffit…

Louisa décida que, en effet, ça suffisait, et elle ouvrit la porte.

Mme Sullivan lui lança un regard furibond et sans même la saluer, elle gagna la cuisine, où on l'entendit bientôt fourrager dans le placard avec un bruit de casseroles. Tout rouge, Guy considéra Louisa d'un air chagrin.

— Pourquoi es-tu rentré si tôt ? lui lança-t-elle, un

peu contrariée d'avoir été surprise avec son sac de commissions, comme si cela enlevait de la magie au tour qu'elle s'apprêtait à lui jouer.

Guy regarda en direction de la cuisine, où l'on entendait le robinet couler à flots.

— J'ai reçu un coup de fil de Maman.

— Un coup de fil ?

La maison n'avait pas le téléphone. Cela signifiait que Mme Sullivan était allée au bureau de poste, à trois rues de là, pour utiliser la cabine. Ce qu'elle n'aurait jamais fait, sauf en cas d'urgence. Alarmée, Louisa en lâcha son sac de courses.

— Ton père ? Où est-il ? s'enquit-elle.

— Il va bien. Enfin, il va mieux, répondit Guy en s'affalant dans le fauteuil, près du foyer vidé de ses cendres. Il est à l'étage à présent, mais plus tôt dans la journée, il avait disparu. Maman est allée frapper chez la voisine Mme Ratchett, qui n'avait pas dû bien fermer la porte. Paniquée, elle s'est mise à le chercher partout et elle a préféré m'appeler plutôt que de prévenir la police.

— C'est toi, la police, remarqua Louisa.

— Oui, j'ai pu dire à Stiles ce qui s'était passé et il s'est montré très compréhensif, expliqua Guy en ôtant ses lunettes pour les essuyer.

— Et ton père ? Où était-il ?

— Au pub, devant une pinte de bière. Un vieux copain lui a payé un coup. Si tu veux mon avis, cette escapade lui a fait plaisir. Il s'est retrouvé dans sa peau d'avant. Mais Maman a eu très peur et…

— Oui ? dit Louisa en s'agenouillant près de Guy et elle posa la main sur son bras. J'ai entendu, quand je suis rentrée. Tu peux m'en parler.

— Non, je n'en ai pas envie. La peur rend les gens en colère. Quoi que tu aies entendu, sache qu'elle ne le pensait pas.

Au même instant, il y eut un grand fracas. On aurait dit qu'une balle avait percuté la vitre de la cuisine, mais ce n'était sans doute qu'une poêle à frire tombée sur le carrelage.

Louisa se pencha un peu en arrière sur ses talons. Ses cuisses lui faisaient mal et la pièce était trop chauffée. Elle pensa au fromage dont la graisse devait suer dans son emballage de papier brun.

— Elle est âgée, elle est fatiguée et elle a peur, reprit Guy. Elle ne sait pas ce que Papa va devenir, ni ce qu'elle va devenir quand il ne sera plus là.

Bien sûr, Guy avait raison, mais Louisa se sentait humiliée. Elle indiqua d'un geste le sac de commissions qui s'était renversé et le chou-fleur qui menaçait de rouler en passant le seuil de la maison pour retrouver la liberté des rues, comme pour la narguer. Elle connaissait ce sentiment.

— Regarde. J'ai fait des courses. Ce soir, j'allais préparer le dîner, pour vous faire une surprise, dit-elle.

— Merci. C'est gentil, mais rien ne t'y oblige. Je sais que quand tu auras terminé ta formation, tu gagneras de l'argent. Je suis fier de toi, lui dit-il. Seulement…, ajouta-t-il en lançant un coup d'œil vers la porte de la cuisine. J'essaie de préserver la paix du foyer.

— Tu voudrais que j'aille m'excuser ?

— Non. Oui…, hésita Guy, puis il lui prit les mains. Pas t'excuser, mais lui parler. Elle t'aime bien, tu sais.

— Moi aussi, j'ai trimé dans ma vie, avança-t-elle, sur la défensive, mais alors elle songea à sa propre mère, courbée sous le poids des ballots de linge sale qu'elle rapportait des grandes maisons pour lesquelles elle travaillait, et aux draps qu'elle devait suspendre dans leur salle de séjour.

— Je le sais, dit Guy. Je suis fier de toi. Je t'ai épousée parce que je crois en toi et que je sais que nous voulons les mêmes choses. Je regrette que nous soyons obligés de vivre ici, avec mes parents. Je sais que c'est dur pour toi. Promis. Bientôt, nous aurons une famille à nous.

Louisa retira ses mains des siennes et se leva. Ses cuisses la brûlaient.

— Et c'est tout ? lui lança-t-elle en le scrutant. Je n'ai pas envie d'avoir un bébé.

Elle s'interrompit, car ce n'était pas vraiment ce qu'elle avait voulu dire. Trop tard.

— Tu ne veux pas avoir d'enfants ? dit Guy, qui se leva à son tour et parut plus grand et plus mince que jamais.

— Mais si, Guy, répondit Louisa en le considérant tristement. J'ai envie d'avoir des enfants, mais pas maintenant. Rien ne presse.

— Tu as trente-deux ans.

— Et alors ? Tu veux dire que j'aurai bientôt passé l'âge d'en avoir ?

— Non, ma chérie, pas du tout. Mais cela rend les choses plus difficiles.

Guy chuchotait maintenant, même si Mme Sullivan avait enfin eu le tact de fermer la porte de la cuisine. La dispute avait changé de camp.

— J'ai envie qu'on fonde une famille, voilà tout. Je t'aime, ajouta-t-il, puis il attira Louisa contre lui.

Elle ne résista pas, mais elle ne répondit pas à son étreinte. Elle se sentait vide, et triste.

— Et si je ne peux pas en avoir ?

— Alors nous serons ensemble et nous nous aimerons. Mais je suis sûr que tu le pourras.

Il l'embrassa sur le front et Louisa ferma les yeux.

5

Le lendemain, comme tous les matins, Guy quitta la maison à 7 heures et embrassa Louisa dans la cuisine pour lui dire au revoir, alors qu'elle grignotait du pain grillé tartiné de marmelade. Il était aussi chaleureux que d'habitude et ils avaient bavardé en évoquant l'affaire sur laquelle il travaillait, un cambriolage interrompu par les propriétaires de la maison. Pourtant, quand elle entendit la porte d'entrée se fermer, ses épaules s'affaissèrent. Non, elle n'avait pas changé d'avis sur l'essentiel de son existence, loin de là : elle aimait Guy, elle avait envie de fonder une famille avec lui et envisageait avec bonheur leur avenir commun sur le long terme. Seulement elle ne savait trop comment s'y prendre pour qu'ils suivent tous deux le même chemin. Depuis plusieurs semaines, elle ressentait un profond malaise dont elle n'arrivait pas à se défaire, et qui ne se dissipait que quand elle se retrouvait assise devant son bureau de la London School of Stenography.

Assise sur la plateforme supérieure du bus, Louisa appuya son front contre la fraîcheur de la vitre en admirant les arbres encore en fleurs. Chaque année, c'était le même enchantement : leurs doux halos roses et blancs transformaient la grisaille des rues de Londres en une illustration de conte pour enfants. Elle repensa à la proposition que Nancy lui avait faite la veille, sans s'y attarder. Certes elle était reconnaissante envers les Mitford de tout ce qu'ils avaient fait pour elle, mais elle ne leur devait plus rien.

Quand elle fut descendue à l'arrêt de bus situé près de son école, à Fulham, elle avait meilleur moral. Elle résolut de faire une nouvelle tentative ce soir-là en préparant le souper pour Guy, peut-être voir s'ils ne pourraient pas sortir faire un tour pour parler de la façon dont ils envisageaient l'avenir. Terminer sa formation, faire un peu de pratique judiciaire, avoir ensuite un ou deux bébés, puis reprendre le travail, voici comment elle imaginait les étapes. Les sténographes avaient le droit de se marier, contrairement aux femmes qui voulaient entrer dans la police. Elle remerciait sa bonne étoile d'avoir échoué quand elle avait essayé quelques années plus tôt : si elle avait réussi, elle aurait dû choisir entre sa carrière et Guy. C'était à sa fripouille d'oncle Stephen qu'elle devait d'avoir vu sa candidature rejetée, lui qui l'avait fait basculer du mauvais côté, et valu d'avoir un casier pour de menus larcins. Pourtant elle était bien loin d'éprouver de la gratitude envers lui.

D'ailleurs, Louisa pouvait regarder le chemin parcouru depuis avec fierté. Sur le trottoir d'en face, l'école de sténographie était un simple bâtiment accolé à d'autres, avec le nom de l'établissement gravé sur une plaque dorée à côté de la porte. Toutefois, il représentait beaucoup pour elle : la liberté et un avenir. En jetant un coup d'œil à droite et à gauche avant de traverser, Louisa aperçut de l'autre côté de la rue un homme qui faisait mine de consulter les heures de levée sur une boîte aux lettres. Il portait un chapeau mou et un costume sombre, une tenue qui n'avait rien de remarquable, mais quelque chose dans son profil, plus l'impression qu'il l'observait, intriguèrent Louisa. Il lui faisait un peu l'effet d'un acteur qui attend dans les coulisses et qui s'est montré par erreur avant d'entrer en scène. Elle traversa en l'ignorant et gravit le perron de l'école. Quand elle poussa la porte, alors seulement elle se rappela où elle l'avait vu : dans la voiture garée près de la maison de Rutland Gate, la veille, peu après son entrevue avec Nancy. Était-ce une coïncidence, ou le confondait-elle avec quelqu'un d'autre ? Chassant cette pensée, elle franchit le seuil.

À l'heure de la pause-déjeuner, Louisa allait souvent avec Tessa dans une gargote située plus bas dans la rue, mais aujourd'hui, elle lui dit qu'elle avait besoin de potasser les derniers termes techniques qu'elles devaient assimiler. Il y avait un examen la semaine suivante, ce n'était donc qu'un demi-mensonge. Si jamais cet individu était toujours là quand elle sortirait, elle irait lui demander des comptes.

Sur le perron, éblouie par le soleil après la salle de classe mal éclairée, elle hésita un instant et parcourut la rue du regard. Presque déçue de constater qu'il n'était visible nulle part, elle se dirigea vers le café en tenant son livre d'une main, son sac de cuir gris de l'autre.

Chez Gerry's, le café qu'elle aimait bien, se trouvait sur North End Road, et il ressemblait à tous les établissements qu'on voit dans presque toutes les rues principales de Grande-Bretagne. Les vitres étaient toujours embuées, et une odeur de renfermé, de graisse brûlée et de tabac vous montait au nez dès qu'on ouvrait la porte.

Les tables étaient vissées dans le sol et Kay, la serveuse, les essuyait régulièrement d'un air renfrogné avec un torchon crasseux. À toute heure, on y voyait des clients peu bavards engloutir leurs œufs au jambon ou lire le journal tout en fumant leur cigarette d'après repas. Pourtant c'était l'un des rares endroits où une femme pouvait manger seule, et même si diététiquement le menu n'était pas des meilleurs, Louisa était contente de goûter à un moment de paix dans la solitude. Ici, personne ne lui prêtait attention, et cela lui convenait très bien.

Aujourd'hui, ce serait différent.

Louisa s'installa près du mur, dos à la fenêtre, puis elle ouvrit son manuel et commanda comme d'habitude une tasse de thé, du lait, pas de sucre, deux œufs au plat, du pain frit, une tranche de jambon et des frites. À part les bruits venant de la cuisine et une commande lancée de-ci de-là par Kay au chef cuistot, peu de choses la distrayaient, et, concentrée, elle se mit à réviser des termes juridiques latins tels que *ab initio* et *sub judice*. Lorsqu'une ombre se profila sur sa table, elle supposa que c'était Kay venue la servir, mais quand elle écarta son livre, elle découvrit assis face à elle l'homme qu'elle avait vu dans la voiture la veille et plus tôt dans la rue. Il ôta son chapeau et déboutonna son veston tout en la regardant posément, comme s'il la connaissait déjà. Elle songea à protester en disant que la place était prise, mais il saurait sûrement que c'était un mensonge. D'ailleurs sa curiosité l'emporta.

— Bonjour, madame Sullivan, dit-il. Désolé de vous déranger pendant votre pause-déjeuner.

Elle le dévisagea. Un long menton, un nez droit, des yeux presque noirs, et le teint bistre d'un homme qui a vécu longtemps au soleil, dont le hâle s'est estompé sous les hivers anglais. Sa voix était distinguée mais douce, sans condescendance. Un souvenir lui traversa l'esprit : l'homme au pub, en trench-coat.

— Étiez-vous à mon mariage ?

— Je m'appelle Iain, c'est tout ce que vous avez besoin de savoir, répondit-il.

Kay vint déposer l'assiette en lançant à Iain un regard interrogateur, mais comme elle-même n'était pas dotée d'une grande curiosité intellectuelle, elle s'éloigna vite après qu'il lui eut commandé une tasse de café noir.

— Je vous en prie, dit-il en désignant son assiette, mangez, ne vous gênez pas pour moi. Cela ne vous dérange pas ? demanda-t-il en sortant un étui à cigarettes qu'il ouvrit sans attendre qu'elle l'y autorise.

Louisa prit ses couverts, mais elle s'aperçut qu'elle avait perdu l'appétit. Après avoir avalé une bouchée, elle renonça.

— Pourriez-vous me dire ce dont il s'agit ? Autrement, je ferais mieux de retourner en cours.

— Vous avez quarante minutes devant vous. Votre emploi du temps est prévisible, à part hier soir, quand vous vous êtes arrêtée chez l'épicier en rentrant à la maison. Vous aviez été surprise de trouver la boucherie fermée.

Cela la fit tressaillir.

— Vous m'avez suivie ?

À nouveau, Iain ne répondit pas à la question, mais tira une bouffée de sa cigarette. Quand la serveuse apporta son café, il y mit trois cuillerées de sucre.

— Avoir vécu longtemps sous d'autres latitudes m'a donné le goût des sucreries, dit-il, et ce serait là l'unique explication qu'il lui fournirait jamais sur lui-même. Madame Sullivan, êtes-vous consciente que des menaces sérieuses pèsent sur notre pays, en ce moment ? lui demanda-t-il, la prenant au dépourvu.

— Non, je ne dirais pas que j'en ai bien conscience.

— Vous le devriez. Une jeune femme intelligente comme vous ne lit donc pas les journaux ?

À son tour, Louisa ne daigna pas répondre à cette question purement rhétorique.

— Le parti nazi de Hitler est au pouvoir depuis quatre mois, reprit-il. Durant ce temps, Herr Hitler a menacé de ne pas participer à la Conférence sur le désarmement, de se retirer de la Société des Nations, et il a publiquement désavoué le traité de Versailles. Il a ouvert un camp de concentration pour prisonniers politiques, un critère qui se révèle assez vague pour englober beaucoup de gens. L'Allemagne s'est aussi emparée de la Bavière. Soyez-en sûre : elle se prépare à la guerre.

Iain avait parlé doucement, mais avec une indéniable autorité. Louisa prit sa tasse pour boire une gorgée de thé, mais sa main tremblait tellement qu'elle craignit de la lâcher.

— Quand un pays se prépare à la guerre, ses dirigeants s'efforcent d'infiltrer les systèmes politiques des pays qui l'entourent, poursuivit Iain. Peut-être afin de les convertir à sa cause et d'éviter la guerre, ou encore, sous couvert d'être pour la paix, afin d'affaiblir des armées potentiellement ennemies. Quoi qu'il en soit, nous devons être sur nos gardes et nous protéger contre tout ce qui menace notre sécurité.

Louisa sentit comme une langueur dans ses jambes tandis que Iain se penchait un peu vers elle.

— Madame Sullivan, j'ai combattu durant la dernière guerre. Ce que je veux éviter à tout prix, c'est que nos jeunes aient à repartir au front. Oui, nous devons faire tout ce qui est en notre pouvoir pour l'éviter. Voici ma question : voulez-vous en être ?

— Que voulez-vous dire ?

— Voulez-vous aider notre pays à éviter la guerre ?

Louisa avait vécu la Grande Guerre de loin. À l'époque, elle était une très jeune fille vivant à Londres, qui était allée à l'école, puis avait travaillé avec sa mère comme lingère pour des familles dont certaines avaient perdu des fils, et elle avait été témoin de leur chagrin. Il y avait eu des rationnements, et elle savait que Guy avait perdu un frère, mais c'était les officiers qu'elle avait vus mendier dans les rues qui l'avaient le plus bouleversée. Des blessés de guerre, aveugles ou estropiés, assis sur le trottoir et demandant humblement, sur de pauvres pancartes, de quoi manger ou un peu d'argent pour subsister, tandis que les passants qui les croisaient pressaient le pas. Tout le monde ne voulait qu'une chose, revenir à la normale, et surtout pas qu'on leur rappelle l'erreur catastrophique que leur pays avait commise en s'impliquant dans un conflit mondial qui avait commencé par une petite escarmouche en Autriche, du moins c'était ce que Louisa en avait compris. Non, elle ne voulait pas d'une autre guerre.

— Qu'attendez-vous de moi exactement ?

Le ton de Iain se fit plus incisif.

— On vous a demandé d'accompagner lady Redesdale et ses filles sur une croisière, si je ne m'abuse.

Elle manqua d'éclater de rire.

— Oui, mais quel rapport ?

— Nous avons besoin que vous acceptiez cette offre.

Qui ça, nous ? Elle n'eut pas besoin de poser la question à haute voix.

— Le gouvernement britannique, madame Sullivan, ajouta Iain. Nous avons besoin que vous surveilliez de près Mme Guinness et sa sœur cadette, Mlle Unity Mitford. Prenez note de tous mouvements ou rendez-vous inhabituels, ce genre de choses. Les détails vous seront fournis en temps et en heure.

— Mais c'est ridicule. Que diable ont-elles à voir avec cette guerre ?

Iain fit signe à Kay d'apporter l'addition.

— C'est pour moi, dit-il en désignant l'assiette de Louisa, restée intacte. Elles sont membres de la BUF. Ce n'est pas la seule explication, mais elle suffira pour l'instant. Dans un premier temps, je vous prie d'accepter leur offre et je vous rencontrerai à nouveau.

Il avait dit cela d'un air distrait tout en sortant une liasse de billets de sa poche, dont il préleva un billet d'une livre.

— Mais je n'ai plus envie de travailler pour elles. Je me forme comme…

— Oui, oui, nous le savons. Vous pourrez reprendre votre formation plus tard. Ceci est bien plus important, madame Sullivan, conclut-il en se levant et en déposant l'argent sur la table. Elle pourra garder la monnaie. Je vous verrai dans quelques jours. Oh, encore une chose : vous ne devez parler de notre rencontre à personne, ni des raisons qui vous ont poussée à accepter, pas même à votre mari. Surtout pas à votre mari. Je le saurai, si jamais vous enfreignez cette règle absolue.

Durant plusieurs minutes, Louisa resta assise sans rien faire, puis elle regarda l'heure à l'horloge murale et se rendit compte qu'elle devait se hâter de retourner en cours. Cette scène avait été si invraisemblable qu'elle aurait douté de l'avoir vraiment vécue s'il n'y avait eu le billet sur la table. Dans quelques jours, elle rencontrerait Iain à nouveau, à un moment choisi par lui. Accepter, c'était mentir à Guy, et elle n'avait jamais voulu lui cacher quoi que ce soit. Mais cette requête, ou plutôt cet ordre, les dépassait elle et lui. On la priait de servir son pays. Si elle était forcée de mentir à Guy, ce serait seulement pour le protéger. Sans doute n'était-elle pas l'épouse modèle telle que la concevaient leurs mères. D'ailleurs, cela ne lui inspirait aucun regret. Mais elle voulait croire qu'elle pourrait l'aimer, tout en agissant à son gré. Car il fallait bien l'admettre : cette mission, elle avait envie de l'accepter.

6

Après avoir envoyé un mot à Nancy pour lui dire qu'elle avait reconsidéré son offre et qu'elle aimerait l'accepter si cela tenait toujours, Louisa fut rapidement conviée à Rutland Gate, où elle était attendue pour 11 heures. Elle renonça donc à se rendre à sa formation ce jour-là et envoya un mot pour prévenir de son absence. Elle n'avait pas besoin de mentir en prétextant qu'elle était malade, puisqu'elle payait ses cours. Un sentiment de culpabilité l'oppressait pourtant. Peut-être était-il dû à autre chose : l'appréhension qu'elle ressentait à l'idée de replonger dans le monde Mitford, alors qu'elle s'était bêtement félicitée de l'avoir quitté pour vivre sa vie conjugale et professionnelle. Elle pensait ainsi être avec eux sinon sur un pied d'égalité, du moins débarrassée des rapports entre maître et serviteur. Et voici qu'elle se retrouvait à nouveau avec une coiffe de domestique sur la tête, métaphoriquement parlant. Cette fois, Louisa frappa résolument à la grande porte. La servante lui ouvrit sans manifester le moindre jugement et l'escorta jusqu'au petit salon, où un impressionnant comité d'accueil l'attendait : lady Redesdale, Nancy, Unity et Tom.

Certes Louisa n'était plus la jeune fille de dix-neuf ans, toute tremblante dans sa robe miteuse et ses bottines cirées à la hâte, qui avait rencontré pour la première fois la chef de la tribu Mitford. Pourtant, en présence de son ancienne patronne, elle avait parfois du mal à s'en souvenir. Lady Redesdale n'était pas une méchante femme, mais elle gardait ses distances dans tous les sens du terme, et sa façon d'être, toute victorienne, signifiait ostensiblement aux gens comme Louisa de rester dans l'ombre, là où était leur place. Fière qu'elle était du sang bleu qui coulait dans ses veines, lady Redesdale avait-elle pour Louisa quelque affection ? Au mieux, cela ne la regardait pas, au pire, c'était hors de propos. Ce que Louisa savait, c'était que ses filles comptaient beaucoup pour elle, même si ces dernières feignaient de l'ignorer. Lady Redesdale ne l'avait jamais montré par des signes aussi communs que des baisers et des câlins quand elles étaient bébés (ces marques de tendresse, Nanny Blor leur en donnait à la pelle), mais à travers l'attention qu'elle avait accordée à leur instruction. Lord Redesdale s'était opposé à ce que ses filles aillent à l'école, mais après leur avoir elle-même appris à lire et enseigné les bases de l'histoire anglaise, son épouse avait exigé des gouvernantes qu'elle avait engagées que celles-ci recourent à une méthode d'éducation plus moderne. À mesure que ses enfants grandissaient, lady Redesdale avait organisé des bals et des réceptions, malgré l'objection virulente de son époux. Elle veillait jusque tard dans la nuit en attendant que ses filles aillent enfin se coucher. (Il arrivait aussi que ces dernières fassent des escapades nocturnes et reviennent en douce d'une soirée, ni vu ni connu.)

— Lady Redesdale, mademoiselle Nancy, mademoiselle Unity, dit Louisa en les saluant chacune d'un petit hochement de tête.

Aucune d'elles ne se leva quand elle entra dans la pièce, et elle attendit en vain qu'on l'invite à s'asseoir. Tom était debout, une main posée sur le manteau de la cheminée, l'autre dans sa poche. Il hocha la tête quand Louisa regarda dans sa direction. D'après Nancy, Tom avait la moitié des princesses d'Europe à ses pieds. C'était sans doute un peu exagéré, mais plausible.

Nancy rompit la glace et les sourires figés se décrispèrent un peu.

— Lou-Lou, c'est tellement adorable de votre part de nous apporter votre aide.

— Cannon…, commença lady Redesdale en se redressant encore sur sa chaise, mais Nancy l'interrompit aussitôt.

— Elle s'appelle Sullivan maintenant, si nous devons absolument utiliser son nom de famille. L'auriez-vous oublié ? Lou-Lou est mariée.

— Je ne pourrai pas l'appeler Sullivan, répliqua lady Redesdale. Je ne m'en souviendrai jamais.

Louisa eut envie de faire un signe pour leur rappeler obligeamment qu'elle était dans la pièce. Enfin, la chef de famille daigna s'adresser directement à elle.

— Ce n'est pas l'usage, mais je devrai vous appeler Louisa, ce qui vous fera passer pour une fille de cuisine, ou Cannon, ce qui sera plus correct, mais vous désignera comme célibataire. Que préférez-vous ?

— Louisa, c'est bien, madame.

Sur le bateau, les passagers pourront me prendre pour une parente s'ils les entendent m'appeler ainsi, se dit Louisa tout en sachant qu'elle s'abusait elle-même.

— Louisa, reprit lady Redesdale. Nancy est convaincue que je serai incapable de me débrouiller seule. Je ne suis pas du même avis. Il n'en demeure pas moins que Mme Guinness n'a plus de femme de chambre à son service, après avoir emménagé dans sa maison d'Eaton Square…

Là, elle marqua un léger temps d'arrêt et eut un frémissement presque imperceptible, signe de la souffrance que lui inspirait la séparation des deux époux.

— En conséquence, comme nous aurons toutes les trois besoin qu'on sorte les bijoux des coffres le soir et qu'on nous aide pour les billets et les bagages…

Cette fois, ce fut Unity qui l'interrompit.

— Voyons, Maman, tout cela, Louisa le sait parfaitement. C'est ce qui s'appelle tourner autour du pot. Là n'est pas le problème, déclara-t-elle avant de s'adresser à Louisa. La vraie raison pour laquelle lady Redesdale s'oppose à ce que vous nous accompagniez, c'est qu'elle pense que chaque fois que vous êtes dans nos parages, il y a un meurtre.

Lady Redesdale pinça les lèvres, mais sa fille n'en tint pas compte et continua :

— Or ce n'est pas vrai, n'est-ce pas, Louisa ? Il s'est passé des années durant lesquelles vous étiez avec nous sans que personne se fasse assassiner.

En entendant ces mots, Nancy et Tom éclatèrent de rire, tandis que Louisa, consternée, en restait bouche bée. Nancy fit claquer sa main sur sa cuisse.

— Vraiment, Unity, réussit-elle à dire en s'étranglant presque de rire, ce n'est pas le tact qui t'étouffe.

— Qu'est-ce que j'ai dit de mal ? s'étonna Unity d'un air déconcerté. C'est la vérité. Et puis Louisa nous connaît assez pour ne pas se formaliser.

— Certes, acquiesça lady Redesdale en usant de

diplomatie, un art qu'elle avait dû cultiver pour rétablir l'ordre dans une famille de neuf, où lord Redesdale régnait en maître absolu. (Il montait sur ses grands chevaux et s'emballait pour finalement qu'on en revienne à ce qui avait au départ déclenché sa fureur.)

En voyant Louisa se dandiner sur place d'un air gêné, Nancy intervint :

— Je vous ai parlé de l'itinéraire, le train pour Venise et le reste…, commença-t-elle, mais son frère l'interrompit.

— Vous n'allez donc pas faire une croisière fluviale à travers l'Allemagne ?

— Tu n'es pas au tribunal, lui lança Nancy en levant la main pour le faire taire. Inutile d'argumenter. Tom est maintenant membre du barreau, expliqua-t-elle à Louisa. Il a son cabinet aux Four Papers Buildings, dans le Temple. Lord Redesdale n'arrive pas à croire que son fils travaille.

Tom ronchonna et sa mère lui lança un coup d'œil acéré.

Louisa s'efforçait de ne pas céder à l'excitation qu'elle éprouvait à l'idée de ce voyage. Dire qu'elle y participerait comme agent secret ! Surtout, il fallait qu'elle garde cela en tête. Ce n'était pas des vacances ; elle n'avait pas envie d'être séparée de Guy.

— Oui, vous me l'avez dit, fit Louisa sans se mêler de la dispute avec Tom. Ce voyage promet d'être merveilleux.

— Oh, il le sera, commenta Unity d'un air radieux, elle qui était d'habitude si impassible.

— Avez-vous un passeport, au moins ? s'enquit lady Redesdale d'un ton exigeant.

— Oui, madame. Je m'en suis procuré un quand nous sommes allées à Dieppe, il y a quelques années.

— C'est donc réglé. Nous vous paierons six livres par semaine et vous pourrez apporter une valise ainsi qu'un nécessaire de toilette pour votre usage personnel. Venez donc ici dimanche après-midi à 14 h 30, nous nous rendrons ensemble à Victoria prendre le train pour Paris. Nous aurons besoin de deux voitures, et j'aimerais que vous montiez en taxi avec Mlle Unity et Mlle Jessica.

— Ce sera tout, lady Redesdale ?

— Ce sera tout, Louisa, conclut celle-ci en lissant sa jupe, mettant ainsi fin à l'entrevue.

7

Le lendemain, Louisa retourna à son école de sténographie. Une partie d'elle-même espérait presque s'être trompée à propos de ce que Iain lui avait demandé de faire, ou même que tout cela n'était qu'un rêve. Alors elle pourrait dire aux Mitford qu'en fin de compte elle ne serait pas du voyage, et elle reprendrait le cours normal d'une vie tranquille et sans histoires. Guy étant policier, cela suffirait amplement à ajouter du sel à leur existence.

Pourtant, quand elle poussa la porte de Chez Gerry's à l'heure du déjeuner, elle fut étrangement soulagée d'y trouver Iain. Il lui jeta un bref coup d'œil lui signifiant d'aller s'asseoir à une autre table que celle qu'il occupait. Fort heureusement, elle avait décliné la proposition de ses camarades de se joindre à leur petite bande. Elles devaient commencer à la prendre pour une bêcheuse, mais elle trouverait bien une explication un peu plus tard. Après avoir passé sa commande habituelle à Kay en évitant du regard le torchon crasseux fourré dans la ceinture de son tablier, elle vit que Iain se levait et qu'il avait laissé de la monnaie sur la table pour payer sa note. Il mit son chapeau et se dirigea vers la sortie en déposant au passage sur sa table une feuille de papier pliée.

Louisa s'empressa de la prendre et la déplia sur ses genoux. Personne ne la regardait, cependant la nervosité lui nouait l'estomac. Le mot était bref: *Hammersmith Bridge, 17h00.*

Louisa déchira la feuille en morceaux qu'elle mit dans une tasse presque vide, où ils s'imprégnèrent du café qui y restait. Il y avait une certaine désinvolture dans la façon dont Iain supposait qu'elle serait disponible à cette heure-là, qui aurait dû la faire enrager. Et si elle avait eu d'autres projets? Mais il savait d'avance qu'elle les annulerait tous. Le fait qu'elle ait soutenu son regard, soit allée s'asseoir à une autre table, puis ait attendu patiemment et pris le mot qu'il avait déposé sur sa table confirmait tacitement qu'elle acceptait la mission qu'il lui confiait. C'était à la fois irritant et palpitant.

À 17 heures, Louisa était sur Hammersmith Bridge et contemplait la rivière, une vue qui ne manquait jamais de susciter en elle un élan d'amour pour Londres. Même si elle avait été charmée par la beauté de la campagne quand elle était allée travailler chez les Mitford, c'était l'immensité anonyme de la ville et la rivière qui la traversait en sinuant qui s'arrimaient à son cœur. Un soleil tiède lui baignait le visage, et les jaunes profonds qui se reflétaient sur l'eau rappelaient que l'été ne tarderait plus guère. Elle était sur le qui-vive, un peu comme un chat qui guette une souris sur un mur de briques (ou était-ce l'inverse?) quand elle sentit la présence de Iain à côté d'elle.

— Bien joué, madame Sullivan, dit-il. Vous n'avez pas déçu nos attentes.

— J'ai simplement obéi à ce qui paraissait être des ordres, répliqua Louisa.

— Encore mieux.

Il y eut un bref silence durant lequel Iain sembla lui aussi contempler la vue, et ils observèrent tous deux une péniche qui passait sous le pont, d'où une femme de marinier leur fit signe, mais aucun d'eux n'y répondit et Iain se détourna.

— Que savez-vous pour l'instant ? demanda-t-il.

Louisa lui parla de l'itinéraire et de la durée du voyage tels qu'on les lui avait transmis.

— Cela correspond aux informations que je détiens, convint-il avec satisfaction.

— Comment puis-je être certaine que vous êtes celui que vous prétendez ?

— Vous ne le pouvez pas, répondit-il posément. D'ailleurs, à dire vrai, je ne le suis pas.

— Pardon ?

— Iain n'est pas mon vrai nom. Mais inutile de vous en soucier. Il vous faudra me croire sur parole. Vous avez juste besoin de savoir que ces ordres proviennent du gouvernement britannique. Nous sommes un petit service, mais il n'en est pas moins vital pour le pays, et je compte qu'à l'avenir il prendra de l'importance. Les occasions ne manqueront pas, pour des femmes ambitieuses comme vous. Notre patron en particulier a un faible pour les agents féminins.

— Pourquoi ? demanda Louisa, passablement intriguée de savoir qui était ce patron.

Le Premier ministre ? Le roi ?

— Allez savoir ? répondit Iain en faisant la moue. Il les trouve plus fiables, plus vives d'esprit. À vous de lui prouver qu'il a raison.

— Comment pourrai-je vous contacter ?

— Vous n'en aurez pas souvent besoin, mais je vous donnerai une adresse à laquelle vous pourrez envoyer un télégramme, en cas d'absolue nécessité. Si nous devons vous contacter sur le bateau quand il sera en pleine mer, nous trouverons un moyen de le faire. Ce n'est pas un travail dangereux. Nous avons juste besoin que vous teniez Mme Guinness et sa sœur à l'œil, puis que vous nous fassiez un rapport à votre retour. Mosley est un suspect potentiel, comme le sont tous ses proches. Nous désirons savoir quelles connexions il établit en Europe. Il n'en sortira probablement rien, et ce serait aussi bien, franchement. C'est un homme détestable qui n'a aucun programme politique digne de ce nom, sinon l'envie d'arriver au pouvoir.

— Et y parviendra-t-il ?

— J'en doute. Mosley est un antibolchevique, ce qui joue en sa faveur, comme c'est le cas pour tous les fascistes. Mais il pourrait renforcer les chances de succès de Hitler, et nous ne voulons pas de dictateurs en Europe, surtout pas en Allemagne, dit-il en tirant une cigarette de son étui sans lui en proposer. Vous n'avez pas besoin de connaître tous ces détails. Tenez donc ces deux femmes sous haute surveillance et informez-moi de tout ce qui pourra vous paraître suspect.

— Toute cette conversation est suspecte, si vous voulez mon avis, badina Louisa en essayant de prendre un ton facétieux, mais Iain ne sourit pas.

Il se contenta d'allumer sa Player's, lui tourna le dos, et elle le regarda s'éloigner tandis que le flux du trafic s'écoulait sur le pont.

8

Le train pour Paris quittait Victoria Station à 17 heures. Comme c'était un dimanche, Guy fut en mesure de venir rejoindre Louisa, mais elle n'était pas certaine que ce soit une bonne chose, en tout cas pour lui. Jusqu'à présent, personne ne lui avait jamais souhaité bon voyage sur un quai de gare, aussi, la présence de Guy lui était douce. Mais les jours précédents, l'imminence de son départ avait eu quelque chose de terriblement grave et définitif, alors qu'ils savaient tous deux qu'elle serait de retour dans deux à trois semaines… Quand elle le vit arriver de loin sur le quai, il avait l'air si malheureux qu'elle résista à son envie d'aller vite récupérer sa valise et de se jeter dans ses bras.

Au lieu de ça, postée sur la marche de la voiture de troisième classe, elle lui fit signe de la rejoindre. Comme il savait d'avance qu'il aurait à serrer la main de lady Redesdale à un moment ou à un autre ce jour-là, il s'était mis sur son trente et un et avait belle allure, en costume et feutre mou. Étrangement, depuis qu'ils s'étaient mariés, Louisa le trouvait de plus en plus beau. Était-ce parce qu'elle ne s'était pas autorisée à le regarder vraiment jusqu'à présent, ou parce que l'intime connaissance qu'elle avait acquise de lui, à force de suivre du bout des doigts les moindres contours de son corps, lui inspirait un désir qui lui remuait le ventre. Elle savait aussi combien il l'aimait et cela la rendait protectrice envers lui, même un peu possessive. Il était à elle, et elle ferait en sorte qu'il ne risque pas de l'oublier.

— Viens là, Guy, murmura-t-elle.

Il parcourut le quai du regard. Plus loin, lady Redesdale, Diana, Unity et Jessica montaient à bord de leur voiture de première classe. Lord Redesdale et Nancy étaient venus leur dire au revoir, mais ils s'étaient vite éclipsés, Nancy déclarant qu'elle allait emmener le pauvre vieux déjeuner au Ritz afin qu'il noie son chagrin dans le champagne après le départ de son épouse et de ses filles. Le pauvre vieux n'avait pas semblé particulièrement affligé, il avait joyeusement pris congé en marmonnant quelque chose à propos de ses chiens et d'une partie de pêche, mais alors lady Redesdale s'était mise à lui rappeler les instructions destinées aux domestiques.

Louisa avait laissé son manteau ouvert. Elle attira Guy contre elle, lui prit les mains, les mit autour de sa taille, puis leva la tête vers lui pour qu'il puisse l'embrasser. Quand ils s'écartèrent, il souriait.

— Encore un, s'il te plaît, implora-t-elle.

— Le chef de gare va siffler d'une seconde à l'autre, dit-il, pourtant il se pencha sur elle une fois de plus.

— Je vous aime, Guy Sullivan. Ne l'oubliez pas. Et je serai bientôt de retour à la maison.

— Promis ?

— Promis. Et toi, ne laisse pas ces jeunes fonctionnaires de police en jupon te tourner autour, tu m'entends ?

— Promis, répondit-il en souriant de sa plaisanterie, mais il redevint soudain grave. Je ne comprends toujours pas pourquoi tu pars, lui dit-il, les mains posées sur ses épaules. Penses-tu donc que cela nous fera du bien, d'être séparés un moment ? Dis-moi ce que je dois faire pour améliorer les choses, Louisa. Je ne crois pas que je supporterais de te perdre.

— Ce n'est pas toi, Guy. Il le faut, voilà tout. Je reviendrai et je ne repartirai plus.

Ils avaient eu plusieurs conversations au sujet de ce voyage, au cours desquelles elle avait fait de son mieux pour rassurer Guy en lui disant qu'elle avait accepté l'offre des Mitford parce que, ainsi, elle rapporterait une bonne somme d'argent au foyer. Chagrine, elle se rendit compte que cela n'avait pas suffi à calmer ses inquiétudes.

Elle lui prit les mains et les tint. Le chef de gare donna un coup de sifflet. Le départ était imminent, elle s'efforça de prendre un ton léger.

— Allons, ça va passer vite.

Il y eut un autre coup de sifflet. Cette fois, Guy recula et ferma la portière. Louisa se pencha par la fenêtre et lui fit signe jusqu'à ce que la vapeur et la distance les empêchent de se voir.

Le trajet en train ne présentait pas de difficultés. Les préposés au service des passagers défaisaient les nécessaires de voyage pour la nuit. À part quand elle aiderait ces dames à se changer pour le dîner, Louisa ne les reverrait pas avant leur arrivée à Paris, le lendemain matin. Elle avait déjà effectué ce trajet plusieurs fois lorsqu'elle travaillait comme femme de chambre pour Diana, dans les premières années de sa vie conjugale avec Bryan.

En arrivant le lendemain matin, Louisa sentit la chaleur du soleil s'infiltrer dans ses os avec un bonheur indicible. C'était comme si les pavés avaient lentement chauffé depuis des semaines en imprégnant l'air d'une délicieuse tiédeur. Lady Redesdale et ses filles avaient réservé deux nuits au George V, et Louisa occuperait un lit d'appoint dans la chambre de Unity. Durant ces quelques jours, Diana remplit ses malles de robes qu'elle avait commandées quelque temps auparavant. Quant à lady Redesdale, elle fit plusieurs emplettes pour Unity en vue de la croisière et vérifia les dispositions prises pour le séjour de Jessica. Les adieux entre sœurs n'eurent rien de sentimental : chacune à sa façon avait déjà éprouvé le sentiment grisant de liberté que Jessica allait connaître, une liberté néanmoins surveillée, car elle ne sortirait qu'accompagnée par l'une des éducatrices qui enseignaient à l'institution pour jeunes filles de bonne famille, toutes dames d'un âge certain.

Après Paris vint leur deuxième trajet en train qui prit deux jours et deux nuits, tandis que le paysage défilait à toute allure dans un flou vert et bleu. Si exaltant qu'ait été le voyage, ce fut à leur arrivée à Venise, au quai où était amarré le paquebot, que Louisa fut saisie d'extase : le *Princess Alice* était une splendeur qui dépassait toutes ses espérances, avec sa coque d'un blanc luisant percée de rangées de hublots et surmontée de deux énormes cheminées, d'où s'échappèrent bientôt de grosses volutes de vapeur. Le long du bastingage s'alignaient les membres d'équipage, tous fringants dans leurs uniformes immaculés. Il y avait foule, entre les passagers qui embarquaient revêtus de leurs plus beaux chapeaux et manteaux, les porteurs qui poussaient vivement les chariots à bagages pour transporter à bord les énormes malles, et tous ceux qui étaient venus souhaiter bon voyage à leurs amis et parents.

Grisée, Louisa observait la scène. C'était comme si elle avait pénétré dans un film d'actualités ou dans une production hollywoodienne, rien ne semblait tout à fait réel. Dans sa poche, elle avait un morceau de papier plié en deux sur lequel était écrit : *308 Hood House, Dolphin Square, Londres*. Pour envoyer un télégramme à cette adresse, en utilisant le code que Iain lui avait communiqué, il lui faudrait avoir une raison suffisante. Elle espérait et craignait à la fois que l'avenir lui en donne une.

9

Le *Princess Alice* était l'un des paquebots les plus récents de la compagnie Empire Line. Sa décoration intérieure débordait de dorures et de miroirs muraux, auxquels s'ajoutaient des commodités modernes dont les propriétaires étaient très fiers. Il y avait un ascenseur électrique qui montait directement du pont C (destiné à l'embarquement et au débarquement des passagers) au pont A, situé tout en haut, où se trouvaient le restaurant de première classe et le solarium. Sous le pont A, il y avait les suites première classe, la salle de bal et le casino, auxquels on ne pouvait accéder que par les escaliers, puis venaient les appartements des seconde et troisième classes, la cantine et les cabines réservées à l'équipage et, au niveau le plus bas, la salle des machines ainsi que la chambre de chauffe.

Durant leur première nuit, fatiguées par les émotions du voyage, nos quatre passagères ne prêtèrent guère attention à leur nouvel environnement avant de se retirer dans leurs chambres pour se coucher tôt. Diana, qui avait quelque expérience des voyages en mer (« sur des yachts, c'est très différent », avait-elle pavoisé), leur conseilla à toutes de passer plusieurs heures allongées en début de journée, un bon tuyau pour les aider à avoir le pied marin.

Louisa avait demandé une cabine particulière, ce qui avait au début provoqué quelques râleries, car en général les femmes de chambre dormaient dans la penderie de la cabine de luxe de leur maîtresse, ce qui leur donnait accès aux espaces réservés aux premières classes.

— C'est tellement plus pratique, avait fait remarquer lady Redesdale.

Mais Louisa avait tenu bon. Elle savait qu'elle aurait besoin de prendre des notes pour Iain, et elle ne pouvait courir le risque que Unity trouve son carnet. Aussi déclara-t-elle que maintenant qu'elle était une femme mariée, elle ne saurait partager une cabine. Il s'avéra ensuite qu'après avoir insisté lourdement lady Redesdale avait obtenu que Louisa ait accès aux ponts des premières, quand elle devait les rejoindre.

Grâce à cet arrangement, il y avait un téléphone dans la cabine de Louisa, et dès que lady Redesdale, Diana ou Unity avaient besoin de son aide, elles pouvaient l'appeler pour qu'elle les rejoigne au pont B, où se trouvaient leurs trois suites. La cabine de lady Redesdale avait une porte intérieure qui menait à celle de Unity, mais celle de Diana était un peu plus loin dans le couloir. Malgré l'imminence du jugement de divorce définitif qui devait être prononcé, Bryan avait insisté pour payer son billet, et donc sa suite était la seule des trois à jouir d'un salon séparé, avec aux murs des reproductions de Constable, et d'un balcon assez large pour y prendre le petit déjeuner. Un privilège dont Diana n'userait pas, car depuis le premier jour de sa vie conjugale, elle prenait son petit déjeuner au lit, avec au menu des œufs à la coque et des mouillettes.

En bas, sur le pont D, la cabine troisième classe de

Louisa était petite, sans hublot, avec un lit pliant encastré dans le mur qu'elle devait descendre, mais elle était contente d'avoir son propre lavabo. Elle suspendit ses vêtements avec soin et posa la photo encadrée de Guy sur une petite étagère. La photo avait été prise le jour de leur mariage, et comme il avait ôté ses lunettes pour l'occasion, il clignait un peu des yeux en regardant l'objectif. Les draps de lit avaient le lustre du linge lavé et relavé à l'eau bouillante, et la fine couverture était d'un gris peu attrayant, mais la cabine était fraîche, ce que Louisa appréciait beaucoup car elle n'avait pas l'habitude de la chaleur torride qui régnait au-dehors. De toute façon, elle ne comptait pas y passer beaucoup de temps, sauf pour dormir.

La suite des événements lui donnerait raison. Le lendemain après-midi, après avoir regagné sa chambre après le déjeuner afin de chercher un peigne pour Unity qui avait oublié le sien, elle avait à peine franchi le seuil de sa cabine que la sonnerie stridente du téléphone retentit. Sans attendre que Louisa accepte la communication, l'opératrice l'informa que lady Redesdale l'appelait et Louisa entendit le déclic quand la connexion fut établie.

— Allô ?

— Oui, madame. C'est Louisa.

— Ah, montez, voulez-vous ? lui dit lady Redesdale avant de raccrocher aussi sec.

Louisa s'empressa de monter les volées de marches (au moins ce voyage lui permettrait de retrouver la forme) et ouvrit la porte de la cabine de sa maîtresse après avoir frappé un petit coup. Lady Redesdale et Unity se trouvaient debout près du secrétaire, où une enveloppe vide était posée sur le buvard. La baronne tenait une carte à la main.

— Nous avons été conviées à venir prendre un verre ce soir par le capitaine, dit lady Redesdale. Quel ennui ! Mais je suppose que nous ne pouvons nous permettre de refuser.

— Il vous faudra votre diadème, dit sa fille en lui prenant la carte.

— Seulement si l'habit est de rigueur, répliqua sa mère.

— C'est signé capitaine Schmitt, précisa Unity en s'adressant à Louisa, comme si elle lisait le nom pour la première fois. Un capitaine allemand. À votre avis, sera-t-il bel homme ?

— Je ne vois pas en quoi cela te regarde, l'admonesta sa mère. Louisa, pourriez-vous aller au bureau du commissaire de bord prendre mon coffret à bijoux. Vous feriez mieux de rapporter aussi celui de Mme Guinness. Il faudra commencer à nous habiller dans une demi-heure, pour répondre à cette fichue invitation. Unity, tu pourras mettre ta robe jaune.

— Je ne comprends pas pourquoi vous avez insisté pour que je l'emporte. J'ai l'air d'une gamine, dans cette robe.

— Tu es une gamine. Ne discute pas et va te préparer. Si Louisa en a le temps, elle pourra t'aider à te coiffer.

À 19 heures, elles avaient toutes les trois quitté leurs cabines, en robe de soirée et parées de bijoux. Louisa était restée pour ranger la cabine de lady Redesdale. Quelques heures avaient suffi pour que celle de Unity soit en pagaille. C'était pareil à la maison, au grand dam de Nanny Blor : la chambre de la jeune fille était jonchée de papiers éparpillés et certains objets devenaient introuvables. Bas qui traînaient par terre, pinces à cheveux disparues dans la nature, vestiges restés sous le lit et ramenés d'un coup de balai mêlant crayons cassés, miroirs de poche, peignes, rubans et livres dédaignés. Après avoir rangé les dernières affaires de lady Redesdale, Louisa lui prépara sa chemise de nuit puis consulta l'heure à sa montre. Le souper des passagers de troisième classe ne serait pas servi avant une demi-heure. Elle aurait donc pu ranger aussi la chambre de Unity, mais quelque chose la retint ; d'ailleurs, une femme de ménage viendrait sous peu préparer les cabines pour la nuit. Au lieu de ça, elle décida d'aller plutôt s'occuper de la cabine de Diana. Ce n'était pas une absolue nécessité car une employée le faisait peut-être déjà, mais dans sa poche, la feuille de papier pliée pesait comme une pierre. Elle jeta un dernier coup d'œil à la pièce et s'en alla en refermant la porte derrière elle.

Elle se dirigeait tête baissée vers la cabine de Diana quand elle heurta malencontreusement une femme postée devant la porte d'une cabine, et qui en secouait vainement la poignée.

Après avoir échangé avec elle de plates excuses, Louisa allait continuer son chemin quand elle remarqua que la femme pleurait. Malgré les larmes qui faisaient couler son mascara, elle était vraiment très jolie, avec un visage en forme de cœur et une silhouette élancée vêtue d'une robe en satin crème, qui avait une vilaine tache de vin sur le devant.

— Il ne veut pas me laisser entrer, sanglota-t-elle.

Joseph, insista-t-elle en proie à une grande agitation, je t'en prie, ouvre-moi.

Mais la porte restait résolument fermée et la femme, lâchant la poignée, se couvrit le visage des mains.

— Je suis désolée, souffla-t-elle. Nous n'avons pas été présentées et c'est terriblement gênant.

— Ne vous en faites pas, dit Louisa, comprenant que la femme se méprenait. Je suis à ce niveau en tant que femme de chambre, au service de trois passagères, ajouta-t-elle, même si les mots lui restèrent en travers de la gorge.

Alors la femme écarta les mains et Louisa lut sur son visage un grand soulagement.

— Dans ce cas, vous avez sans doute un truc magique pour m'aider à enlever ça ? dit-elle en indiquant la tache de vin, qui n'était pas grande, mais bien visible.

— Mais oui, bien sûr. Nous allons y remédier. Venez avec moi.

Elles remontèrent à pas vifs le couloir étroit et Louisa ouvrit la porte de la chambre de Diana, car elle avait les clefs des trois cabines, puis elle invita la femme à y entrer.

— Merci mille fois. Je m'appelle Mme Fowler. À qui ai-je l'honneur ?

Louisa ne décela dans sa voix aucune trace d'accent indiquant de quelle région ni de quel milieu était originaire cette femme séduisante, habillée à la dernière mode, et visiblement très gênée. Elle répondit à la question de Mme Fowler, puis s'occupa de la tache. Après avoir prélevé un peu de vin blanc d'une bouteille disposée sur le plateau à alcools du salon de Diana, elle essaya de limiter les dégâts, et en cacha ce qui restait en y épinglant une broche. Ce faisant, elle s'efforça de parler d'un ton apaisant. Puis elle permit à Mme Fowler d'aller se rafraîchir dans la salle de bains. Peu après, quand cette dernière en ressortit, son visage ne gardait plus aucune trace de son désarroi.

— Je ne sais comment vous remercier, lui dit-elle. Je ferais mieux de rejoindre la réception, maintenant. Qui donc occupe cette cabine ?

— Mme Guinness, répondit Louisa en sachant d'avance l'effet que cela produirait.

— Ah…

À nouveau, Mme Fowler rougit de confusion et ses yeux s'embuèrent de larmes.

— Ne vous inquiétez pas. Je ne lui dirai rien, lui assura Louisa.

— C'est vrai ? Vous garderez mon secret ? Je ne m'en remettrais pas, si cela venait à se savoir.

— Soyez-en sûre. Vous pouvez compter sur ma discrétion.

Rassurée, Mme Fowler s'en alla. Quant à Louisa, elle ne put s'empêcher de se demander si le secret en question se bornait à une robe tachée et une porte fermée.

10

Restée seule dans la cabine de Diana, Louisa nettoya la salle de bains, car Mme Fowler s'était servie du poudrier et d'un tube de rouge à lèvres pour se refaire une beauté, puis elle rassembla son courage afin de mener à bien ce qu'elle avait prévu de faire avant de secourir la passagère en détresse. Si jamais une femme de chambre entrait, ou même Diana en personne, sa présence en ces lieux n'aurait rien de suspect, puisqu'elle avait été engagée pour s'occuper de la garde-robe de Diana, porter les chaussures au service qui s'occupait de les cirer et les bijoux au bureau du commissaire de bord, où on les enfermait dans un coffre-fort. Il n'y avait donc rien d'anormal à ce qu'elle range les livres sur la table de chevet ou les papiers dispersés sur le secrétaire. Certes, jusqu'à présent, elle ne s'était encore rendue coupable de rien, pourtant son cœur battait la chamade et ses joues étaient en feu. D'ailleurs que cherchait-elle au juste ? Iain lui avait dit que le service pour lequel il opérait s'intéressait à toutes les relations que Diana pourrait établir avec des fascistes européens, mais plus Louisa y réfléchissait, plus cela semblait ridicule. Sir Oswald Mosley avait rencontré Mussolini, chose qu'elle savait déjà, mais pas Diana.

Elle ouvrit un tiroir de la table de chevet et y découvrit une liasse de lettres fermée par un ruban. Louisa reconnut l'écriture : elle en était venue à redouter l'arrivée de ces lettres quand elle était au service de Diana, un an auparavant. Au début de 1932, soit dix-huit mois plus tôt, Diana s'était retrouvée placée à côté de Mosley lors d'un grand dîner, et bientôt, il était apparu aux yeux de tout l'entourage, sauf à ceux de Bryan, son époux, qu'elle était tombée follement amoureuse de lui. Louisa était certaine que durant plusieurs mois, tout était resté dans les limites des convenances, mais il y avait eu beaucoup de petits mots échangés, de rencontres arrangées à la hâte, de troublantes coïncidences qui les faisaient se retrouver tous deux aux mêmes mondanités. Au fil du temps, Diana avait préféré rester à Londres plutôt qu'accompagner Bryan dans leur maison de campagne durant les week-ends. C'était alors que Louisa avait remarqué qu'une certaine écriture revenait souvent sur les enveloppes du courrier, et que l'arrivée de ces lettres sur le plateau du petit déjeuner entraînait souvent un soudain changement de programme pour la journée. Ces soirs-là, Diana rentrait tard, remplie d'une admiration sans bornes pour « Sir O », et elle s'extasiait sur ses idées, qui allaient sauver la Grande-Bretagne du marasme de la Dépression. Tout juste six mois après leur première rencontre, elle l'appelait « le Leader », et six mois plus tard, elle avait quitté Bryan.

Après avoir regardé autour d'elle, Louisa sortit les lettres du tiroir. Elle n'entendait aucun bruit, mais tous les sons étaient amortis par l'épaisse moquette dont le couloir extérieur était également tapissé. Elle envisagea de se tenir en alerte près de la porte de la cabine afin de pouvoir réagir vite si quelqu'un arrivait, mais elle n'était pas certaine d'avoir le temps de traverser la suite, de remettre les lettres dans le tiroir, puis de le refermer avant que cette personne pénètre dans la pièce. Pourquoi ne pas sortir une lettre de la liasse et la lire ?

Quand Louisa était entrée dans la suite, le soleil se couchait, et au-dehors, il faisait maintenant presque noir. Elle se rendit compte qu'elle se trouvait dans une pièce quasiment sans lumière, et que cela déjà paraîtrait suspect. Tenant une lettre à la main, elle remit les autres dans le tiroir et alluma quelques lampes dans la chambre et le salon. Les roulis qui faisaient tanguer de temps en temps le paquebot étaient à peine perceptibles, et la sensation ressemblait à celle qu'on éprouve dans un ascenseur juste avant qu'il ne s'arrête, un peu comme si l'estomac arrivait après le reste du corps. Pourtant, entre son cœur qui battait vite, la chaleur et l'atmosphère étouffante, Louisa se sentait nauséeuse, et quand elle regarda la lettre, elle vit que la moiteur de ses mains avait fait baver l'encre. Elle se trouvait au milieu du salon et se demandait ce qu'elle allait bien pouvoir faire pour y remédier quand elle entendit la porte principale de la cabine se refermer sur un fort claquement. Le vestibule était minuscule, et quel que soit l'intrus, il serait là dans quelques secondes. Rapidement, elle mit la lettre dans sa poche et se pencha sur la table basse comme pour y ranger les gros livres qui s'y étalaient.

— Pardon, mademoiselle, je ne m'étais pas rendu compte qu'il y avait quelqu'un ici.

Louisa ferma les yeux en rendant grâce au ciel et se redressa. C'était une jeune chambrière habillée aux couleurs de la compagnie maritime, d'une robe bleu marine unie bordée d'un liseré rouge aux poignets et au col, d'un tablier blanc et d'une coiffe blanche, une tenue à l'ancienne, nette et rassurante. La jeune fille elle-même était très jolie : un joli petit nez, un teint frais parsemé de taches de rousseur, des yeux bleus et des cheveux bruns.

— Ce n'est pas grave. J'ai fini, vous pouvez prendre la relève. La baignoire a besoin d'être nettoyée, déclara Louisa d'un ton que sa nervosité rendait péremptoire.

— Bien, mademoiselle.

L'employée quitta la pièce et Louisa entendit les robinets couler. Elle ferait bien d'aller dîner avant que lady Redesdale ne la fasse venir pour l'aider à se préparer pour la nuit.

La cantine réservée au personnel navigant était relativement calme, car pour la plupart, les employés travaillaient dans les bars et restaurants ou préparaient les cabines première classe pour la nuit, et Louisa fut contente d'aller s'asseoir seule à une table avec son assiette de hachis parmentier. Comme cette salle était sous le pont, il n'y avait pas de fenêtres et la lumière des néons était trop vive pour 8 heures du soir. Elle était certaine d'avoir un teint blafard et sentait des auréoles de transpiration sous ses aisselles. Guy lui manquait. Il devait être à la maison avec ses parents, après avoir aidé sa mère à débarrasser la table et à faire la vaisselle. Ensuite il s'assiérait dans le fauteuil que son père avait l'habitude d'occuper et lirait le journal, peut-être même ferait-il des mots croisés. Louisa et Guy en faisaient souvent ensemble, et le souvenir des plaisanteries qu'ils échangeaient à propos d'une définition qu'ils n'arrivaient pas à élucider lui inspira un vif sentiment de solitude. L'idée qu'elle menait à bien une mission pour protéger les intérêts de son pays lui semblait à présent risible et tirée par les cheveux. Elle avait sans doute mal compris Iain et s'était laissée griser par le sentiment de sa propre importance.

En tressaillant, elle se rappela qu'elle avait toujours la lettre de Diana dans sa poche. Une lettre d'amour de Mosley. C'était absurde de penser qu'elle pouvait contenir quoi que ce soit d'intéressant, encore moins pour Iain et les services secrets pour lesquels il travaillait. La lire, ce serait faire preuve d'une curiosité déplacée, malsaine même, vis-à-vis d'un sentiment intime qui ne regardait que les deux intéressés. Alors que rien dans son contenu ne menaçait la sécurité du pays, c'était sans doute un acte illégal.

Louisa avait déjà enfreint la loi. Pas longtemps, et seulement sous la pression de son oncle, qui l'avait menacée de représailles si elle n'obéissait pas à ses exigences. Ces infractions-là étaient mineures, mais elles avaient suffi à l'empêcher d'obtenir une place qu'elle désirait ardemment au programme de formation des policiers. « Vous l'avez déjà fait, vous pourriez donc le refaire », tel avait été le sous-entendu à peine voilé derrière le refus poli mais ferme de son admission dans la police métropolitaine.

Et s'il s'avérait qu'ils avaient eu raison ?

Louisa sortit la lettre de sa poche et regarda l'encre qui avait bavé. C'était un mauvais point, mais elle pourrait trouver une explication. Le bateau tangua et le roulis lui souleva un peu le cœur, mais ce fut la soudaine montée d'adrénaline qui l'emporta… en lui procurant un indéniable plaisir.

11

De retour dans sa cabine, Louisa s'assit au bord du lit et contempla l'enveloppe qui ne lui appartenait pas. Elle revit Nanny Blor faisant des remontrances aux enfants dès qu'on les surprenait à écouter derrière les portes pour entendre ce que disaient leurs parents ou les domestiques. « Les indiscrets n'entendent jamais dire du bien d'eux », répétait-elle à l'envi. Il était peu probable que cette lettre contienne quoi que ce soit sur Louisa, pourtant elle eut le pressentiment que rien de bon ne sortirait de sa lecture. Mais à quoi bon tergiverser ? Or donc, elle sortit la lettre.

C'était une courte missive, écrite depuis la maison de campagne de sir Oswald sur un papier à lettres gaufré où l'adresse ressortait en relief. Elle était datée de seulement deux jours avant leur départ de Londres. L'écriture était nerveuse, avec des lettres penchées et de longs tirets, de sorte que, au début, Louisa eut un peu de mal à la déchiffrer. Dans les premières lignes, Sir O assurait Diana de son amour. Voulant éviter toute intrusion dans leur intimité, Louisa passa vite dessus, et pour finir, elle ne releva que trois phrases pouvant intéresser sa mission, qu'elle recopia dans son carnet :

Je vais prochainement entreprendre un voyage sur le continent, accompagné, et pardonnez-moi, ma chérie, de ne pas vous en donner de détails précis, mais, pour des raisons qui s'éclairciront plus tard, il est plus sûr de ne pas vous les communiquer. Croyez-moi, c'est dans notre intérêt à tous les deux, et pour le bien de notre vision commune d'un avenir grandiose, garant non seulement de notre bonheur, mais de celui de notre pays. Je vous écrirai bientôt, à votre première poste restante, et vous expliquerai mieux de quoi il s'agit.

Le continent, ce pouvait être la France, l'Italie ou l'Allemagne. Sous l'évocation du bonheur futur de la Grande-Bretagne, il y avait forcément un mobile politique. Cela intéresserait-il Iain ? La prochaine lettre le confirmerait ou pas.

À 22 h 30, Louisa était toujours dans sa cabine et lisait en attendant que lady Redesdale la fasse venir, quand le téléphone sonna. C'était Diana, qui lui demandait de monter : elle avait décidé d'organiser au pied levé une petite fête, et elle avait besoin de Louisa pour aider à servir les invités.

Allongée sur sa couchette, Louisa avait commencé à se détendre et à se réchauffer ; avec effort, elle se leva et s'étira, alla s'asperger le visage d'eau froide au lavabo et se dirigea vers l'escalier qui menait à la suite de Diana. Tout en longeant le couloir, elle entendait déjà le vacarme provenant de la B-13, et au moment où elle en franchit le seuil, la fumée de cigarette et la musique lui rappelèrent aussitôt le Forty Club de Soho. Ça, Diana savait mettre de l'ambiance.

Une bonne trentaine d'invités s'entassaient dans le salon, parlant tous fort et brandissant avec impatience des verres vides à l'adresse d'un jeune steward au teint hâlé. Diana accueillit l'arrivée de Louisa en pointant du doigt le meuble-bar et continua à discuter avec un homme qui semblait être le capitaine du paquebot. Si Unity avait espéré filer une idylle romantique avec le capitaine Schmitt, elle avait dû être déçue dans ses attentes : il avait la soixantaine, et une bedaine que son élégant uniforme blanc ne parvenait pas à cacher.

Louisa se glissa à travers la foule jusqu'au steward.

— Je suis venue vous aider.

— Merci, mademoiselle, répondit-il sans même lever les yeux tant il était occupé à servir des martinis dans des verres brandis par des mains surchargées de bagues et de pierres précieuses.

Il y avait une bouteille de champagne ouverte sur le côté. Louisa la prit et se mit à emplir les coupes de ceux qui étaient près d'elle, puis elle trouva une autre bouteille et se faufila à travers la foule pour servir les autres invités. C'était difficile de se mouvoir au milieu d'eux tant ils ignoraient sa présence, et elle devait souvent attendre en agrippant la bouteille comme elle pouvait que l'un ou l'autre conclue une interminable anecdote. Peut-être devrais-je noter quelques observations dans mon carnet, songea-t-elle, car le nom de certaines de ces personnes pourrait se révéler utile par la suite, quand viendra le moment de faire mon rapport à Iain.

Les invités étaient un mélange hétéroclite d'âges et d'allures très divers : certains, comme leur hôtesse, portaient leur fortune avec une élégance discrète, tandis que d'autres l'exhibaient avec tant de vulgarité qu'ils auraient pu tout aussi bien épingler leur solde bancaire sur leur dos. Quant à lady Redesdale, assise sur un divan, elle avait l'air fatiguée mais conversait vaillamment avec un monsieur âgé affublé d'une redingote qui semblait dater du règne d'Edouard VII.

Un disque de Fats Waller tournait en craquant un peu sur un gramophone, et Louisa vit quelques invités balancer des hanches sur le rythme enjoué. Il était tard, et elle songeait avec envie à son lit, mais l'ambiance était surchauffée, comme si chacun était bien décidé à donner le ton pour le reste de la croisière.

Ce fut alors que Louisa vit Mme Fowler, toujours vêtue de sa robe crème. Son apparence s'était un peu relâchée aux entournures. Plantée près du cornet du gramophone, un verre de cocktail à la main, elle chuchotait quelque chose à l'oreille du jeune steward. Lui penchait légèrement la tête d'un air attentif, tout en jetant des regards furtifs à droite et à gauche. Quelle que fût la teneur de leur échange, il fut bref. Mme Fowler se redressa et but une gorgée de son cocktail tandis que le steward s'éloignait. Elle croisa les yeux de Louisa, et d'un haussement de sourcils imperceptible, lui rappela leur secret partagé. Un monsieur plus âgé qu'elle aux lèvres minces et pâles et à la moustache poivre et sel s'approcha alors d'elle et la prit par le coude. Il se mit à lui parler avec une certaine véhémence. Louisa détourna les yeux avec l'impression d'avoir vu quelque chose, sans bien savoir ce que c'était.

La bouteille de champagne qu'elle tenait étant vide, elle revint au bar pour en prendre une autre. Le steward aussi était là, occupé à débarrasser les verres sales et à remplir les carafes de vodka et de gin. Il ne devait guère avoir plus de vingt ans, avec d'épais cheveux couleur miel, et ses gestes étaient nerveux, saccadés, comme s'il venait de recevoir une décharge électrique et ne s'en était pas tout à fait remis.

— Vous avez besoin d'une pause ? lui proposa Louisa. Je peux vous relayer un moment.

Quand elle croisa son regard vide, elle devina que ses pensées étaient ailleurs.

— Le voulez-vous ? répéta-t-elle.

Le jeune homme jeta des regards furtifs autour de lui, ainsi qu'elle l'avait déjà vu faire.

— Je voudrais bien, mais ce n'est pas souhaitable, répondit-il.

— Je m'appelle Louisa Sullivan et j'accompagne lady Redesdale et ses filles comme femme de chambre.

— Pardon, mademoiselle, dit-il en rougissant un peu. Ce n'était pas à vous de faire le service. Blythe North était censée venir m'aider, mais…

— Tranquillisez-vous, voyons. Ce n'est pas votre faute et d'ailleurs, cela ne m'ennuie pas. C'est amusant, de les observer.

Ils se tournèrent pour regarder la faune des invités. Quelques-uns ayant quitté les lieux, il y avait plus d'espace dans la pièce, mais ceux qui restaient dansaient, étroitement enlacés, ou bien discutaient avec force éclats de rire et grands gestes démonstratifs.

Louisa revint au steward.

— Comment vous appelez-vous ?

— Jim.

— Cela fait longtemps que vous travaillez sur ce paquebot ?

Il prit un shaker, dévissa le couvercle et se mit à préparer un cocktail.

— Trois ans. J'ai grandi près des docks de Southampton, et à force de voir les paquebots de ligne aller et venir dans le port, j'ai eu envie d'embarquer.

— Vous avez dû en voir, du pays.

— Pour sûr, mademoiselle. J'ai roulé ma bosse un peu partout, mais à vrai dire, je suis rarement descendu à terre, expliqua-t-il en ajoutant une dose de vodka sans en gâcher une goutte, malgré le fort roulis qui fit soudain tanguer le bateau. Mes jours de congé, je n'ai qu'une envie, c'est de rester allongé sur ma couchette et de dormir. Désolé, dit-il en haussant les épaules. Je ne sais pas pourquoi je vous raconte tout ça.

— Ça ne me dérange pas, au contraire, répondit Louisa en souriant. Vous savez, je me sens un peu seulette, sur ce bateau. C'est agréable de discuter.

Jim eut soudain l'air inquiet.

— J'ai une petite amie, s'empressa-t-il de préciser.

Louisa en resta coite, puis elle se mit à rire.

— Bonté divine, n'allez pas vous méprendre. Je suis mariée.

Comment a-t-il pu avoir pareille idée, alors que j'ai bien dix ans de plus que lui ? s'étonna-t-elle. Peut-être devrais-je le prendre comme un compliment.

Lui aussi rit de bon cœur.

— Alors je suis ravi d'avoir fait votre connaissance, madame Sullivan. Bon, mieux vaut préparer encore quelques verres, ajouta-t-il en désignant les fêtards. Heureusement, ils ne vont plus tarder à aller se coucher.

— Je l'espère. Je m'occupe de ça, d'accord ? dit-elle en prenant une bouteille de champagne, et elle s'éloignait en direction d'un groupe un peu à l'écart, quand elle sentit qu'on lui touchait le bras.

C'était la femme qu'elle avait rencontrée plus tôt.

— Madame Fowler ? dit-elle d'un ton détaché qu'elle jugea convenir à la situation. Voulez-vous un doigt de champagne ?

Le rouge à lèvres de Mme Fowler avait quelque peu bavé et des gouttes de sueur perlaient à la naissance de ses cheveux.

— Que vous a-t-il dit ? lui demanda-t-elle en collant presque son visage à celui de Louisa.

— Qui donc ?

— Jim. Qui d'autre voulez-vous que ce soit ?

Elle avait la bouche pâteuse, et Louisa recula tant son haleine empestait le gin.

— Rien de particulier. Nous nous sommes présentés.

Mme Fowler lâcha le bras de Louisa, vida son verre de martini d'un trait, puis le lui tendit pour qu'elle le remplisse de champagne, sans se soucier du fait que ce n'était pas une coupe comme l'exigeaient les convenances.

— Tant mieux. J'ai cru qu'il vous faisait des avances, dit-elle.

Louisa allait répondre que c'était peu probable vu leur différence d'âge, mais elle se retint. Dans sa position, elle ne pouvait se permettre de parler ainsi à une passagère du *Princess Alice*, cela n'aurait pas été correct. De plus, elle avait l'impression que Mme Fowler n'aurait guère apprécié son commentaire. Louisa était plus âgée que Jim, mais plus jeune que Mme Fowler, et les femmes n'aimaient guère qu'on leur rappelle leur âge, en général. Peut-être Mme Fowler espérait-elle que Jim lui ferait des avances. Il n'y aurait eu à cela rien de très surprenant.

Fort heureusement, Louisa vit que Diana lui faisait signe, aussi, elle s'excusa et s'éloigna. À côté de Diana, une Unity à l'air boudeur côtoyait un grand blond en costume bien coupé.

— Il est temps que Mlle Unity regagne sa chambre, lui dit Diana. Voulez-vous bien la raccompagner, s'il vous plaît, Louisa.

Unity ne prêta aucune attention à Louisa, mais répliqua d'un ton sec :

— Je suis parfaitement capable de regagner ma cabine toute seule.

Diana posa la main sur son épaule et baissa la voix, pas assez toutefois pour que l'homme ne puisse entendre. Était-ce délibéré ?

— Farve ne permettrait pas que tu fasses ce trajet toute seule. Et je ne vais sûrement pas te laisser errer sur un bateau sans escorte à cette heure de la nuit.

— Il y a juste un couloir à remonter, répliqua Unity en faisant la moue, tout en sachant qu'elle avait perdu la bataille. Bonsoir, Herr von Bohlen, dit-elle à leur compagnon en lui tendant la main.

— Bonsoir, Fräulein Mitford, répondit-il d'un ton ferme. Je suis certain que nous nous reverrons.

— Bien sûr, répondit Unity, tout sourire, puis elle se tourna vers Louisa, mais n'ajouta pas un mot et se contenta de lancer un dernier coup d'œil furieux à sa sœur avant de s'éloigner d'un pas raide vers la sortie.

Louisa eut un petit serrement de cœur. Une Unity en rage n'était pas un cadeau, elle le savait d'expérience.

Enfin, au moins, je pourrai aller me coucher juste après, se consola-t-elle.

Demain, elles feraient leur première escale. Louisa avait hâte de respirer l'air de l'Italie et d'envoyer une carte postale à Guy, comme si elle passait des vacances sans soucis.

12

Le lendemain de la fête, Louisa se réveilla tôt, avec l'envie d'aller sur le pont regarder le littoral approcher. Ils avaient passé les deux dernières nuits à naviguer en pleine mer, assez longtemps pour que l'idée de regagner la terre ferme la séduise. Cela faisait un peu plus d'une semaine qu'elle avait quitté Londres et n'avait vu Guy. En se drapant dans son manteau en laine grise, elle sortit et alla par bâbord jusqu'à la proue en s'émerveillant de la chaleur qui sourdait sous la brise fraîche de l'aube. Le soleil venait juste de se lever et la lumière nimbait l'horizon. Les contours des maisons couleur terra cotta se détachaient sur les collines couvertes d'épaisses forêts, et elle distinguait près de la côte une villa impressionnante, aux cadres de fenêtres peints en blanc et au toit de tuiles rousses. À cette heure matinale, le pont était calme, sans allées et venues de passagers s'interpellant entre voisins de tables rencontrés la veille, ou évitant ceux envers lesquels ils avaient déjà une dette de jeu.

Louisa alla s'accouder au bastingage et se perdit avec bonheur dans la simple contemplation de l'écume blanche qui ourlait les flancs du navire. Au bout de quelques minutes, elle se rendit compte qu'elle ferait mieux d'aller prendre son petit déjeuner, car lady

Redesdale se lèverait bientôt avec en tête des projets pour la journée.

La nuit dernière, pendant qu'elle la raccompagnait à sa cabine, Unity lui avait raconté qu'elle espérait persuader sa mère d'inviter Herr von Bohlen à se joindre à elles pour l'excursion qu'elles avaient prévu de faire autour du port de Livourne. Louisa voyait mal lady Redesdale accepter, mais peut-être n'y avait-il aucune raison pour qu'elle refuse. Unity avait dix-huit ans, presque dix-neuf, et elle avait été présentée comme débutante l'année précédente ; en fait, il était même souhaitable qu'elle soit courtisée par un ou deux prétendants. D'un autre côté, Louisa devinait que lord et lady Redesdale avaient été échaudés par ce qui était advenu du mariage de leur fille Diana ; ils lui avaient permis d'épouser Bryan Guinness alors qu'elle n'avait que dix-neuf ans, et quatre ans plus tard, cela se terminait par un divorce. À l'époque, lady Redesdale avait résisté en arguant que Diana était trop jeune et Bryan trop riche, mais le couple ne s'était pas laissé fléchir. Au début, ils rayonnaient de bonheur, et leur amour avait donné naissance à deux garçons très rappprochés. Mais assez vite, Louisa n'avait pu que remarquer combien Diana se lassait des attentions de Bryan, affectueuses, certes, mais trop insistantes. Quand Diana avait rencontré sir Oswald, les légers vacillements de sa vie conjugale s'étaient mués en soubresauts, menant rapidement à un total effondrement.

Plongée dans ses réflexions, le regard perdu dans le lointain, elle avait à peine remarqué le couple qui se trouvait de l'autre côté de la proue, eux-mêmes accoudés au bastingage et profitant de la vue. Soudain le ton monta entre eux. Comme ils se trouvaient à proximité des cabines, ils risquaient de réveiller des passagers. Louisa vit alors que c'était Jim, le steward qui s'était occupé du bar à la fête. Il était avec une jeune femme en laquelle elle reconnut bientôt la jolie chambrière qui, la veille, faisait le ménage dans la suite de Diana. Eux ne l'avaient pas remarquée, car ils n'avaient d'yeux que l'un pour l'autre, même si ce n'était pas tendrement.

Louisa se remit à contempler la mer, mais même sans prêter l'oreille, elle entendait leur dispute.

— Cette sale bonne femme n'a qu'à claquer des doigts et tu accours comme un petit toutou, s'écriait la jeune femme.

— Je n'obéis à personne d'autre qu'à moi-même, n'en doute pas, espèce de... (Les derniers mots se perdirent dans le vent, ce qui était sans doute aussi bien, songea Louisa.) ... tu devrais être contente, pour l'argent.

La jeune femme répliqua, mais Louisa ne parvint pas à bien entendre, puis Jim lança :

— Blythe, non, tu sais bien que je...

Blythe. Jim avait déjà mentionné son nom à Louisa, c'était l'employée qui était censée l'aider à la réception de Diana et lui avait fait faux bond. Peut-être était-ce d'ailleurs la cause de leur dispute. Louisa leur jeta un bref coup d'œil. Ils formaient un beau couple, et il était sûrement assez fréquent qu'une romance se noue entre deux membres de l'équipage. Mais cela pouvait devenir délicat si la romance tournait mal et que vous deviez continuer à travailler ensemble sur le même bateau durant plusieurs semaines. Louisa n'avait pas envie d'en entendre davantage, aussi fit-elle un détour pour rejoindre les portes menant à l'intérieur afin de ne pas leur faire connaître sa présence. Décidément, même si elle n'avait pas encore récolté grand-chose qui puisse intéresser Iain, cette situation lui permettait d'avoir quelques aperçus de la vie des autres, qu'ils soient passagers ou membres d'équipage.

Deux heures plus tard, Louisa, lady Redesdale, Unity et Diana attendaient dans le foyer du pont C pendant que l'équipage du navire préparait la passerelle pour que les passagers puissent descendre à terre. Herr von Bohlen n'était pas avec elles, mais on avait dit à Louisa qu'elles les rejoindraient, lui et son compagnon, au musée local, recommandé par le *Princess Alice Bulletin*, une feuille imprimée qui était glissée sous la porte de chaque cabine le matin. La dernière informait aussi les passagers que Livourne était l'un des plus grands ports d'Italie, proche de Florence, et que le temps serait beau, avec des températures atteignant un maximum de 23 °C.

Une foule s'était massée devant les portes, et quand enfin elles s'ouvrirent, les gens se ruèrent au-dehors en pépiant telles des colombes libérées d'une cage.

Un moment, Louisa et les Mitford arpentèrent une route qui les conduisit à un dédale de ruelles, et elles s'aperçurent alors que leurs compagnons de voyage avaient plus ou moins disparu. Au fond, des collines verdoyantes contrastaient magnifiquement avec la ville et ses tons ocre rouge. L'air chaud et lourd stagnait sur les pavés en une masse presque solide.

— Il faut que je me rende à la poste centrale, déclara Diana tandis qu'elles ralentissaient le pas pour regarder les vitrines des boutiques. J'ai dit à Nanny Higgs que les garçons pourraient m'écrire ici, aux bons soins de la poste restante.

— Ils n'ont que deux et trois ans, comment pourraient-ils t'écrire ? s'étonna Unity.

Louisa vit Diana changer de couleur, pourtant elle ne se laissa pas démonter.

— C'est Nanny Higgs qui écrit pour eux ce qu'ils lui dictent, évidemment, mais c'est une bonne habitude à leur donner, répondit-elle d'un ton ferme.

Lady Redesdale n'intervint pas. Louisa se demanda si elles pensaient la même chose, à savoir que ce n'était pas une lettre de ses enfants que Diana espérait, mais un message de sir Oswald. Cela lui rappela la lettre sur laquelle l'encre avait bavé, qu'elle avait rangée dans sa cabine, et la promesse qu'il y faisait à Diana de lui expliquer dans sa prochaine correspondance pourquoi il se rendait à l'étranger. Louisa aussi brûlait d'envie de la lire.

Après avoir demandé en anglais à un ou deux passants où se trouvait le bureau de poste, elles rencontrèrent un jeune Italien, charmant, qui possédait une diction parfaite en anglais et leur en indiqua le chemin. Ce n'était qu'à quelques minutes de marche. Quand elles arrivèrent, il y avait déjà une longue queue, composée principalement de passagers qu'elles reconnurent. Au milieu de la queue se trouvait Mme Fowler. Diana se dirigea droit sur elle en lançant un « Ella ! ».

La femme se retourna. Toute trace de relâchement disparue, elle était très chic, dans un long manteau bleu pâle, avec sur le nez des lunettes de soleil cerclées d'or.

— Madame Guinness.

— Oh, appelez-moi Diana, fit celle-ci après s'être

faufilée pour prendre place près d'elle en provoquant quelques marmonnements chez les gens qui se trouvaient juste derrière.

Pourtant personne ne lui dit de retourner faire la queue, car son port princier décourageait toute réflexion de ce genre.

Unity et lady Redesdale avaient suivi Diana, mais elles restèrent un peu à l'écart en feignant de ne pas faire la queue. Pourtant, quand Ella arriva au comptoir, lady Redesdale vint s'y accouder et demanda si elle pouvait acheter un carnet de timbres pour l'Angleterre tout en tendant plusieurs billets d'une livre. La guichetière les lui rendit presque tous, avec de la monnaie, et lady Redesdale la remercia, puis adressa un petit hochement de tête poli aux autres clients qui faisaient la queue, contrant ainsi avec efficacité toutes les protestations qu'elle aurait pu soulever.

Diana reçut trois lettres, dont une qu'elle s'empressa de fourrer dans sa poche.

— Nanny Higgs et Bryan, dit-elle d'un air content alors qu'elles ressortaient. Et si nous allions déjeuner, à présent ?

Le fait que Bryan était toujours amoureux d'elle malgré l'imminence de leur divorce était bien connu, et inspirait à Louisa une certaine compassion, mais ce n'était pas sa missive qui retenait son attention. Elle se força à ne pas regarder la poche de Diana. Il lui faudrait trouver un moyen de dérober la lettre qui s'y trouvait pour la lire à l'insu de Diana, et tant que ce ne serait pas fait, elle ne cesserait d'y penser.

Ella les accompagna vers la sortie. Elle avait adressé à Louisa un simple hochement de tête, sans lui parler.

— Vous avez de la chance, disait-elle à Diana. J'aurais bien aimé avoir des nouvelles de mon petit dernier, mais il est à l'école et ils n'écrivent qu'une fois par semaine, quand on peut obtenir d'eux qu'ils le fassent.

— Où étudie-t-il ? demanda lady Redesdale.

Louisa savait combien la question était chargée de sens ; la réponse rangerait aussitôt Ella dans une catégorie qui la définirait comme faisant ou non partie de leur milieu.

— St John's Poole, répondit innocemment Ella.

— Ah ? Je ne connais pas, commenta lady Redesdale, provoquant chez Diana une visible irritation.

Sa fille avait-elle envie de nouer une amitié avec Ella ? Dans ce cas, elle serait de circonstance et ne dépasserait pas la durée du voyage, à présent que le gouffre qui les séparait socialement était avéré.

— Nous devons être au musée dans une heure et dix minutes, déclara Unity en vérifiant l'heure à sa montre.

— Bon, allons déjeuner là-bas, dit Diana en désignant un café avec des tables en terrasse.

Une serveuse au teint olivâtre était postée sur le seuil avec une brassée de menus. Les cheveux blonds de Diana brillaient à la lumière du soleil et Louisa devinait aisément à quoi son air radieux était dû : non pas aux deux lettres qu'elle tenait à la main, mais à celle qui était enfouie dans sa poche.

— Il fait vraiment trop chaud dehors, intervint sa mère. Installons-nous à l'intérieur. Voudriez-vous vous joindre à nous, madame Fowler ? proposa-t-elle d'un ton neutre qui ne laissait pas deviner si elle espérait ou non qu'elle reste.

— Si cela ne vous dérange pas, oui, bien volontiers.

— Nous allons juste prendre une collation, précisa lady Redesdale, et elle mena la troupe à l'intérieur.

Il y faisait frais et sombre, après le soleil étincelant du dehors, et elles restèrent un instant sur le pas de la porte, à cligner des yeux. La serveuse déposait des menus sur une table dans un coin. La salle était vide, à part un vieux monsieur qui buvait au bar un petit verre rempli d'un liquide trouble, et deux hommes installés près du mur du fond.

Ella prit soudain Diana par le coude.

— Je viens de me rappeler que j'ai promis aux garçons de leur rapporter d'Italie un jouet à chacun, lui dit-elle à voix basse. Je ferais mieux d'y aller.

— Non, je vous en prie, nous n'allons pas moisir ici, répondit Diana à haute voix, sans comprendre. Les boutiques seront toujours là quand nous aurons fini. Et j'ai très envie de mieux faire connaissance avec vous.

Attirés par sa voix, les deux hommes regardèrent dans leur direction, et Louisa reconnut alors le moustachu : c'était lui qui avait parlé à Ella d'un ton pressant, la veille au soir. Il se leva et rejoignit leur groupe, mais il ne s'adressa qu'à Ella sans saluer les autres.

— Qu'est-ce que tu fais ici ?

Bravement, elle se redressa et releva le menton.

— Ce n'était pas prévu, mon cher. Puis-je faire les présentations ? Lady Redesdale, madame Guinness, mademoiselle Mitford. Voici mon mari, Joseph Fowler.

— Comment allez-vous ? dit-il en inclinant la tête, puis, sans autre effort de courtoisie, il prit sa femme par l'épaule, la fit pivoter et pencha la tête vers elle. Je suis en rendez-vous avec sir Clive. Je ne pense pas que le moment soit opportun.

Louisa regarda alors vers sa table et celui qui l'accompagnait. Il s'était levé à moitié et restait figé, gauchement, une serviette à la main. Manifestement, il attendait qu'on le présente et était trop bien élevé pour se rasseoir tant que ces dames ne se seraient pas elles-mêmes assises. Au jugé, il avait à peine la cinquantaine, et ses cheveux noirs étaient plaqués sur le crâne, grisonnant légèrement aux tempes. Même si son costume était indéniablement bien coupé, assorti d'un foulard bleu marine à pois sortant de sa poche de poitrine, ses traits étaient grossiers, avec un nez protubérant et des lèvres épaisses. Enfoncés sous des sourcils broussailleux, ses yeux, qu'il avait noirs et petits, leur adressaient pourtant un regard engageant… Cet individu était-il un mufle, ou se dégageait-il de lui un certain charme ? Comme en réponse, le conseil de Iain lui revint : elle ne devait négliger aucun détail, mais s'en tenir aux faits, sans en tirer de suppositions. Plus facile à dire qu'à faire.

Ella s'écarta de son mari.

— Je regrette tellement, lady Redesdale. Veuillez m'excuser. Il y a une course que je dois absolument faire avant de remonter à bord. Bon déjeuner. J'espère vous revoir toutes très vite.

Sans un regard en arrière, elle sortit dans le soleil et son mari se rassit pour reprendre son entretien avec sir Clive.

Après déjeuner, quand Louisa et Unity quittèrent le restaurant un peu plus tôt que les autres pour se rendre à leur rendez-vous avec Herr von Bohlen au musée, seul sir Clive prêta attention à leur départ en leur adressant un salut de la main.

13

Après que Louisa eut arrêté trois passants pour se renseigner, elles finirent par trouver le musée de Livourne dans une rue latérale. Unity avait chaque fois trépigné d'impatience en lui rappelant qu'elles devaient rejoindre Herr von Bohlen au plus vite, dans six, puis trois minutes, et en concluant avec dépit qu'elles étaient en retard.

— Nous y sommes presque, mademoiselle Unity, avait dit Louisa, exaspérée par son comportement.

La jeune fille mettait du rouge à lèvres et s'était déjà enivrée en buvant trop de champagne. Mais elle n'était jamais allée nulle part sans chaperon, parlait encore dans le langage secret de son enfance avec sa sœur Jessica et, en présence de sa mère ou de Nanny Blor, elle redevenait aussitôt la gamine qui se goinfrait de gâteau de riz.

— Comment me trouvez-vous ? demanda-t-elle pour la énième fois à Louisa alors qu'elles marchaient dans les rues d'un pas vif.

Elle portait une robe couleur crème à la dernière mode. Fermée sur le côté par une rangée de petits boutons rouges du col jusqu'à l'ourlet, la robe lui arrivait à mi-mollets et sa coupe près du corps, sa ceinture sanglée trop serrée, faisaient ressortir son ventre. Nancy n'avait pas été tendre, la première fois que Unity l'avait portée à Londres, la comparant à l'une des vaches jersiaises de Pamela. Certes, Unity n'avait pas le chic de sa sœur ainée, Diana : ses bas plissaient, sa veste était chiffonnée, et quand elle n'y prenait garde, les coins de sa bouche s'affaissaient.

— C'est parfait pour une sortie au musée, lui répondit Louisa en se sachant parfaitement hypocrite, mais elle refusait de se laisser entraîner dans ce débat stérile.

Bientôt elles se trouvèrent devant l'entrée du Museo della Citta di Livorno, et à l'intérieur, Herr von Bohlen les attendait dans la fraîcheur du hall en marbre. Sa silhouette athlétique était mise en valeur par un complet dont Louisa devina qu'il venait d'un très bon tailleur, et il accueillit Unity d'une manière un peu désuète et affectée, alors qu'il ne devait pas avoir plus de vingt-cinq ans. Quant à Louisa, il l'ignora ; on avait dû l'informer qu'elle n'était qu'une domestique servant de chaperon.

— Permettez-moi de vous présenter mon compagnon, dit-il en s'exprimant dans un anglais fluide, mais avec un accent allemand prononcé.

Un jeune homme du même âge, plus petit, ôta son chapeau et s'inclina devant Unity d'un air impassible.

— Voici Herr Müller, poursuivit von Bohlen. Si nous entrions ? J'ai pris la liberté d'acheter les billets pour nous tous. Lady Redesdale et Mme Guinness vont-elles nous rejoindre ?

— Oui, un peu plus tard, répondit Unity avec un geste de la main légèrement dédaigneux. Inutile de les attendre. Elles prendront elles-mêmes leurs tickets d'entrée.

— Ah, mais Fräulein Mitford, je les ai déjà achetés. Je vais les laisser au guichet à leur intention, dit-il en les quittant pour gagner l'accueil, tandis que les trois autres l'attendaient en silence.

Quand il revint, leur petit groupe se dirigea vers la première salle indiquée sur le guide. Von Bohlen leur en lut des passages à haute voix au fil de la visite. D'ordinaire plutôt rétive aux instructions que pouvaient lui donner ses parents ou ses sœurs, Unity se ralliait docilement à toutes ses suggestions. Le musée exposait quelques vestiges d'antiquité romaine, et même si Louisa était très intéressée par le sujet, elle comprit vite qu'elle devrait s'en tenir à son rôle et rester quelques pas en arrière, tandis que Unity et von Bohlen examineraient les pièces. Apparemment, Herr Müller était lui-même relégué au rang de figurant, car Louisa et lui passèrent leur temps à écouter la conversation sans jamais exprimer la moindre opinion. On ne leur demandait d'ailleurs pas leur avis. L'idée vint à l'esprit de Louisa que la mission de Herr Müller était peut-être comparable à la sienne. Les nazis avaient sûrement recours à des services secrets.

Malgré deux compagnons silencieux suivant leurs moindres faits et gestes sans intervenir, Unity manquait singulièrement de malice. Herr von Bohlen pouvait compter sur sa complète et dévouée allégeance. Non seulement elle répondait à chacune de ses questions, mais elle n'attendait pas qu'il lui en pose pour le renseigner sur tout ce qui concernait sa famille. Quand ils entrèrent dans la deuxième salle, avec sa modeste collection de tableaux religieux du XVIIe siècle, Unity avait d'elle-même dressé un portrait de famille complet de ses parents et de ses frère et sœurs, en insistant pour finir sur son désir de se rendre en Allemagne, afin d'étudier l'histoire, la culture et la langue de cette grande nation.

— Vous êtes encore plus ardente patriote que moi, dirait-on, remarqua von Bohlen en riant un peu de son enthousiasme.

— Parfaitement, répondit Unity avec le plus grand sérieux. Mes parents voudraient que j'aille à Paris apprendre le français, mais je leur ai déjà déclaré que l'avenir, c'est l'Allemagne, et sûrement pas cette vieille France toute rancie.

— Et qu'est-ce qui vous fait croire que l'Allemagne détient la clef du nouveau monde, Fräulein ? Après tout, dans un passé récent, nous avons été détruits et rejetés par nos voisins européens.

Ils se trouvaient devant un tableau représentant Jésus couché sur un rocher tandis qu'une jeune femme munie d'un linge et d'un seau d'eau lavait ses pieds et ses mains ensanglantés.

— La Résurrection, répondit-elle. Je crois que les Allemands renaîtront de leur souffrance et en sortiront d'autant plus forts et puissants.

— Vous avez dû lire certaines théories intéressantes, commenta seulement von Bohlen, et Louisa eut l'impression qu'il se retenait de lui adresser un clin d'œil.

— Peut-être, admit Unity en souriant. Mais j'y crois. J'ai également lu des articles sur votre nouveau dirigeant, Herr Hitler. Quelqu'un… d'inspirant.

— Vraiment ? fit von Bohlen en haussant un sourcil. Là-dessus, je vous rejoins. C'est un vrai patriote. L'un de ses mots d'ordre, c'est l'Allemagne aux Allemands, et c'est lui qui rendra sa grandeur à notre nation.

Louisa sentit Müller se raidir à côté d'elle. S'était-il redressé à la seule mention du nom de Hitler ? Qu'avait dit Iain au sujet de ce dernier ? Que c'était un dictateur ? Elle savait que lord Redesdale ne supportait pas qu'on mentionne un nom allemand sous son toit : « Maudits Boches », grommelait-il. Mais il est vrai que sa génération avait combattu à la dernière guerre et que son propre frère avait été tué en Flandre. Quant à Unity, elle ne connaissait rien de la vie d'avant guerre, elle ne pouvait se rappeler d'une époque où la paix et la prospérité semblaient se profiler dans une brume édouardienne de bienveillance et de confiance, sous une monarchie solide comme un bloc de marbre, du moins en apparence. Aujourd'hui, la Dépression ne semblait pas près de finir, les journaux parlaient quotidiennement des longues queues que faisaient les gens pour avoir du pain, en Amérique mais aussi dans de nombreux pays européens. Pourtant les Mitford et leur milieu paraissaient à l'abri de tous ces maux. Ils donnaient toujours des bals, des réceptions, la garde-robe de Diana était plus fournie et luxucuse que jamais, et les cocktails se succédaient. Louisa savait que la famille Guinness avait perdu de l'argent, mais leur fortune était si colossale que cela était sans conséquence.

Laissant ses pensées vagabonder, elle sortit soudain de sa rêverie quand lady Redesdale et Diana se précipitèrent dans la salle en perturbant le calme ambiant avec force gestes et exclamations.

— Wolfgang, c'est vraiment trop gentil de votre part d'avoir acheté nos billets. Nous ne savons comment vous remercier, dit Diana, et Louisa vit Unity se hérisser.

Après un autre petit salut raide, inclinant le buste, il lui fit un baisemain.

— Je vous en prie, ce fut un plaisir.

— *Danke schön*, répondit Diana avec un petit rire de gorge. Voici ma mère, lady Redesdale.

Le rituel se répéta, mais lady Redesdale fut apparemment moins séduite par le charme désuet de cette courtoisie, car elle s'empressa de retirer sa main. Wolfgang les présenta brièvement à son compagnon, qui ne s'avança pas et se contenta d'incliner un peu la tête.

Le groupe élargi circula tranquillement dans le musée, tandis que Unity et Diana encadraient Wolfgang et que lady Redesdale restait à distance pour étudier de plus près tableaux et objets.

Avec un certain empressement, Diana parla à Wolfgang de son « étroite amitié » avec Mosley, lui-même leader du parti fasciste anglais.

— Il est allé à Rome rendre visite à Mussolini l'an dernier, lui dit-elle. Sir Oswald a été terriblement impressionné par tout ce que le Duce a pu accomplir.

Les mains derrière le dos, Wolfgang cheminait à côté de Diana tel un haut dignitaire en visite officielle.

— Effectivement, je me suis laissé dire qu'il était très impressionnant, confirma-t-il.

De son côté, Unity tenait un exemplaire du guide du musée dont les bords étaient à présent tout écornés. Quant à lady Redesdale, elle s'attardait délibérément, semblait-il, devant un ensemble d'ustensiles romains datant du Ier siècle avant J.-C.

— J'ai rejoint la BUF, déclara Unity en se penchant vers Wolfgang tout en gardant les yeux fixés sur sa mère. L'Union britannique des fascistes, le parti de Sir O, lui expliqua-t-elle en voyant son air déconcerté, et ses chuchotements se firent plus insistants, plus pressants. C'est merveilleux. Il est absolument génial. Dès qu'on l'écoute, on ne peut s'empêcher d'adhérer à sa cause… Je suis certaine que vous comprenez. Vous savez, avec Herr Hitler.

— Vous êtes une jeune femme perspicace, lui dit Wolfgang. Je serais curieux de rencontrer ce sir Oswald pour découvrir quels sont ses projets pour la Grande-Bretagne.

Diana décocha à Wolfgang l'un de ses sourires étincelants.

— Je suis certaine que cela peut s'organiser. Comptez-vous séjourner à Londres ?

Tout en l'écoutant, Louisa enregistrait cette conversation dans sa mémoire : elle la coucherait par écrit dès qu'elle pourrait le faire en toute discrétion. Qu'est-ce que Diana comptait organiser pour cet Allemand qui s'intéressait tant au fascisme anglais ?

— Ce n'était pas dans mes projets immédiats, mais pourquoi pas, en temps voulu, Frau Guinness, répondit Wolfgang, et en entendant ces mots, Unity ne parvint pas à cacher sa jubilation aussi bien que sa sœur aînée. Tous vos compatriotes ne sont pas aussi sympathiques. Devez-vous prendre garde aux personnes avec lesquelles vous abordez ces sujets ?

— Oh, je ne sais pas. Cela dépend des cercles où vous évoluez. Tous nos amis sont antibolcheviques. Le fascisme est la seule option possible, quand on a un tant soit peu de jugeote…, répondit évasivement Diana, puis elle s'interrompit, comme lassée par le sujet. Bon, nous devons nous presser un peu. J'aimerais visiter certaines boutiques et je voudrais rejoindre Mme Fowler.

À la mention de ce nom, Louisa crut déceler chez

Wolfgang une infime réaction, sans savoir de quelle nature elle était.

— Bien sûr. Pardonnez-moi. J'ai abusé de votre délicieuse compagnie. Peut-être pourrions-nous nous retrouver ce soir ? Je crois qu'on sert des cocktails dans le Blue Bar aux passagers de première classe, proposa Wolfgang.

— Oui, nous y serons, confirma Diana.

Elle fit signe à sa mère et à Louisa et toutes les quatre prirent congé, quittant la fraîcheur du musée pour pénétrer dans la chaleur torride et la cohue des rues commerçantes, en ce milieu d'après-midi.

14

Le port de Livourne était principalement sis à flanc de colline, et ce fut une lady Redesdale bien lasse qui se traîna derrière ses filles et Louisa après deux heures d'emplettes dans diverses boutiques pour touristes. Il lui fallait aussi constamment naviguer entre Diana, qui pouvait s'offrir ses moindres caprices, et Unity, qui avait pour y satisfaire son seul argent de poche. Quant à Louisa, elle n'avait pas de lires sur elle, pourtant elle ne pouvait s'empêcher d'admirer le linge de maison, les ouvrages de dentelle, les assiettes décorées, les robes traditionnelles reproduites en modèles pour bébés, les babioles en porcelaine et les cartes postales où les ânes figuraient en bonne place. Diana choisit des jouets pour Jonathan et Desmond, ses deux garçons, lady Redesdale acheta une nappe en lin, tandis que Unity hésitait entre un mouton en bois sculpté pour Decca (« Il ressemble tellement à Miranda, son agneau fétiche »), et un ensemble de ronds de serviette en Bakélite pour Nancy (« Histoire de taquiner Muv »), car pour rogner sur les frais de blanchisserie quand elle vivait à Londres, au début de sa vie de jeune mariée, la baronne avait exclu du service les serviettes de table, et cette économie domestique était devenue légendaire.

Enfin, même Diana ne put ignorer plus longtemps la pâleur de sa mère, et elle proposa de faire une pause dans un café sur la place, pour s'asseoir à l'ombre et boire de la limonade bien fraîche.

— Vous n'y trouverez rien d'aussi délicieux, insista Diana quand sa mère tenta de protester en disant qu'elle avait envie de retourner à bord.

Elles s'assirent donc à une table, leurs chaussures couvertes de la poussière des rues, leurs sacs de courses entassés les uns sur les autres, et commandèrent de la *limonata*.

La boisson arriva dans une grande jarre en verre et Louisa en but avidement, les lèvres givrées de sucre cristallisé.

Alors qu'elle reposait son verre sur la table, son regard s'arrêta par hasard sur l'entrée d'une boutique qui se trouvait presque hors de son champ de vision, sise dans une ruelle qui partait de la place et abritée par un élégant auvent noir. Mais ce qui attira surtout son attention, ce fut la cliente qui en sortait. Mme Fowler avait l'air beaucoup plus épanouie que quand elle les avait quittées plus tôt au restaurant ; en fait, elle semblait même comme étourdie de bonheur, et tout en s'éloignant à pas vifs de la boutique, prise d'allégresse, elle tournoya sur elle-même comme si elle dansait une valse. Louisa vit alors Jim, le jeune steward, sortir de la même boutique. Chargé de paquets, il regarda autour de lui d'un air hésitant. Louisa fut frappée de le voir vêtu, non pas d'une tenue estivale simple et décontractée comme Guy en aurait portée dans les mêmes circonstances, mais d'un costume crème flambant neuf, de brogues en cuir brun reluisantes, et coiffé d'un panama un peu incliné qui mettait encore en valeur son beau visage. Car il fallait avouer qu'il était plutôt bel homme.

— Madame Fowler ? lança Unity après les avoir repérés.

Ella regarda autour d'elle et quand elle les reconnut, on ne put manquer de voir qu'elle rougissait de confusion, même à l'ombre de son chapeau à large bord.

— Venez nous rejoindre, l'invita Diana en lui faisant signe.

— Es-tu certaine que c'est bien convenable ? intervint lady Redesdale en se penchant vers son aînée.

— Voyons, Muv, ne soyez pas si collet monté, répliqua Diana. Louisa, voulez-vous bien aller chercher une autre chaise ?

Louisa se leva donc pour rapprocher une chaise, mais tandis qu'elle la transportait, Ella, qui les avait presque rejointes, leva la main pour lui signifier que ce n'était pas la peine.

— Je suis désolée, mais cette fois encore, je ne puis m'attarder.

Planté au coin de la ruelle et de la place, Jim attendait d'un air gêné, des paquets plein les bras. Diana lui jeta un regard, puis revint à Ella.

— Peut-on savoir ce que vous manigancez ?

— Rien du tout, répondit Ella en secouant la tête. Joseph a besoin de nouveaux vêtements, et comme il est pris par son entretien, j'ai demandé au garçon de cabine de m'escorter.

— On dirait que c'est lui qui est habillé de neuf, remarqua Diana en riant, tandis que lady Redesdale cachait sa désapprobation en avalant une grande gorgée de limonade.

— Oh, ils ont à peu près les mêmes mensurations, vous comprenez, alors je lui ai demandé d'essayer le modèle. Vous savez comment c'est, dans ces commerces à l'étranger, on ne peut pas compter sur les vendeurs pour vous donner la bonne taille.

Louisa n'avait rencontré Joseph Fowler que très brièvement, mais elle était bien certaine qu'il faisait plusieurs centimètres de plus que Jim.

— De toute façon, nous ferions mieux de remonter à bord, reprit Ella tandis que Diana l'observait avec une certaine ironie. Jim reprend bientôt son service et je ne voudrais pas lui causer d'ennuis avec son supérieur. Vous savez comment c'est… Au fait, n'en parlez surtout pas à Joseph, insista-t-elle en les considérant tour à tour. C'est une surprise… pour son anniversaire.

— Quand est-ce ? s'enquit aussitôt Diana avec une lueur d'amusement dans le regard.

— Quoi donc ?

— Son anniversaire ?

— Bientôt, répondit Ella avec aplomb. Bon, il faut que je me dépêche. Désolée de vous faire encore faux bond. On se retrouve à bord un peu plus tard ?

— Bien sûr, répondit Diana, et leur petit groupe regarda Mme Fowler rejoindre la ruelle, bientôt suivie d'un Jim empressé. Qu'est-ce que vous dites de ça ? lança-t-elle d'un air badin quand ils eurent disparu.

— Je préférerais que tu n'en discutes pas devant ta sœur, déclara lady Redesdale.

— Muv, j'ai presque dix-neuf ans, remarqua Unity.

— Tu n'es pas mariée.

— Diana était mariée, à mon âge, riposta Unity d'un air boudeur, et Louisa s'attendit presque à la voir disparaître sous la table, comme font les enfants quand la conversation ne tourne pas à leur avantage.

— Justement.

— Et on voit ce qu'il en est. C'est ce que vous vouliez dire ? s'offusqua Diana en se redressant.

Sa mère garda le silence et croisa posément les mains sur ses genoux.

— Il faudrait retourner sur le bateau, si vous voulez avoir le temps de prendre un bain et de vous habiller pour le dîner, intervint alors Louisa en consultant l'heure à sa montre.

Tenter de dénouer les chamailleries entre lady Redesdale et ses filles était l'aspect le moins agréable de son travail, car ses tentatives échouaient la plupart du temps. Comme c'était à prévoir, l'animosité ambiante se retourna contre elle.

— C'est à moi de décider quand ce sera le moment, lança Diana d'un ton mordant, mais sa mère eut la bonne grâce de se ranger à l'avis de Louisa.

— Je crois en effet qu'il vaudrait mieux pour nous toutes que nous allions nous abriter de cette chaleur, déclara-t-elle en se levant. Louisa, venez avec moi, voulez-vous ? Toi aussi, Unity, ajouta-t-elle sans mentionner Diana, mais le message était clair.

Il s'avéra que la baronne s'était surmenée en présumant trop de ses forces. Quand elles eurent rejoint la cabine, elle se plaignit d'une violente migraine. Il fut décidé qu'elle passerait la soirée allongée sur son lit dans la pénombre, tandis que Louisa servirait de chaperon à Unity en l'accompagnant au cocktail qui devait se tenir au Blue Bar ce soir-là. Louisa avait apporté une robe convenable en velours frappé d'un bel orange foncé, qui moulait sa fine silhouette. La robe ne sortait pas d'un atelier de couture, mais du rayon prêt-à-porter de chez Selfridges. Guy lui avait dit que, quand elle la mettait, aucune femme présente ne pouvait rivaliser avec elle. Louisa se cramponna à ce souvenir, car en la voyant apparaître, ni Unity ni Diana ne firent aucun commentaire, mais continuèrent à s'agiter à propos de leur propre tenue de soirée, en se plaignant que c'était « terriblement difficile » d'être à la hauteur des critères mondains qui exigeaient de porter une tenue différente en chaque occasion. Il fallait donc chaque fois jouer avec les accessoires pour donner l'illusion qu'il ne s'agissait pas de la robe portée précédemment. Enfin elles s'estimèrent satisfaites et, à 19 heures, elles se rendirent ensemble au cocktail.

Comme d'habitude, il y avait une soixantaine de personnes en smoking et robe longue, sirotant des martinis dry.

— Toujours les mêmes têtes... C'est d'un ennui, se plaignit Diana en entrant dans la salle du Blue Bar. Cela me rappelle pourquoi je n'aime pas les croisières.

— Alors pourquoi nous avoir accompagnées ? dit Unity.

— Parce que je devais m'éloigner du Leader en attendant que la procédure de divorce aboutisse, crétine.

Diana avait dû lire la lettre qu'elle avait reçue de lui le jour même. Apparemment, son contenu n'avait guère amélioré son humeur. Cette dernière missive aurait-elle déjà rejoint la liasse des autres lettres, dans le tiroir de la table de chevet ? Diana avait-elle remarqué qu'il en manquait une ? Louisa n'avait pas encore trouvé l'occasion de l'y remettre. Chaque fois qu'elle y songeait, elle avait comme un léger vertige.

Diana se taisait à présent, et Louisa ne put s'empêcher d'éprouver envers elle un peu de compassion. Elle n'appréciait pas Mosley, ni le fait que Diana ait quitté Bryan, dont elle pensait que c'était quelqu'un de bien, d'autant que la réputation de Mosley comme séducteur impénitent n'était plus à faire.

Nancy avait rapporté à Louisa qu'une nuit il avait avoué à son épouse toutes ses infidélités.

— Trente infidélités en vingt ans de vie commune, et encore, en comptant seulement celles qu'il a reconnues, avait-elle chuchoté à Louisa du ton réservé aux médisances les plus savoureuses. « Mais… ce sont toutes mes amies », aurait dit Cimmie en entendant cette longue liste de noms. Pas étonnant qu'elle en soit morte peu de temps après.

En tout cas, songea Louisa, il y a peu de chances pour que Mosley ait changé de nature. Peut-être la lettre avait-elle inspiré à Diana quelques doutes quant à savoir si elle avait eu raison de tout quitter pour lui.

Louisa observa la salle autour d'elle. Les visages lui étaient déjà devenus familiers. Ella Fowler parlait avec sir Clive, l'homme avec lequel son mari avait déjeuné plus tôt dans la journée. Il se penchait sur elle d'un air enjôleur, mais il fallait reconnaître qu'Ella ne manquait pas de charme, on ne pouvait donc lui en vouloir. Son mari, Joseph, était la seule personne dans la pièce à s'être assise, avec à la main un verre de scotch plein à ras bord. Pourvu que ce soit un whisky soda, sinon il sera complètement ivre, une fois le verre vidé, songea Louisa. Mais la vraie surprise, ce fut d'apercevoir Wolfgang von Bohlen debout près de son compagnon, Herr Müller. Unity les repéra au même instant et retint une exclamation.

— Louisa, regardez comme il est superbe en uniforme. Quel bel homme !

Effectivement, il portait un uniforme noir, avec un pantalon fourré dans de hautes bottes en cuir, une ceinture, une lanière de cuir en travers du torse, et un brassard rouge et blanc orné d'un symbole, qui se remarquait de loin.

Unity avait suivi le regard de Louisa.

— C'est la svastika, l'emblème du parti nazi, lui précisa-t-elle. C'est drôle, car moi-même, j'ai été conçue en Swastika.

— Comment ?

— C'est une région du Canada. Muv et Farve s'y étaient rendus pour prospecter de l'or. Sans en trouver, évidemment.

— Hum, dit Louisa, vaguement troublée.

Peut-être était-ce seulement la façon dont Unity réagissait vis-à-vis de Wolfgang en uniforme, un curieux mélange de candeur et d'ardeur sexuelle, deux émotions assez détonantes.

Un serveur s'approcha, muni d'un plateau de martinis. Unity en prit un, imitée dans la foulée par Louisa.

— À ce que je vois, vous avez l'intention d'être de la partie, remarqua Unity, et Louisa regarda son verre, comme surprise d'en avoir un à la main.

— Un seul me suffira.

Diana les avait laissées pour aller parler à Ella.

— Allons les rejoindre, dit Unity. Je meurs d'envie de parler avec Herr von Bohlen, mais je ferais mieux d'attendre qu'il vienne à moi, vous ne croyez pas ?

Louisa avait bu sa première gorgée et elle sentait monter l'effet du gin. Ce n'était pas désagréable.

— Oui, ce serait préférable.

Elles s'approchèrent donc des deux femmes, mais Louisa resta à distance. Ce n'était pas son rôle de se mêler à leur conversation, et puis elle n'était pas habituée à boire des alcools aussi forts. Il lui fallait reprendre quelque peu ses esprits.

Pendant qu'Ella présentait sir Clive Montague à Unity, Diana attrapa au vol un deuxième martini au passage d'un serveur. Louisa l'avait déjà vue dans cette disposition d'esprit, quand son impétueuse jeunesse prenait le pas sur son habituelle distinction. En général, cela n'augurait rien de bon.

15

Le Blue Bar avait de grandes portes vitrées qui donnaient directement sur le pont. Ce soir-là, elles étaient grandes ouvertes tant l'air était tiède et doux, même si le paquebot fendait l'eau noire à grande vitesse. La salle était bondée d'invités, et même s'il n'y avait pas le même degré d'excitation que lors de la première soirée à bord, l'ambiance était remplie du brouhaha des conversations et de fumée de cigarettes. Toute contente, Louisa se plaça de telle manière qu'elle puisse à la fois profiter de la brise qui entrait par les portes ouvertes et écouter le groupe qui se trouvait devant elle, composé d'Ella, Diana, Unity et sir Clive Montague. Les présentations avaient déjà été faites, mais manifestement, Diana n'allait pas se prêter aux banalités qu'échangent généralement de toutes nouvelles connaissances.

À sir Clive qui lui demandait si elle avait déjà navigué sur le *Princess Alice*, elle répondit sans ambages :

— Non, et c'est bien la dernière fois. Trois semaines sans sorties au théâtre ou dans les night-clubs, avec les mêmes têtes à la même table à chaque repas du midi et du soir, très peu pour moi… Pardonnez mon franc-parler, ajouta-t-elle juste après en se rendant compte qu'elle y était allée un peu fort, ce qui fit rire sir Clive, d'un rire un peu caverneux qui monta du plus profond de sa poitrine.

— Le truc, quand on a affaire aux mêmes personnes, c'est d'en tirer quelque chose de différent chaque soir. C'est ce qui rend ces croisières captivantes à mes yeux, argua-t-il.

— Et comment vous y prenez-vous ? demanda Unity avec un intérêt sincère.

— Eh bien, ma chère, répondit sir Clive d'un air avantageux, on pose simplement aux gens des questions inattendues.

— Dans ce cas, pourquoi avez-vous demandé à Diana si elle avait déjà voyagé à bord du *Princess Alice* ? Tout le monde la pose, cette question-là.

Bien joué, Unity, songea Louisa qui but une gorgée de son martini et attendit la réponse.

— C'était une sorte d'entrée en matière. On ne peut pas plonger d'un seul coup dans les profondeurs de l'âme humaine. Il faut d'abord faire quelques longueurs dans le petit bain.

— En d'autres mots, vous cherchez à gagner la confiance de vos interlocuteurs, intervint Diana qui s'était apparemment piquée au jeu malgré elle.

Quant à Ella, jusque-là, elle s'était contentée de les observer.

— Je boirais bien encore quelque chose, dit-elle après avoir vidé d'un trait son verre à moitié plein. N'est-il pas l'heure d'aller dîner ?

— Oui, nous irons d'ici peu, répondit Diana en revenant à sir Clive. Dites-moi, pourquoi chercher à plonger dans l'âme d'autrui ? Cela n'est pas sans danger, me semble-t-il.

— Je suis un investisseur, répondit-il aimablement. Et l'on doit toujours placer ses intérêts dans une personne, non dans une affaire. Les affaires vont et viennent, mais les gens peuvent rapporter gros pour la vie.

— Pas mon mari, intervint Ella d'un ton mordant.

— Ah ? réagit aussitôt Diana d'un air alléché que Louisa lui connaissait bien. Dites-nous-en un peu plus.

Mais au même instant, sir Clive s'esquiva.

— Ce fut un plaisir de vous rencontrer, vous et votre sœur. J'espère bien que nous allons nous revoir. Maintenant, si vous voulez bien m'excuser, je ferais mieux d'aller dîner. Je pense que le gong ne va pas tarder à retentir, conclut-il avant de s'éloigner rapidement.

— Eh bien, Ella, vous n'avez plus qu'à nous dire de quoi il retourne, intervint Diana en haussant les sourcils.

En préambule, Ella poussa un long soupir.

— Il a perdu beaucoup d'argent en investissant dans l'un des projets de Joseph, un centre éducatif attenant au palais de Blenheim, figurez-vous. Mais les autres investisseurs n'ont pas tenu leurs engagements et le projet a capoté. Quand mon mari s'en est rendu compte, l'argent de Clive était déjà dépensé dans l'établissement des plans, des repas bien arrosés avec les conseillers municipaux et Dieu sait quoi d'autre. À présent, Clive veut récupérer ses fonds.

En l'écoutant, Louisa se douta qu'Ella avait bu un martini de trop. Quant à ses auditrices, tout ouïe, elles buvaient avidement ses paroles.

— Évidemment, Joseph ne les a pas. Il ne risque pas d'en rembourser un sou. Ce n'est donc pas une coïncidence si Clive est sur ce bateau. C'est là que nous l'avons rencontré la première fois, et il s'efforce de traquer Joseph depuis des mois. Il a dû découvrir qu'il ferait cette croisière. Il a quelqu'un à sa solde, mais j'ignore de qui il peut bien s'agir.

Louisa avait beau savoir que ce n'était pas le genre de renseignements que Iain recherchait, elle n'en était pas moins captivée. Qui donc à bord renseignait sir Clive sur les allées et venues de Fowler ?

— Qu'arrivera-t-il si Joseph ne le rembourse pas ? demanda Diana.

— Je l'ignore et ça m'est bien égal, répondit Ella en levant les yeux au ciel. Joseph m'a demandé d'essayer de l'amadouer en lui faisant du charme, mais je ne vois pas ce qui pourrait m'y obliger. Je vais bientôt divorcer.

À ces mots, elle recula d'un pas chancelant, consciente qu'elle venait de dégoupiller une grenade et qu'il valait mieux s'éloigner du lieu de l'explosion.

— Oh, très chère, je suis justement en pleine procédure et c'est atroce, compatit Diana. Êtes-vous certaine qu'il n'y a pas d'autre issue ?

— Je suis déjà passée par là.

— C'est vrai ?

Conquise, Diana claqua des doigts à l'intention d'un serveur, qui s'approcha.

— Deux martinis dry. Vite, commanda-t-elle.

— Joseph est mon troisième mari, déclara Ella en lui décochant un sourire espiègle. À mon premier mariage, j'avais dix-huit ans, et je suis allée avec mon époux en Angleterre…

— Et d'où veniez-vous ? intervint Unity.

— De Colombie-Britannique. J'ai grandi là-bas… commença Ella, mais le serveur arrivant avec les commandes, elle saisit un verre. Il a été tué à la guerre, reprit-elle. Entre-temps, j'avais rejoint une unité d'ambulances qui travaillait derrière les lignes de front françaises. On m'a décorée de la croix de guerre avec étoile et palme pour ma bravoure.

En signe d'admiration, Diana leva son verre comme pour porter un toast.

— Continuez.

— Après la guerre, ce fut… difficile. Vous étiez sans doute trop jeunes pour vous en souvenir, mais tout était différent et l'ambiance n'était pas à la gaieté. J'ai épousé un Américain, un capitaine, et nous sommes allés vivre dans sa ville natale, mais nous nous sommes séparés juste après la naissance de notre fils. Nous n'aurions pas dû passer plus d'une semaine ensemble, encore moins toute une vie.

— Qu'avez-vous fait alors ?

Louisa remercia en pensée Diana de poser toutes les questions, tandis qu'elle-même restait dans l'ombre, son martini presque intact. Ella regarda autour d'elle, peut-être pour vérifier que Joseph n'était pas dans les parages.

— J'ai travaillé en tant que pianiste et composé des chansons, mais il fallait que je m'occupe de mon fils. Finalement, je suis rentrée en Colombie-Britannique en espérant que ma famille m'aiderait. C'est alors que j'ai rencontré Joseph. Quant au reste, vous pouvez le deviner. Voilà où j'en suis aujourd'hui. Sur un paquebot quelque part en Europe, à mendier un peu d'affection auprès d'un garçon de… Oh ! s'exclama-t-elle soudain en portant la main à sa bouche. J'en ai trop dit.

— Je pense que tout le monde est allé dîner, intervint Unity d'un air désapprobateur.

Après un coup d'œil alentour, elles constatèrent qu'effectivement la salle était presque vide.

— Nous ferions mieux d'y aller, intervint Louisa l'air de rien, du ton de la parfaite domestique n'ayant pas entendu un mot de leur conversation. Êtes-vous prête, mademoiselle Unity ?

— Oui, nous sommes prêtes, répondit Diana à la place de sa cadette tout en prenant Ella par le bras tel un galant compagnon. Restez donc avec nous, madame Fowler. Je suis sûre que vous avez encore plein de choses à nous raconter.

Lady Redesdale n'aurait certainement pas approuvé que Unity en apprenne davantage sur le manque d'affection de Mme Fowler et son attirance pour quelqu'un qui n'était pas son mari actuel, mais comme toujours, Louisa était impuissante face à la détermination de Diana.

Pas M. Joseph Fowler.

Tandis qu'elles sortaient de la salle, Louisa perçut du mouvement en périphérie de son champ de vision. Elle crut d'abord que c'était la lune qui se reflétait sur les vitres des portes-fenêtres donnant sur le pont. Mais alors, une voix d'homme retentit, appelant Ella.

Toujours bras dessus bras dessous avec Diana, son épouse se retourna.

— Comptais-tu aller dîner sans moi ? lui lança-t-il.

— Monsieur Fowler, c'est entièrement de ma faute, intervint Diana, c'est moi qui ai forcé votre femme à…

Mais elle fut obligée de s'interrompre, car Joseph les avait rejointes pour écarter sa femme et l'agripper brutalement. Louisa sentit la colère monter en elle plus vite que les bulles dans un siphon d'eau de Seltz.

S'étranglant presque de fureur et de honte, Ella s'excusait auprès de Diana et Unity, réduites au silence, quand on entendit soudain un autre homme intervenir.

— Lâchez-la.

Faisant volte-face, Louisa vit que c'était Jim, le steward qu'elle avait aidé lors du cocktail, quelques nuits plus tôt. Jim, le beau jeune homme qu'elle avait vu escorter Ella en portant ses paquets, vêtu d'un élégant costume en lin.

Joseph lâcha le bras d'Ella qui se mit à le frotter, les yeux baissés à terre.

— Comment osez-vous me dire ce que je dois faire ?

— Monsieur Fowler, je ne cherche qu'à rétablir un peu d'ordre et de calme, répondit Jim en ouvrant les paumes d'un geste apaisant, mais Louisa vit à son expression combien il était déterminé.

— Je fais ce que je veux. Je suis un passager de première classe et vous un simple garçon de cabine. Vous feriez mieux de vous en souvenir, lança avec rage M. Fowler.

Sur ce, il bondit en avant pour décocher à Jim un direct au menton.

En s'empoignant, les deux hommes se cognèrent contre le bar. Plusieurs verres laissés là par les invités qui étaient partis dîner tombèrent avec fracas en se brisant en mille éclats qui jonchèrent le sol telle une galaxie d'étoiles lointaines.

Diana et Unity avaient reculé vers la sortie, mais Louisa s'était postée près d'Ella, prête à la protéger.

Jim saisit Joseph à bras-le-corps et ils roulèrent à terre sur les débris de verre, battant des bras et des jambes en grognant et haletant, jusqu'à ce que quelqu'un se précipite pour écarter Joseph. Jim resta à terre, le visage et les mains couverts d'entailles sanglantes. Malgré l'hystérie ambiante, Louisa s'était brusquement calmée comme sous l'effet d'une douche glacée. Car elle connaissait l'homme qui s'était interposé.

C'était Guy, son mari.

16

— Guy, que fais-tu ici ? dit Louisa en le scrutant.

Un peu haletant, il immobilisait Joseph en lui tenant les mains derrière le dos en une clef efficace de policier. Jim se releva péniblement, et après avoir brossé ses vêtements, il examina ses mains ensanglantées. Personne n'osait même respirer. Unity et Diana regardaient la scène en ouvrant de grands yeux, comme des enfants au guignol.

— Je voulais te faire la surprise.

— Eh bien, c'est réussi, dit-elle en s'efforçant de faire bonne figure, encore sous le choc de sa soudaine apparition.

— Lâchez-moi, je vous dis de me lâcher, lança Joseph, brisant ainsi l'étrangeté de ce moment qui figeait tous les présents telle une fine couche de glace.

— Pas tant que vous ne m'aurez pas assuré que vous ne chercherez plus la bagarre, répondit Guy avec un flegme méritant.

— Je suis un vieil homme, répondit Joseph, et effectivement, il accusait son âge, l'air tout déconfit, la moustache pendante. Je n'ai pas envie de me battre.

En comparaison, Jim avait l'air jeune et plein de vigueur, dans son uniforme blanc tout taché à cause des verres cassés dont le liquide s'était répandu par terre. Il les regarda tour à tour, honteux et confus, et s'enfuit à toutes jambes en bousculant Diana au passage. Un barman avait déjà commencé à nettoyer les dégâts. Ella regarda Jim partir, mais elle demeura sur place.

Diana et Unity s'animèrent soudain, comme si elles sortaient d'une partie de statues musicales.

— Je pense que nous ferions mieux d'aller dîner. Louisa, nous vous appellerons plus tard, quand nous aurons besoin de vous, déclara posément Diana. Monsieur Sullivan, c'est un plaisir de vous revoir.

L'arrivée inopinée de Guy les déconcertait, à tout le moins. Lady Redesdale désapprouverait-elle ce rebondissement inattendu ? Sans aucun doute. Oh, et puis je m'en fiche ! se dit Louisa.

Guy avait relâché son étreinte sur Joseph et le drôle de couple s'en fut sans autre commentaire.

— Bonjour, dit Louisa à son mari. Si l'on recommençait à zéro ? Pour repartir du bon pied ?

— Oui, s'il te plaît, répondit Guy en respirant soudain plus librement.

Elle lui prit la main et l'emmena dehors, sur le pont. C'était l'heure du dîner, aussi n'y avait-il personne alentour, et la pleine lune brillait d'un vif éclat. Il faisait bon, pourtant Louisa frissonnait un peu. Elle se rapprocha de son mari qui l'enveloppa de son bras et ils s'appuyèrent sur la rambarde pour contempler le liseré phosphorescent des vagues qui ourlaient le paquebot. Pendant deux à trois minutes, silencieux, ils goûtèrent la sensation de leurs deux corps réunis, blottis l'un contre l'autre, dans la mer et la nuit complices. Mais chez Louisa, la curiosité reprit le dessus.

— Que fais-tu ici ? Quand es-tu monté à bord ? Et comment ?

Guy déposa un baiser sur son front.

— Tu me manquais. C'est aussi simple que ça. Cela n'a pas été difficile de découvrir où le bateau faisait escale, et j'ai donc pris le train pour te rejoindre. Stiles s'est montré compréhensif et il m'a accordé un congé. Nous venions d'arrêter et de faire inculper le criminel que nous recherchions, alors il était dans de bonnes dispositions.

— Peux-tu rester longtemps ?

— Non, seulement deux nuits. Il me faudra rejoindre Rome pour prendre le train du retour. Mais j'ai pensé que cela valait le coup.

— Oh oui, ça vaut le coup. Merci, dit-elle en lui tendant ses lèvres pour récolter un vrai baiser.

Tous deux rassérénés, ils allèrent dîner. Louisa distraya Guy en lui décrivant les personnages qu'elle avait rencontrés sur le bateau. En plus de M. et Mme Fowler et leur histoire sortant de l'ordinaire, il y avait Jim, le steward.

— Sais-tu pourquoi ils se sont battus ? demanda Guy.

Elle hésitait à répandre des ragots qui n'étaient peut-être pas fondés. D'un autre côté, il fallait examiner une affaire sous tous les angles.

— Je crois que Mme Fowler a une sorte de liaison avec Jim, admit-elle. À Livourne, quand j'étais avec les dames Mitford, nous l'avons vue avec lui, et il portait des vêtements chers qu'elle venait manifestement de lui offrir. Elle a tenté de se rattraper en évoquant divers prétextes mais…

— Quelle engeance, commenta Guy en secouant la tête. À ton avis, son mari est-il au courant ?

— Je n'en sais rien. Mais qu'elle le trompe ou pas, leur couple bat de l'aile.

— C'est M. Fowler qui a commencé par s'en prendre à Jim. Cela signifie-t-il qu'il soupçonne Jim d'être l'amant de sa femme ?

— Ça se pourrait bien, convint Louisa.

— Que sais-tu sur lui ?

— Sur Jim ? Pas grand-chose. Il est affecté au service des cabines de première classe. Nous avons servi les boissons ensemble, lors d'une fête donnée par Mme Guinness. C'est un jeune gars qui espère voir le monde en travaillant sur un bateau, expliqua-t-elle en repoussant de sa fourchette le blanc de poulet insipide. En temps normal, il sait se tenir. J'ai été surprise quand la bagarre a éclaté. J'aurais cru que ce n'était pas son genre.

Louisa raconta à Guy qu'à bord les Fowler étaient loin d'être les seuls personnages excentriques. Il y avait le capitaine Schmitt, et sa passion pour les perroquets.

— Allez ! Tu me fais marcher.

— Je t'assure, affirma Louisa en riant. Tu pourras bientôt le constater par toi-même. Il a une broche en forme de perroquet épinglée près de ses médailles, et je te jure que je l'ai vu porter une cravate imprimée des mêmes volatiles.

Cela faisait du bien d'être avec son mari à manger et à parler ensemble. Pourquoi avait-elle accepté si vite la mission que Iain lui avait confiée ? Louisa se dit qu'elle avait encore du chemin à faire pour devenir vraiment adulte. Quand les choses étaient devenues difficiles à la maison, elle avait sauté sur la première occasion pour s'esquiver. Je ne le ferai plus, se promit-elle. Guy mérite mieux que ça.

Elle contempla son visage franc et ouvert, son nez fin chaussé de lunettes rondes. Quand elle l'avait connu, il avait l'air d'un jeunot, et elle aimait la façon dont le passage du temps avait façonné ses traits en le mûrissant.

— Et Mmes Mitford ? demanda Guy. Est-ce qu'elles ont su bien se conduire ?

— Oui, répondit Louisa, cédant au bien-être qui l'envahissait. Pas trop mal. Oh, je ne les comprends pas toujours, mais je les connais assez bien pour qu'elles ne me surprennent plus guère.

— Et Mme Guinness, a-t-elle été en contact avec Sir O ?

— Pourquoi cette question ?

Guy haussa les épaules en tenant sa fourchette en l'air.

— Mon côté fouineur de policier, je suppose. Elle est en plein divorce. Je suis curieux de savoir où ils en sont.

Guy travaillerait-il lui aussi pour les renseignements généraux, sur la même mission qu'elle ? Serait-ce pour cela que Iain lui avait défendu de parler à son propre mari ?

— Je ne sais pas trop. De toute façon, elle ne m'en dirait rien.

Si la lettre avait été dans sa poche au lieu d'être dans le tiroir de sa table de chevet, sa jupe aurait pu prendre feu tant elle était sur des charbons ardents. Louisa savait qu'elle se montrait évasive, mais il fallait absolument changer de sujet.

— Et les autres passagers ? Quel genre de personnes voit-on ? s'enquit Guy.

Pourquoi s'obstine-t-il à poser ces questions ? se demanda-t-elle, alarmée, avant de se reprendre. Trêve de paranoïa.

— Oh, c'est un doux mélange, d'après ce que j'ai pu en voir, répondit-elle. Tous les passagers ne sont pas du goût de lady Redesdale, qui ne les choisirait sans doute pas comme voisins de table, à en juger par certaines de ses expressions. Elle s'est plainte que sur ce paquebot, tout le monde riait trop fort.

Au-dessus de ses binocles, Guy haussa les sourcils. Il ne comprenait pas le snobisme. Quand il était amené à faire des distinctions entre les gens, c'était sur des critères de moralité qu'il jugeait leur conduite. Son métier lui fournissait beaucoup d'occasions de le faire, et Louisa savait qu'il avait parfois du mal à garder foi en le genre humain.

Elle lui parla ensuite des autres : sir Clive Montague, qui avait perdu une fortune à cause de Joseph, et comment Unity s'était entichée de Wolfgang von Bohlen, lui-même toujours accompagné d'un certain Herr Müller, discret et taiseux. La femme âgée dont elle ignorait le nom, mais qui promenait chaque jour ses six teckels sur le pont trois heures durant, avant et après le déjeuner. Des rumeurs couraient à propos d'une célèbre ballerine, Daisy Lipstadt, censée être à bord, mais qui n'était toujours pas apparue. La mère, le père et les deux gamines d'une dizaine d'années qui portaient toujours des vêtements de la même couleur : aujourd'hui, mère et filles étaient en robes jaunes et le père en cravate et chaussettes jaunes. Et puis il y avait le serveur victime d'un stress post-traumatique, qui sursautait chaque fois qu'on débouchait une bouteille de champagne.

Guy avait écouté attentivement.

— Tes facultés d'observation feraient de toi une remarquable enquêtrice, conclut-il.

— Oh, il n'y a pas grand-chose d'autre à faire, répliqua-t-elle, consciente d'être quelque peu sur la défensive.

— Peut-être. Mais je te connais. C'est plus fort que toi, lui dit-il en souriant, puis il se mit à bâiller. Désolé, la journée a été longue.

Louisa lui toucha le bras. Ils avaient fini de manger et la salle était presque vide, tandis que les divers employés assumaient leurs tâches respectives pour la soirée.

— Tu es fatigué. Et moi, j'ai encore du travail. Pourquoi ne pas aller dormir dans ma cabine ?

— Tu en as une à toi ?

— Oui, il n'y a qu'une simple couchette, mais elle m'est réservée. Qu'as-tu retenu comme billet ?

— Le moins cher que j'ai pu trouver… Il n'y avait guère le choix, de toute façon. Juste un hamac sur le pont des postes d'équipage, je pense.

— Tu es presque un passager clandestin.

— Du moment que je peux voyager clandestinement avec toi, ma chérie, ça me va très bien.

Guy se leva et Louisa en fit autant. Elle lui donna la clef de sa cabine en lui indiquant comment s'y rendre et lui promit qu'elle le rejoindrait dès que possible.

17

Après avoir pris congé de Guy, Louisa se trouva face à ses obligations. Il lui fallait monter au pont supérieur pour voir lady Redesdale, à quelques volées d'escaliers, et elle préféra prendre par les couloirs à peine éclairés que l'équipage et les domestiques utilisaient pour se déplacer rapidement à travers le bateau. La dernière porte donnait directement sur le pont et elle décida de contempler encore un instant la nuit étoilée.

À peine eut-elle ouvert la lourde porte qu'elle entendit des sanglots. L'éclairage électrique provenant des hublots et des baies vitrées se projetait sur le pont en traits de lumière alternant avec un noir profond. Louisa s'avança en direction du son et elle découvrit alors Ella, accroupie sur le plancher, blottie contre un mur. Le visage entre les mains, elle sanglotait. Louisa s'empressa de s'agenouiller près d'elle sans oser la toucher, la main en l'air au-dessus de sa tête.

— Madame Fowler ? C'est Louisa Sullivan. Comment puis-je vous aider ?

Ella leva vers elle un visage au teint brouillé, strié de larmes, où le maquillage s'était étalé en hideuses traînées, et qui ne gardait rien de sa beauté. Plus troublantes encore que ce visage ravagé furent la douleur et la fureur dont ses yeux étaient empreints. « Salaud, ordure… », marmonnait-elle en jurant entre deux hoquets.

L'air traversé d'effluves tièdes en début de soirée avait cédé la place à un froid pénétrant.

— Rentrons à l'intérieur, madame Fowler, déclara Louisa avec fermeté.

Un éclair de peur traversa le regard d'Ella, puis elle baissa la tête et serra encore les genoux.

Oh ! Ces gens et leurs petits mélodrames, songea Louisa, exaspérée. Ils ont l'argent, le luxe, la liberté. Pourquoi faut-il qu'ils compliquent tout à loisir ? Avec un soupir, elle insista, car malgré tout, elle avait pitié d'Ella. Son mari n'était pas un cadeau, et aucune richesse ne pouvait compenser cela.

— Allons, venez, dit-elle en lui prenant le bras, et elle se releva en essayant de l'obliger à faire de même.

D'abord, Ella résista puis, s'appuyant d'une main sur le sol, elle se redressa péniblement en bredouillant toujours des jurons et des lamentations. Une fois debout, elle passa les mains sur son visage comme pour en effacer les dégâts et ferma les yeux un bref instant, ce qui la fit un peu chanceler. Quand elle les rouvrit, son regard était ardent.

— Je l'aime. Je l'aime tant, déclara-t-elle d'une voix pâteuse. Personne ne le comprend et personne ne veut le croire. Pas même lui.

— Votre mari ? demanda Louisa tout en sachant pertinemment que ce n'était pas à lui qu'Ella pensait.

— Non, non, pas cet imbécile, s'insurgea Ella avec un geste de mépris, comme si elle écrasait une vermine rampant sur le sol. Jim. C'est Jim que j'aime, et elle se mit à rire, d'un rire dont Louisa devina qu'il se transformerait vite en nouvelle crise de larmes.

Elle chercha un mouchoir qu'elle savait avoir dans l'une de ses poches, une habitude qu'elle avait gardée du temps où elle était bonne d'enfants, tandis qu'Ella continuait à marmonner des propos incohérents en reniflant entre deux sanglots, disant combien elle aimait Jim et haïssait son mari, comment elle allait le quitter pour s'enfuir avec le garçon de cabine. Louisa dit à Ella de se calmer et se mit à lui tamponner le visage d'un coin de mouchoir blanc.

— Chut, madame Fowler. Le moment est mal choisi pour parler de tout cela. Vous êtes fatiguée et vous avez besoin de vous reposer.

— Je ne peux pas me reposer, il va me harceler et m'empêcher de dormir. Il veut que moi, sa femme, je couche avec sir Clive.

À ces mots, Louisa se figea. Malgré elle, son oncle Stephen lui revint aussitôt en mémoire. Elle le revit la tirant du lit au milieu de la nuit. Une porte qui se referme. Une ceinture qu'on déboucle. Elle s'était échappée juste à temps, mais la peur l'avait fait fuir loin de chez elle. Si c'était ce qu'Ella affrontait aujourd'hui, Louisa ne la jugerait pas.

— Il ne peut pas rembourser cet argent et il veut que je… que je…

Elle hoqueta et finit par abandonner. Louisa lui avait redonné figure humaine du mieux qu'elle pouvait. La saisissant par la taille et l'épaule, elle s'efforça de la faire rentrer à l'intérieur. Ce fut une manœuvre difficile tant la porte était lourde. Louisa décida ensuite qu'elles passeraient par les couloirs réservés au service pour arriver aussi près que possible de la cabine d'Ella, afin d'éviter de tomber sur l'une de ses connaissances.

Hélas, cela ne marcha pas.

18

En chemin vers la cabine de Louisa, Guy avait l'impression de marcher sur un petit nuage, malgré la longue journée qu'il avait derrière lui. Malgré surtout les palpitations de son cœur, depuis qu'il était monté à bord du premier train à Victoria, seulement trois jours plus tôt. Cela paraissait déjà si loin. Ce n'était pas qu'il n'avait pas confiance en Louisa, mais il craignait sa réaction à sa soudaine apparition sur le bateau. Il ne pouvait se défaire de l'impression qu'elle lui cachait quelque chose, sans se douter le moins du monde de ce que cela pouvait être. Guy était bien certain qu'il ne s'agissait pas d'un amant, elle n'était pas ce genre de femme et il savait que l'intimité complice qu'ils partageaient était réelle. La seule éventualité qui lui venait en tête, c'était que les Mitford lui avaient fait une requête qu'elle ne pouvait lui confier. C'était absurde. Louisa aurait dû savoir qu'il l'adorait, et qu'il lui pardonnerait tout ou presque. Pourtant, une fois passé le choc de la surprise, elle avait paru heureuse de le voir, et il avait hâte qu'elle vienne le retrouver plus tard dans la cabine, où ils seraient tous deux obligés de partager une couchette étroite. Oui, il en mourait d'envie.

Si Guy avait eu au départ l'intention d'aller directement dans la cabine pour l'attendre, il ne se sentait plus du tout fatigué à présent, et quand il se rappela qu'il devait y avoir un bar sur le paquebot où boire un bon whisky…

Bref, dix minutes plus tard, Guy était au fond du fumoir, dans un décor très masculin d'étagères en bois sombre, de livres reliés en cuir, d'épaisse fumée de cigare stagnant sous le plafond. L'espace semblait réservé aux hommes, qu'ils soient passagers ou stewards. Dans une ambiance feutrée de conversations en sourdine, avec son verre de pur malt à la main, Guy se sentit bientôt apaisé. Maintenant qu'il était à bord de ce magnifique paquebot, et qu'il avait retrouvé Louisa, il pouvait profiter pleinement de ces quelques jours de vacances bien gagnés. Demain, ils seraient encore en pleine mer (le surlendemain seulement ils accosteraient au port de Civitavecchia, près de Rome), et il comptait se prélasser sur le pont avec Louisa, en plein soleil, tout en contemplant la grande bleue. Là, ils pourraient parler de leur avenir. Il espérait qu'une fois la croisière finie, quand elle serait rentrée à la maison, ils pourraient commencer à vivre comme une vraie famille, peut-être même quitter le domicile de ses parents et déménager, s'il trouvait quelqu'un pour aider sa mère. Il savait aussi que Louisa avait besoin de travailler. Et ces derniers moments passés avec elle, son sens aigu de l'observation, la façon dont elle savait répondre habilement aux exigences des Mitford, lui avaient rappelé qu'elle était une femme moderne. Elle avait besoin de défis et de motivation pour tracer son chemin. À l'avenir, il la soutiendrait dans ses projets.

Perdu dans ses pensées, son whisky presque terminé,

Guy n'avait guère prêté attention aux voix qui haussaient le ton, à l'autre bout de la pièce. Mais quelques minutes plus tard, quand les éclats de voix se muèrent en cris, son instinct de policier se réveilla.

Le fumoir n'était pas grand, pourtant il n'était pas facile de comprendre ce qui se passait, dans ce décor sombre aux lumières tamisées. Tout à coup, on entendit un choc sonore, puis quelqu'un tomba à terre, entraînant dans sa chute une table et des verres. Plusieurs hommes se dressèrent et Guy se précipita, mais il fut gêné par les fauteuils qui obstruaient le passage. Quand il arriva devant l'homme à terre, fort heureusement encore en vie, d'autres clients du bar s'efforçaient de le relever. C'était louable de leur part, mais ils n'étaient guère gaillards, tous rougeauds et pantelants sous leurs moustaches en guidon de vélo. Guy reconnut alors celui qu'ils hissaient tant bien que mal : deux heures plus tôt déjà, il avait dû le séparer d'un autre pour mettre fin à une bagarre.

— Monsieur Fowler ?

— Quoi ? lança Joseph d'une voix pâteuse en dodelinant un peu de la tête alors qu'on le tenait par les bras.

Guy envisagea de sortir son insigne d'inspecteur, puis il y renonça, jugeant l'affaire trop anodine pour cela. Il vit qu'il y avait une deuxième entrée par laquelle on accédait au bar. C'était par là que Joseph était tombé. Malgré le manque d'éclairage, on voyait à son allure qu'il s'était encore battu, pour la deuxième fois de la soirée. Était-il coutumier du fait ? Ce n'était pas à souhaiter, pour un type de son âge.

Guy fonça vers la sortie, mais l'autre homme s'était empressé de se fondre dans la pénombre. Une fois libéré, Joseph s'efforça de reprendre son souffle et il se donna un petit coup de pouce en avalant le fond d'un verre rempli d'un liquide incolore, sans doute du gin.

D'un hochement de tête, Guy invita les autres passagers à rejoindre leurs sièges. Le spectacle étant terminé, d'importants débats les attendaient, à propos d'actions en chute libre et de maîtresses toujours plus exigeantes.

— Monsieur Fowler, répéta Guy. Voulez-vous bien vous asseoir avec moi un moment ?

— Et pourquoi diable voudrais-je m'entretenir avec vous ? rétorqua Joseph en le scrutant des pieds à la tête.

— Vous avez quelques soucis, semble-t-il.

En guise de réponse, il n'eut droit qu'à un grognement, qu'il interpréta pourtant comme un accord tacite. Il s'assit donc et invita Joseph à prendre place face à lui, tout en faisant signe à un steward.

— Pourriez-vous nous apporter du café, s'il vous plaît ? lui commanda-t-il.

Joseph commença à dire qu'il n'en voulait pas, mais il n'acheva pas sa phrase. À contrecœur, il s'affala lourdement dans le fauteuil, et à la lumière d'une lampe, Guy remarqua que son visage était émacié et son front sillonné de rides profondes, même si de rares fils d'argent striaient ses cheveux noirs. Il devait approcher les soixante-dix ans, et même s'il gardait la ligne, il y avait une lourdeur et une lassitude dans sa façon de se mouvoir, qui n'étaient pas dues seulement à l'alcool courant dans ses veines.

— Qui êtes-vous donc ? demanda Joseph.

— Guy Sullivan. Je suis le mari de Louisa… La femme de chambre de lady Redesdale, ajouta-t-il comme Joseph restait sans réaction.

Alors seulement, il sembla le remettre.

— J'ai décidé de rejoindre la croisière pour quelques jours, poursuivit Guy. Ma femme me manquait. Nous venons de nous marier, expliqua-t-il, sachant que pour obtenir une confession, il devait d'abord ouvrir la voie en se confiant lui-même.

— Vous n'êtes plus tout jeune, remarqua Joseph, sans ménagement.

— C'est vrai, mais… disons que j'ai mis un certain temps à la convaincre.

Le steward vint déposer une cafetière avec deux tasses, un petit pot de crème et un bol de sucre en morceaux brun foncé. Il versa le café, puis s'en alla. Joseph fixa la tasse posée devant lui, mais ne la toucha pas.

— Monsieur Fowler, reprit Guy, je sais que vous ne me connaissez pas, mais j'aimerais vous aider afin d'éviter d'autres incidents à l'avenir.

Joseph émit une sorte d'exclamation rageuse.

— Dans ce cas, il vous faudrait pousser ma femme par-dessus bord, éructa-t-il, puis il avala le café d'un trait et l'effet sembla lui donner une sorte de soubresaut. Je ne vois pas pourquoi vous cherchez à me parler. Il n'y a rien à faire. J'ai tout perdu. J'ai été humilié et mis plus bas que terre, avoua-t-il avec un rire amer. Je ne pourrai même pas payer la note sur ce bateau une fois la croisière finie, maintenant que *sir* Clive…, dit-il en prononçant le titre d'un ton sarcastique, a refusé mon offre. Ma femme est une beauté, et lui un imbécile, conclut-il en regardant Guy d'un air sincère.

Au début, Guy eut du mal à faire le lien entre ces déclarations, puis il comprit que dans la logique de

Joseph, un plus un était égal à trois. Au moins son esprit belliqueux semblait l'avoir quitté.

— Ma mère dit toujours qu'il ne faut pas prendre de décisions importantes quand on est fatigué, dit Guy. Il est temps de regagner votre cabine, monsieur Fowler. Si je puis vous être utile, je serai heureux de vous voir demain pour en parler.

Joseph haussa les épaules, l'œil éteint.

— Bon, bon, dit-il. J'y vais. Mais je puis vous l'assurer : demain, l'avenir ne me semblera pas plus rose qu'aujourd'hui.

19

Louisa et Ella montèrent ensemble l'escalier de service, cramponnées l'une à l'autre car Ella perdait parfois l'équilibre au point de rater une marche. Dans la cage d'escalier mal éclairée, comme toutes deux avaient la tête baissée pour regarder où elles mettaient les pieds, elles ne remarquèrent pas l'homme posté près de la porte menant au pont B, immobile et silencieux.

Elles étaient à mi-hauteur et gravissaient les marches lentement mais sûrement, car Ella semblait s'être un peu dégrisée, quand elles entendirent quelqu'un tousser. Non pas la toux venant d'une gorge irritée, mais un toussotement servant de signal. Il y eut aussitôt des bruits de pas venant d'un peu plus haut, puis Louisa entendit une voix qu'elle reconnut lancer « Quoi ? Qu'y a-t-il, Müller ? », suivie d'un bruit de bottes marchant à pas pesants.

La voix, c'était celle de Unity.

Ella s'efforça de se ressaisir et Louisa et elle échangèrent un regard effaré. S'empressant de monter, Louisa découvrit alors Herr Müller. Aussi impassible, mais plus froid encore que d'habitude, il cherchait manifestement à l'éviter. Louisa avait laissé Ella quelques marches plus bas, cramponnée à la rampe fixée au mur. Unity apparut au tournant de l'escalier. Tout ébouriffée, elle avait la bouche barbouillée de rouge à lèvres et Louisa la vit tirer sur sa jupe. Nul besoin d'être détective pour deviner à quoi elle s'occupait, mais avec qui ?

— Mademoiselle Unity ? dit Louisa.

Unity la regarda sans aménité et choisit l'attaque plutôt que la défense.

— Que faites-vous ici ? Est-ce Mme Fowler qui est avec vous ?

Désemparée, Louisa regarda Müller en espérant que... quoi au juste ? Qu'il lui assure qu'elle n'avait en l'occurrence rien à se reprocher ? Mais ce personnage taciturne ne risquait pas de rompre avec les habitudes d'une vie : il refuserait de s'en mêler.

— Oui, c'est Mme Fowler. Mademoiselle Unity, avec qui êtes-vous ?

Unity avait retrouvé tout son aplomb, malgré son allure échevelée et la rougeur qui commençait à luire sur son menton.

— Ça ne vous regarde pas, répondit-elle avec colère.

— Lady Redesdale...

— Je vous en prie, n'en parlez pas à Muv, l'interrompit Unity.

Puis, frôlant Müller au passage, elle courut à Louisa et lui prit le bras.

— Je vous en prie, lui souffla-t-elle à l'oreille. Ne lui dites rien. Je vais regagner ma chambre dès maintenant et je n'en sortirai plus. Promis.

Louisa trouvait cette situation ridicule. Unity était en âge de conduire une automobile. Pourtant ses parents désapprouvaient qu'elle marche seule dans la rue même sur un court trajet, qu'elle prenne seule le train, sans parler d'arpenter sans chaperon les couloirs du *Princess Alice* alors qu'il était près de minuit. Mais Unity avait enfreint tant de règles ce soir-là qu'une infraction de plus ne changerait pas grand-chose.

— Oui, vous feriez mieux de regagner votre cabine au plus vite.

Ce fut tout ce que Louisa répondit en omettant à dessein de la rassurer sur le fait qu'elle garderait le secret. Elle-même n'approuvait pas la façon dont les parents bridaient leurs filles, car selon son expérience, cela ne faisait que les pousser à se rebeller avec d'autant plus de violence pour se libérer des liens étroits qui les enserraient, mais il ne lui revenait pas d'exprimer son opinion sur ce sujet.

Unity remonta quelques marches et poussa la porte vers la sortie. Au lieu de la suivre, Müller gravit encore une volée de marches, dans le sillage de celui qui avait causé le désordre apparent de Unity. Louisa devinait sans mal de qui il s'agissait, et cela la rendait nerveuse.

Se ressaisissant, elle prit à nouveau Ella par le bras. Cette fois, elles avancèrent plus vite et atteignirent bientôt la porte de la cabine. Ella fouilla dans sa pochette et en sortit la clef, qu'elle tendit à Louisa de ses doigts qui tremblaient un peu. Adroitement, Louisa ouvrit la porte, et ce ne fut que lorsqu'elles eurent franchi le seuil qu'elles entendirent des éclats de voix venant du salon.

La cabine des Fowler était plus petite que celle de lady Redesdale ou celle de Diana, mais elle avait la même disposition. Un petit vestibule menait à un salon avec des portes-fenêtres masquées par de longs rideaux, qui donnaient sans doute sur un balcon. Ella se précipita dans le salon, suivie de près par Louisa, et elles découvrirent alors Jim et Blythe.

Figés sur place, ils ne pipaient plus mot, mais ne réussissaient pas à cacher le feu qui avait enflammé leur dispute. Blythe était écarlate, et Jim avançait le menton d'un air agressif. Le motif ne tenait sûrement pas à un simple différend d'ordre professionnel.

— Sortez d'ici, dit Ella d'un ton glacial, plein d'une fureur contenue.

Jim se mit à bouger, mais elle lui prit le bras.

— Non pas vous. Elle.

Blythe allait dire quelque chose, mais elle se retint. Évitant Louisa du regard, elle prit la fuite et la porte se referma sur elle en claquant. Retenant toujours Jim par le bras, Ella se tourna vers Louisa.

— Qu'est-ce que vous attendez ?

Le ton menaçant fit tressaillir Louisa qui s'empressa de s'en aller à son tour. Le couloir était éclairé par des ampoules à faible intensité fixées au plafond, destinées à montrer la voie en cas d'urgence. Il était complètement silencieux, entre la moquette et les lourdes portes métalliques qui barraient chaque issue en l'insonorisant. Cela faisait trop longtemps qu'elle s'était absentée, et il se pouvait que Diana ait cherché à la joindre par téléphone, pour qu'elle vienne l'aider à se préparer pour la nuit. Il était trop tard maintenant, et elle aurait sûrement droit à des remontrances le lendemain matin. Espérons que la baronne sera plongée dans un profond sommeil à cause de sa migraine, se dit Louisa. Quant à Unity… eh bien, pourvu qu'elle ait tenu sa promesse, songea-t-elle en croisant les doigts, car elle n'avait aucune envie d'aller frapper à sa porte pour récolter des dénégations prononcées avec hargne, ou même une confession. Cela attendrait le matin, quand elle se serait calmée.

Mais lorsqu'elle passa le coin du couloir, elle faillit se cogner contre Blythe. La jeune femme devait la guetter. Avant même que Louisa lui en demande la raison, Blythe se mit à déverser un torrent de mots.

— Ce n'est pas ce que vous pensez… Il m'aime, je sais qu'il m'aime… Mais elle ne veut pas le lâcher. Il a essayé de s'en débarrasser, je le sais…

— De qui parlez-vous ? Oh et puis non, je ne veux pas le savoir, dit Louisa. Vous devriez aller vous coucher. La nuit porte conseil.

— Nous devons nous marier et ouvrir un hôtel en bord de mer. Jim m'aime, s'obstina Blythe.

— Tant mieux pour vous.

Louisa essaya de la dépasser, mais Blythe la retint fermement par le bras.

— Il est faible, c'est tout. Elle a de l'argent et le couvre de cadeaux. Il a pitié d'elle. Il dit que son mari est une brute. Mais je ne le crois pas, je pense qu'elle adore mener Jim à la baguette. Elle ne va pas s'en tirer comme ça, vous pouvez me croire.

— Blythe. J'insiste. Allez donc vous coucher. Tout ça ne me regarde pas. Et je ne veux rien savoir, dit fermement Louisa, mais alors elle vit le visage de Blythe se tordre de dépit et de tristesse.

— Je n'ai personne à qui parler sur ce fichu bateau, dit-elle d'un air abattu. Pas tant qu'elle sera là. Je croyais que vous étiez l'une des nôtres. Que vous me comprendriez.

Louisa avait pitié d'elle, de fait, mais elle était fatiguée et elle avait envie de rejoindre Guy. Savoir qu'il était là-bas à l'attendre lui causait une souffrance presque physique.

— Pardon, j'ai bien conscience que c'est dur pour vous, mais je ne peux vous aider. Mon service n'est pas fini. Je vous en prie, allez vous reposer, maintenant.

Louisa lui donna une petite tape sur le bras et s'éloigna. Elle espérait seulement que Blythe suivrait son conseil, mais refusait d'y penser davantage. D'ailleurs, il y avait peu de chances qu'elle ait encore à s'en soucier.

20

21 mai 1935
Old Bailey, salle d'audience numéro 1

Guy avait siégé dans différentes salles de tribunal durant sa vie de policier. En particulier au début de sa carrière, quand il travaillait pour la police des chemins de fer et qu'il avait été cité comme témoin dans l'enquête sur la mort de Florence Nightingale Shore. Plus tard, en tant qu'agent de la Metropolitan Police de Londres, Guy avait largement contribué à appréhender le meurtrier d'Adrian Curtis, et il avait dû se soumettre aux interrogatoires offensifs des avocats de la défense, lors du procès. Aux côtés de l'inspecteur principal Stiles, son supérieur au sein de la police judiciaire, Guy avait assisté à de nombreuses procédures pénales, en tant que témoin mais aussi en simple observateur, pour voir avec satisfaction condamner un criminel qu'ils avaient interpellé.

Mais là, c'était différent.

D'abord, parce que la séance se déroulait dans la salle d'audience numéro 1 du palais de justice. Malgré son exiguïté, c'était la plus célèbre et la plus intimidante de toutes les salles d'Old Bailey, un théâtre prestigieux où les criminels les plus odieux avaient été jugés. Au banc des accusés l'on avait vu défiler George « Brides in the Bath » Smith[1], Frederick Seddon et le Dr Crippen. Pour l'homicide commis sur le *Princess Alice* qu'on jugeait aujourd'hui en partie grâce à son concours, qui donc figurerait dans les sinistres annales de l'histoire criminelle ?

Guy s'obligea à ne plus orienter ses pensées dans cette voie, tant prisée de la presse à sensation qui relayait l'affaire en décortiquant à l'envi toutes les phases de l'enquête. D'autant qu'il s'était retrouvé lui-même sous les feux des projecteurs, ce qu'il n'avait guère apprécié. D'anciens camarades de classe dont il n'avait plus entendu parler depuis des années avaient découvert son nom, cité comme étant celui de l'inspecteur qui avait arrêté le coupable, et ils lui avaient écrit pour qu'il leur réserve une place au procès. Cette attirance malsaine chez des personnes qu'il croyait gentilles et modestes l'avait sidéré.

Les témoins n'avaient pas encore comparu que le public les avait déjà jugés et condamnés, non pour un crime, mais pour le moindre détail de leur passé jugé moralement douteux ou obscur. Guy s'enorgueillissait de s'en tenir à la lettre de la loi, aux faits et aux preuves. Mais il se sentait bien seul, en l'occurrence.

Néanmoins, il devait garder confiance en la justice. Aujourd'hui, elle se présentait sous un jour impressionnant. Sur le banc de devant, un peu décentré, siégeait le juge Hogan, dont le visage rougeaud et

---

1. Condamné à la pendaison et surnommé ainsi pour avoir noyé trois femmes dans leur baignoire. *(N.d.l.T.)*

le nez bulbeux étaient encadrés par la longue perruque de boucles blanches. À côté de lui se trouvait le maire de Londres en grand apparat, qui usait de son droit d'assister à l'ouverture du procès, un privilège dont il avait rarement joui dans le passé. À gauche du juge, la barre des témoins était encore déserte, et derrière, il y avait le jury, composé de dix hommes et deux femmes. Il s'était enfin constitué après une procédure ardue durant laquelle plusieurs membres du public pressentis avaient dû être récusés pour des raisons diverses : leur trop grande proximité avec le crime, le fait qu'ils en savaient trop à l'avance ou qu'ils étaient trop influencés par les articles de journaux, enfin, dans un cas, à cause de soupçons de chantage sur un témoin. Fort heureusement, ce membre du jury avait été débusqué avant le début du procès, mais cela l'avait encore retardé. C'était l'une des raisons pour lesquelles le procès se tenait à Londres et non à la cour d'assises de Winchester. Mais ce n'était pas la seule. Guy soupçonnait derrière ce transfert de procédure un coup du West End et de ses élites.

Juste devant le juge se trouvaient les sténographes et, à leur droite, les avocats en rangs serrés : en plus des avocats plaidants de la défense et de l'accusation, il y avait des avocats adjoints, des élèves et collègues, sans parler des amis proches qui avaient sûrement dû mendier une place. Ce ne fut donc pas une surprise pour Guy d'y découvrir Mlle Unity Mitford. Son frère Tom était l'un des avocats adjoints de Me Terence Manners, l'avocat principal de la défense. Guy l'avait croisé dans le passé, trop brièvement pour se forger une opinion sur son caractère, mais il lui avait semblé alors plus calme et posé que ses sœurs. Aujourd'hui, parmi les magistrats du siège, il paraissait bien jeune et ne cessait de feuilleter des papiers, à côté d'une pile de trois ou quatre gros livres.

En longue robe noire et courte perruque, Manners avait une silhouette imposante sans être effrayante. Il rappelait à Guy un directeur d'école gentil mais ferme, de ceux qui tolèrent les farces de leurs élèves tant qu'ils ne dépassent pas une certaine limite. Devant lui, sur sa table, se trouvaient plusieurs épais dossiers, et encore maintenant, alors que l'audience allait commencer, il griffonnait des notes qu'il passait à ses adjoints.

Présent également, le deuxième avocat de la défense, Me Vangood. C'était un avocat de province plus habitué à jouer les gros poissons dans un petit étang et qui semblait plutôt déplacé en ces lieux, un peu comme une doublure appelée sur scène au dernier moment pour jouer le premier rôle. Son gros ventre laissait entrevoir par l'ouverture de sa robe un costume rayé avec gilet et une chaîne de montre en or, qui faisait démodée sinon prétentieuse. À en juger par son nez couperosé et ses binocles en demi-lunes, Guy pariait sur le premier terme.

Enfin, il y avait l'avocat de l'accusation, Me Burton-Lands. La cinquantaine bien sonnée, c'était le plus âgé des trois. Malgré des yeux noirs et enfoncés, son regard n'avait rien d'antipathique. Stiles avait confié à Guy que Burton-Lands avait publié dans sa jeunesse un livre de philatélie. Cela parlait-il ou non en sa faveur? Guy n'aurait su le dire.

De l'autre côté du banc des accusés se trouvaient les places réservées aux journalistes, venus nombreux, tandis qu'au-dessus, dans la tribune du public, se pressaient des femmes de tout genre, dont la plupart s'étaient mises sur leur trente et un comme pour une grande occasion. Guy avait entendu dire que certaines avaient payé dix livres à des hommes pour qu'ils fassent la queue à leur place devant Old Bailey, ce qui signifiait passer la nuit dehors. Elles avaient toutes les yeux rivés sur le banc des accusés, où étaient assis les deux prisonniers et leurs gardiens.

21

Le téléphone sonnait et ne voulait pas s'arrêter. Louisa avait décroché, mais elle avait beau hurler dans le combiné, il continuait à sonner, et s'obstinait même après qu'elle avait arraché le fil du mur. Sa sonnerie stridente lui crevait les tympans et résonnait dans tout son crâne.

Guy réussit à la réveiller en la secouant et elle se leva pour répondre. C'était Diana.

— Louisa ? Vous dormiez ? Il faut que vous veniez ici immédiatement. Amenez Guy.

— Que se passe-t-il ?

— Je ne peux pas vous en parler au téléphone. Venez aussi vite que possible.

Louisa reposa le combiné et se frotta les yeux. Elle alluma la lampe de chevet et cligna des paupières, éblouie par sa lumière vive. Guy était allongé, tout ébouriffé. Il dormait quand elle était rentrée, et elle s'était dit qu'il n'y avait rien de plus délicieux sur terre que de se lover contre son corps tiède au creux de la couchette étroite. Mais les meilleures choses ne durent jamais longtemps.

— C'était Mme Guinness, lui dit-elle. Elle veut que nous allions tous deux la rejoindre. Il s'est passé quelque chose.

Guy se redressa, mais avant même de parler, il chaussa ses lunettes après les avoir cherchées à tâtons sur la table de nuit. Quant à Louisa, elle s'habillait déjà.

— Qu'est-il arrivé ?

— Elle n'a pas voulu le dire, mais elle a réclamé ta présence.

— Moi ?

Louisa savait que la même idée leur était venue à tous deux : quoi qu'il ait pu se passer, Diana trouvait qu'il fallait la présence d'un policier.

— Allons-y. Tant que nous n'en saurons pas plus, nous ne serons pas tranquilles. Elle a dû regagner sa cabine et se rendre compte qu'elle avait oublié sa pochette au bar ; elle doit croire qu'on la lui a volée, poursuivit Louisa d'un ton léger, tout en sachant que c'était sûrement plus grave que ça, car Diana n'était ni frivole ni étourdie.

Mais de quoi pouvait-il s'agir ? Elle n'en avait aucune idée.

Quand ils sortirent, le couloir était calme, pourtant dès qu'ils eurent atteint l'escalier de service, ils entendirent qu'il y avait plus d'agitation que d'habitude, si tard dans la nuit. À 2 heures du matin, rien d'anormal qu'il y ait encore quelques buveurs traînant aux bars, ou un ou deux couples alanguis dansant près du piano, mais dans l'air, Louisa sentit quelque chose de différent, qui l'inquiéta. Quand ils eurent monté jusqu'au pont B, Louisa mena vivement Guy par le couloir qui menait aux cabines de lady Redesdale, Unity et Diana. Là, un groupe obstruait le passage en discutant avec fièvre, mêlant des passagers en pyjama à des membres d'équipage en uniforme, plus quelques autres encore en tenue de soirée. Un homme tapotait maladroitement le dos d'une femme en pleurs pour tenter de la réconforter. Louisa et Guy se frayèrent un passage au milieu du groupe aussi vite qu'ils le purent et parvinrent à la cabine de Diana. Louisa frappa, et ce fut Unity qui lui ouvrit la porte, en robe de chambre bleu marine, les cheveux enveloppés dans un turban de soie. Démaquillée, serrant des lèvres pâles, elle ne dit rien mais s'écarta pour les laisser entrer.

Dans le salon, Diana était assise sur le divan, vêtue d'un peignoir si raffiné qu'elle aurait pu paraître ainsi vêtue à un bal donné à Buckingham Palace, avec une broche ornée de plumes épinglée sur une épaule et des mules à petits talons en satin assorties. Malgré sa jeunesse et sa beauté, elle avait les traits tirés et était blanche comme un linge, songea Louisa en se rappelant l'une des expressions qu'utilisait sa mère.

— Joseph Fowler a été agressé, dit Diana. Une horreur.

Louisa ressentit comme un choc dans la poitrine.

— Savez-vous qui s'en est pris à lui ? s'enquit-elle aussitôt.

C'était primordial, car si l'agresseur était un inconnu, il y avait à bord quelqu'un qui pouvait se révéler extrêmement dangereux.

— Non, dit Diana, inconsciente des conséquences. Ella était trop hystérique. Je ne sais même pas si c'est elle qui l'a trouvé ou quelqu'un d'autre.

— Où est-il à présent ?

— Je suppose qu'il doit y avoir un genre d'infirmerie, sur un paquebot comme celui-ci.

— Où a-t-il été attaqué ? demanda Guy sans autre

préambule, et Louisa vit que son instinct avait pris le dessus.

— Sans doute où on l'a trouvé. Dans sa cabine.

Louisa et Guy échangèrent un regard, mais elle garda le silence.

— Où est sa femme ? poursuivit Guy.

Diana alluma une cigarette et souffla la première bouffée.

— Elle a appelé de sa cabine, donc elle doit encore y être. Bien sûr, c'est affreux ce qui lui arrive, et je compatis, mais je n'ai pas envie d'être mêlée à cette affaire, conclut-elle en lançant à Louisa un regard furibond. Le Leader n'a pas besoin de ça, il ne va pas apprécier.

— Qu'avez-vous fait quand elle vous a téléphoné ? demanda Louisa.

Derrière eux, Unity n'avait cessé de marcher de long en large. Elle s'assit sur le divan opposé et alluma aussi une cigarette. Louisa sentait la fumée du tabac imprégner ses cheveux et ses vêtements.

Diana ferma les yeux brièvement avant de parler.

— Ses propos étaient incohérents. Elle disait des mots sans suite, qu'elle l'avait eu, puis qu'il l'avait fait, sans citer de noms. Elle bredouillait, on aurait dit une folle. J'ai cru qu'elle était saoule ou qu'elle faisait une crise de somnambulisme. Je suis descendue à sa cabine, mais alors j'ai vu… Je l'ai vu dans le fauteuil, la tête en sang. C'était horrible. À peine suis-je arrivée là-bas que d'autres se sont précipités et je suis partie, reprit-elle en s'adressant à Guy. Je n'ai pas voulu rester dans la pièce. Je suis revenue ici et j'ai appelé Unity, puis vous… J'avais besoin de compagnie, conclut-elle, revenant à Louisa.

— Pourquoi avez-vous dit que M. Sullivan devait venir aussi ?

— Parce que je n'ai pas envie d'être celle qui devra parler à Mme Fowler. J'aimerais que Guy s'en charge. C'est un policier, non ?

Louisa fut piquée au vif de l'entendre le citer par son prénom. C'était comme si elle lui déniait son rang d'inspecteur en le rétrogradant.

Guy se mit à tâter ses poches.

— Je n'ai pas mon calepin sur moi, dit-il posément à Louisa. Où puis-je trouver de quoi écrire ?

Sans quitter Diana des yeux, elle lui désigna le bureau, dans un coin de la pièce.

— Quoi ? Au nom du ciel, pourquoi prenez-vous des notes ? Je vous l'ai dit : je ne veux pas être mêlée à tout ça, s'insurgea Diana en écrasant sa cigarette à moitié consumée.

Guy se retourna, avec à la main un bloc de papier à lettres et un stylo.

— Il le faut, dit-il. Vous serez peut-être citée comme témoin, vous pouvez avoir vu quelque chose d'important.

— Pourquoi ? Vous avez vu le bonhomme, il a sûrement une fois encore cherché la bagarre. On va le rafistoler, et il sera comme neuf, ce vieux croûton. Ce n'est pas une enquête pour meurtre, tout de même !

— Non. Cependant il se peut que cela le devienne…, commença Guy, mais alors Unity se leva, alarmée.

— Pourquoi dites-vous ça ? Pourquoi ?

— Mieux vaut se préparer au pire, fut sa réponse.

Accablée, Unity se rassit en s'affalant lourdement.

— Muv ne va pas du tout apprécier, marmonna-t-elle.

— Madame Guinness, dit Guy. Je vais me rendre à la cabine des Fowler, à présent. J'aurai besoin de vous reparler au sujet du coup de fil et de ce que vous avez vu.

Diana le considéra sans aménité.

— D'abord, je vais dormir un peu, dans ce cas. Louisa, commandez donc du lait chaud par téléphone, voulez-vous ?

Louisa et Guy échangèrent un regard. Elle espérait que cela n'allait pas leur gâcher le peu de temps qu'ils devaient passer ensemble, mais, le cœur serré, elle avait la nette impression qu'il en serait ainsi.

22

Cette fois, Guy se servit de son insigne. Fort heureusement, il le gardait toujours sur lui et donc, même s'il s'était habillé à la hâte, il put le sortir de la poche intérieure de son veston tout en entrant dans la cabine vers laquelle Louisa l'avait guidé, qui se trouvait non loin de celle de Diana. Le groupe qui obstruait plus tôt le couloir s'était peu à peu dissous ; seules deux ou trois personnes en tenue de soirée s'attardaient encore, poussées par une curiosité malsaine.

Sur le *Princess Alice*, toutes les portes se fermaient automatiquement ; la porte de la cabine B-17 était donc fermée, mais pas verrouillée. Guy l'ouvrit et pénétra dans un étroit vestibule, qui devait mener aux autres pièces de la suite. Il était encombré de plusieurs manteaux et chapeaux suspendus à des patères et de chaussures alignées contre le mur. À son grand étonnement, Guy entendit un air de jazz à plein volume, et il s'empressa d'ouvrir d'une main ferme la porte qui menait au salon. Aussitôt, il cligna des yeux, ébloui, car toutes les lampes étaient allumées. Au moins cela ne laissait pas de zone d'ombre et l'aiderait à inspecter les lieux.

Guy embrassa donc la pièce du regard en essayant de noter autant de détails qu'il le pouvait en l'espace de quelques secondes. À gauche en entrant, une deuxième porte ouvrait sur d'autres pièces, sans doute la chambre et la salle de bains. Le décor du salon était plus chic et confortable que celui de son humble demeure, quoique plus modeste que la cabine de luxe de Diana. Face à la porte par laquelle il était entré, des rideaux d'un jaune foncé imprimé de fleurs montaient du sol au plafond. Ils étaient un peu écartés et, par l'ouverture, on ne distinguait que la pénombre, de l'autre côté de portes vitrées qui devaient ouvrir sur un balcon, supposa-t-il. Devant les rideaux, il y avait un fauteuil où se voyait encore le creux du corps qui s'y était assis. À gauche du fauteuil, le tapis couleur crème était maculé d'une tache foncée qu'il devrait examiner de plus près. Sinon, tout avait l'air à sa place.

Le vrai problème, c'était ces gens qui arpentaient la scène de crime en parlant à voix basse tout en jetant des regards furtifs autour d'eux. À première vue, surtout de jeunes hommes en uniforme blanc. Aucun ne sembla réagir à son entrée jusqu'à ce qu'il croise le regard d'une servante, aussi blanche que le tablier à volants qu'elle portait. Elle s'empressa de détourner les yeux pour les braquer sur une silhouette dont Guy sut qu'il aurait dû la remarquer plus tôt.

C'était la femme de Joseph Fowler, il en était certain pour l'avoir vue plus tôt, après la première bagarre de la soirée, partir avec le plus vieux des deux antagonistes pour aller dîner. Elle n'était plus en robe de soirée, mais portait un pyjama de satin couleur café, taché sur l'une des jambes du pantalon. Tout ébouriffée, elle avait un verre de whisky à la main, et le plus étonnant, c'était de la voir onduler des hanches en dansant autour de la pièce tout en débitant haut et fort des propos incohérents sans s'adresser à personne en particulier. Soudain, elle saisit par le bras l'un des membres d'équipage en uniforme et chercha à l'embrasser, tandis que l'homme tentait de la calmer en la prenant par les épaules. Tout ceci s'était passé en l'espace de quelques secondes.

Posté à côté du fauteuil, bien trop près de la tache qui maculait le tapis au goût de Guy, un autre homme regardait aussi Mme Fowler. D'après son uniforme et sa casquette ornée d'un écusson doré, ce devait être le capitaine. Guy s'avança et se plaça un peu sur le côté en espérant obliger son interlocuteur à s'écarter de la tache qui constituait un précieux indice.

— Excusez-moi, monsieur, êtes-vous le capitaine de ce bateau ?

— Oui, à qui ai-je affaire ? répondit l'homme avec un accent allemand peu prononcé en tournant vers Guy des yeux d'un bleu délavé aussi pâle qu'un matin d'hiver, qui ressortaient dans son visage tanné à la peau grêlée.

— Inspecteur Sullivan, je travaille pour la police judiciaire basée à Londres. Je constate qu'il y a eu un incident.

Le capitaine projeta son regard vers l'endroit où Mme Fowler se balançait près du gramophone. On entendit crisser désagréablement l'aiguille quand elle la posa sur un disque, et il tressaillit un peu.

— Capitaine Schmitt, se présenta-t-il en tendant la main à Guy. Oui, il y a eu un fâcheux incident, confirma-t-il tout en plissant les yeux. Comment se fait-il que vous soyez à bord ? Saviez-vous qu'une chose pareille allait se produire ?

— Non, monsieur, c'est une coïncidence. Je suis à bord pour deux ou trois jours car mon épouse s'y trouve aussi, en tant que femme de chambre de lady Redesdale. Je vous ai rejoints à Livourne, et je comptais vous quitter à Rome. Capitaine, pouvez-vous me dire si nous sommes à plus de douze milles de la terre ?

— Beaucoup plus, nous ne pourrons accoster avant trente-deux heures.

— Et si je comprends bien, l'homme qui a été agressé, M. Joseph Fowler, est un sujet britannique ?

— *Ja*, c'est aussi ce que j'ai compris.

— Dans ce cas, s'il y a une enquête à mener à bord, elle tombe sous la juridiction de la police britannique. En l'absence de toute autre personne occupant cette fonction, je crois donc que je ferais mieux de m'en charger. Qu'en pensez-vous ?

Le capitaine Schmitt acquiesça. Il désigna à côté de lui un jeune homme en uniforme blanc immaculé.

— Voici mon second, M. Logan. Vous pouvez compter sur son concours. Il vous appuiera dans toutes vos démarches. Maintenant, si vous voulez bien m'excuser, je dois regagner mon poste.

— J'aurai besoin de m'entretenir avec vous un peu plus tard.

— Bien sûr.

Le capitaine prit congé et, sur son signal, trois membres de l'équipage lui emboîtèrent le pas.

Guy savait qu'il lui faudrait interroger la servante ainsi que Mme Fowler, mais de cette dernière, il ne tirerait pas grand-chose, étant donné son état d'ébriété. Il allait s'adresser au second quand un nouveau venu fit son entrée dans la pièce. Il se dirigea tout droit vers

Mme Fowler, qui lui mit les mains autour du cou en renversant, ce faisant, le fond de son verre.

— Docteur, marmonna-t-elle, docteur, j'ai besoin de vous.

— Madame Fowler, dit le docteur en lui écartant doucement les mains tout en la soutenant.

Guy le rejoignit et lui montra son insigne.

— Inspecteur Sullivan, commença-t-il, mais le docteur l'interrompit en levant la main.

— Mme Fowler n'est pas en état d'être interrogée. Je vais l'emmener se coucher et lui donner de la morphine pour la calmer.

— Je l'ai fait, je l'ai fait, répétait Mme Fowler en s'appuyant lourdement contre le médecin. Il est mort.

Guy en fut alarmé, mais il n'allait pas s'opposer à la volonté du médecin. Mme Fowler et le docteur quittèrent donc le salon pour gagner la chambre, suivis de la servante.

23

Il n'y avait plus personne dans la pièce à présent à part Guy et le second, qui se tenait près du meuble-bar et triturait nerveusement le bouton de son blazer. Il se redressa un peu en voyant Guy s'approcher de lui.

— Monsieur Logan, commença Guy, hésitant. Est-ce ainsi que je dois m'adresser à vous ?

— Oui, monsieur.

— Je ne connais pas les spécificités de la vie à bord d'un paquebot, il faudra donc me pardonner si mes propos vous semblent inadéquats. J'ai besoin que vous dégagiez le couloir de tous ceux qui s'y trouvent encore, en prenant soin de noter leurs noms au cas où je devrais les interroger ultérieurement. Je vous remercie aussi de dresser la liste des membres d'équipage qui étaient présents sur les lieux avec le capitaine. Est-ce que quelqu'un a touché quelque chose, ici même ?

— Je ne pourrais l'affirmer, mais je ne crois pas, monsieur.

— Et Joseph Fowler, savez-vous dans quel état il se trouve actuellement ?

— Je crois qu'il est inconscient, monsieur. Il est à l'infirmerie. Le médecin vous en dira davantage.

— Certes, mais il est occupé pour le moment.

J'aimerais que vous alliez prendre des nouvelles de la victime auprès de l'infirmière et que vous lui demandiez un rapport sur son état de santé. Merci… Sans perdre de temps, ajouta-t-il en voyant que Logan ne bougeait pas.

Une fois seul, Guy se mit au travail du mieux qu'il le put. Il n'avait pas de poudre à empreintes, pas de trousse d'analyses de sang, pas d'assistant. Sans bouger les rideaux, il regarda à travers les vitres, mais il faisait nuit noire dehors, et il ne distingua que la rambarde de l'étroit balcon, avec une petite table et deux chaises en fer.

De retour dans le salon, il constata que la tache près du fauteuil était devenue poisseuse et repéra plus loin de petites taches rouille foncé ; elles avaient échappé à la personne qui avait tenté de nettoyer le reste. Ces deux ou trois éclaboussures de différents motifs semblaient indiquer que M. Fowler avait été frappé au moins autant de fois sur le côté gauche du crâne alors qu'il était assis dans le fauteuil, peut-être par-derrière. Un verre à whisky vide gisait aussi près du fauteuil, renversé. Sinon, il y avait peu d'indices pouvant aider à reconstituer ce qui s'était passé. C'était l'intérieur anodin d'une des cabines de grand luxe du *Princess Alice*, avec moquette crème et papier peint bleu imprimé. Seuls détonnaient un peu dans le décor la couverture pliée et l'oreiller posés sur le divan.

Comme Logan rentrait dans la pièce, Guy perçut une voix de femme venant de la chambre : ce devait être Mme Fowler ou la servante. Il devrait leur parler sans attendre.

Logan lui confirma que Joseph Fowler était en vie, mais qu'il n'avait pas repris conscience. Guy lui demanda de monter la garde pour s'assurer que personne n'entre. La deuxième porte du salon, dont il devinait qu'elle menait à la chambre, conduisait aussi à l'étroit vestibule de l'entrée. L'on pouvait donc pénétrer dans la cabine et tourner à gauche pour gagner la salle de bains et la chambre sans avoir besoin de passer par le salon.

Guy inspecta la salle de bains étincelante : il y avait une lampe au-dessus du lavabo, les murs étaient en verre ou en miroir, et le sol ainsi que le côté de la baignoire étaient recouverts d'un carrelage noir et blanc. À côté du lavabo, il y avait une armoire de toilette à trois tiroirs ; posé dessus, un coffret en miroir contenait un fouillis, sans doute les produits de beauté et le maquillage de Mme Fowler. Un gant de toilette humide était roulé en boule dans le coin du lavabo, le savon était maculé de traînées grisâtres, et le tube de dentifrice n'était pas rebouché. Mme Fowler n'était sans doute pas une parfaite ménagère.

Tirant le rideau de douche, il vit qu'il y avait un gilet d'homme et un veston accrochés aux robinets de la baignoire. Guy les reconnut comme ceux que Joseph Fowler portait plus tôt ce soir-là.

Il frappa à la porte de la chambre. Peu après, la jeune servante qu'il avait vue à son arrivée l'entrouvrit et passa la tête par l'entrebâillement. Guy entendit quelqu'un grogner dans son dos.

— Pardon, mademoiselle, mais je dois m'entretenir avec Mme Fowler. Est-elle réveillée ?

La servante lança un coup d'œil derrière elle.

— Oui, répondit-elle d'un ton incertain.

— Je suis inspecteur de la police judiciaire, expliqua

Guy. C'est moi qui suis chargé d'enquêter sur l'agression de M. Fowler. J'ai besoin de savoir si Mme Fowler a vu quelque chose.

— Elle n'est pas bien. Elle raconte des horreurs, monsieur…, murmura la servante d'une voix à peine audible, baissant les yeux. Elle répète qu'elle l'a fait, puis que ce n'était pas elle, que c'était… je ne sais qui, monsieur. Elle a parlé d'un « sir », mais ce n'était vraiment pas clair. Elle ne sait pas ce qu'elle dit, ajouta-t-elle, puis elle s'avança et tira légèrement la porte derrière elle. Ce fut une nuit atroce, monsieur, atroce, conclut-elle en lui jetant un regard éperdu.

Pauvre petite, songea-t-il. Elle s'est fait embaucher sur un paquebot pour voir le monde en croyant que son travail se bornerait à faire le ménage, armée d'un plumeau.

24

22 mai 1935
Old Bailey, salle d'audience numéro 1

Le procureur appela Blythe North à la barre en tant que témoin. Elle entra tête baissée et quand elle prêta serment, ce fut si bas que le juge Hogan dut l'obliger à hausser la voix. Sa tenue était discrète et elle-même à peine maquillée, mais quelque chose dans sa manière d'être fit penser à Guy qu'elle ne comptait pas passer inaperçue. D'ailleurs elle était d'une beauté frappante, avec des cheveux noirs et une silhouette ceinte d'un manteau beige près du corps, une allure qui évoquait certaines starlettes du moment dans leur rôle de prédilection : celui de la fille d'à côté. Même si dans son milieu, Guy n'avait jamais croisé de filles d'à côté ayant cette allure-là.

Guy avait rencontré Blythe à bord du paquebot, mais dans le chaos qui avait suivi l'agression, il ne lui avait guère prêté attention. Elle était métamorphosée, à tel point qu'il n'aurait pas reconnu en la femme appelée à témoigner aujourd'hui l'employée qu'il avait interrogée au moment du drame.

— J'ai entendu dire qu'elle avait obtenu un rôle dans

une pièce au théâtre Royal Haymarket. La première est pour bientôt, lui glissa Stiles à l'oreille.

Ah, je comprends mieux, se dit Guy.

Me Burton-Lands pria Mlle North d'informer la cour de ses allées et venues en cette soirée fatale. Cette fois, sa diction était parfaitement claire et assurée, telle celle d'une actrice sachant répondre aux exigences de son metteur en scène.

— Je travaillais comme femme de ménage sur le *Princess Alice*, où j'étais engagée par la compagnie Empire Line depuis huit mois.

— L'une des cabines qu'on vous avait assignées était celle de M. et Mme Fowler ?

— Oui, j'avais dix cabines à ma charge du côté bâbord du pont.

— Où étiez-vous ce soir-là ?

— Je préparais les chambres pour la nuit. Je m'en occupais pendant que les invités dînaient. Cela consistait surtout à éteindre quelques lampes, retaper les lits et faire un peu de rangement si nécessaire.

— À quelle heure êtes-vous entrée dans la cabine des Fowler ce soir-là ?

— Vers 23 heures. Pour les Fowler, en plus des tâches ordinaires, j'installais une couverture et un oreiller sur le divan.

— Dans quel but ?

— Je crois que c'était parce que M. Fowler y dormait.

Blythe conservait depuis le début une voix calme et posée, et Guy ne pouvait qu'admirer son sang-froid.

Me Burton-Lands se tourna alors vers le jury.

— M. Fowler faisait donc chambre à part et dormait de son côté, sur le divan.

Ce point établi, il revint à Blythe.

— Étiez-vous seule quand vous avez préparé la cabine B-17, cette nuit-là ?

— Non. M. Evans y travaillait aussi.

— Qu'y faisait-il ?

— Il s'occupait du meuble-bar. Rangeait les bouteilles, lavait et essuyait les verres.

Me Burton-Lands se mit alors face aux jurés, comme s'il leur posait à eux la question.

— Et qu'est-ce donc qui vous a interrompue dans votre tâche ?

— Mme Fowler est rentrée plus tôt que d'habitude.

— Plus tôt ? Comment se fait-il que vous connaissiez son emploi du temps ?

— Ils prenaient toujours la même cabine et j'avais déjà été chargée de m'en occuper auparavant, répondit Blythe. Nous préparions toujours leur cabine en dernier, et généralement, elle rentrait de dîner vers 22 h 30. Parfois pour se coucher, mais la plupart du temps pour se repoudrer le nez avant d'aller rejoindre l'une des festivités qui avaient lieu à bord.

— Mme Fowler était-elle généralement avec son mari, quand elle rentrait de dîner ?

— Non. Une ou deux fois, elle m'informa qu'il était allé fumer un cigare au salon réservé à cet effet.

— A-t-elle dit où il se trouvait ce soir-là ?

— Elle était bouleversée quand elle est rentrée, et elle a dit qu'il y avait eu une dispute. Je n'en ai pas su davantage car elle m'a priée de la laisser seule.

— Aviez-vous terminé votre travail ?

— Non, mais il n'était pas question que je reste. Elle voulait que je m'en aille.

— Pour la laisser seule avec M. Evans dans la cabine B-17 ?

— Oui, confirma Blythe en baissant la tête.

Me Burton-Lands parcourut du regard les bancs réservés à la presse, où les journalistes prenaient des notes avec frénésie. Beaucoup de ses propos seraient cités à coup sûr sous les gros titres du lendemain. Pourtant malgré la pression, Me Burton-Lands affichait un calme olympien.

— Aviez-vous connaissance d'une relation particulière entre M. Evans et Mme Fowler ?

— Oui, confirma Blythe en un murmure.

— En aviez-vous parlé à votre collègue, M. Evans ?

— J'avais essayé, parce que je savais qu'il s'attirerait des ennuis et serait sanctionné par le capitaine, si cela éclatait au grand jour. Mais il m'a rétorqué que cela ne me regardait pas et que je ne devais pas m'en mêler.

— A-t-il exprimé l'intention de mettre fin à cette relation ?

— Non, monsieur, répondit Blythe, puis elle se tourna vers le jury. Je savais qu'elle lui ferait du tort…

— Objection, intervint Me Vangood, l'avocat qui assurait la défense de Jim.

Sans même le regarder, le juge leva la main.

— Objection retenue.

— Poursuivez, dit Burton-Lands avec douceur.

— Mme Fowler est donc rentrée du dîner avec la femme de chambre de lady Redesdale et elle m'a priée de quitter la pièce. Comme sa cabine était la dernière dont je devais m'occuper, je suis allée directement rejoindre la mienne. J'étais fatiguée et j'avais hâte de me reposer. Je me suis donc couchée et j'ai juste pris la peine d'ôter mes chaussures… Cela arrive quelquefois. Les employés font de longues journées à bord, expliqua-t-elle avec un sourire las, comme pour mieux illustrer ses propos.

Quant à Guy, il avait hâte qu'elle en vienne au fait.

— J'ai été réveillée quand le téléphone a sonné dans ma chambre. C'était Mme Fowler. Je n'arrivais pas à comprendre un mot de ce qu'elle disait. Elle semblait…, commença Blythe en lançant un regard à la femme qui se trouvait sur le banc des accusés. En état d'ébriété, maître. Elle pleurait et me priait de venir vite la rejoindre.

— Quelle heure était-il ?

— Dans les minuit et demi. Je ne saurais dire exactement. Je sais seulement que je n'avais pas dormi longtemps. Je me suis rafraîchi le visage avec de l'eau froide, j'ai enfilé mes chaussures et je me suis précipitée…

Elle s'interrompit, comme si le souffle lui manquait.

— Je suis désolé, mademoiselle North. Je sais que c'est difficile. Je ne vous retiendrai plus longtemps. Juste deux à trois minutes. Qu'avez-vous découvert, quand vous êtes entrée dans la cabine ?

Les yeux de Blythe s'emplirent de larmes.

— M. Fowler, il était… j'ai cru qu'il dormait, il était assis dans le fauteuil, la tête en arrière. Alors je l'ai entendu gémir et j'ai vu… Il avait une serviette enroulée autour de la tête, imbibée de sang. J'ai vu du sang sur la moquette.

Me Burton-Lands la laissa souffler un bref instant.

— Veuillez rapporter à la cour tout ce que vous vous rappelez, je vous prie.

— Mme Fowler criait, elle lui a enlevé son veston et son gilet, puis elle me les a donnés en me disant de les rincer.

— Pourquoi vous a-t-elle demandé cela ?

— Pour en enlever le sang. Si on le rince tout de suite à l'eau froide, il s'en va, sinon, la tache reste imprégnée dans le tissu. Et elle m'a dit de frotter le sang qui tachait le tapis. Elle parlait aussi de ses garçons, du mal que ça leur ferait, et qu'elle ne voulait pas qu'ils voient ça.

— Ses garçons ?

— J'ai supposé qu'elle parlait de ses enfants.

— Ils ne se trouvaient pas à bord, n'est-ce pas ?

— Non, maître. Je crois qu'ils étaient restés à la maison avec une nounou… On entend beaucoup de choses quand on est une domestique, ajouta-t-elle en se tournant vers le jury. Les gens oublient souvent votre présence.

— Avez-vous fait ce qu'elle vous demandait ?

— Oui, mais je n'ai pas pu nettoyer complètement la moquette, elle me pressait trop. J'étais troublée, je ne savais pas si j'avais raison de lui obéir.

À cet instant, elle leva les yeux et sembla pensive, comme si elle s'apprêtait à en dire plus, avant de se raviser.

— Avait-elle appelé un médecin ?

— Je pense que oui. Il est arrivé moins de dix minutes après moi.

Le juge Hogan leva la main.

— Nous nous arrêterons là, mademoiselle North. La séance est levée et reprendra après le déjeuner. Rendez-vous dans une heure.

25

Tout en s'éloignant, Guy rassembla ses pensées : Joseph Fowler avait été frappé sur la tête, avec un objet non identifié. Du médecin ou de la servante, qui donc Mme Fowler avait-elle appelé en premier ? Il l'ignorait, mais le médecin était arrivé un peu après Blythe ; pourquoi avait-il tant tardé ? Guy devrait l'interroger sur ce point. En son absence, on avait enveloppé la tête de M. Fowler avec une serviette et rincé son veston ainsi que son gilet. Une tache de sang sur la moquette avait également été en partie effacée. Mme Fowler avait alors appelé Diana pour lui dire ce qui s'était passé et l'avait priée de venir… Pourquoi ? Après le médecin, le capitaine était arrivé avec quelques membres de l'équipage. Au lieu d'être sous le choc comme on aurait pu s'y attendre, Mme Fowler avait improvisé une sorte de danse en pyjama sur une musique entraînante, tout en s'enivrant. À présent, abrutie par la morphine, elle débitait des propos incohérents, disant qu'elle l'avait fait, ou que c'était peut-être « sir »… Mais qu'entendait-elle par là ? En anglais, ce mot pouvait aussi bien signifier simplement « monsieur » que le titre de noblesse « sir ». Il ne parvenait pas à évaluer de quel milieu elle était, il avait juste détecté une pointe d'accent, sans doute américain. Il était donc possible qu'elle s'adresse à tout homme plus âgé qu'elle ou d'une classe supérieure en lui disant « sir ». Louisa avait évoqué un certain sir Clive présent à bord, qui avait perdu une fortune à cause de Joseph Fowler. Serait-ce de lui qu'il s'agissait ? Il lui faudrait creuser cette piste.

Pour l'heure, il était vain de se livrer à des spéculations. Ce qu'il lui fallait savoir, c'était qui se trouvait dans la pièce au moment de l'agression. Bref : quels étaient les suspects éventuels en plus de Mme Fowler ? Qui donc était arrivé en premier sur la scène de crime ?

Mme Guinness.

Après avoir prié Logan de rester sur place et de venir le chercher aussitôt dans la suite de Mme Guinness en cas de nouveau développement, Guy longea le couloir et frappa à la porte. Ce fut Louisa qui lui ouvrit, mais au lieu de l'introduire dans la cabine, elle s'avança en tenant la porte presque close derrière elle.

— Elle s'est endormie, déclara-t-elle.

— Il me faut m'entretenir avec toi, ainsi qu'avec Mme Guinness, Louisa.

— Que s'est-il passé ?

— Je t'en parlerai plus tard car ce serait trop long à raconter, mais je ressens le besoin impérieux d'enquêter sans attendre.

— Enquêter ?

— Oui. Quoi qu'il soit arrivé à Joseph Fowler, il ne s'est pas cogné contre une porte, à tout le moins. Es-tu certaine que Mme Guinness ne peut me recevoir maintenant ?

— Eh bien, je..., commença Louisa, puis elle se

retourna et ouvrit la porte en grand. Vérifie par toi-même.

Guy entra et poussa discrètement jusqu'au seuil du salon. Diana était allongée sur le divan sous une couverture, et ses cheveux dorés s'étalaient sur le coussin qu'elle avait glissé sous sa tête. On l'entendait ronfler légèrement.

— Bon, attendons un peu, dans ce cas, constata-t-il sans cacher sa déception. Est-ce qu'elle t'a parlé de ce qui s'était passé ?

— Non. Ce qui l'inquiétait surtout, c'était que sa propre présence à bord au moment du drame puisse nuire à la réputation du Leader. Mais si M. Fowler survit à cette attaque, je doute que la nouvelle se répande, n'est-ce pas ?

— Je n'en ai aucune idée. Et Mlle Unity ? A-t-elle vu quelque chose ?

— Non, je ne crois pas. Elle avait regagné sa cabine pour la nuit. À contrecœur, mais j'ai insisté. Elle sera furieuse d'avoir raté ça, elle qui aime tant les drames… Il vaudrait mieux que je reste ici pour aider Mme Guinness à aller se coucher, ajouta Louisa en lui prenant la main. Ensuite, je viendrai te rejoindre.

Il devina sans mal qu'elle désirait qu'il parte. Il aurait dû sans doute l'interroger sur le fait qu'elle s'était trouvée plus tôt en compagnie de Mme Fowler, mais il décida d'attendre un meilleur moment. Et donc, après lui avoir pressé doucement la main, il alla rejoindre la cabine B-17.

26

Guy regagna la chambre à coucher. On avait prévenu Mme Fowler de sa visite, et elle était assise sur le lit. Elle portait le même pyjama sous une robe de chambre en satin couleur café assortie, et ses ongles de pieds vernis de rouge foncé rappelèrent à Guy les taches de sang qu'il avait vues sur la moquette crème, dans la pièce d'à côté. Elle s'était lavé la figure, et malgré sa pâleur et les cernes sombres sous ses yeux, son visage frappait par son indéniable beauté. Quand Guy entra, elle tressaillit en renversant un peu le verre qu'elle tenait à la main, rempli à ras bord d'un liquide clair.

— Madame Fowler. Je suis l'inspecteur Sullivan.

Elle ne dit rien, mais son regard redevint trouble. Comme la servante se levait pour prendre congé, Guy l'arrêta.

— J'ai besoin que vous restiez, mademoiselle North.

Celle-ci acquiesça d'un air contrit et se rassit tandis que Guy sortait son calepin.

— Madame Fowler, l'agression commise sur votre mari a été perpétrée alors que le paquebot était en pleine mer. Elle tombe donc sous la juridiction de la police britannique, et le capitaine a donné son accord pour que je puisse procéder à l'enquête. L'état de M. Fowler est inquiétant. S'il y a le moindre risque que cela devienne une enquête pour meurtre, alors il est vital, à ce stade, de recueillir autant d'informations que possible.

À ces mots, Ella braqua sur Guy un regard d'une vivacité inattendue.

— Une enquête pour meurtre ?

— Pas encore, madame Fowler, et j'espère sincèrement que nous n'en arriverons pas là, mais il nous faut l'envisager…

Il s'interrompit, s'en voulant soudain d'avoir peut-être dramatisé les choses. Se pourrait-il qu'il cède trop à son ambition ? Mais Guy n'eut pas le temps d'approfondir ses réflexions car Ella se remit à divaguer.

— Oh ! mon Dieu. Il a vécu trop longtemps. Je l'ai fait, vous savez que je l'ai fait. Je l'ai fait. Avec un maillet. Il est bien caché. Vous ne pourrez pas le trouver.

— Madame Fowler…

Guy hésitait entre consigner ses propos par écrit ou tenter de la calmer. Manifestement, elle était encore ivre, et donc, aucune déclaration prononcée dans cet état ne serait prise en compte devant un tribunal. Néanmoins, il fallait lui demander ce qui s'était passé, car si un criminel se promenait à bord en liberté, il devait l'identifier et le mettre hors d'état de nuire.

La servante se leva et resta à se dandiner d'un air hésitant. Pourtant il ne trouva aucune consigne à lui donner. À vrai dire, lui-même se sentait indécis. Pendant ce temps, Mme Fowler avait continué ses divagations en sirotant son verre. De-ci, de-là, une phrase plus intelligible émergeait de ses propos incohérents.

— Madame Fowler, dit Guy aussi fermement que possible. Pouvez-vous me raconter ce qui s'est passé ce soir ?

Elle se mit alors à trembler et lâcha son verre vide sur le lit.

— Il m'a dit qu'il voulait mourir et il a osé me demander de le tuer de mes mains. J'ai pris le maillet et il m'a provoquée en disant que je n'aurais pas le cran de le faire. Si j'avais eu une arme à feu, je l'aurais tué, assura-t-elle en lançant à Guy un regard farouche. Parfaitement, je l'aurais fait.

Alors elle enfouit son visage dans ses mains et fut parcourue d'un long sanglot.

— Il est mort ? bredouilla-t-elle.

— Non, madame Fowler, il est en vie. Et il se peut qu'il survive. Dans ce cas, il pourra lui-même raconter ce qui s'est passé.

Comprendrait-elle la menace qui se cachait derrière ces paroles ? Et constituaient-elles réellement une menace pour elle ?

— Oh ! mon Dieu, gémit-elle, puis elle s'allongea et ferma les yeux.

Cette fois, la servante n'attendit pas la permission de Guy, elle se mit à tamponner le visage de Mme Fowler avec un gant de toilette trempé d'eau froide en l'appelant par son nom, mais Mme Fowler resta sans réaction.

— Croyez-vous qu'elle l'a fait ? murmura-t-elle à l'adresse de Guy, qui ne répondit à sa question ni par la parole ni par gestes.

Constatant que Mme Fowler ne lui fournirait pas pour l'instant les réponses cohérentes qu'il attendait, il ordonna à la servante de demeurer auprès d'elle, puis retourna dans le salon. Logan, le second, était toujours campé sur le seuil. Il lui confirma qu'il n'avait reçu aucun appel téléphonique l'informant d'un changement dans l'état de Joseph Fowler, mais qu'il s'en inquiétait, car le médecin n'avait peut-être pas daigné les contacter.

— Désolé, mais j'ai besoin que vous retourniez à l'infirmerie pour prendre des nouvelles, lui dit Guy. S'il semble reprendre peu à peu conscience, je dois le savoir. Insistez auprès du médecin en faisant valoir cet argument, voulez-vous ? Quant à moi, je demeurerai ici jusqu'à votre retour.

Une fois seul, il inspecta à nouveau la pièce. Mme Fowler avait parlé d'un maillet. S'il était ici, il y avait des chances qu'il le trouve. Or, tout policier digne de ce nom le savait, l'arme du crime pourrait conduire directement au coupable, que ce fût ou non Mme Fowler. Certes il avait l'aveu de cette dernière, mais l'ensemble restait trop confus. Elle avait répété à plusieurs reprises « Il l'a fait », aussi bien à lui-même qu'à Mme Guinness, non ? Toutes ces incohérences ne manquaient pas de le troubler. Or il avait besoin d'établir des faits nets et précis.

Il allait procéder à un relevé d'indices sur les lieux du crime quand il entendit quelqu'un entrer dans le vestibule. Comptant trouver Logan, il alla à la porte, mais c'était Louisa. Après un baiser furtif, elle le considéra avec inquiétude.

— Mme Guinness a enfin daigné se coucher. Elle n'a rien dit de plus sur ce qui s'était passé. Vas-tu m'en informer ? Tu as l'air lessivé.

— Ah ? Non, je suis juste un peu fatigué.

— Je peux ? dit-elle en s'avançant vers le salon.

— Louisa, attention. C'est une scène de crime. Il y avait du monde partout quand je suis arrivé, et j'ai fait évacuer les lieux. J'allais justement relever tous les détails et indices.

— Crois-tu que des choses ont été déplacées ?

— C'est possible.

Elle franchit le seuil, mais s'immobilisa à l'entrée du salon.

— Et ce sang, là-bas ?

— Quelqu'un s'est efforcé de le nettoyer.

Ils échangèrent un regard entendu.

— Où est Mme Fowler ? demanda Louisa. Sais-tu quel rôle elle aura joué dans tout ça ?

— Non. Elle est couchée et dans un drôle d'état, répondit Guy en lançant un regard vers la porte de la chambre.

— On le serait à moins, remarqua Louisa, puis elle se mit à déambuler dans la pièce en marchant comme sur des œufs.

— Es-tu déjà venue ici ?

— Oui, pour un très bref instant. En fait, je suis tombée sur Mme Fowler plus tôt et je l'ai ramenée ici, mais à peine étions-nous entrées qu'elle m'a congédiée.

— Pourquoi ne pas m'en avoir informé ?

— Eh bien, je ne vois pas quand j'aurais pu t'en parler. Je ne pouvais pas me douter que ce serait important, et quand je me suis couchée, tu dormais à poings fermés.

Guy ne put en disconvenir.

— Dis-moi : quand tu l'as vue, dans quelle humeur était-elle ?

— Très perturbée. Elle s'était disputée avec M. Fowler et elle n'a pas été très claire, mais elle a suggéré qu'il exigeait d'elle quelque chose d'abject…

Louisa s'interrompit, trop gênée pour en dire plus.

— Mais encore ?

— Coucher avec l'homme à qui il devait de l'argent ; pour effacer sa dette, en somme. Elle s'y refusait.

— J'espère bien, commenta Guy en haussant les sourcils, et Louisa lui lança un regard désabusé.

— Ce sont des choses qui arrivent… D'ailleurs, j'ai eu l'impression que c'était moins au nom de principes moraux qu'elle refusait qu'en raison de sa liaison avec Jim.

— En effet, dit Guy. Il y a eu cette bagarre au bar plus tôt. Peut-être a-t-elle repris plus tard pour finir par dégénérer ?

Ils n'eurent pas le temps d'en discuter car quelqu'un frappa timidement à la porte. C'était Logan.

— Monsieur ?

— Entrez. Quoi de neuf ?

— Le médecin est très pessimiste, monsieur. La victime a perdu beaucoup de sang et ne reprend pas conscience. Ce n'est plus qu'une question d'heures, d'après lui.

— Bon, fit Guy en se passant les mains dans les cheveux. Voulez-vous bien vous poster à l'entrée de la cabine ? Si quelqu'un cherche à entrer, consultez-moi d'abord, ordonna-t-il avant de revenir à Louisa. Bref, d'ici peu, nous aurons à mener une enquête pour meurtre.

— Mon Dieu…, dit-elle en chancelant un peu, et il passa un bras autour de ses épaules. Ce n'était pas un type très sympathique, mais je ne lui souhaitais pas de finir ainsi. Ils ont un fils, un garçon de six ans. Et je crois que Mme Fowler en a un autre, issu de son précédent mariage. Que vont-ils devenir ?

— Je l'ignore, mais peut-être que ces enfants sont pour nous une bonne raison de découvrir la vérité.

— Nous ?

Guy l'embrassa sur la joue.

— La force de l'habitude. Et pourquoi pas, après tout, puisque nous sommes tous deux à bord ? Tu vois souvent des choses qui risquent de m'échapper. Ensemble, nous serions imbattables, non ?

Elle lui décocha un petit sourire, puis détourna vite les yeux.

27

Une heure plus tard, Louisa s'était endormie, roulée en boule sur le divan, avec sous la tête l'oreiller destiné à l'origine à Joseph Fowler. Il était 4 heures du matin, et même s'il faisait bon à l'intérieur du paquebot, Guy sentit un frisson le parcourir, dû à la fatigue, mais aussi à la dépense d'énergie nerveuse qui l'avait aidé à tenir le coup durant les dernières heures. Il n'avait rien mangé depuis son dernier repas pris avec Louisa et son ventre gargouillait. Avec une tasse de café chaud, il n'aurait eu aucun mal à tenir encore. Mais cela semblait bien utopique, à cette heure de la nuit. Il avait fouillé le salon de fond en comble à la recherche du fameux maillet. D'ailleurs il n'y avait guère d'endroits pouvant servir de cachette : sous le divan, dans le meuble-bar, derrière des livres rangés sur l'étagère. Ensuite il était passé au vestibule, où les manteaux suspendus côtoyaient deux placards à chaussures. Enfin, il avait regardé de nouveau dans la salle de bains, mais à part les fixe-chaussettes de Fowler et les multiples crèmes de beauté d'Ella, il n'y avait rien glané d'intéressant si ce n'est un questionnement : pourquoi avait-on rincé ici le veston et le gilet tachés de sang au lieu de les envoyer à la blanchisserie ? Si l'aveu d'Ella à propos du maillet était fondé (dans ce cas, comment se l'était-elle procuré, car il l'imaginait mal ayant ce genre d'objet sous la main ?), on avait déjà dû le jeter par-dessus bord. Il prit des notes détaillées sur l'emplacement des meubles, les éclaboussures et la tache de sang, la boisson renversée. Il essaya d'imaginer les diverses questions que l'inspecteur principal Stiles aurait posées pour éclaircir la situation et y répondit aussi précisément que possible. Quelqu'un dont Guy ne connaissait pas exactement le grade montait la garde à l'extérieur, et la servante s'était endormie dans un fauteuil au chevet de Mme Fowler, qui dormait aussi, mais d'un sommeil agité et saccadé, comme il l'avait constaté en passant la tête par l'entrebâillement de la porte. Si c'était bien elle qui avait agressé son mari, elle ne risquait pas de récidiver en s'en prenant à quelqu'un d'autre, en tout cas pas cette nuit. Peut-être devrait-il réveiller Louisa et regagner leur cabine avec elle : un roupillon d'une ou deux heures serait le bienvenu.

Un espoir bien vain… Car à cet instant, Logan entra, son beau visage juvénile chiffonné par l'épreuve de la nuit.

— Monsieur, pourriez-vous m'accompagner ? Il est survenu quelque chose de suspect qui pourrait vous intéresser, je crois.

— Quoi donc ?

— On nous a signalé la présence d'un individu… Quelqu'un qui se cacherait dans un endroit où il n'est pas censé se trouver. Étant donné les derniers événements, j'ai cru bon de…

— Vous avez bien fait, monsieur Logan. Merci.

Guy jeta un regard inquiet à Louisa, puis il décida

qu'il valait mieux la laisser dormir. Avec un peu de chance, elle ne se réveillerait pas avant son retour.

Au creux de la nuit, il régnait sur le paquebot un calme étrange. Logan et Guy longèrent à vive allure le couloir moquetté qui semblait s'étirer sur des kilomètres. Guy avait passé un petit moment à chercher Louisa quand il était arrivé la veille (dire qu'il avait embarqué seulement douze heures auparavant !), mais il n'avait fait qu'effleurer la surface de ce paquebot qui était une sorte de monde à lui tout seul. Le *Princess Alice* lui semblait aussi immense que le *Titanic*, un nom qu'il chassa aussitôt de son esprit et qu'il ne risquait pas de prononcer à haute voix, comme des acteurs superstitieux ne prononcent jamais celui de « Macbeth » dans les coulisses. Salles de bal, restaurants, bars, soutes à bagages, salles des machines, cuisines, cantines, fumoir, courts de tennis, passagers par centaines, équipage encore plus nombreux… tout cela flottait et fendait, sur des milles et des milles, une eau glaciale aux profondeurs abyssales, sans la moindre terre en vue… De quoi vous donner le tournis.

Logan avait maintenu une allure rapide, et tandis qu'ils descendaient plusieurs escaliers en s'enfonçant toujours plus bas, Guy imagina d'énormes requins aux mâchoires luisantes rôdant de l'autre côté de la coque métallique. Enfin ils parvinrent à ce qui semblait être le dernier niveau. Il y faisait sombre et les lieux résonnaient du vacarme des machines, bruits métalliques et sifflements de vapeur. Ils n'avaient pratiquement croisé personne durant le trajet, mais là, il aperçut deux ou trois mécaniciens vêtus de combinaisons noires tachées de graisse, les cheveux plaqués en arrière.

— Où est-il ? demanda Guy, qui se rendit compte aussitôt qu'il devait porter la voix par-dessus le bruit des machines et répéta sa question.

— C'est par là qu'on a entendu des bruits suspects, cria Logan en réponse, mais alors il s'arrêta et se pencha vers Guy afin de lui parler sans avoir à hausser le ton. Il nous arrive de trouver des passagers clandestins dans ces parages. On nous a mentionné un individu non identifié.

— Cet individu court-il un danger en se cachant là ?

— Oui, confirma Logan. Il faut bien connaître les lieux pour savoir où se déplacer sans risques. Et les marins dans ce cas sont très peu nombreux. Ce n'est pas un endroit idéal pour traquer un homme.

— Bien. Je comprends, dit Guy, qui se sentait lui-même vulnérable, un peu comme un crabe à carapace molle. Y a-t-il quelqu'un qui puisse nous aider ?

Au lieu de lui répondre, Logan reprit l'allure et Guy devina qu'on avait déjà perdu trop de temps. Après avoir sinué à travers des espaces réduits, entre des tuyaux métalliques et des conteneurs empilés qui s'enroulaient autour d'eux tels des dragons endormis, ils parvinrent enfin à un coin plus sombre et plus froid. Si jamais le bateau sombrait, ils seraient les derniers à être secourus. Guy n'aurait pas su comment regagner l'escalier pour sortir de là. Il préférait ne pas y penser.

Logan s'arrêta et un homme surgit de l'ombre. La vision de Guy, déjà mauvaise en temps normal, s'adapta lentement tandis qu'il essayait de discerner ce qui sembla au début n'être qu'un amas de muscles, de tendons et de peau luisante. L'homme leur fit juste signe de le suivre. Il disparut dans l'obscurité, mais juste après, il ouvrit une porte et franchit le seuil.

Guy suivant derrière Logan, ils se retrouvèrent dans un étroit couloir à peine éclairé, avec une autre porte tout au bout. Il y faisait bon, ce n'était plus la chaleur moite et lourde de la salle des machines, et quand il se tourna vers la droite, Guy comprit que ce qu'il avait pris au début pour un mur était une étagère métallique où des caisses de formes et de tailles différentes étaient posées, chacune portant un grand numéro peint sur le côté.

— Ce sont les caisses à outils du bateau, l'informa Logan.

Par une fente verticale au milieu du rayonnage, Guy vit que derrière, le mur était en retrait de plusieurs mètres. Ils entendirent un grattement métallique et tous trois échangèrent un regard.

— Bonjour, lança Guy en adoptant un ton léger et amical, comme si l'individu qui se planquait là, au tréfonds de la salle des machines d'un immense paquebot, jouait à un jeu de cache-cache et attendait qu'on le déniche avant d'aller manger une glace avec les copains.

— Sortez de là. Ne craignez rien, lui dit Guy en s'avançant un peu. Nous pensons que vous pourriez peut-être nous aider.

Silence. En son for intérieur, Guy avait déjà fait un constat inquiétant : ces caisses à outils contenaient un bel assortiment d'armes potentiellement fatales. Si l'homme qui se cachait là était celui qui avait agressé plus tôt Joseph Fowler en le laissant pour mort, comment savoir ce qu'il ferait s'il était acculé, muni d'un couteau capable de couper des cordes ou d'une lourde clef en acier ? Il risquait de s'en prendre à eux, ou de retourner cette arme contre lui-même. Guy s'efforçait désespérément d'évaluer la situation pour mieux la maîtriser quand il y eut un grand fracas, et quelque chose de lourd lui tomba dessus. Il ressentit une vive douleur à la tempe, puis plus rien.

DEUXIÈME PARTIE

28

Quand Louisa se réveilla dans la cabine des Fowler, elle mit une ou deux secondes à se rappeler où elle se trouvait. Elle avait sombré dans un profond sommeil et en sortit légèrement vaseuse. Quelqu'un avait éteint le plafonnier, mais la grande lampe posée sur la table d'appoint était allumée et elle cligna des yeux, éblouie par sa clarté. Lentement, elle se frotta la figure, essuya un peu de salive au coin de ses lèvres, se recoiffa et lissa les plis de sa robe qui s'était toute chiffonnée. Le silence opaque qui régnait dans la cabine lui était devenu presque familier, entre l'air insonorisé et la masse d'eau qui entourait le bateau. Elle vérifia l'heure à sa montre : il était presque 5 heures du matin. Le soleil n'était pas encore levé, mais il ne tarderait guère. Où donc Guy était-il passé ?

Devrais-je informer Iain des événements de la nuit ? se demanda-t-elle. Autant que je sache, ils ne sont pas reliés à Diana ni à Unity, mais faut-il seulement lui rapporter ce qui les concerne directement, ou toute chose susceptible d'être significative ? En tout cas, elle devait l'informer de l'idylle entre Unity et Wolfgang, puisque c'était un officier SS. Louisa se redressa d'un bond, comme si un bruit l'avait fait tressaillir. Mais où donc était Guy ? Elle avait la vague impression qu'elle ne devait pas quitter la cabine, mais rester pour monter la garde. Même si elle n'en avait pas envie.

Un petit bruit derrière le mur qui séparait le salon de la chambre lui rappela qu'Ella Fowler s'y trouvait. C'était l'occasion ou jamais d'inspecter les lieux. Peut-être verrait-elle quelque chose qui aurait échappé à Guy ? Il y avait eu beaucoup de monde ici, avait-il déploré. Les gens ne s'étaient pas rendu compte qu'il s'agissait d'une scène de crime qui devait donc être protégée. Il se pouvait que des objets aient été déplacés ou écartés. À cette idée, tous ses sens furent soudain en éveil. Le goût amer dans sa bouche, le contraste entre lumière et ombre, le parfum d'un bouquet de lys posé dans un coin, le silence presque étouffant. Elle passa la main sur le tissu raide qui recouvrait le divan et se mit debout. Aussi silencieusement et efficacement que possible, elle inspecta le salon centimètre par centimètre, puis s'accroupit pour regarder sous le divan, mais elle n'y dénicha qu'une pique en bois et une serviette en papier usagée. Les tableaux sur le mur ne dissimulaient aucun placard secret et le miroir n'était rien d'autre qu'un miroir. Au fil de son inspection, elle se sentit de plus en plus idiote, comme si elle s'était crue dans la réalité pour prendre conscience que ce n'était là qu'un décor avec des accessoires. Même les livres disposés avec art sur les étagères alignaient des titres hétéroclites que personne ne lirait jamais, tels que *Les Grands Terrains de golf d'Allemagne* et *Flore et faune de Majorque*. Elle finit par comprendre qu'un placard qui ne s'ouvrait pas était en fait une porte en trompe-l'œil, sans charnières.

Elle s'efforça de noter tout ce qui était réel. Les creux

dans le fauteuil qui montraient où M. Fowler était assis quand on l'avait agressé. La tache poisseuse d'un rouge foncé qui maculait la moquette. Des revues de mode éparpillées sur une table basse, un verre renversé.

Entre-temps, l'aube avait pointé sur l'horizon, et la lumière filtrait peu à peu par l'ouverture entre les rideaux qui cachaient les portes vitrées donnant sur le balcon. Pourquoi les rideaux étaient-ils ainsi écartés ? Ils auraient dû être tirés par l'employée qui venait préparer la chambre pour la nuit. Si Ella ou Joseph avaient eu envie d'aller sur le balcon inspirer une bouffée d'air marin, ils les auraient ouverts en grand, puis refermés en rentrant dans le salon. Cette étroite ouverture intriguait Louisa qui resta à la regarder tandis que le ciel violet foncé se muait en rose orangé. Dans l'espace entre les rideaux, la poignée de porte était visible, et Louisa savait que les portes-fenêtres s'ouvraient par le milieu en coulissant sur les côtés. Il y avait des volets à l'extérieur, mais elle avait déjà remarqué que le personnel ne les fermait jamais, que ce fût pour lady Redesdale ou pour Mme Guinness. Peut-être n'étaient-ils censés servir qu'en cas de tempête.

Louisa s'avança pour regarder l'étroit balcon à travers la vitre. Il était vide, à part une petite table et deux chaises. Elle sursauta quand, derrière elle, la porte s'ouvrit brusquement et, se retournant, elle sut qu'elle devait avoir l'air coupable, non moins que si elle avait surpris quelque chose qu'elle n'aurait pas dû voir. Mais le jeune homme qui s'avança vers elle ne parut pas le remarquer.

— Mademoiselle, dit-il, on m'a envoyé vous chercher pour que vous alliez à l'infirmerie. C'est pour votre mari.

La peur la frappa violemment comme un seau d'eau froide.

— Comment ça ? Qu'est-ce qui s'est passé ?

— Je l'ignore, mademoiselle, désolé, répondit le steward de cabine d'un air quelque peu craintif. On m'a dit d'aller vous chercher, que c'était urgent. L'infirmerie se trouve sur le pont E, près du mess des mécaniciens. Si vous passez par l'escalier réservé à l'équipage, vous y arriverez plus vite. Et l'on m'a ordonné de rester ici pour garder les lieux… Désolé, mademoiselle.

Il n'eut pas besoin d'en dire plus, ou s'il le fit, Louisa ne l'entendit pas. Elle vola hors de la pièce et courut vers l'escalier de service, le pont E et son époux, comme si la vie de Guy en dépendait.

29

Guy se réveilla quand Louisa entra dans la pièce à peine éclairée où se trouvaient deux lits jumeaux, dont un seul était occupé, par son époux. Elle le vit essayer de bouger pour se redresser, mais aussitôt, elle l'en dissuada en posant doucement la main sur son épaule, et demanda au médecin ce qui s'était passé.

— Il a reçu un coup violent sur l'arrière du crâne et il a perdu connaissance pendant une à deux minutes, mais à mon avis, ça devrait aller, maintenant. Il vous faudra surveiller son état au cas où il aurait mal à la tête plus tard et me prévenir si jamais cela arrivait, car ce peut être le signe d'une commotion cérébrale. Sinon, il a juste besoin de repos.

Le Dr O'Donnell aurait eu besoin d'un bon rasage, et des mèches de cheveux lui tombaient dans les yeux. La nuit avait été longue.

— Pauvre chéri, est-ce que tu sais qui t'a fait ça ?

— Je ne crois pas que c'était délibéré, intervint le médecin. Il se trouvait dans la chaufferie et une pièce de machinerie lui est tombée dessus.

— Comment ? s'exclama Louisa malgré elle. Qu'est-ce que tu faisais en bas ?

Guy leva un peu la tête et répondit d'une voix rauque.

— Il s'est trouvé qu'un individu se cachait dans la chaufferie, et étant donné ce qui venait d'arriver, on est venu m'en informer.

— L'avez-vous coincé ?

— Je l'ignore. Il faudra demander à M. Logan, reconnut Guy en reposant sa tête sur l'oreiller, puis il ferma un instant les paupières et les rouvrit. Docteur, croyez-vous que je puisse me lever ?

Le médecin vérifia l'heure à sa montre.

— Il n'est pas tout à fait 6 heures du matin. À mon avis, vous aurez récupéré vers 8 heures, pour le petit déjeuner. Mais je tiens à ce que vous vous ménagiez. Moi aussi, j'ai besoin de repos, ajouta-t-il en se passant la main dans les cheveux d'un geste impatient. Je reviendrai plus tard.

— Attendez un peu, et Joseph Fowler ? demanda Guy.

— Il est entre la vie et la mort. L'infirmière a pour instruction de venir me chercher si elle constate un changement dans son état.

Sur ces mots, il quitta la pièce et referma la porte derrière lui.

— Moi non plus je n'ai guère dormi, juste une heure ou deux, dit Louisa. Lady Redesdale requiert ma présence à 8 heures. En attendant, dis-moi ce que tu veux que je fasse et je le ferai.

Louisa repassa la liste dans sa tête et constata que la première chose à faire absolument ne s'y trouvait pas : contacter Iain. D'après lui, il était peu probable qu'elle en ait besoin avant son retour à Londres, néanmoins il lui avait donné une adresse à laquelle envoyer un télégramme au cas où elle devrait lui transmettre quelque chose d'urgent. Louisa décida que Iain devait être tenu au courant des événements de la nuit. Il lui avait ordonné de lui rapporter tout ce qui sortait de l'ordinaire, après tout. Le petit morceau de papier plié où figurait une adresse griffonnée d'une écriture élégante était fourré dans son soutien-gorge. Louisa se rendit à la salle de téléphone où la réceptionniste lui demanda d'un air endormi le nom et l'adresse du destinataire : Mlle Vita Lowning, 23 Dolphin Square. Dans le télégramme, Louisa ne pouvait divulguer aucun détail, seulement envoyer le message codé que Iain lui avait recommandé d'utiliser. Une fois reçu ce message, il trouverait si possible un moyen d'entrer en contact avec elle ou avec un messager de confiance, afin qu'elle puisse lui transmettre ce qu'elle estimait nécessaire. Sur le moment, Iain avait bien insisté en lui disant de n'y recourir qu'en cas d'absolue nécessité.

Le cœur battant, Louisa s'arrangea pour que le coût exorbitant du télégramme soit facturé sur les frais afférents à la cabine de Unity. Elle s'occuperait de résoudre les problèmes qui pourraient en résulter au fur et à mesure ; avec un peu de chance, la facture serait transmise à lord Redesdale. Avait-elle raison ? Était-ce quelque chose dont Iain devait absolument être informé ? Le pire, ce serait qu'elle s'en abstienne et qu'il lui en veuille. Cela tranchait la question.

— Oui, mademoiselle ? Quel est le message ? demanda la téléphoniste tout en regardant ses ongles d'un air distrait.

— Voici : *Nuageux dans l'ensemble. Stop. Prévisions pour les prochaines vingt-quatre heures. Stop. De C.*

— C'est tout ? s'enquit la téléphoniste en haussant un sourcil.

— Oui, confirma Louisa, c'est tout. Dès que possible, je vous prie.

Ensuite, Louisa alla trouver M. Logan. Guy lui avait dit que c'était le second, et donc elle supposa qu'il devait être au bureau du capitaine. Mais quand elle s'y rendit, elle trouva porte close, et elle eut beau tendre l'oreille, elle ne décela aucune présence. Elle se demandait que faire quand un homme d'âge moyen en uniforme de l'équipage s'approcha d'elle.

— Puis-je vous aider, madame ?

Faisait-elle donc assez âgée pour qu'on lui donne du madame ? se dit-elle, un peu hérissée.

— Je cherche le second capitaine, M. Logan. Pour une affaire qui relève de la police.

— Vous travaillez pour la police ? demanda l'homme sans dissimuler son étonnement.

— Oui… enfin non, mais il y a un policier à bord, qui est blessé, et qui m'a demandé de venir trouver M. Logan pour lui demander quelque chose.

— Ah oui, c'est au sujet de cette drôle d'affaire, je suppose, dit l'homme en se radoucissant. J'ai entendu dire qu'on avait arrêté un passager clandestin. Il est enfermé dans la cellule du paquebot, cabine E-131. À tribord. Vous voyez où c'est ?

Décidément, les nouvelles vont vite, à bord d'un paquebot, se dit Louisa.

— Oui. Merci, répondit-elle, découragée à l'idée de devoir encore monter et descendre tous ces escaliers, mais tandis qu'elle allait s'éloigner, elle se retourna. Savez-vous qui ils ont attrapé ? lui lança-t-elle.

L'homme regarda autour d'eux en se tapotant le nez avant de ricaner.

— Aucune idée, mademoiselle. Mais les passagers clandestins, ça arrive souvent, sur un bateau comme celui-ci. Il y en a de toutes sortes. À vrai dire, c'est un miracle que ça ne se soit pas produit plus tôt. Oh, il s'en passe des choses, si vous saviez… Ils auront sûrement préféré étouffer l'affaire, ajouta-t-il en se tapotant encore le nez d'un air entendu. Il faut les avoir à l'œil, moi je vous le dis, vous n'imaginez pas tous les secrets qu'ils peuvent cacher.

Puis il lui fit un clin d'œil et s'éloigna.

Qui donc étaient ces « ils » dont il parlait ? Ses soupçons étaient-ils fondés, ou cherchait-il à ajouter encore du trouble à l'ambiance perturbée qui régnait sur le paquebot ? Se pourrait-il que Iain ait envoyé Louisa sur cette croisière pour suivre Diana et Unity, tout en sachant qu'il y avait d'autres dangers à bord ?

Il n'y avait qu'un moyen de le découvrir.

30

Dans la pénombre violette de l'aube, le paquebot reprenait vie. En général, les passagers étaient dans leurs cabines, et si quelques-uns avaient été perturbés par les événements survenus sur le pont B, la plupart dormaient encore après avoir abusé des bonnes choses la veille au soir. Rien ne pressait, puisque le paquebot n'accosterait pas avant le lendemain matin. Quant au personnel navigant, il était en pleine activité, occupé à nettoyer les parties communes, à mettre le couvert dans les restaurants et à passer le faubert sur les ponts, l'une des rares activités authentiquement propres à la vie maritime qui subsistaient encore. À travers les hublots, Louisa vit que le jour s'était presque levé ; la mer étale était d'un gris acier, le ciel bleu pastel. L'approche du matin lui fit prendre conscience qu'elle avait à peine dormi, et elle se sentit soudain négligée, dans sa robe toute chiffonnée. Elle aurait aimé avoir le temps d'aller se changer dans sa cabine.

Ayant beaucoup circulé à travers tout le navire durant ces derniers jours, Louisa en était venue à mieux comprendre la logistique des lieux : comment s'organisait la numérotation des cabines, comment se reliaient entre eux les couloirs et les cages d'escalier ; aussi fut-ce sans trop de peine qu'elle trouva la cabine E-131, la cellule du paquebot. Un jeune homme était posté devant, dont l'uniforme blanc portait moins de galons et de boutons dorés que ceux arborés par le capitaine et les officiers supérieurs de l'équipage.

— Excusez-moi, dit Louisa, pouvez-vous me dire où trouver le second, M. Logan ?

Raide comme un piquet, le matelot lui répondit sans bouger la tête pour lui faire face :

— Cabine E-132.

— Merci, dit Louisa, vaguement déconcertée.

Elle avait l'impression d'être une enfant errant dans un conte de fées, que des créatures des bois envoyaient de-ci, de-là en quête de la maison en pain d'épice. Elle frappa à la porte, puis croisa le regard du jeune matelot qui détourna vite les yeux, et ce fut un autre marin en uniforme qui lui ouvrit d'un air las, mais sans hostilité.

— Monsieur Logan ? Je suis Mme Sullivan, l'épouse de l'inspecteur Sullivan, que vous avez rencontré plus tôt, je crois…

— Entrez.

Louisa le suivit dans une petite cabine avec pour tout mobilier un bureau et une chaise. Sur le côté, il y avait une porte intérieure verrouillée dont elle supposa qu'elle menait à la E-131.

— Comment va-t-il ? s'enquit Logan. Il a reçu un méchant coup sur la tête.

— Bien, merci. D'après le médecin, il pourra se lever pour prendre son petit déjeuner dans une heure ou deux, mais il devra se ménager. Je suis descendue vous voir, car mon mari tenait à savoir ce qui s'est passé la nuit dernière. Tout comme moi.

— Je vous en prie, asseyez-vous.

Louisa s'assit et se rendit compte trop tard qu'il n'y avait qu'une chaise dans la pièce.

— J'espère que vous me pardonnerez d'avoir fait appel à votre mari dans cette situation, lui expliqua Logan, mais sur le moment, cela m'a paru nécessaire, et je crois que les faits nous ont donné raison.

— Oui, monsieur Logan, je comprends bien ce genre de difficultés, dit-elle en se sentant calme et assurée.

Cela faisait un bon moment que personne à part Guy ne s'était adressé à elle comme à une égale méritant le respect. Cela lui rendit Logan sympathique tout en lui donnant envie de lui faire bonne impression.

— On nous a rapporté la présence d'un individu dans la chaufferie, plus précisément dans l'atelier d'outillage qui se trouve tout au fond, et dont peu de membres d'équipage soupçonnaient même l'existence. Comme vous pouvez vous en douter, il contient du matériel très spécialisé et très coûteux. Il arrive que des membres d'équipage éprouvent le besoin de s'isoler un moment, ce que nous tolérons officieusement. Mais on ne peut accéder à l'atelier d'outillage qu'en ouvrant un cadenas, et seules des personnes figurant sur une liste possèdent le code servant à l'ouvrir. De plus, tous ceux qui y pénètrent doivent signer un registre accroché à l'extérieur de la porte, et à l'intérieur se trouve un journal de bord où sont consignées toutes les entrées et sorties de matériel. Bref, c'est une zone hautement surveillée.

— Je vois.

À force de tendre le cou vers Logan, Louisa avait

un torticolis. Il sembla le remarquer et se percha sur le bureau, réduisant ainsi l'espace entre eux ainsi que les formalités. Elle respira mieux.

— À vrai dire, madame Sullivan, je n'ai guère l'habitude de m'occuper de criminels. Bien sûr, nous avons parfois affaire à de petits voleurs. Entre autres, nous avons eu le cas d'une dame âgée voyageant en première classe, qui avait la manie de dérober des ampoules électriques. Peut-être comprendrez-vous pourquoi j'hésitais à appréhender un individu responsable d'une agression brutale sur l'un de nos passagers quelques heures plus tôt.

Oui, Louisa le comprenait.

— Je suis donc allé chercher votre mari et nous sommes descendus tout en bas, jusqu'à la chaufferie, poursuivit Logan. C'est un lieu où il fait très sombre et très chaud. Peut-être votre mari a-t-il été affecté par cette atmosphère oppressante.

Louisa devina qu'il s'efforçait de trouver des excuses à Guy pour sa défaillance et elle lui en sut gré. C'était courtois de sa part.

— Quand nous sommes entrés dans l'atelier d'outillage, nous avons entendu du bruit indiquant qu'un individu se cachait là. J'imagine qu'il s'est senti acculé et que, se croyant attaqué, il a réagi en jetant sur nous ce qu'il avait sous la main. Notre souci, c'était qu'il ne cause pas davantage de dégâts, ni à nous, ni à lui-même, ni au matériel. Mais il a fait basculer une étagère et une grosse caisse à outils est tombée sur l'inspecteur Sullivan, qui a aussitôt perdu conscience. M. West, un autre membre d'équipage, et moi-même, nous avons vérifié que votre mari n'avait pas été blessé gravement, et durant ce laps de temps, dans la panique, l'homme s'est enfui.

— Il s'est enfui ? Mais alors où est-il ?

— Justement, madame Sullivan. Je l'ignore.

— Vous l'ignorez ? Dans ce cas, qui se trouve dans la cabine E-131, avec un garde posté à l'entrée ?

— Personne. La cellule est vide. Mais surtout, il ne faut pas que s'ébruite le fait qu'un agresseur se promène à bord. J'ai cru préférable de faire croire aux passagers que nous l'avions arrêté.

— Vous voulez dire qu'un criminel en liberté rôde sur le paquebot ?

M. Logan se redressa, quittant là sa désinvolture devant l'horreur de ce qu'il venait d'admettre.

— Oui, madame Sullivan. Nous prenons des mesures pour…

— Quelles mesures ?

— Nous avons informé certains membres de l'équipage qui sont sur le qui-vive.

— Mais n'est-il pas vraisemblable que l'homme que vous pourchassez, puisqu'il a réussi à pénétrer dans l'atelier d'outillage, soit un membre de l'équipage ?

Tout en disant cela, Louisa sut qu'elle avait déjà la réponse.

— Oui, vous avez sûrement raison. Quel idiot ! Comment n'y ai-je pas pensé plus tôt ? Que dois-je faire à présent ?

— Je sais qui est l'homme que vous recherchez. Il faut désormais le retrouver. Je ne crois pas qu'il agisse seul. De mon côté, j'ai quelqu'un à aller voir.

31

23 mai 1935
Old Bailey, salle d'audience numéro 1

L'avocat retourna s'asseoir sur son banc. Sans se hâter, il remua un peu ses papiers avant de s'adresser au juge.

— J'aimerais appeler à la barre le premier témoin à charge : M. Greg Logan, second sur le *Princess Alice*.

Guy regarda Logan traverser la salle de tribunal et entrer dans le box des témoins. Il posa la main sur la Bible et, d'une voix claire, prêta serment. Son uniforme et sa casquette lui conféraient un air faussement militaire. Guy savait que Logan s'était engagé tout jeune, à l'âge de quinze ans, et qu'il était monté en grade car il était fiable, compétent et patriote.

Me Burton-Lands pria Logan d'énoncer ses nom et prénom, grade et adresse avant de commencer à lui poser des questions. Comme c'était un témoin de l'accusation, cela ne serait pas un interrogatoire, pourtant Guy ne parvenait pas à comprendre pourquoi Logan avait été cité en premier. Les explications ne tarderaient guère.

— Monsieur Logan, pourriez-vous, je vous prie,

rapporter à la cour les circonstances dans lesquelles vous avez rencontré pour la première fois M. Jim Evans.

— C'était il y a cinq ans, en 1930, à Southampton. Il y avait une journée de recrutement pour divers postes sur les croisières de l'Empire Line, et on m'avait chargé de conduire certains des entretiens préliminaires. M. Jim Evans s'est présenté ce jour-là. Si je me souviens bien, il était l'un des premiers dans la file, tôt le matin.

— Quel poste ambitionnait-il ?

— Tout poste disponible, monsieur. Il n'avait que quinze ans et cela faisait déjà un an qu'il avait quitté l'école.

— Avait-il déjà travaillé ?

— Oui, il avait une référence, celle d'un patron qui l'avait engagé comme ouvrier agricole.

— Une bonne référence ?

— Oui, excellente.

Me Burton-Lands parut s'en réjouir, ce qui intrigua Guy. Puisque ce témoin était à charge, pourquoi donc l'avocat de l'accusation suscitait-il à plaisir l'éloge de l'accusé ?

— Quelles furent vos premières impressions de M. Evans ?

M. Logan prit le temps d'y réfléchir. Il avait un beau visage, et dans son uniforme d'un blanc immaculé, il émanait de lui un charme irrésistible.

— Evans présentait bien et il était impatient de faire ses preuves. Bien sûr il lui manquait de la maturité, j'en avais conscience, mais j'ai deviné qu'il avait hâte d'échapper à son milieu familial pour conquérir un peu d'indépendance.

— Avez-vous suspecté qu'il cherchait à fuir quelque chose ?

— Non, monsieur. Durant les entretiens ultérieurs, il m'a expliqué que sa mère était morte quand il était tout jeune, qu'il n'avait jamais connu son père, et qu'il avait été élevé par sa grand-mère. Il craignait les mauvaises fréquentations qu'il côtoyait sur les docks et avait envie de travailler dans un cadre exigeant une certaine discipline.

— Et de voyager ?

— C'est le désir de tous les marins, monsieur, confirma Logan en souriant.

— En trois ans, M. Evans s'est-il avéré être un bon employé ?

— Oui, monsieur. Il était fiable, ne s'est jamais fait porter malade, et a toujours regagné le bateau en temps et en heure.

Guy observa le jury : tous ses membres écoutaient attentivement. C'était le début du procès, d'où leur concentration. Voilà pourquoi il était important d'appeler en premier les témoins les plus utiles aux plaidants.

— N'est-ce pas la règle ? s'enquit Me Burton-Lands avec un petit sourire.

Logan toussota dans sa main, puis il adressa un regard contrit au jury.

— Certes nous nous efforçons de faire de notre mieux à bord du *Princess Alice*, mais il est arrivé que certains membres de l'équipage parmi les plus jeunes succombent à des tentations exotiques, monsieur.

— Pourtant, M. Evans avait l'heur de vous plaire. Il travaillait dur. A-t-il grimpé les échelons ?

— Pas très vite. Il a commencé par faire la plonge

dans les cuisines, puis il est devenu aide-serveur à la cantine de l'équipage, puis serveur dans le restaurant réservé aux passagers de deuxième classe. Il a été promu steward de cabine il y a deux ans, après avoir postulé, et il l'est resté depuis. Ce n'est pas sans précédent, mais on aurait pu attendre qu'il sollicite une promotion durant les six derniers mois.

— Mais il ne l'a pas fait ?

— Non, monsieur. Nous, c'est-à-dire l'officier en second et moi-même, nous avions l'impression qu'il lui manquait la maturité ou l'éducation pour dépasser ce stade.

Me Burton-Lands se tourna face au jury.

— Il lui manquait la maturité ou l'éducation pour dépasser ce stade, répéta-t-il en s'adressant à eux, puis il revint à Logan. Pouvez-vous développer ?

— C'est difficile à expliquer avec des arguments à l'appui, mais il ne faisait pas encore assez adulte. Il avait besoin qu'on lui donne des instructions précises, qu'il suivait à la lettre, mais il prenait rarement des initiatives montrant qu'il souhaitait assumer de plus grandes responsabilités.

Me Burton-Lands se tourna vers le juge.

— Ce sera tout, Votre Honneur.

32

Le temps filait et Louisa devait absolument voir Mme Fowler avant que lady Redesdale se réveille. Guy avait dit qu'il était essentiel que quelqu'un lui parle au plus vite, durant les heures cruciales où sa mémoire de la nuit précédente serait encore fraîche. Sans parler de l'arme de l'agression qu'on n'avait toujours pas retrouvée. L'estomac creux, elle se sentait presque nauséeuse tellement elle avait faim, mais il lui fallait tenir encore un moment.

De retour sur le pont B, Louisa se hâta dans le couloir devenu familier, d'autant que, à bord, les couloirs se ressemblaient tous, avec leur moquette rouge foncé qui s'étendait sur des kilomètres, leurs portes espacées de façon régulière, leurs appliques murales qui se succédaient en deux lignes convergentes. Étourdie de fatigue et de faim, elle avait l'impression d'évoluer dans un rêve troublé, et juste avant d'arriver à la porte B-17, la poitrine oppressée, elle céda un instant à une angoisse claustrophobe. Après avoir adressé un hochement de tête au jeune garçon de cabine qui montait la garde, elle frappa un coup bref à la porte et s'introduisit dans la cabine. Il n'y avait personne dans le salon où les lampes étaient encore toutes allumées, et il ne filtrait qu'un mince rai de lumière entre les rideaux, depuis la porte vitrée donnant sur le balcon. Machinalement, Louisa éteignit les lampes et s'apprêta à ouvrir les rideaux. Il régnait un silence total dans la cabine, et elle se demanda brièvement si elle devait signaler sa présence. Autant laisser dormir Mme Fowler, décida-t-elle, puis elle écarta les rideaux d'un coup sec et fut éblouie par la soudaine clarté du soleil méditerranéen. Quand elle rouvrit les paupières, des éclairs dansèrent devant ses yeux, et lorsque enfin sa vision se fut adaptée, elle vit quelque chose qui lui coupa le souffle.

Le balcon était petit et d'une drôle de forme, ses deux côtés étant en angles coupés. L'espace était surtout occupé par deux lourdes chaises et une table en fer, telles qu'on en voit communément dans des jardins à la campagne. Ce que Louisa avait vu derrière le fauteuil à gauche, poussé dans un coin, c'était un maillet en bois, et il était indéniablement taché de sang. Après avoir jeté un bref coup d'œil derrière elle, Louisa s'avança sur le balcon et saisit avec précaution le maillet par son long manche. Il ne fallait pas le laisser dehors au cas où il commencerait à pleuvoir, ce qui effacerait de précieux indices. D'ailleurs c'était un miracle que la mer ait été calme durant la nuit. Comment s'était-il retrouvé là, dans ce coin ? Le coupable avait peut-être eu l'intention de le jeter par-dessus bord sans se rendre compte qu'il avait atterri là, à cause de l'obscurité. Ou alors quelqu'un l'avait placé là à dessein, en un endroit où il risquait fort d'être retrouvé… Pourquoi ? Elle n'aurait su le dire dans l'immédiat, mais c'était une piste à explorer.

Le maillet était trop encombrant pour qu'elle le

transporte sur elle. Louisa chercha donc un endroit où le cacher et opta pour le meuble-bar, où elle pourrait le mettre sous clef. Elle mit ensuite la clef dans sa poche, en se disant qu'elle la donnerait à Guy dès qu'elle le verrait. L'idée que ce bloc de bois avait presque tué un homme la fit frissonner. Le maillet devait provenir de la réserve à outils, mais l'avait-on pris délibérément, en sachant à quoi il servirait ? Ella avait avoué être l'auteur de l'agression, mais Guy et Louisa n'avaient pas pris cet aveu au sérieux à cause de son état d'ébriété. La proximité de l'arme le rendait plus crédible, hypothèse encore renforcée par la liaison d'Ella avec Jim. L'arme pourrait même constituer une preuve. La responsabilité de cette conclusion pesait lourdement sur Louisa.

Il y eut du mouvement dans la chambre et elle tressaillit. Il ne semblait plus avisé de taire encore sa présence. Elle gagna le vestibule et frappa doucement à la porte. Ce fut Blythe qui lui ouvrit.

— Louisa ?

— Blythe. J'ignorais que vous étiez là.

Les traits tirés de Blythe révélaient son état de fatigue.

— Je n'ai guère eu le choix. Elle m'a appelée la nuit dernière et depuis, je n'ai pas pu bouger d'ici. Je n'ai pas fermé l'œil de la nuit tellement elle s'agitait dans son sommeil en débitant des propos sans queue ni tête.

— Désolée, compatit Louisa, car cette veillée forcée n'entrait pas dans les attributions d'une femme de ménage engagée par la compagnie, et la nuit avait dû être très pénible.

— Votre responsable sait-elle que vous êtes ici ?

— Non, et je suis censée reprendre bientôt du service pour assurer la relève.

— J'imagine que tout est bouleversé, à bord, dit Louisa en se mordant la langue, car elle n'avait pas envie de laisser Blythe seule avec Mme Fowler, mais ne pouvait se risquer à expliquer pourquoi. Puis-je prévenir quelqu'un pour vous ? Trouver une collègue qui prenne le relais ?

— Merci. C'est Mme Kelway qui est la responsable de l'entretien du navire. Vous pourriez dire à l'une de mes collègues de lui porter un message.

— Entendu. Mais je dois d'abord parler avec Mme Fowler.

— Vous ? s'étonna Blythe en fronçant les sourcils.

— L'inspecteur Sullivan est dans l'incapacité de se déplacer, et il m'a demandé de prendre de ses nouvelles.

— Elle dort.

— Vous avez évoqué le fait que son sommeil était agité, et donc peu réparateur. Autant la réveiller, car tout ce dont elle peut se souvenir maintenant peut être primordial. A-t-elle dit quelque chose sur ce qui s'était passé ?

— Non, pas exactement.

Louisa sut qu'elle devait lui en imposer. En réalité, hiérarchiquement, elle n'avait aucun grade dont se prévaloir, mais la situation l'exigeait. Elle devait le faire pour Guy. Peut-être aussi pour Iain. Et donc, pour le roi et la patrie. Bon, arrête ton char, se dit-elle alors en se moquant de sa propre suffisance.

— Mais encore ? insista-t-elle, alors Blythe se pencha un peu en baissant la voix.

— Elle ne cesse de dire des choses sur sir Clive.

— Que dit-elle à son sujet ?

Après s'être ouverte un bref instant, Blythe parut aussitôt se refermer comme une huître.

— Rien, elle cite juste son nom, se borna-t-elle à répondre.

— Il me faut absolument parler avec Mme Fowler. Peut-être serait-ce le moment pour vous d'aller rejoindre votre chef de service ? Je suppose qu'elle devra trouver quelqu'un pour vous remplacer ce matin.

Plantée sur le seuil, Blythe hésita, et Louisa sentit la tension se dresser entre elles comme un mur, mais sa cadette fléchit vite.

— Entendu, admit Blythe.

Louisa attendit d'entendre la porte de la cabine se refermer avant de frapper doucement à la porte de la chambre pour rejoindre Mme Fowler.

33

La femme à laquelle Louisa espérait parler était au lit, couchée sur le flanc, les yeux fixés sur le mur vide à côté d'elle. Il y avait une fenêtre dans la chambre, mais les rideaux étaient encore fermés et la lumière diffuse du soleil ne faisait qu'en éclairer les contours. Dans la pièce, la seule source lumineuse venait d'une petite lampe posée sur la coiffeuse. Prostrée, Mme Fowler ne réagit pas à l'entrée de Louisa qui se sentit comme une intruse. Après tout, elle n'avait aucun droit d'être là, aucune autorité légitime. Mais elle voulait découvrir ce qui s'était passé, pour Guy, et peut-être aussi pour Iain. Ce qu'elle faisait était discutable, mais pas illégal.

Ou bien si ?

— Madame Fowler, dit-elle doucement. C'est moi, Louisa, la femme de chambre de lady Redesdale.

— Je sais qui vous êtes, répondit Ella d'une voix étonnamment ferme. Qu'est-ce que vous faites là ? Où est Blythe ?

— Elle est allée parler à sa chef de service. Je suis certaine qu'elle va vite revenir. Je suis ici en tant qu'épouse de l'inspecteur Sullivan.

— Un policier ? lança Ella en tournant vivement la tête.

— Oui, vous l'avez rencontré plus tôt, mais vous ne vous en souvenez peut-être pas, ce qui est bien compréhensible, en ces circonstances.

Elle s'approcha lentement du lit mais n'osant s'asseoir sur la chaise, elle resta debout, le buste légèrement penché.

— Il enquête sur ce qui s'est passé la nuit dernière, mais pour l'instant il est… Il n'est pas bien, lui non plus, reprit-elle en s'efforçant de soutenir le regard de Mme Fowler. C'est lui qui m'a envoyée pour vous parler.

— À quoi bon ? gémit Ella, puis elle s'affala de nouveau sur l'oreiller et se roula en boule.

— Tout ce dont vous pourrez vous souvenir sera utile. Je sais que la nuit a été terrible…

— Comment va Joseph ?

— Je regrette de dire qu'il ne va pas fort, madame Fowler. Il n'a pas repris conscience.

Ella laissa échapper une sorte de mugissement viscéral. Était-ce un cri de fureur, de douleur, de désespoir ? Louisa n'aurait su le dire, mais elle eut envie de s'enfuir tant il la prit au dépourvu, venant du corps affalé sur le lit.

— Allez-vous-en, allez-vous-en ! s'écria Ella en se dressant soudain face à Louisa, les yeux rougis. Je l'ai fait. Je l'ai fait et je vais le payer, déclara-t-elle d'une voix rauque et ardente. Tous mes espoirs sont anéantis, vous ne comprenez pas ? Laissez-moi, je vous en supplie, laissez-moi seule. Je veux qu'on me laisse tranquille.

— Madame Fowler ? insista doucement Louisa en posant la main sur le lit. Qu'avez-vous fait ? Et comment ?

Il n'y eut aucune réponse cohérente. Ella avait enfoui son visage dans l'oreiller et elle marmonnait des mots sans suite. Paniquée, Louisa ne savait plus que faire quand un coup fut frappé à la porte. C'était le Dr O'Donnell. Sans un regard pour Louisa, il alla tout droit au chevet d'Ella.

— Madame Fowler ? Madame Fowler ? répéta-t-il posément, la main sur l'épaule de sa patiente, jusqu'à ce qu'elle se redresse et s'agenouille sur le lit. Madame Fowler, je vais vous donner encore un peu de morphine, voulez-vous ? ajouta-t-il avec une sorte de tendresse.

— Est-ce une bonne idée, docteur ? lança Louisa malgré elle.

Juste au moment où elle allait obtenir des aveux, elle en était certaine. Le médecin s'en rendait-il compte ? Y avait-il une raison pour qu'il veuille faire taire Ella ?

Le médecin lui lança un regard glacial et revint à sa patiente.

Comme un enfant acceptant de sécher ses larmes contre un bonbon, Ella fit oui de la tête, puis elle se rallongea, muette, et si pathétique que Louisa en fut émue. Le médecin lui administra la morphine et bientôt, les yeux d'Ella se fermèrent, sa respiration se fit sonore et régulière. Alors qu'il s'apprêtait à quitter la pièce, il fit signe à Louisa de le suivre.

— Sur mon instruction, une infirmière va venir à son chevet. Elle est partie pour dormir un bon moment, j'espère, ajouta-t-il, puis il se frotta les yeux et quand il les rouvrit, Louisa vit qu'ils étaient comme éteints. À vrai dire, son mari est à l'agonie, et elle n'a pas encore la force d'y faire face.

— Je comprends, dit Louisa, décontenancée, car si désolée qu'elle puisse être pour Ella et Joseph, elle se souciait davantage de Guy. Et mon époux, l'inspecteur Sullivan ? Comment va-t-il ?

— Bien, lui répondit le médecin avec un petit sourire. Apparemment, il ne souffre d'aucune commotion. Vous pouvez aller le voir et l'emmener prendre un bon petit déjeuner. J'imagine que vous avez tous deux besoin de reprendre des forces. Moi, il faut que je retourne auprès de M. Fowler.

Sur ces mots, ils se séparèrent en laissant juste le jeune garçon de cabine posté à la porte.

34

24 mai 1935
Old Bailey, salle d'audience numéro 1

Les journaux s'étaient empressés de rapporter les contre-interrogatoires de la veille, et tout en mangeant des œufs accompagnés de bacon au café situé plus bas dans la rue du palais de justice, Guy avait entendu autour de lui les hommes et les femmes commenter ce qu'on appelait « le meurtre du paquebot », passant du point de vue du juge à celui du jury. Ce procès faisait sensation, et même si Guy ne pouvait s'empêcher d'éprouver de la fierté pour le rôle qu'il y avait joué professionnellement, il ressentait aussi de l'effroi, sachant que ses agissements seraient scrutés à la loupe, tout comme le public détaillait à loisir les tenues qu'Ella portait au tribunal. Cette affaire pouvait aussi bien donner un coup de pouce à sa carrière que l'enfoncer. Surnagerait-il à ce qui se préparait, ou finirait-il par se noyer ? L'ironie de cette image ne l'amusa guère. Dans la salle de tribunal, il ne pouvait que croiser les doigts pour que tout se passe pour le mieux.

— La cour appelle le Dr William O'Donnell pour la défense, déclara Tom Mitford.

Guy repéra alors Nancy, coincée tout au bout du dernier rang des avocats. Normalement, seuls ceux qui avaient des relations d'ordre professionnel avec les plaidants ou l'affaire elle-même étaient censés y prendre place, mais il était bien connu que dans certains procès, des parents se voyaient accorder ce privilège. On aurait dit qu'elle allait se lever pour se mettre à chanter les louanges de son frère, tant elle en était fière.

Un bel homme mince d'une bonne cinquantaine d'années, avec quelques fils d'argent dans les cheveux, vint à la barre. Guy songea qu'il avait tout à fait l'allure du médecin de bord dans un film romantique, capable de rassurer la jeune épousée angoissée durant sa lune de miel.

Le Dr O'Donnell confirma qu'il avait reçu un appel téléphonique provenant de la cabine des Fowler vers une heure moins le quart du matin.

— Pouvez-vous dire à la cour ce que vous avez vu, une fois là-bas ?

Le médecin toucha sa cravate en soie avant de répondre.

— M. Fowler était affalé dans le fauteuil, les jambes allongées, avec une couverture sur lui. Il était en pantalon et chemise, mais sans cravate, ni gilet ni veston. Il avait une serviette tachée de sang autour de la tête. Sur le moment, je n'ai pu procéder à un véritable examen tant ses cheveux étaient englués de sang.

— Dans quel état était Mme Fowler ?

— Un état de grande agitation et d'ébriété, apparemment.

Guy entendit des gloussements dans le public, mais un coup d'œil incisif du juge Hogan les fit taire.

— Lui avez-vous parlé ?

Tout en posant ses questions, Tom regardait ses papiers. Était-ce par nervosité, pour se donner une contenance ?

— Oui, je lui ai demandé ce qui s'était passé, et elle m'a répondu : « Regardez-le, regardez, vous voyez tout ce sang ? Quelqu'un l'a tué. »

— Qu'avez-vous fait alors ?

— J'ai estimé que c'était une urgence. J'ai téléphoné pour faire venir une infirmière, et deux membres de l'équipage sont arrivés dès que possible avec une civière.

— Mme Fowler a-t-elle évoqué d'une manière ou d'une autre ce qui s'était passé ce soir-là, avant votre arrivée ?

— Oui, elle a dit que M. Fowler et elle avaient dîné ensemble et établi leur programme pour la visite de Rome prévue quand le navire accosterait. M. Fowler s'en réjouissait à l'avance. Elle a insisté sur le fait qu'il lui avait donné à lire un passage dans un livre sur le suicide.

— Vous a-t-elle dit comment elle avait découvert M. Fowler ?

— Oui. Elle m'a raconté qu'elle était rentrée seule après dîner et s'était couchée, tandis que M. Fowler était resté au bar pour un dernier verre. Ensuite, elle avait été réveillée par un cri ou un bruit, je ne sais plus trop, et elle s'était précipitée dans le salon pour découvrir M. Fowler renversé dans son fauteuil. Sur la moquette à côté de lui, il y avait une flaque de sang ainsi que son dentier.

Ce dernier détail coupa Tom dans son élan et Guy,

qui l'avait oublié, devina sans mal qu'il viendrait alimenter les articles à la une du lendemain.

— Veuillez rapporter à la cour ce qui s'est passé ensuite.

— M. Fowler a donc été transporté sur une civière jusqu'à l'infirmerie, qui possède une salle d'opération rudimentaire. Ce fut un trajet long et éprouvant pour un homme dans son état, mais il n'y avait pas d'autre alternative. Il était inconscient, mais nous avons vérifié qu'il respirait toujours. Il a fallu lui raser la tête pour établir l'étendue des dégâts, et sur l'arrière du crâne, nous avons distingué trois blessures. J'ai su alors que cela déclencherait une enquête criminelle.

— Avez-vous prévenu la police ?

— Non, à ma connaissance, il n'y avait pas à bord de représentant officiel. J'ai téléphoné au capitaine Schmitt, qui a aussitôt rejoint la cabine des Fowler, je crois.

— Aviez-vous déjà rencontré Mme Fowler avant ce soir-là ?

— Oui, elle avait fait plusieurs croisières à bord du *Princess Alice*, et je lui avais déjà donné de la morphine par le passé. Elle souffrait d'une douleur thoracique chronique.

— Aviez-vous décelé chez elle une tendance à la toxicomanie ?

— Non, aucune.

— La morphine que vous lui aviez donnée… Avez-vous craint de lui en avoir administré une dose trop importante ?

Le médecin releva vivement la tête.

— Non, en aucun cas. J'ai mesuré et contrôlé les doses très soigneusement.

Tom prit un morceau de papier transmis depuis le devant, sûrement un mot venant de l'avocat principal. Il le lut et continua ses questions. Nancy l'observait toujours avec l'adoration d'une mère regardant son enfant jouer dans une crèche vivante.

— J'aimerais vous demander si vous savez quelque chose sur Mme Fowler et sa vie d'avant. Avez-vous entendu mentionner à un moment quelconque que M. Fowler avait menacé de se suicider ?

— Oui, il m'en a parlé une fois, et Mme Fowler m'avait aussi rapporté que son époux y faisait allusion.

— De façon générale, comment décririez-vous le caractère de Mme Fowler ?

— Difficile et très excitable. Il m'est arrivé de constater qu'elle buvait trop. Elle m'avait aussi confié que Jim Evans était son amant.

— Et vous n'avez pas jugé bon de le rapporter au capitaine ?

— Mon devoir de réserve me l'interdisait.

Il y eut des murmures en réaction à cette déclaration, mais Tom poursuivit sur sa lancée.

— Vous a-t-elle encore confié des choses sur sa liaison avec Jim Evans ou sur ce dernier ? Et si oui, pouvez-vous nous dire quand ces conversations ont eu lieu ?

— Oui, elle m'en a parlé juste la veille de l'agression. Elle m'a dit qu'à son avis Evans devait se droguer, et qu'il avait essayé de se procurer de la drogue quand le navire avait accosté à Livourne. J'ai alors rencontré Evans, car Mme Fowler m'avait prié de le voir pour découvrir quelles substances il prenait.

— Le lui avez-vous demandé ?

— Oui. J'étais inquiet, en tant que membre d'équipage et médecin. Je l'ai vu le lendemain…

— Soyons précis. Le jour de l'agression ?

— Oui. Je lui ai demandé s'il se droguait, et il a reconnu qu'il prenait de la cocaïne. Il m'a dit qu'il avait trouvé un peu de cocaïne chez lui et que cela lui avait procuré des sensations agréables. Et donc, il avait continué.

— L'avez-vous mis en garde ?

— Oui, et je lui ai proposé de l'aider s'il se décidait à décrocher.

Le juge Hogan se pencha.

— A-t-il accepté votre offre ?

— Non, Votre Honneur, répondit le médecin en rajustant machinalement sa cravate d'un geste furtif.

Tom reprit son questionnement

— Combien de fois avez-vous vu Mme Fowler durant ses croisières sur le *Princess Alice* ?

— Je dirais à chaque fois, presque chaque jour. Je crois qu'elle a fait six croisières en trois ans. Peut-être davantage.

— Et vous avez dit que vous ne l'aviez jamais soignée pour une dépendance à la drogue ?

— Je l'ai dit et je le répète.

— Était-elle une femme particulièrement fragile, nerveusement ?

— Parfois, répondit-il d'un air impassible, et Guy supposa que, en tant que médecin, il en voyait bien d'autres durant ses consultations, à l'instar de ses collègues à lui dans les cellules de détention.

— Par ces questions, je ne suggère pas qu'elle aurait commis ce dont elle est accusée dans un état d'excitation, mais je veux savoir quel genre d'atmosphère il y avait au sein du couple marié. À quoi attribuiez-vous ces soudains accès de fébrilité ?

— Parfois à l'absorption d'alcool, d'autres fois à des soucis ou à de la colère.

— Tout cela était-il dû à un tempérament lunatique, à des sautes d'humeur ?

— Non, à la maladie. La tuberculose pulmonaire pour laquelle je la soignais.

Le juge intervint de nouveau.

— À une personne souffrant de tuberculose, recommanderiez-vous d'absorber de l'alcool ?

— Non.

Le juge Hogan se permit un geste d'impatience.

— Et l'aviez-vous prévenue contre les méfaits de l'alcool dans son cas ?

— Oui. Mon conseil étant de mener une vie tranquille et de renoncer à boire.

Après une pause respectueuse, Tom reprit le contre-interrogatoire.

— Avez-vous cru Evans quand il vous a avoué qu'il prenait de la cocaïne ?

— Je suppose que oui. Il m'a dit qu'il avait tenté de s'en procurer la dernière fois qu'il était rentré chez lui, en vain.

— Vous a-t-il dit d'où lui venait l'argent ?

— Non, et je ne le lui ai pas demandé.

Sur cette dernière réponse, Tom se tourna vers le juge.

— Plus de questions, Votre Honneur.

Il se rassit, et Guy se demanda s'il était le seul à avoir vu un filet de sueur couler sur la joue de Tom, vite essuyé avec un mouchoir amidonné.

35

Comme elle n'en était pas éloignée, Louisa se rendit tout d'abord à la suite de lady Redesdale, mais fort heureusement, la baronne était encore profondément endormie. Il n'était que 7 h 30, et Louisa jugea qu'elle pourrait sans risque n'y retourner qu'à 9 heures ; Unity et Diana resteraient sûrement dans leurs chambres plus longtemps encore. Rassurée, Louisa alla rejoindre Guy, et quand elle arriva à l'infirmerie, elle le trouva devant la porte, levé, chaussé et habillé.

— J'espérais bien que tu viendrais à ma rencontre, dit-il. Je n'avais plus envie de rester allongé, mais je ne savais trop que faire.

— Comment te sens-tu ? demanda tendrement Louisa en lui effleurant la nuque. Oh, quelle vilaine bosse ! Pauvre chéri.

— Oui, c'est encore un peu douloureux, reconnut Guy en faisant la grimace, puis il se pencha pour lui déposer un petit baiser sur la joue. Dieu merci, tu es là. Dis-moi, as-tu glané quelque chose ?

— Oui, et je vais te faire mon petit rapport. Je sais que le médecin nous a conseillé de prendre un bon petit déjeuner, mais je ne crois pas en avoir le temps…

En fait, tous deux avaient surtout besoin d'un bon bol

d'air frais. Ils sortirent donc sur le pont, bientôt revigorés par la tiédeur du soleil et la brise saline.

Accoudée à la rambarde, Louisa informa Guy des troubles aveux de Mme Fowler et de sa découverte du maillet, puis elle lui donna la clef du meuble-bar.

— Et il y avait du sang sur le maillet ? demanda-t-il, ce que Louisa lui confirma. Alors il y a de fortes chances pour que les aveux de Mme Fowler soient fondés, en conclut Guy. Est-ce que quelqu'un monte la garde devant sa chambre ?

— Oui, j'ai envoyé Blythe, la domestique, se reposer, mais le médecin a dit qu'il dépêcherait une infirmière à son chevet. Il a donné à Mme Fowler une autre dose de morphine, alors elle n'est pas près d'émerger. Dans ce cas, pourquoi évoque-t-elle quelqu'un d'autre en disant qu'il l'a fait ? Je parle du « sir » qu'elle a mentionné à plusieurs reprises.

— Oui, Blythe aussi me l'a rapporté, reconnut Guy. Sais-tu de qui il pourrait s'agir ?

— De sir Clive, je pense. D'après Blythe, Ella a prononcé son nom, mais sans en dire davantage. C'est l'homme auquel Joseph devait de l'argent, rappelle-toi…

— Il faudra que je lui parle, dit Guy. Quoi d'autre ?

Louisa lui apprit alors ce que le second, M. Logan, avait dû admettre : l'individu qui se cachait dans la réserve à outils et avait fait basculer les étagères sur Guy rôdait toujours à bord, en liberté.

— Et a-t-il une idée de son identité ?

— D'après lui, toutes les entrées et sorties doivent être consignées dans un registre, et pour la plupart, les membres de l'équipage ignorent même l'existence de cette pièce. Le maillet venait sûrement de là. Je pense qu'il s'agit de Jim.

— Tu as raison, reconnut Guy. Il a un mobile, et il fait partie de l'équipage. Même si lui-même n'avait pas accès à la réserve à outils, il pouvait connaître son existence.

Autour d'eux, le paquebot s'animait. Louisa et Guy devinèrent que les rumeurs sur les événements de la nuit dernière se répandraient bientôt d'une table à l'autre au petit déjeuner, puis de cabine en cabine et de pont en pont.

— Puisqu'il n'y a personne en cellule, Logan ne sera peut-être plus dans le bureau d'à côté, dit Guy en réfléchissant à haute voix. Il faudra demander au capitaine où il se trouve. Et nous devrons consulter le registre de l'atelier d'outillage dès que possible.

— Pourtant l'agresseur de M. Fowler n'aura pas consigné la sortie du maillet, n'est-ce pas ?

— Non, mais peut-être n'est-ce pas lui qui l'aura sorti de l'atelier. Ou encore, il peut l'avoir pris à l'avance en invoquant une raison tout à fait légitime, pour ne s'en servir que plus tard dans un but criminel.

La façon dont Guy assumait son rôle d'enquêteur le rendait séduisant. Louisa avait presque oublié combien elle aimait le voir en pleine action.

— Tu as l'air fatiguée, mon amour, lui dit-il. Pourquoi ne pas aller te reposer un moment dans notre cabine ? Tu me rejoindras plus tard.

— Je suis en pleine forme, répondit sincèrement Louisa, qui se sentait bien plus exaltée que fatiguée.

— Je vais aller voir le capitaine et me procurer ce registre. Si le nom de Jim y figure, j'en serai quitte pour l'interroger.

— Tu ferais mieux de réclamer au capitaine une pièce où mener tes entretiens.

— Oui, tu as raison, dit Guy, puis il posa une main forte et chaude sur son épaule. Bon, s'il te plaît. Va te changer. Toi aussi, le travail t'attend.

— Comment ferai-je pour te retrouver ? Je vais aller voir lady Redesdale et les autres, ensuite j'aurai sûrement un peu de temps libre.

— Je laisserai un message pour toi au bureau du commissaire de bord.

D'un air alerte et décidé, Guy quitta Louisa, et elle-même s'en retourna à sa cabine. Elle fit sa toilette, se changea, se brossa les cheveux. Guy tenait sans doute à ce qu'elle fasse un petit somme, mais elle n'en avait guère envie ; d'ailleurs elle craignait de sombrer dans un profond sommeil, submergée de fatigue, si jamais elle y cédait. L'impatience la tenaillait d'avoir un retour de Iain, mais il ne fallait pas y compter avant au moins deux ou trois heures. Il était temps de reprendre son service de femme de chambre de lady Redesdale. Et d'accomplir la mission qu'elle s'était fixée : lire la lettre que Diana avait récupérée au bureau de poste de Livourne, si c'était bien le complément d'information promis par sir Oswald.

Quand Louisa arriva, une servante avait déjà servi le plateau du petit déjeuner à lady Redesdale, et la baronne était assise dans son lit, l'air reposée. La chambre était inondée de soleil, et pas le moindre nuage ne troublait un ciel azuréen.

— Ah Louisa, vous voilà.

— Madame.

— Je me sens beaucoup mieux, ce matin. Pourriez-vous frapper à la porte de Mlle Unity pour lui dire de me rejoindre ?

— Oui. Mais permettez-moi avant de… avez-vous appris ce qui s'est passé cette nuit ?

Lady Redesdale se tourna vers Louisa en essayant en vain de cacher combien elle était outrée. Louisa sut d'instinct que ce n'était pas à cause des événements horribles survenus dans la cabine B-17, mais parce qu'elle-même s'était permis d'engager la conversation. Et lorsqu'une domestique, même femme de chambre particulière, prenait une telle initiative, cela n'augurait rien de bon.

— Oh ! mon Dieu. Mes filles, soupira-t-elle en tartinant généreusement de beurre une tranche de pain grillé. Qu'est-ce qu'elles ont encore fait ?

— Non, il ne s'agit pas de Mlle Unity, dit Louisa en chassant l'image de cette dernière dans l'escalier, remettant cette affaire-là à plus tard. Et Mme Guinness n'y joue qu'un rôle tout à fait mineur. Non, cela concerne Mme Fowler et son époux. J'ai cru bon de vous en informer, car tout le bateau ne parlera que de ça, quand vous sortirez.

Brièvement, en omettant les détails trop scabreux, Louisa expliqua à lady Redesdale ce qui s'était passé. Puis elle dut lui dire qu'elle-même était impliquée.

— De quoi diable parlez-vous, Louisa ?

— Mon mari est ici, madame…, répondit-elle en laissant la fin de sa phrase en suspens.

Le silence éloquent qu'elle obtint en réponse suffit à lui dire tout ce que sa patronne en pensait.

— Or M. Fowler étant citoyen britannique et le bateau se trouvant en pleine mer, le crime tombe sous juridiction de la police britannique. Ce qui signifie que mon mari est chargé de l'enquête.

— Comme c'est ennuyeux. Mais comment se fait-il que vous y soyez mêlée ?

Louisa la considéra un instant d'un air ébahi avant de se rendre compte que la baronne parlait sérieusement.

— Je suis sa femme, répondit-elle.

Lady Redesdale reposa d'un geste vif son couteau qui cliqueta sur l'assiette.

— Une épouse n'a pas à se mêler des affaires de son mari. Je dirais même qu'il vaut bien mieux qu'elle se tienne à l'écart. Et l'inverse est vrai aussi. Je n'ai jamais demandé à lord Redesdale d'intervenir dans les affaires qui me concernent.

Aucun doute là-dessus, songea Louisa.

— Lady Redesdale, j'honorerai mes engagements envers vous, Mlle Unity et Mme Guinness. Tout soutien que je pourrai apporter à l'inspecteur Sullivan (autant lui donner son grade au passage, se dit Louisa) ne viendra en aucune manière empiéter sur les devoirs de ma charge.

— Hum… bien. Quelle épreuve pour cette pauvre Mme Fowler, dit lady Redesdale, puis elle finit de manger son pain grillé et se tapota les lèvres avec une serviette. Voulez-vous débarrasser ce plateau, Louisa, je vais me lever. Ma migraine a disparu, grâce au ciel. Aujourd'hui, je mettrai mon tailleur bleu ciel avec le chemiser en soie crème.

— Bien, madame, dit Louisa tout en calculant que d'ici une heure, après s'être promptement occupée du lever des deux autres, elle pourrait s'éclipser pour rejoindre Guy.

36

Quand Louisa entra dans la chambre de Unity, elle fut surprise de la trouver déjà habillée, assise près de la fenêtre et contemplant la vaste étendue d'eau qui entourait le navire à perte de vue.

— Ah, vous voilà, s'exclama-t-elle en se levant d'un bond. J'avais tellement hâte de sortir d'ici. Lady Redesdale est-elle levée ?

— Oui, sa migraine a disparu.

À cette nouvelle, le visage de Unity s'assombrit.

— Bon sang ! Pardon. Je voulais dire… J'espérais sortir pour rejoindre Herr Wolfgang, vous comprenez. J'ai pensé qu'il m'inviterait peut-être à faire une promenade sur le pont.

Sans faire de commentaire, Louisa se mit à ranger le désordre qui régnait dans la cabine.

— Pourriez-vous demander à lady Redesdale la permission d'aller nous promener, vous et moi, sur le pont ? insista Unity. Peut-être tomberions-nous sur lui par hasard.

En revoyant le grand jeune homme blond en uniforme SS, Louisa frémit intérieurement.

— Mademoiselle Unity, comme vous le savez, ce n'est pas à moi de…

— Oh, au diable vos devoirs, Louisa. Je ne vois pas pourquoi mes parents nous trouveraient mal assortis. C'est un aristocrate, un navigateur qui a participé à des courses olympiques. Il est même dans une division spéciale de l'armée, et il m'a dit que son père était très copain avec Hitler ! Moi qui meurs d'envie de rencontrer le Führer. Qu'y a-t-il de mal à ça ?

Louisa scruta le visage jeune et sans fard de Unity, et elle décida qu'il n'était plus temps de jouer à la domestique complaisante.

— Il n'est pas anglais, voilà ce qui ne va pas. Vous connaissez le sentiment de lord Redesdale vis-à-vis des étrangers.

— Eh bien, c'est un vieillard stupide. La guerre est finie depuis une éternité. Tout le monde est passé à autre chose. Je ne vois pas pourquoi lui n'y parvient pas.

Louisa se contenta de hausser un sourcil tout en pliant un cardigan qu'elle rangea dans un tiroir. Unity s'affala dans son fauteuil et se mit à taper machinalement du pied contre la table.

— Vous ne m'avez même pas posé de questions sur ce qui s'était passé cette nuit, dit Louisa en changeant de sujet pour passer à celui qu'elle désirait aborder, et elle vit Unity dresser l'oreille.

— Mais oui ! Comment ai-je pu oublier ? Comment va M. Fowler ?

— Mal. Il est toujours inconscient, et d'après le médecin, il a peu de chances de s'en sortir.

— Pauvre homme. Qui lui a fait ça ? Diana était extrêmement choquée, après la scène de cette nuit. Elle m'a dit qu'elle me téléphonerait dès son réveil. M. Sullivan lui a-t-il déjà parlé ?

— Ça fait beaucoup de questions, répondit Louisa. M. Sullivan enquête sur l'affaire. J'aimerais le rejoindre dès que possible. Il se trouve que je l'ai un peu aidé. Voudriez-vous venir avec moi ?

En réalité, emmener Unity avec elle n'était pas son souhait le plus cher, mais après ce qu'elle avait surpris dans l'escalier, il n'était pas question de laisser la jeune fille seule.

— Ça alors ! Croyez-vous donc que cela va plaire à lady Redesdale ? s'étonna Unity en ouvrant de grands yeux, puis son visage se fendit d'un grand sourire. Bien sûr que je viens avec vous. On y va ?

Au bureau du commissaire de bord, Louisa trouva un message de Guy l'informant qu'il serait à la D-326 et qu'elle pourrait l'y retrouver. Tout en accompagnant Louisa, Unity lui désignait sans cesse au passage les endroits où Herr von Bohlen pouvait se trouver, salle à manger, fumoir, pont, jusqu'à ce que, enfin, Louisa l'arrête net dans l'escalier.

— Mademoiselle Unity, il va falloir mettre un terme à votre petit jeu avec Herr von Bohlen. Jamais lady Redesdale ne le tolérera.

— Allez-vous lui dire ce que vous avez vu hier soir ? demanda Unity en carrant les épaules. Ou plutôt ce que vous croyez avoir vu. C'était parfaitement innocent.

— Non, je ne lui en parlerai pas, mais je ne suis pas certaine que ce soit vous rendre service.

Sur ce, Louisa lui tourna le dos et continua à monter l'escalier. Cette fois, Unity la suivit en silence.

Quand elles arrivèrent à la D-326, la porte était entrouverte. Louisa frappa et entendit Guy l'inviter à entrer. C'était une cabine manifestement habitée, avec une bouteille de whisky entamée sur le buffet et des livres sur une table basse, près d'un grand fauteuil. Elle n'était pas vaste, mais il y régnait une ambiance chaleureuse évoquant plutôt l'idée qu'on se fait d'un foyer. Près de la fenêtre se trouvait une table nue, à part un cendrier, avec une chaise de chaque côté. Guy et Logan étaient debout, près des chaises.

— Mademoiselle Mitford, dit Guy en saluant Unity d'un hochement de tête.

— Bonjour, monsieur Sullivan. Que se passe-t-il donc ?

— Voici M. Logan, commandant en second sur le *Princess Alice*. Il m'a gentiment prêté sa cabine pour que je puisse poursuivre mes investigations, répondit Guy d'un ton posé.

Pourtant Louisa devinait que pour lui, la pression montait, car il lui faudrait se prouver à lui-même autant qu'à ses supérieurs qu'il était capable de mener à bien cette enquête.

— Mlle Mitford comprend la nécessité de rester discrète, intervint Louisa, même si elle en doutait fortement. Y a-t-il du nouveau depuis que je t'ai laissé ?

Guy regarda Logan, l'invitant à prendre le relais.

— Nous avons décidé de demander à chaque chef de service de convoquer une réunion. Les stewards et les femmes de ménage affectés aux cabines seront priés de faire un rapport sur les passagers dont ils s'occupent. Nous avons besoin d'un comptage précis de toutes les personnes qui se trouvent à bord.

— Vous pourrez ensuite établir qui manque à l'appel, conclut Louisa.

— Pourquoi ? Il manque quelqu'un ? s'étonna Unity en avançant vers Guy, qui consulta Louisa du regard.

Elle lui confirma qu'il pouvait lui dire la vérité.

— Nous ne sommes sûrs de rien. Mais le fait est que quelqu'un se cache à bord.

— Un passager clandestin ?

— C'est une possibilité, répondit Logan. Surtout ne vous inquiétez pas. Nous sommes absolument certains que personne ne court aucun danger, affirma-t-il d'un air qui manquait de conviction.

Unity les dévisagea tour à tour.

— En êtes-vous si sûrs ? Il est évident que l'individu qui se cache à bord et y circule libre comme l'air est celui qui a agressé M. Fowler. D'où tenez-vous qu'il ne s'attaquera pas à quelqu'un d'autre ? Je sais ! Vous devriez en parler à Herr von Bohlen, ajouta Unity.

— Qui est Herr von Bohlen ? demanda Guy, la curiosité l'emportant sur sa contrariété.

— Il est dans la Schutzstaffel, la police nazie. C'est une unité très exigeante où peu de membres sont admis, ce qui confirme combien c'est un homme d'exception. Je suis certaine qu'il pourrait attraper en un clin d'œil celui que vous recherchez. Et le tabasser au besoin pour lui arracher des aveux.

Consternée, Louisa resta un instant sans voix. Unity avait-elle seulement conscience de l'ignominie que contenaient ses paroles ? Renonçant pour l'instant à exprimer ses pensées, elle s'adressa à son mari.

— Puis-je vous aider en quelque chose ?

— Oui, confirma Guy. Il me faut m'entretenir avec sir Clive Montague, mais il vaudrait mieux que ce soit toi qui le fasses venir ici. Ce serait plus discret, si tu vois ce que je veux dire.

Louisa allait acquiescer quand Unity se tourna vers elle.

— Voilà qui risque de plaire à lady Redesdale. Autant que ma promenade sur le pont avec Herr Wolfgang, vous ne croyez pas ?

Sans daigner lui répondre, Louisa prit congé et quitta la cabine, suivie de près par Unity.

37

— Si nous allions retrouver Herr von Bohlen ? suggéra Unity tandis que Louisa et elle s'éloignaient de la « salle d'interrogatoire » nouvellement attribuée à Guy vers l'escalier central qui menait au pont B.

Si le service de Louisa en tant que domestique avait toujours impliqué beaucoup de montées et descentes d'escalier, le rythme n'avait jamais été aussi soutenu. Vêtue d'une robe en lin blanc ceinturée à la taille et d'un cardigan bleu ciel, Unity était plus jolie que jamais, mais sa façon d'être manquait de charme et de douceur. Sa brusquerie un tantinet pataude évoquait la massue de l'homme des cavernes, comparée à l'épée de samouraï qui aurait figuré Diana. Le seul avantage qu'on pouvait lui reconnaître, c'était qu'au moins elle parlait franc, sans sous-entendus. Était-ce par naïveté, ignorance ou impatience ? En tout cas, elle ne faisait jamais la sainte-nitouche, et Louisa savait que quand elle lui posait une question, Unity y répondait sans détour. Et lorsqu'elle n'avait pas envie de répondre, eh bien elle gardait le silence. Entre les deux, pas de nuance.

— Pourquoi ?

— Parce que j'ai envie de le voir, et parce qu'il peut aider à débusquer le coupable, répondit Unity, un peu essoufflée.

— Je ne vais pas déroger aux ordres de l'inspecteur Sullivan, or il nous a priées d'aller chercher sir Clive Montague.

— Très bien, dit Unity en se renfrognant, comme à son habitude.

À bord, l'atmosphère avait changé. On entendait les gens chuchoter entre eux avec empressement, en prenant des airs outrés. Les rumeurs allaient bon train, aussi bien parmi les passagers que parmi l'équipage, avec chaque fois une nouvelle version des faits. L'hystérie menaçait : il fallait absolument retrouver Jim. Il ne pouvait être bien loin, à moins d'être passé par-dessus bord. À cette idée, le cœur de Louisa battit plus vite.

Logan avait donné à Louisa le numéro de cabine de sir Clive, la B-38, côté bâbord, c'est-à-dire à l'opposé de celles des Fowler et des Mitford. Elle avait l'impression d'avoir dans la poitrine une horloge dont le tic-tac battait au rythme de son cœur. Le navire devait accoster près de Rome le lendemain matin, dans moins de vingt-quatre heures. Si Jim manquait toujours à l'appel, il aurait alors une bonne chance de s'échapper ; elle se rendit compte aussi qu'en plus des chuchoteurs il y avait davantage de marins postés près des accès aux ponts et aux cages d'escalier, chacun semblant sur le qui-vive. De quoi verser dans la paranoïa générale.

Unity lui toucha le coude et lui murmura à l'oreille :

— Croyez-vous que l'assassin rôde à bord, armé et prêt à frapper encore ?

— Mais non, voyons, répondit Louisa en espérant qu'aucune trace de peur n'était apparue sur son visage. Il a tout intérêt à rester caché et à faire profil bas.

— Comment savez-vous qu'il s'agit d'un homme ?

— Je n'en sais rien, mais c'est probable, répondit Louisa, et comme elle ne regardait pas devant elle, elle heurta un passager, un rouquin corpulent au visage rougeaud. Pardon, monsieur, lui dit-elle.

— Faites donc un peu attention, mademoiselle. On recherche un type armé, vous savez, remarqua-t-il en rougissant encore d'excitation. Un type dangereux, qui peut se trouver n'importe où, ajouta-t-il en fronçant les sourcils d'un air tragi-comique, puis il continua son chemin et Louisa crut l'entendre glousser d'une sorte de jubilation malsaine.

Parfois, elle désespérait de l'espèce humaine.

Après deux tournants, elles arrivèrent enfin à la B-38 et Louisa frappa à la porte.

— Qu'allez-vous lui dire ? lui murmura Unity.

— Oh, je trouverai bien, lui répondit Louisa avec un aplomb qu'elle était loin de ressentir.

Personne ne vint leur ouvrir. Louisa frappa encore. Unity colla son oreille contre la porte et secoua la tête.

— Je n'entends rien.

— Peut-être est-il allé prendre son petit déjeuner.

Désemparée, consciente que chaque seconde comptait, Louisa allait renoncer et elles s'apprêtaient à rejoindre la salle à manger du pont A quand elles entendirent la porte cliqueter. Sir Clive leur ouvrit, très chic, comme à son habitude.

— Mademoiselle Mitford, dit-il, puis il regarda Louisa d'un air interrogateur tandis qu'elle-même remarquait qu'il n'avait pas encore mis ses boutons de manchette.

Louisa savait que les convenances lui interdisaient de s'adresser directement à sir Clive alors qu'elle ne lui avait pas été présentée et n'était qu'une domestique. Aussi discrètement que possible, elle poussa Unity du coude.

— Sir Clive, dit alors Unity, veuillez m'excuser de vous déranger.

— Je vous en prie. Que puis-je faire pour vous ?

En disant ces mots, il franchit le seuil et referma presque complètement la porte derrière lui. Unity jeta à Louisa un regard inquiet, mais continua vaillamment.

— Je suppose que vous avez appris ce qui s'est passé cette nuit ?

Sir Clive jeta un bref coup d'œil dans le couloir vide, puis revint à Unity.

— Oui, je suis au courant. Êtes-vous impliquée d'une manière ou d'une autre ? Pouvez-vous me dire comment va Mme Fowler ?

— Non, je ne suis pas impliquée. Enfin, pas directement. Mme Fowler va bien, je crois.

Unity piétinait, et Louisa pensa qu'elle ferait mieux d'intervenir, avec ou sans présentation. Décidément, tout allait de travers, ce matin.

— Sir Clive, auriez-vous l'amabilité de nous accompagner, s'il vous plaît ? Naturellement, Mme Fowler est très perturbée par les derniers événements. Or il y a une enquête en cours…

Soudain elle se figea, car dans la cabine, il y avait eu un grand bruit suivi d'un son plus sourd, comme si quelque chose était tombé. Ou quelqu'un ? Sir Clive resta sans réagir.

— Qu'est-ce que c'était ? demanda Unity en se penchant pour regarder par-dessus l'épaule de sir Clive, qui lui bloqua la vue.

— Sans doute des livres tombant d'une étagère, répondit-il d'un ton laconique. Ça arrive chaque fois que le bateau tangue un peu.

Sauf que la mer était d'huile et que le bateau n'avait pas tangué. Il y avait sûrement quelqu'un dans la cabine.

— Sir Clive, reprit Louisa, je ne peux tout vous expliquer maintenant, mais voulez-vous bien nous accompagner, s'il vous plaît ? Nous avons besoin de votre aide.

— Je ne vois pas en quoi cela me concerne, répondit-il sèchement, puis il se tourna vers Unity. Pardon, ma chère. J'aimerais vous aider si je le pouvais, mais je suis étranger à cette affaire. Mes respects à votre mère et à votre sœur.

Sur ce, il ouvrit la porte et allait se glisser à l'intérieur quand Louisa lui saisit le bras.

— Sir Clive, il y a un policier à bord et il insiste pour vous parler. Il serait beaucoup plus simple de venir avec nous maintenant, vous ne trouvez pas ? Si nous y allons ensemble, cela ne provoquera aucune rumeur, mais si mon mari vient lui-même vous chercher, je crains qu'il en aille tout autrement. Les nouvelles vont vite, et les gens savent déjà la fonction qu'il occupe.

— Votre mari ?

— Oui. Certes, je suis ici comme femme de chambre de lady Redesdale, mais mon mari est l'inspecteur Sullivan, de la police judiciaire, déclara-t-elle, puis elle lui lâcha le bras, sachant qu'elle avait gagné. Nous y allons ?

Résigné, sir Clive ferma la porte derrière lui, et tous trois gagnèrent l'escalier pour descendre jusqu'à la salle d'interrogatoire.

38

24 mai 1935
Old Bailey, salle d'audience numéro 1

Me Manners appela sir Clive Montague à la barre. Guy avait été prévenu par un tuyau qu'il serait le prochain à comparaître, et il savait d'avance qu'il y aurait des remous dans la tribune réservée au public, car toutes les personnes ayant un titre produisaient cet effet. Le bas peuple aimait qu'on traite durement les aristos quand ils passaient au tribunal, même s'ils n'étaient pas de ceux qui se trouvaient sur le banc des accusés. Du moins Guy avait-il cette impression. Quant à ses propres sentiments envers sir Clive, ils étaient mitigés. S'il avait l'allure et les manières d'un gentleman, il émanait de lui quelque chose de trouble. Guy avait l'intuition qu'il cachait quelque chose, même s'il s'était montré affable et obligeant durant l'enquête. Il se pouvait aussi qu'il cache quelque chose n'ayant aucun rapport avec l'affaire en cours. Mais peut-être l'habileté du contre-interrogatoire de l'avocat, le cérémonial du juge en robe et la présence des dix jurés feraient-ils éclater le secret de sir Clive au grand jour.

Quand sir Clive eut gagné la barre des témoins, il

sembla occuper tout l'espace tel un taureau dans un enclos. Pourtant le soin extrême qu'il prenait de son apparence, avec ses cheveux lissés en arrière, ses ongles polis, lui conférait aussi quelque chose de vulnérable, de presque attendrissant.

— Veuillez confirmer devant la cour vos nom, âge et adresse.

— Sir Clive Leinster Montague, cinquante-trois ans, habitant au 42 Cadogan Square, à Londres, et également à Maudlen Park, dans le Derbyshire.

— Merci, sir Clive. Nous apprécions votre présence et nous efforcerons d'utiliser à bon escient le temps que vous voulez bien nous accorder, déclara Me Manners d'un ton que Guy trouva presque obséquieux. Pourriez-vous informer la cour de votre parcours professionnel ?

— J'ai fait des études de droit pour devenir avocat, et puis je suis entré dans les affaires, comme on dit, commença-t-il, et Guy vit que cela faisait sourire Nancy. J'ai eu de la chance et j'ai gagné de l'argent, avant la guerre. Ensuite, j'ai investi dans l'immobilier.

— Diriez-vous que vous avez été heureux en affaires, sir Clive ?

— Oui, j'ai connu quelque succès dans ce domaine.

— Néanmoins votre fortune n'est pas sans limites, n'est-ce pas ? ajouta l'avocat avec un sourire narquois dont sir Clive ne sembla pas prendre ombrage.

Guy se dit qu'ils avaient sans doute préparé cet échange en amont.

— Comme beaucoup d'autres, hélas, j'ai perdu pas mal d'argent dans le krach de 1929, déplora sir Clive. Cependant, cela ne représentait pas tout mon capital, et j'ai dû simplement choisir des investissements moins risqués dans les années qui ont suivi.

— Je comprends.

Me Manners se racla la gorge et changea de posture. Guy avait remarqué que cette attitude indiquait que l'avocat s'apprêtait à modifier son angle d'attaque.

— Pourriez-vous, je vous prie, raconter à la cour comment vous avez fait la connaissance de M. et Mme Fowler ?

Sir Clive se tourna un peu vers les jurés et leur adressa un petit salut, comme s'il leur était présenté lors d'une mondanité.

— Nous étions passagers sur le *Princess Alice*. J'ai dû les rencontrer en 1931, en début d'année, lors d'un cocktail organisé par le capitaine durant une croisière de Southampton à Venise. C'est l'une de mes traversées préférées. Ensuite, je prends toujours l'Orient-Express pour rentrer chez moi.

Il y eut une réaction dans la tribune du public, que Guy perçut et qui n'échappa sûrement pas à l'avocat. Le mode de vie décrit par sir Clive était bien différent du quotidien des gens en général. N'en avait-il pas conscience, ou choisissait-il délibérément de se peindre en homme aisé et cultivé ?

— Quelles furent vos impressions ?

— Mme Fowler m'a d'emblée paru très sympathique. Elle avait beaucoup de charme, de la conversation, et chantait merveilleusement. J'ai trouvé que son mari était moins affable de caractère, mais manifestement, c'était un architecte talentueux, un domaine qui m'intéressait, bien évidemment.

— À cause de la nature de vos investissements ?

— Oui, confirma sir Clive, puis il jeta un regard furtif vers Ella Fowler, assise sur le banc des accusés, mais revint vite à Me Manners.

— Et donc, vous avez fini par investir des fonds importants dans un projet architectural de M. Fowler. Pouvez-vous décrire comment vous en êtes arrivé là ?

— Nous nous étions rencontrés plusieurs fois à bord, et j'avais beaucoup échangé avec M. Fowler sur son métier ; nous avions une même approche en ce qui concernait les bâtiments, les paysages, l'avenir de l'architecture… Quand il m'a parlé la première fois du palais de Blenheim et de la commande pour laquelle il était invité à concourir, j'ai été vivement intéressé. Il s'agissait d'un projet de ferme et d'institut éducatif fondé sur une vision nouvelle et audacieuse.

— M. Fowler ne vous a donc pas demandé tout de suite d'investir ?

— Non, pas au début. Il était plus rusé que ça, il a d'abord flatté mon ego en comptant que le moment venu, je serais favorable à ses propositions. C'est ce qui s'appelle ferrer le poisson, et je dois avouer que je m'y suis laissé prendre, conclut sir Clive en décochant un petit sourire timide en direction du juge, qui l'ignora.

— À quoi votre investissement était-il précisément destiné ?

— Au lancement initial du projet. Remporter un tel concours suppose non seulement de le financer, mais aussi de renforcer le prestige et la réputation de l'architecte futur maître d'œuvre. Nous avons par conséquent envisagé de fonder un partenariat. Mon argent servirait à financer les études, les plans, et à nous gagner l'appui des conseillers censés approuver le projet. Le tintouin habituel, mais cela revient très cher. Parmi les architectes patentés, rares sont ceux qui peuvent se le permettre sans le soutien d'un investisseur.

— Mme Fowler avait-elle connaissance de votre accord financier ?

— Je le crois, même si elle et moi n'abordions jamais ce sujet entre nous. Son mari n'avait pas l'habitude de l'impliquer dans ses affaires. Il a mentionné une ou deux fois qu'il valait mieux qu'elle ne sache pas combien d'argent il mettait dans le projet. Selon ses dires, cela l'aurait rendue encore plus gourmande.

— Eh bien, nous sommes quelques-uns à comprendre ce point de vue, ironisa Me Manners en haussant un sourcil, provoquant quelques ricanements dans le public.

— Ne vous écartez pas du sujet, maître Manners, le tança le juge sans même lever les yeux de ses notes.

— Oui, Votre Honneur. Sir Clive, nous savons que M. Fowler obtint la commande du palais de Blenheim, mais que le projet tomba à l'eau quelques mois plus tard. Vous avez donc perdu une grosse somme d'argent…

— C'est le moins qu'on puisse dire.

— Mais pour vous, ce sont les aléas du métier ?

— Je suis un homme d'expérience, répondit sir Clive, qui fut alors pris d'une quinte de toux.

Voyant une carafe d'eau et un verre posés devant lui, il prit le temps de verser lentement l'eau dans le verre, puis d'en boire quelques gorgées, tandis que la cour, suspendue à ses gestes, le regardait comme si cela faisait partie des procédures.

— Vos relations avec M. et Mme Fowler sont donc restées cordiales ?

— Naturellement. Nous avons continué à nous fréquenter, étant tous trois compagnons de voyage sur le *Princess Alice*. Comme je vous l'ai dit, Mme Fowler était de bonne compagnie, et je ne voyais aucune raison de rompre nos relations.

— Sir Clive, à quel moment vous êtes-vous rendu compte que Mme Fowler avait une liaison avec un membre de l'équipage ? demanda Me Manners d'un ton détaché, comme s'il s'agissait d'une question anodine.

Mais sir Clive prit la chose avec moins de désinvolture et but encore une gorgée d'eau pour calmer sa gorge irritée.

— Je pense que c'était vers octobre 1932, lors d'une croisière entre Cannes et Barcelone. Mme Fowler m'a confié cette liaison et le tourment que cela lui causait.

— Avez-vous été choqué ?

— Un peu. Mais un homme de mon âge et qui a beaucoup bourlingué en a vu d'autres. Ce sont des choses qui arrivent. En fait, j'étais surtout désolé pour mon amie.

— Comment cela ?

Ah, nous y voilà, songea Guy. Il régnait dans la salle un grand silence.

— À certains signes, j'avais déjà compris que sa vie de couple n'allait pas fort. À mes yeux, c'était une forte personnalité, qui méritait d'être heureuse. Mais je voyais bien qu'elle se fourvoyait, et la façon dont son amant la maltraitait ne venait hélas que le confirmer.

— De quoi se plaignait-elle ?

— Elle m'a confié que Jim Evans, son amant, insistait lourdement pour qu'elle lui donne de quoi se fournir en cocaïne.

Guy ne fut pas surpris de voir la vague de murmures que cette déclaration déclencha.

— Qu'avez-vous conseillé à Mme Fowler ?

— Je lui ai dit qu'elle devrait faire un rapport au capitaine et s'assurer qu'Evans soit renvoyé par suite de son inconduite.

— A-t-elle suivi votre conseil ?

— Elle m'avait dit qu'elle le ferait, mais à mon grand regret, elle ne l'a pas fait.

— Merci, sir Clive. Ce sera tout, Votre Honneur.

39

Durant le long trajet du pont B au pont D, ni sir Clive ni Louisa ne dirent mot. Quant à Unity, elle se montra plus volubile que d'ordinaire. Heureusement, elle ne parla pas de l'attaque, mais se remit à dresser la liste des raisons pour lesquelles elle trouvait Herr Wolfgang et sa patrie d'origine si fascinants, si courageux, si extraordinaires. Mis à part son engouement pour Wolfgang, cette volubilité inhabituelle chez elle était sans doute un signe de nervosité, et Louisa s'en voulait d'avoir plongé une jeune fille dont elle avait la charge au beau milieu d'une situation aussi pénible. D'un autre côté, elle n'avait pas eu le choix. Après cette agression brutale survenue à bord du paquebot, tous les passagers et l'équipage avaient été entraînés malgré eux dans la tourmente ; si chacun était affecté à des degrés divers, tous ne pouvaient y échapper, coincés qu'ils étaient par la pleine mer qui les entourait de toutes parts. Qu'est-ce que ce serait quand tout le monde saurait que le coupable de cet acte horrible rôdait à bord en toute liberté ?

Ce que Louisa devait faire de toute urgence, c'était dire à Guy qu'il fallait absolument que quelqu'un se rende dans la cabine de sir Clive pour découvrir ce qu'il en était. Elle savait pertinemment que le bruit qu'elle avait entendu n'était pas celui de livres tombant d'une étagère. Cette question continuait à tourner en boucle dans son esprit : pourquoi sir Clive cacherait-il quelqu'un ? Si vraiment c'était le cas, alors ce quelqu'un devait être l'individu qui avait attaqué Joseph, l'homme avec lequel sir Clive avait conclu un marché qui s'était révélé désastreux.

Ah…

Se pourrait-il que sir Clive protège l'agresseur parce qu'il avait monté le coup avec lui, pour se venger de son débiteur ?

Louisa eut soudain envie de faire demi-tour pour se ruer dans la cabine de sir Clive, mais il lui fallut poursuivre son chemin l'air de rien pour ne pas éveiller de soupçons.

Ce trajet long et répétitif commençait à être oppressant. Il faisait très chaud, et les chuchotements des passagers se mêlaient à ses préoccupations en un écho lancinant au point qu'elle ne les distinguait plus. Quand enfin ils arrivèrent à la salle d'interrogatoire, Louisa craignit de défaillir. Elle frappa à la porte, entra sans attendre qu'on lui réponde et alla tout droit rejoindre Guy. Sir Clive et Unity la suivirent, le premier l'air visiblement mal à l'aise, la seconde tenant enfin sa langue.

Guy tressaillit à son entrée, puis il jeta un coup d'œil à sa femme et parut comprendre l'état dans lequel elle se trouvait.

— Sir Clive Montague, je présume ? Merci infiniment d'être venu. Je ne vous retiendrai pas longtemps. Je vous en prie, asseyez-vous. Je vous rejoins dans un petit moment.

Avec l'air d'avoir vu un fantôme surgi du passé, sir

Clive s'assit et Guy invita alors Louisa et Unity à sortir de la cabine, puis il referma la porte derrière eux.

— Je crois que sir Clive cache quelqu'un dans sa cabine, lui dit aussitôt Louisa d'un ton pressant. Il faut absolument qu'on aille vérifier, et vite. C'est peut-être déjà trop tard.

— Mais je n'ai personne sous la main. Logan a convoqué les autres officiers pour qu'ils fassent un comptage de l'équipage et des passagers afin d'établir qui manque à l'appel. Je suis tout seul.

— Alors c'est à vous d'y aller. Cela prendra trop de temps de trouver quelqu'un d'autre.

C'était Unity qui était intervenue, et Guy et Louisa la regardèrent comme s'ils avaient oublié sa présence.

— Vous avez raison, convint Guy. Ce doit être moi. S'il s'agit de l'homme qui a agressé Joseph Fowler, il pourrait se révéler dangereux. Vous devrez rester ici pour surveiller sir Clive.

— Mais s'il en venait à soupçonner que tu es allé à sa cabine ? C'est un type costaud. Aucune de nous ne sera capable de le retenir.

— Je ne cesse de vous le dire, il nous faut faire appel à Herr Wolfgang, dit Unity.

— Non, clamèrent Guy et Louisa à l'unisson.

— Il va falloir que je l'enferme à double tour, décida Guy. Nous nous rendrons là-bas ensemble. Mademoiselle Unity, pourriez-vous, je vous prie, aller au bureau du capitaine pour essayer de trouver quelqu'un qui vienne ici monter la garde ? Il ne va quand même pas enfoncer la porte ! D'ailleurs les huisseries sont solides.

— Je ne suis pas censée me déplacer seule...,

commença Unity, puis elle se ravisa. Oh, tant pis. D'accord, je m'en occupe. Où vous rejoindrai-je ?

— Ici même. De toute façon, nous ne tarderons guère.

Louisa savait qu'elle désertait son poste, mais c'était seulement parce que son mari avait encore plus besoin d'elle que ces dames Mitford. Son mari et Iain. Autant que possible, elle devait se tenir au courant de ce qui se passait et espérait avoir bientôt des nouvelles de Iain.

Guy sortit une clef de sa poche et la tourna dans la serrure aussi discrètement que possible, mais on entendit distinctement le déclic. Ils filèrent sans attendre de savoir si sir Clive l'avait remarqué.

Cette fois, il n'y eut pas de petits pas diligents et discrets à travers le navire. Louisa conduisit Guy au trot jusqu'à l'escalier de service, loin des passagers qui auraient pu s'alarmer à leur passage, et de là, ils coururent aussi vite qu'ils le purent pour monter jusqu'au pont B, puis prirent les couloirs menant à la cabine de sir Clive.

— Est-elle verrouillée ? murmura Guy en voyant la porte close.

— Je ne l'ai pas vu la fermer à clef, répondit Louisa. Peut-être afin que la personne qui s'y trouve puisse en sortir facilement ?

— Bon, dit Guy. Je vais entrer le premier. Reste là.

Il ouvrit et entra. Louisa le suivit mais resta sur le seuil, après avoir refermé la porte derrière elle.

Elle vit aussitôt que c'était l'une des cabines parmi les plus luxueuses, du niveau de celle de Diana. Le soleil entrait à flots par les larges baies vitrées et les murs étaient recouverts d'un papier peint bleu gaufré, assorti aux cieux méditerranéens.

Guy avança à pas feutrés sur la moquette épaisse, tandis que Louisa vérifiait l'étroit vestibule qui devait mener à la chambre et à la salle de bains, peut-être aussi à un dressing-room. Mais elle ne décela rien d'inhabituel. Durant une minute qui lui parut bien longue, elle ne put voir Guy ni l'entendre, et sentit juste son sang battre dans ses oreilles telles des vagues s'écrasant sur une plage de galets. Puis elle entendit deux voix d'hommes pousser des exclamations, non pas de colère, mais de surprise. En s'exhortant au courage, elle avança vers la porte du salon et regarda.

Guy leva la main pour lui dire de ne pas avancer, mais il n'avait pas l'air effrayé.

Elle se pencha davantage pour regarder dans le coin et vit Jim Evans, accroupi derrière le divan, dos au mur. Il avait des taches sombres sous les bras, le teint gris, les yeux agrandis par la peur.

— Pardon, pardon, répéta-t-il. Je ne savais plus quoi faire. Je ne savais pas où aller.

Louisa avança dans la pièce. Il n'y avait rien à craindre, mais beaucoup de questions en suspens.

40

— Debout.

Tout tremblant, Jim commença à se lever, mais il resta blotti contre le mur derrière le divan, dominé par Guy dont la haute stature et la large carrure semblaient plus imposantes que jamais, face à la silhouette recroquevillée du jeune steward. Quant à Louisa, elle demeura sur le seuil.

— Il va falloir que vous veniez avec moi répondre à quelques questions, déclara Guy.

— Je ne sais rien, promis. Rien du tout. Je…

La tête basse, Jim chancela et parut incapable de tenir sur ses jambes, comme si le peu de courage qui lui restait l'avait soudain abandonné.

— Jim, dit Louisa en avançant d'un pas.

En entendant prononcer son prénom, il lui jeta un regard éperdu.

— Qu'est-ce que vous faites ici ? lui demanda-t-elle d'une voix bienveillante, en évitant de croiser les yeux de Guy.

Certes, ce n'était pas à elle de s'en mêler, c'était lui le policier. Mais son instinct lui soufflait que Jim était terrifié et qu'il réagirait peut-être mieux à la douceur.

— Je ne savais pas où aller. Quand j'ai vu ce qui était

arrivé, j'ai su qu'on me rechercherait, et j'avais raison, pas vrai ? La preuve, le voilà, dit Jim en désignant Guy. Il m'a vu plus tôt me battre avec M. Fowler. C'est moi l'accusé, n'est-ce pas ? Et maintenant que je me suis caché, on ne voudra plus me croire. Bon Dieu. Je savais que ça finirait mal et je lui ai dit d'arrêter, je lui ai dit…

Il parut manquer d'air et s'essuya le visage d'un geste du bras.

Cette fois, Guy fit signe à Louisa de continuer. Elle avança encore et se tint tout près du divan derrière lequel Jim se blottissait toujours en se collant contre le mur comme s'il espérait s'y enfoncer et disparaître.

— À qui avez-vous dit d'arrêter, Jim ?

— Je ne sais pas, marmonna-t-il, la tête basse.

— M. Fowler a perdu conscience. D'après le médecin, il n'en a plus pour longtemps.

— Bon Dieu ! Je savais qu'il était dans un sale état, j'ai vu le sang. C'est pour ça que j'ai fichu le camp.

Guy prit le relais.

— Quand l'avez-vous vu ?

— Je les ai entendus se disputer, mais je ne me doutais pas que… Alors je suis entré et je l'ai vu…, bredouilla Jim, puis il les regarda tour à tour d'un air implorant. Il fallait que je me sorte de là, sinon tout le monde irait croire que c'était moi qui… Je parie que c'est ce que vous pensez, pas vrai ?

— Avec qui M. Fowler se disputait-il ? demanda Guy en gardant les yeux rivés sur ceux de Jim, mais ce dernier se renferma et secoua la tête.

— Je ne sais pas, je ne sais pas…

— Il va falloir m'accompagner.

— Que va-t-il m'arriver ?

Guy ne répondit pas. Il contourna le divan et prit Jim par le bras. Le jeune steward le suivit sans résister, et tous trois quittèrent la cabine pour regagner la salle d'interrogatoire, sur le pont D.

Le trajet de retour parut bien long. Parce qu'ils n'échangèrent pas un mot, mais aussi parce qu'il apparut bientôt que la rumeur allait plus vite qu'eux. En effet, Guy avait fait signe à l'un des matelots postés devant les cages d'escalier et l'avait chargé d'aller trouver Logan pour lui dire de le rejoindre au plus vite à la salle d'interrogatoire, mais de ne pas y entrer avant leur arrivée.

Le jeune matelot avait regardé Jim dans son uniforme de steward et, du pouce, il l'avait désigné.

— Alors c'est lui qu'on recherchait ?

Guy n'avait pas daigné répondre à la question, mais le mal était fait. Le matelot était parti au pas de course, et quand tous trois furent descendus deux ponts plus bas, ils comprirent aux regards accusateurs de ceux qu'ils croisaient que la nouvelle s'était répandue comme une traînée de poudre.

Lorsqu'ils arrivèrent à la cabine de Logan, le second les attendait devant la porte close, avec Unity et Diana.

Louisa se précipita vers les deux sœurs et les éloigna.

— Qu'est-ce que vous faites là ?

— Diana m'a vue alors que je revenais d'être allée voir le capitaine et elle m'a sauté dessus.

— J'ai bien compris qu'elle me cachait quelque chose, dit Diana. Et vous, Louisa. Que cachez-vous ? Qu'est-ce qui se passe ce matin, à la fin ? Tout le monde fait des mystères.

— Peut-être que nous ferions mieux de regagner vos cabines, dit Louisa.

— Pas question, dit Unity en se renfrognant. Pour une fois qu'il se passe quelque chose d'excitant, vous voudriez nous éloigner ?

— Ça n'a rien d'excitant, répliqua Louisa, habituée à ses soudaines bouderies. Un homme a été agressé lâchement et il est près de sa fin. C'est tragique.

— Arrêtez vos cachotteries, vous savez très bien ce que je veux dire. Je ne vois pas pourquoi on devrait nous tenir à l'écart, c'est tout. De plus, Diana a pratiquement assisté à la scène, son témoignage pourrait vous être utile. L'inspecteur Sullivan a besoin de s'entretenir avec elle, non ? insista Unity.

— Mais non, je n'ai pas assisté à la scène, protesta Diana en se hérissant. Je suis arrivée après sur les lieux du drame, et j'en suis repartie aussi vite que j'ai pu. Je ne sais rien, et je voudrais juste que toute cette horreur ne soit jamais arrivée. Il faut absolument que je parle avec le Leader. En fait, c'est ce que nous nous apprêtions à faire. Accompagnez-nous, s'il vous plaît, Louisa. Nous allons au bureau téléphonique pour envoyer un télégramme.

Louisa regarda derrière elle, mais Guy, Logan et Jim n'étaient plus là, ils avaient dû entrer dans la cabine. Il lui faudrait attendre pour savoir si Jim avait fait d'autres déclarations susceptibles de l'incriminer. Malgré les fortes présomptions qui pesaient sur lui, les circonstances du crime demeuraient très obscures, et sa culpabilité restait encore à démontrer.

41

Il y avait la queue au bureau du téléphone, quand elles y arrivèrent. Louisa entendit par mégarde des bribes de ce que les passagers présents dictaient à la préposée : « Quitte bateau à Rome. » « Réserver trois nuits hôtel Paris. » « Retour dans trois jours, prévenir domestiques. » L'agression avait suffi à effrayer plusieurs d'entre eux. Si jamais il s'avérait que c'était un membre de l'équipage qui avait commis le crime, peut-être tenteraient-ils de gagner le rivage à la nage… Enfin, Louisa parvint au bureau, et elle reconnut la téléphoniste, une rouquine qui devait être une lectrice assidue des ciné-revues sur les stars de Hollywood et leurs trucs de maquillage pour « des lèvres glamour ».

— Madame Sullivan, lui dit-elle chaleureusement, avec un fort accent de Manchester. J'ai un télégramme pour vous.

Les deux sœurs ne cachèrent pas leur étonnement.

— Un télégramme pour vous ? Mais de qui ? demanda sans détour Unity.

— Je n'en ai aucune idée, mentit Louisa, puis elle prit l'enveloppe des mains de la rouquine et la remercia. J'espère que ce n'est pas ma mère, ajouta-t-elle à l'adresse des deux sœurs. Ne m'en veuillez pas, mais je préfère le lire un peu à l'écart, au cas où il s'agirait de mauvaises nouvelles…

— Bien sûr, dit Diana. Cela va de soi.

Louisa s'éloigna et alla se poster près d'une fenêtre. Les immensités bleues du ciel et de la mer se rejoignaient sur l'horizon. Elle ouvrit l'enveloppe scellée avec précaution en se servant de son ongle de peur de déchirer le message qu'elle contenait. Il était transcrit à la va-vite au crayon noir sur la carte-télégramme de la compagnie, selon le code du morse. Et tel quel, il fallait encore le décoder.

AUTORISATION ACCORDÉE – TROISIÈME OFFICIER W WELLESLEY – ACTION IMMÉDIATE REQUISE –

Le nom de l'expéditeur n'était pas indiqué, seulement l'adresse de Dolphin Square, ce qui suffisait à Louisa. Qui était ce Wellesley ? Avait-il été engagé comme elle par Iain ? Elle retourna la carte en cherchant d'autres indices, mais le verso était vierge. Louisa la remit dans l'enveloppe qu'elle plia ensuite pour la fourrer dans la poche de sa jupe… Car Diana et Unity s'approchaient d'elle à grands pas.

— Était-ce votre mère ? demanda Unity d'un air qui trahissait non pas son inquiétude, mais sa curiosité.

— Non, ce n'est pas d'elle, répondit Louisa, prise au dépourvu.

— Alors de qui ?

Heureusement, Louisa fut sauvée par Diana.

— Cela ne te regarde pas, Unity. Allons au pont supérieur, à présent. J'ai besoin de prendre l'air. On étouffe, ici.

Diana partit à longues foulées vers l'escalier central, Unity et Louisa lui emboîtant le pas. Son élégance naturelle encore rehaussée par les tenues haute couture qu'elle portait faisait ressembler ceux qui l'entouraient à des gnomes.

Toutes les trois s'arrêtèrent quand une femme d'âge moyen, mal fagotée dans une robe violette de confection, arrêta Diana sur les marches.

— Madame Guinness ?

— Oui ? dit Diana en lui souriant d'un air affable, tout en restant sur la réserve car, de façon générale, elle n'aimait pas parler à des inconnus sans leur avoir été présentée.

— Je sais, pour vous et sir Oswald Mosley, commença la femme d'une voix assez forte pour faire tourner les têtes des autres passagers.

— Pardon, mais je ne vois vraiment pas…

Mais Diana ne put poursuivre, car alors la femme recula d'un pas comme pour prendre son élan et lui cracha au visage.

— Vous êtes aussi dégoûtants l'un que l'autre, lança-t-elle d'un ton venimeux avant de tourner le dos et de descendre l'escalier aussi vite que le lui permettait sa silhouette lourdaude.

Durant quelques secondes, il y eut un silence horrifié tandis qu'elles regardaient la femme disparaître dans la cage d'escalier, puis Diana se mit à haleter tel un poisson hors de l'eau. Unity et Louisa l'entourèrent pour la dissimuler aux regards puis sa sœur lui tendit un mouchoir pour qu'elle s'essuie le visage.

— Vite, madame Guinness, dit Louisa en la pressant de s'éloigner du lieu de l'affront qu'elle venait de subir.

Décidément, l'atmosphère du bateau avait viré à l'aigre ; assez, en tout cas, pour que cette mégère se croie en droit d'attaquer de front Diana Guinness. Diana se retint, mais dès qu'elles furent à l'abri des regards, elle éclata en sanglots.

— Comment cette horrible femme a-t-elle pu…, commença Unity en tapotant le visage de sa sœur avec un second mouchoir, mais Diana repoussa ses mains et se redressa, séchant ses larmes.

— Parce que je suis encore mariée, voilà pourquoi, dit-elle en fermant un bref instant les paupières. Je savais que ce genre de choses risquait d'arriver. C'est presque un soulagement, maintenant que c'est fait. Je crois que j'aimerais bien aller m'allonger un moment, si cela ne vous fait rien.

— Bien sûr, nous allons vous accompagner, dit Louisa, encore sous le choc, mais sachant aussi qu'il lui fallait entrer dans la chambre de Diana pour récupérer la lettre.

Une fois de plus, elle fut contrariée dans ses projets.

— Non, je préfère être seule, déclara Diana, et voyant que Unity allait dire quelque chose, elle lui fit signe de se taire en posant un doigt sur ses lèvres. Ne dis rien de tout ça à personne, surtout pas à Muv. C'est compris ? insista-t-elle, et sa cadette acquiesça d'un air chagrin. Je vous verrai au déjeuner, conclut Diana d'un ton impérieux, avant de s'éloigner sans un regard en arrière.

42

Dans la pièce nouvellement baptisée salle d'interrogatoire, il y avait donc Guy, sir Clive Montague, Logan et Jim. Guy avait remarqué que sir Clive et Jim échangeaient des regards inquiets, sans pour autant se parler. La cabine n'était pas vaste ; il serait impossible d'interroger l'un sans que l'autre entende tout. Et il ne pouvait pas non plus les interroger ensemble. Le fait d'être à bord d'un navire expliquait naturellement qu'on dérogeât à certains protocoles, mais Guy ne pouvait prendre le risque qu'une preuve présentée devant la cour puisse être invalidée.

— Monsieur Logan, voudriez-vous bien ramener sir Clive à sa cabine et y rester avec lui ? J'apprécierais que la conversation se limite au strict minimum.

Logan accepta et s'avança vers sir Clive, mais celui-ci se leva, indigné.

— Qu'est-ce qui se passe à la fin ? Je me permets de vous rappeler que vous n'avez rien contre moi. Je suis prêt à vous aider dans votre enquête, mais pas à ce qu'on m'escorte au vu et au su de tout le monde comme un criminel.

— Sir Clive, répondit Guy aussi posément que possible. Un gentleman comme vous est sûrement à même de comprendre que nous sommes au tout début de ce qui est en passe de devenir une enquête criminelle. Or, étant le seul policier à bord, je me dois de procéder avec toutes les précautions d'usage. Je vous serais fort reconnaissant de votre coopération.

Sir Clive marmonna quelque chose dans sa barbe, mais ne souleva plus d'objection et, peu après, il quittait la cabine avec Logan.

Guy se tourna vers Jim. Il émanait du jeune steward une odeur aigre de transpiration et ses cheveux blonds retombaient, raides et ternes, sur son front. En le voyant si pâle et tout tremblant, Guy fut frappé par son extrême jeunesse, et l'image lui vint d'un oisillon tombé du nid.

— Asseyez-vous, je vous prie, lui dit-il en lui désignant l'une des chaises disposées autour de la table. Je vais vous poser quelques questions sur vos déplacements de la nuit dernière, reprit Guy quand Jim se fut assis, les mains posées sur ses genoux.

Ses yeux papillonnaient de la porte à la table et dès qu'on percevait l'écho d'un bruit ou d'une voix venant du couloir, il tressaillait violemment.

— Avant d'aller plus loin, sachez que je suis l'inspecteur Sullivan, et que je travaille pour la police judiciaire de Londres, déclara Guy. Au départ j'étais à bord de ce bateau en tant que simple passager, mais en raison de ma fonction et étant donné que l'agression a été commise en pleine mer, il me revient juridiquement de mener cette enquête. Nous nous sommes déjà rencontrés, vous vous en souviendrez sûrement, hier soir, quand je me suis interposé alors que vous vous battiez avec M. Joseph Fowler, au Blue Bar. Comment cette altercation a-t-elle commencé ?

Jim regarda vers la petite fenêtre qui donnait sur la mer.

— Je ne sais pas.

Guy reposa son crayon.

— Jim, c'est à vous de voir. Mais vous avez tout intérêt à ne pas compliquer les choses. Racontez-moi sans détour ce qui s'est passé, autrement vous quitterez ce navire menottes aux poignets pour aller tout droit en prison, et vous y croupirez de nombreuses années, si vous en sortez un jour. Dites-moi ce qui s'est passé, s'il y avait des circonstances atténuantes, et vous aurez une chance de revoir le soleil. Reprenons depuis le début, d'accord? Comment la bagarre au bar a-t-elle commencé?

Jim répondit en gardant les yeux sur la fenêtre. Pendant tout l'entretien, il serait incapable de croiser le regard de Guy.

— Il pensait m'avoir vu dire quelque chose à Mme Fowler quand nous étions au bar. Cela l'avait mis en colère. Je lui ai dit de la lâcher, car il la tenait par le bras.

— Et aviez-vous effectivement parlé à Mme Fowler?

À cette question, Jim se contenta de répondre par un bref haussement d'épaules.

— Vous était-il déjà arrivé de provoquer la colère de M. Fowler?

— Je ne sais pas. Je ne crois pas, répondit-il, puis il haussa brusquement le ton. Je me fiche bien de lui. Il ne la mérite pas. Il pouvait me dire ce qu'il voulait, ça m'était bien égal, pourvu qu'il la laisse tranquille.

— Elle? Vous parlez de Mme Fowler?

Jim acquiesça.

— Aviez-vous une liaison avec Mme Fowler?

— En quelque sorte.

— Mais encore ?

Jim se frotta les yeux avec ses pouces avant de répondre.

— Cela nous arrivait, quand nous étions tous deux à bord. Elle était gentille avec moi, elle me faisait des cadeaux.

— Vous étiez flatté de ses attentions ?

— Oui, quelque chose comme ça, convint Jim en se recroquevillant encore un peu plus sur sa chaise.

— Pourquoi son mari ne la méritait-il pas, selon vous ?

— C'était une brute. Elle avait peur de lui.

— L'avez-vous vu la maltraiter ?

— Une ou deux fois, mais je n'avais pas besoin d'en être témoin pour le savoir.

Guy n'aurait su dire si Jim était un peu simplet ou s'il faisait de l'obstruction. Il lui fallait accentuer la pression tout en y allant en douceur.

— Après la bagarre, qu'avez-vous fait ?

— J'étais de service. Je suis retourné travailler. Je suis le steward des cabines de première classe, du numéro 1 à 20, à tribord. Je devais les préparer pour la nuit.

— La dispute au bar a eu lieu aux environs de 19 h 30, dit Guy en consultant ses notes. Ensuite, on vous a vu dans la cabine B-17, celle de M. et Mme Fowler, vers 22 h 30, quand Mme Fowler est rentrée après avoir dîné. Exact ?

— Oui.

— Entre 19 h 30 et 22 h 30, vous avez travaillé dans les cabines du pont B, c'est cela ?

— Oui.

— Qu'est-il arrivé quand Mme Fowler a regagné sa cabine ?

— Je ne m'en souviens pas précisément, répondit Jim, fuyant toujours Guy du regard.

— Qui l'accompagnait ?

— Louisa, la femme de chambre de lady Redesdale. Je ne sais pas pourquoi. Mais elle n'est pas restée longtemps. Mme Fowler l'a congédiée dès qu'elles sont entrées dans la pièce.

— Dans quel état était Mme Fowler quand vous l'avez vue à ce moment-là ?

Jim joignit les mains, puis les essuya sur son pantalon.

— Contrariée, je suppose.

— Pourquoi cela ?

— Je pense qu'elle s'était disputée avec M. Fowler pendant le dîner.

Il s'interrompit, rapprocha sa chaise et se pencha.

— Est-ce qu'elle va bien ? Je voudrais la voir.

— Cela ne sera pas possible.

— Qu'importe ce qu'elle a pu vous dire, ne l'écoutez pas. Elle ne l'a pas fait.

— Alors qui l'a fait ? dit Guy, sur le qui-vive, ne sachant à quoi s'en tenir.

Aveux imminents ou conspiration ? Il n'aurait su le dire.

Jim remua sur sa chaise, les yeux rivés à la fenêtre.

— Mme Fowler et moi, nous… nous avions commencé à… Vous savez, reprit-il après une longue inspiration. Mais nous avons entendu la porte s'ouvrir. Elle m'a dit de me cacher sur le balcon.

Guy n'était pas là pour juger, seulement pour rassembler des faits. Même si son sens moral était parfois malmené.

— Ils se sont disputés, violemment. Je les entendais. Il lui hurlait après, des choses qu'il avait déjà dites. Qu'il voulait mourir, qu'elle n'était qu'une…

Son hésitation dura trop longtemps au goût de Guy.

— Une quoi ? le pressa-t-il.

— Une traînée. Et elle aussi criait, elle avait trop bu. Rien de nouveau dans tout ça.

Guy attendit, mais Jim n'en dit pas plus.

— Et alors, qu'est-il arrivé ?

Jim secoua la tête.

— Je ne peux pas le dire. Il faut d'abord que je la voie.

— Comme je vous l'ai déjà dit, c'est impossible. Vous êtes tous deux des témoins.

— Très bien.

Jim regarda encore par la fenêtre qui donnait sur l'immensité bleue. Puis il revint à Guy. Les tremblements avaient cessé et un peu de couleur était revenue à ses joues. Il sembla soudain très calme.

— C'est moi qui l'ai fait. Avec le maillet, déclara-t-il.

— Où aviez-vous récupéré le maillet ?

— Il était dans la cabine. Je l'avais emprunté à l'atelier d'outillage, hier matin. Pas dans le but de… Juste parce qu'il y avait un clou qui dépassait du sol. J'avais l'intention de le rapporter… Il se trouvait dans leur cabine, juste là, ajouta-t-il après avoir inspiré par saccades.

— Qu'avez-vous fait avec ?

— Je l'ai frappé.

— Comment ?

— Comment ça, comment ? Je l'ai frappé sur le crâne ! Vous n'avez pas vu tout ce sang ?

— Combien de fois l'avez-vous frappé ?

— Je ne sais pas, je n'ai pas compté. Deux, trois, quatre fois ? Assez, en tout cas.

Guy croisa les bras et fixa Jim d'un regard froid.

— Et quand êtes-vous allé à la salle d'outillage ?

— Je viens de vous le dire, non ? s'irrita Jim en fronçant les sourcils. Hier matin.

— Je ne parle pas du moment où vous avez emprunté le maillet, mais de celui où vous étiez caché là-bas, quand vous avez fait tomber les étagères sur moi, en l'occurrence. En me blessant.

— Ce n'était pas moi, protesta Jim.

— Alors qui était-ce ?

Guy dut se retenir tant il avait envie de secouer Jim pour lui faire cracher le morceau. Heureusement pour eux, il y eut un coup frappé à la porte, qui s'ouvrit aussitôt sur un jeune steward.

— Pardon, monsieur. On m'a envoyé d'urgence vous informer que M. Joseph Fowler est décédé.

Guy le regarda d'un air ébahi tandis que son esprit se mettait à galoper, puis il se reprit.

— Merci. Vous pouvez y aller.

Quand la porte se fut refermée, Guy se leva.

— Jim Evans, je vous arrête sur présomption de meurtre sur la personne de M. Joseph Fowler.

43

Une fois mis en arrestation, Jim se contenta de hocher la tête et resta les yeux fixés sur la table nue devant lui. Guy appela le service téléphonique du paquebot et après une brève discussion, la préposée le mit en relation avec la passerelle de commandement. Une fois l'appel terminé, Guy sentit un agréable frisson le traverser. Cela ne lui arrivait pas souvent dans l'exercice de ses fonctions, mais quand il avait l'intuition qu'il était sur le point de résoudre une affaire, il éprouvait une intense satisfaction. Peu de temps après, on frappa à la porte.

— Entrez ! lança Guy sans savoir de qui il s'agissait.

— Troisième officier Wellesley, à votre disposition, monsieur, dit le visiteur.

Par réflexe professionnel, Guy tenta de discerner en son interlocuteur un signe particulier, mais c'était difficile : de taille moyenne, d'un physique agréable, il avait une trentaine d'années et présentait bien, dans un uniforme d'un blanc immaculé orné de liserés dorés et bleu marine. Cet uniforme était censé conférer aux membres d'équipage une allure un peu militaire, mais Guy doutait qu'aucun d'eux ait reçu le moindre entraînement, à part faire un salut au capitaine quand le navire appareillait.

— Merci, monsieur Wellesley. Pourriez-vous, je

vous prie, emmener M. Evans, à la E-131 et monter la garde devant la porte en attendant d'autres instructions ?

— Pourquoi la E-131 ? demanda Jim, et comme il se levait à moitié, Guy sentit l'odeur âcre de sa transpiration.

— C'est la cellule de détention du navire, lui répondit-il. Vous allez devoir y rester jusqu'à ce que nous accostions, je le crains. Vous me reverrez, soyez-en sûr. J'aurai besoin de vous interroger à nouveau sur ce qui s'est passé cette nuit, mais j'ai d'autres questions à régler d'ici là. Emmenez-le, ajouta-t-il en s'adressant à Wellesley. Logan ou moi-même, nous descendrons vous rejoindre plus tard.

— Bien, monsieur, dit Wellesley, puis il se pencha vers Guy et lui parla à voix basse. Est-ce que je dois lui passer les menottes, monsieur ? Sauf que je ne sais pas où en trouver.

— Non. Escortez-le sans le quitter d'une semelle. Il est en état d'arrestation et il n'y a pas de terre en vue. Il serait bien bête de s'enfuir, vous ne croyez pas ? ajouta-t-il en adressant à Jim un coup d'œil appuyé en guise d'avertissement.

Quand Jim et Wellesley eurent quitté la pièce, Guy s'empressa de regagner la B-17 pour voir Ella Fowler. L'ambiance à bord était bien différente de celle qu'il avait connue la veille, à son arrivée. Moins de vingt-quatre heures plus tôt, les hauts plafonds et les dorures des salles réservées aux passagers de première classe l'avaient intimidé. À présent, ils semblaient n'être plus que le décor d'un film à petit budget, un masque trompeur dissimulant de bas instincts. Il ne désirait qu'une chose, passer du temps avec son épouse. C'était déprimant de se rendre compte que, même en pleine mer, les vices et les faiblesses des uns et des autres, hommes et femmes, contrariaient ses projets tout autant que dans les rues de Londres. Pourtant, il ne pouvait nier qu'une partie de lui-même trouvait aussi du plaisir dans son travail d'enquêteur. En lui, l'époux frustré côtoyait le policier zélé.

Il était presque midi et son ventre gargouillait, mais il ne pouvait se permettre de faire une pause. Au détour d'un couloir, il aperçut devant lui Louisa qui marchait en compagnie de Unity Mitford et d'un grand blond qui lui était inconnu. Stimulé par cette adorable vision, Guy accéléra l'allure et les rattrapa.

Tous les quatre s'arrêtèrent pour discuter un moment. Ils traversaient le foyer, le centre qui menait aux diverses distractions réservées aux passagers de première classe, cours de tennis, jeu de palets, ping-pong, etc. Il n'y avait pas foule, mais la plupart des passagers qui y déambulaient étaient en tenue de sport décontractée. Bien charpentée, en jupe verte et pull beige, Unity détonnait quelque peu, mais pas son compagnon. D'allure très athlétique, il avait une stature de nageur professionnel, avec des épaules larges et un bronzage encore rehaussé par ses cheveux blonds lissés en arrière.

— Mademoiselle Mitford, dit Guy.

— Bonjour, monsieur Sullivan. Voici Herr von Bohlen.

— Bonjour à vous, monsieur Sullivan, intervint l'homme en lui tendant la main.

— M. Sullivan est le mari de Louisa ; c'est un policier qui travaille à Londres, dit Unity à von Bohlen. C'est vraiment une chance inouïe qu'il se trouve à bord, à cause de ces pauvres M. et Mme Fowler, vous comprenez.

— *Ja*, je comprends, acquiesça Wolfgang en adressant à Guy un mince sourire.

— Aujourd'hui, la chance n'est pas au rendez-vous, fit alors remarquer Guy. Je regrette de vous informer que M. Fowler est décédé.

— Cela veut dire…, commença Louisa en portant la main à sa bouche.

— Qu'il s'agit d'un meurtre.

L'Allemand pâlit sous son hâle, et l'expression de Unity trahit son trouble.

— Vous en êtes sûr, monsieur Sullivan ? Cela semble affreusement tragique.

— Sûr et certain, dit Guy en songeant que Louisa avait raison, quand elle disait que ces gens-là vivaient sur une autre planète. D'ailleurs, puisque vous voilà, j'en profite pour vous poser la question : avez-vous dîné dans la même salle à manger que M. et Mme Fowler, hier soir ?

— Oui, confirma Unity en cambrant un peu le dos, puis elle lança à Wolfgang un regard en coin.

— Auriez-vous entendu par mégarde des bribes de leur conversation ?

— Oui, car leur table n'était pas loin de la nôtre. Ils étaient en froid, d'après ce que j'ai pu voir. Ce n'était guère surprenant, après l'altercation survenue plus tôt au Blue Bar.

— Hum. Merci, acquiesça Guy. Au moins cela confirme ce qu'un autre témoin m'a déclaré.

— Où vas-tu ? lui demanda Louisa.

— J'ai besoin de vérifier si Mme Fowler a appris

la nouvelle. Si ce n'est pas le cas, je vais devoir l'en informer. Et vous ?

— Nous allions déjeuner, répondit Unity, même si la question ne lui était pas posée directement. Wolfgang, enfin, Herr von Bohlen ici présent, souhaite se joindre à nous. J'aimerais beaucoup qu'il parle à Mme Guinness du travail fascinant qu'il entreprend pour le *Kraft durch Freude*.

— Voyons, Fräulein Mitford, je vous en prie, il est loin de fasciner tout le monde, observa von Bohlen.

— Mais si, mais si. Monsieur Sullivan, je suis certaine que vous aussi, vous seriez captivé. *Kraft durch Freude* signifie « La force par la joie ». C'est encore une brillante idée de Hitler : des camps de vacances pour les travailleurs allemands. Ces millions de personnes qui ont traversé la terrible dépression dont Hitler les a heureusement tirées ont droit maintenant à des vacances en récompense de leurs efforts. Et Herr von Bohlen est à bord pour prendre des notes, car il va y avoir une croisière *Kraft durch Freude*, figurez-vous ! Or Hitler veut savoir comment l'organiser au mieux.

— Vous connaissez donc Hitler ? s'enquit Guy en considérant von Bohlen avec plus d'attention, et l'Allemand fronça les sourcils.

— Oh, juste un peu. C'est un homme très occupé. Mon père le connaît mieux. C'est pourquoi on m'a confié cette mission.

— Je vois, dit Guy, ne sachant trop quelle suite donner à cette conversation.

Il savait qui était Hitler et connaissait les polémiques qu'il suscitait dans les journaux. Ce personnage inspirait aussi une antipathie que lui-même partageait. L'opinion générale, c'était que Hitler était un dirigeant agressif, mais que c'était le meilleur choix possible pour faire barrage aux communistes en Allemagne. Le fascisme était, pour la majorité, le prix à payer. Voilà du moins ce que Guy en comprenait, mais il avait bien conscience de ses limites en matière de politique… En tout cas, Unity avait dans ce domaine des idées bien arrêtées.

— Est-ce que tu vas déjeuner avec eux ? demanda-t-il à Louisa.

— Non. J'accompagne Unity à la salle à manger, puis j'ai une tâche à accomplir. Tu seras à la cabine de Mme Fowler, je présume ? Ensuite, je pourrai venir t'y rejoindre.

— Oui, volontiers.

Dans des moments comme celui-ci, sa femme était pour Guy comme une oasis dans un désert aride, où la gentillesse était aussi rare que l'eau. Quant à lui, la tâche qui l'attendait ne lui plaisait guère, mais mieux valait ne pas la différer plus longtemps.

44

Dans la salle à manger, il n'était que 12 h 45, pourtant les tables étaient déjà presque toutes occupées par les convives. Les hommes, pour certains frappés de méchants coups de soleil, étaient en costumes de lin beige, les femmes en robes de cotonnade aux teintes pastel, ceinturées à la taille. Serveurs et serveuses s'activaient entre les tables, et le soleil qui brillait allègrement à travers les larges baies vitrées allumait des éclats nacrés sur les couverts et les sautoirs de perles nichés au creux de décolletés plus ou moins flétris.

En voyant Unity approcher en compagnie d'un homme, lady Redesdale resta assise, visiblement contrariée. Louisa avait un petit discours tout prêt afin d'expliquer pourquoi Wolfgang les avait rejointes, mais ce ne fut pas nécessaire. Il s'avança avec élégance devant la baronne, sise telle une reine sur son trône, et inclina la tête avec respect.

— Lady Redesdale, j'espère que vous me pardonnerez cette intrusion. Je comptais déjeuner seul, et votre fille m'a gentiment proposé de me joindre à vous…

Il observa une petite pause, au cas où lady Redesdale irait déclarer que c'était une excellente idée, mais elle s'en abstint.

— Naturellement, reprit-il, ce n'est pas dans l'ordre des choses, mais en un jour comme aujourd'hui, tout paraît un peu bouleversé.

Il n'y eut toujours pas de réaction. Diana elle-même regardait sa mère, l'air de se demander si elle n'avait pas été changée en statue de sel.

Wolfgang recula d'un pas.

— Je comprends. Veuillez me pardonner, dit-il, et il s'apprêtait à s'éloigner quand lady Redesdale daigna enfin prendre la parole.

— Non, restez. Nous allons demander qu'on ajoute un couvert.

Elle leva la main et un serveur accourut aussitôt. Vite fait, bien fait, il approcha une chaise, réaménagea l'espace, et disposa un couvert à droite de lady Redesdale.

Unity prit place face à sa mère, entre Diana et Wolfgang, sans pouvoir s'empêcher de sourire béatement malgré le regard sévère dont la fustigeait lady Redesdale.

— Louisa, je m'aperçois que j'ai oublié mes lunettes, dit alors la baronne. Voudriez-vous bien aller les chercher pour moi ?

— Certainement, répondit Louisa, piégée.

Au moins la cabine de lady Redesdale n'était-elle pas très éloignée de la salle à manger ; elle ferait le trajet aussi rapidement que possible. Guy ne resterait sans doute pas longtemps auprès de Mme Fowler, et il lui fallait encore trouver Wellesley, le troisième officier.

Elle alla donc récupérer les lunettes de lady Redesdale, qui étaient restées sur le bureau près de la liste des passagers, puis rejoignit ces dames dix minutes plus tard, un peu haletante. Dans la salle à manger, tous les convives étaient à présent installés et ils consultaient la carte avec la gravité requise. Car les journées sont longues en mer, et les moments des repas revêtent une importance considérable ; le déjeuner et le dîner se déroulent avec un cérémonial presque religieux, et le choix des plats n'étant pas chose à prendre à la légère, il exige une intense concentration.

Pourtant, au lieu d'hésiter longuement entre des côtelettes d'agneau ou de la langouste, lady Redesdale et ses filles écoutaient Wolfgang, comme suspendues à ses lèvres. Louisa s'approcha lentement de la table afin de ne pas troubler leur attention en se demandant ce qu'il pouvait bien leur dire pour les subjuguer de la sorte. Unity et Diana semblaient pâles et inquiètes, tandis que lady Redesdale, comme d'habitude, ne laissait rien paraître de ses émotions.

— … merveilleux pour sir Oswald Mosley d'avoir la cadette de sa défunte femme pour lui tenir compagnie durant son rallye automobile à travers la France. Il paraît qu'elle lui voue une admiration sans bornes et un amour indéfectible, conclut-il d'un air amusé, en arquant des sourcils dont Louisa aurait juré qu'ils étaient épilés.

— Un amour ? dit faiblement Diana.

— C'est vrai, vous êtes une grande amie de sir Oswald, n'est-ce pas ? Je suppose que vous connaissiez Cynthia, sa défunte femme ?

— De loin. Nous nous sommes croisées quelquefois, répondit Diana d'une voix évanescente.

— Ah, eh bien, c'était une belle femme, m'a-t-on dit, et c'est une très bonne chose de rester en famille. La défunte lady Cynthia était une Curzon, comme vous le savez sûrement. Une famille noble d'une lignée prestigieuse. Aussi est-il judicieux de faire en sorte que cette lignée perdure, si sir Oswald doit devenir le prochain dirigeant de votre merveilleux pays.

Louisa dut s'approcher pour déposer les lunettes sur la table, à gauche de lady Redesdale, et elle vit alors que Diana avait les larmes aux yeux.

Quant à Unity, elle n'y alla pas par quatre chemins, ainsi qu'on pouvait s'y attendre.

— Quand vous parlez de la belle-sœur du Leader, il s'agit bien de Baba Metcalfe, n'est-ce pas ? L'épouse de Fruity. Voyons, c'est impossible, elle est déjà mariée. Comment pourraient-ils entamer une idylle ? Vous dites qu'ils participent ensemble à un rallye automobile ? Diana, étiez-vous au courant ?

— Veuillez me pardonner si j'ai dit quelque chose de déplacé sur votre grand ami, intervint Wolfgang en levant les mains. C'est seulement ce qu'on m'a rapporté. Je ne cherchais qu'à vous divertir par une conversation à vrai dire assez futile, je le reconnais, conclut-il avec un petit rire d'excuse.

— Qui vous l'a rapporté ? demanda lady Redesdale d'un ton impérieux.

— Oh, je ne saurais dire. Ce sont des bruits qui courent, vous savez. Sir Oswald et son parti suscitent l'admiration de mes collègues du parti nazi. Nous avons des amis en commun, expliqua-t-il aimablement, d'un air conciliant. J'aurais mieux fait de me taire. Parlons d'autre chose.

Lady Redesdale saisit ses lunettes sans même jeter un regard à Louisa.

— En effet, il est grand temps de commander, dit-elle

d'un ton péremptoire en se plongeant dans la lecture du menu.

Louisa quitta la salle à manger, passablement perplexe. Wolfgang essayait-il de s'attirer les bonnes grâces de Diana et Unity en leur faisait comprendre qu'il avait dans son entourage des admirateurs de sir Oswald? Se pouvait-il qu'il soit au courant de la liaison entre Diana et le Leader? Certes les intimes et les proches la connaissaient, mais c'était un secret jalousement gardé, et rien n'en avait transpiré dans la presse. Pourtant l'agression de Diana le matin même montrait qu'il y avait eu des fuites. Louisa n'éprouvait pour elle aucune compassion, pas plus que pour sir Oswald dont elle n'approuvait ni les idées politiques ni la façon dont il se comportait dans sa vie privée. Il fallait que Diana fût bien sotte et aveugle pour se compromettre avec un tel individu.

Louisa n'avait plus le temps à présent d'aller trouver Wellesley, le troisième officier. Elle décida de se rendre directement à la B-17 pour voir si Guy s'y trouvait toujours. Ella devait avoir appris le décès de son mari, à présent. Restait à savoir si elle en était responsable.

45

Guy se hâta de descendre jusqu'à la cabine de Mme Fowler. Affamé, il chipa au passage un petit pain sur une table roulante dans le hall. Apparemment, c'était le plateau d'un petit déjeuner qui avait été débarrassé, aussi n'était-ce pas du vol à proprement parler, se rassura-t-il. Mais il n'était pas question pour lui de s'asseoir tranquillement pour déjeuner en prenant son temps. Arrivé devant la porte de la B-17, il chassa les miettes de pain accrochées à sa veste, frappa doucement, puis pénétra à l'intérieur de la suite. Tout avait l'air à l'identique. La tache de sang sur la moquette était plus troublante, maintenant que le blessé avait rendu l'âme.

Il se dirigeait vers la chambre à coucher quand Blythe vint à sa rencontre. Elle avait l'air épuisée, ce qui n'était guère surprenant étant donné son manque de sommeil. Guy savait que lui-même ne devait pas avoir meilleure mine. Pourtant il fut surpris de la trouver là, car Louisa lui avait dit que le médecin avait envoyé une infirmière pour la remplacer au chevet de Mme Fowler.

— Elle dort, lui déclara Blythe avant même que Guy ait pu lui poser la question.

— Bien, mais je vais devoir la réveiller, je le crains, dit Guy, le cerveau ramolli tant il avait besoin de repos.

— Vous n'y arriverez pas, croyez-moi, lui répliqua Blythe en se perchant sur le bras du divan.

— Pourquoi ? On lui a redonné de la morphine ? demanda Guy, et Blythe le lui confirma en hochant la tête. Le médecin est venu ?

Au lieu de répondre, la jeune femme se contenta de fixer le sol.

— Mademoiselle North, voulez-vous dire que Mme Fowler s'est administré elle-même de la morphine ? Je vois, en conclut Guy, constatant que Blythe gardait les yeux rivés au sol.

Fourrant les mains dans ses poches, il laissa échapper un long soupir et s'approcha de la porte vitrée pour exposer son visage aux rayons du soleil. La chaleur et la lumière étaient presque aussi savoureuses que le petit pain dérobé un peu plus tôt.

— Pourquoi êtes-vous encore ici ? lui demanda-t-il.

— Je ne comprends pas… Je croyais qu'on ne devait pas la laisser seule ?

— Mme Sullivan vous avait dit d'aller vous reposer. Votre chef de service, ou le médecin, devait envoyer une remplaçante.

— Mme Fowler me connaît, répondit Blythe d'un air gêné, j'ai pensé qu'elle serait moins inquiète en me trouvant là à son réveil… Avez-vous des nouvelles de M. Fowler ?

— Hélas oui, répondit Guy en se tournant face à elle. Il est mort, il y a environ une heure.

— A-t-il dit quelque chose avant de mourir ? Sur ce qui s'était passé ?

— Je ne crois pas, mais je n'ai pas encore parlé au médecin. C'est possible.

Blythe parut réfléchir un instant, puis elle se leva et s'approcha de Guy en prenant soin d'éviter les taches sur le tapis.

— Cela signifie que vous procédez à une enquête pour meurtre, n'est-ce pas ?

— En effet, mademoiselle North. Seriez-vous en mesure de m'apporter des éléments utiles ?

Blythe regarda autour d'elle, comme pour vérifier qu'Ella n'allait pas surgir soudain dans la pièce. Mais il n'y avait aucun bruit à part le ronronnement sourd du navire fendant l'eau.

— C'est elle qui l'a fait.

Blythe était trop proche de lui. Guy sentait son haleine brûlante et fétide. Ne voulant pas reculer, il se raidit.

— Qui a fait quoi ?

— Mme Fowler, elle a tué son mari. Elle l'a fait avec sir Clive Montague parce qu'ils voulaient s'enfuir ensemble.

— Les avez-vous vus à l'œuvre ?

— Non, répondit Blythe dont les épaules s'affaissèrent, mais je sais qu'ils l'ont fait.

— Les avez-vous entendus parler de tuer M. Fowler ?

— Non, monsieur. Mais j'ai entendu sir Clive déclarer qu'il aimait Mme Fowler et qu'il ferait n'importe quoi pour elle. Il l'a dit à M. Fowler. J'étais dans la salle de bains de sir Clive en train de nettoyer, et il a sans doute oublié ma présence.

— Continuez.

— Elle va dire que c'est Jim qui l'a tué, mais ce n'est pas lui. Il n'a rien à voir dans tout ça. Je sais qu'il… y avait eu quelque chose entre eux par le passé. Elle l'a séduit, avec son argent et ses belles promesses. Mais il est avec moi maintenant, et il ne ferait rien qui puisse nuire à notre amour. Nous avons des projets. Nous n'allons pas moisir sur ce paquebot toute notre vie à servir ces messieurs dames et faire le ménage. Ce ne sont pas les occasions qui manquent, et j'ai bien l'intention d'en profiter.

— Doucement, mademoiselle North, dit Guy en posant la main sur son épaule. Peut-être devriez-vous vous asseoir.

— Non, merci. Ce que je veux, c'est que vous me croyiez quand je dis que Jim n'y est pour rien.

— Très bien, mais je suis un policier. Ce qui compte à mes yeux, ce sont les preuves. Si vous pouvez me fournir une preuve que sir Clive et Mme Fowler ont comploté d'assassiner M. Fowler, alors nous pourrons avancer.

Blythe respira par saccades, mais elle resta silencieuse.

— Pouvez-vous regagner votre cabine, à présent ?

— Oui.

— Allez-y.

Blythe s'en fut, d'une démarche si lasse que Guy estima qu'elle irait enfin se coucher. Après avoir passé un appel téléphonique au bureau du médecin demandant qu'on envoie une infirmière au chevet d'Ella, Guy entra dans la chambre à coucher.

La pièce manquait d'air et elle était plongée dans la pénombre, les rideaux étant tirés sur le soleil vif. Ella n'était qu'une forme inerte sous les couvertures. Il y avait un tabouret près du lit sur lequel Blythe avait dû s'asseoir, des vêtements posés sur une chaise dans un coin, des chaussures gisant par terre et une pochette de soirée sur le lit, dont le contenu s'était déversé en partie : un paquet de cigarettes, des allumettes, un agenda de poche. Guy le prit et essaya de lire, mais c'était écrit si petit que, manquant de lumière et handicapé par sa mauvaise vue, il ne distingua rien. Sur la table de chevet il y avait un roman, *Horizon perdu*, trois flacons de pilules, un pot de crème pour le visage, un verre contenant un liquide clair et un paquet de bonbons à la menthe. Mais ce qui attira son attention, ce fut une seringue à usage unique et un petit flacon rempli d'un liquide brun foncé, dont le couvercle en métal avait été percé. De la morphine. Cela expliquait le sommeil profond d'Ella, mais se l'était-elle injectée elle-même ou était-ce Blythe ? Une fois encore, impossible d'informer Ella du décès de son mari, ni de l'interroger sur le rôle qu'elle y avait joué. Il devrait attendre qu'elle se réveille pour procéder à l'arrestation.

Guy entendit quelqu'un entrer dans la cabine et il quitta la chambre en sortant par le vestibule. Il reviendrait plus tard. Autant qu'Ella se repose, songea-t-il, car ce qu'elle devrait affronter à son réveil n'aurait rien de réjouissant.

Il traversa le navire, trouva vite la cabine de sir Clive et frappa à la porte. Ce fut Logan qui vint lui ouvrir, et Guy trouva qu'il faisait une drôle de tête. À peine Guy fut-il entré que sir Clive se mit à se plaindre de la façon dont on l'avait retenu illégalement contre sa volonté. Pourtant, ce qui semblait surtout le contrarier, c'était d'avoir manqué le déjeuner.

Guy le laissa s'époumoner un moment avant de s'adresser à lui :

— Veuillez m'excuser, sir Clive, mais j'enquête sur un meurtre…

— Quoi ? Joseph Fowler est mort ?

— Oui, je le crains, confirma Guy en se maudissant d'avoir révélé la nouvelle.

Sir Clive s'affala sur une chaise et se prit la tête dans les mains.

— Mon Dieu, mon Dieu, gémit-il.

— Qu'est-ce que faisait Jim Evans, caché dans votre cabine ?

— Comment ça ? s'étonna sir Clive en levant les yeux.

Guy scruta attentivement son visage. Il paraissait troublé, mais sincère.

— Ignoriez-vous la présence de Jim Evans dans cette pièce ?

— Mais oui.

— Savez-vous qui est M. Evans ?

— Oui, je le sais, répondit sir Clive d'un air gêné en remuant sur son siège. C'est un steward de cabine.

— Qui est de service chez les Fowler, ajouta Guy.

— Oui, convint sir Clive.

— Vous avez assisté à la bagarre entre Evans et M. Fowler au Blue Bar ?

— Oui, mais je ne vois pas en quoi cela explique sa présence dans ma chambre, ni le fait que j'étais au courant ou pas.

Lorsqu'un suspect se butait et refusait de changer d'avis, Guy le savait. Il décida de remettre cette question à plus tard.

— Très bien. Où étiez-vous entre 23 heures et 1 heure du matin la nuit dernière ?

— J'étais ici. Je suis rentré après avoir dîné.

— Étiez-vous en compagnie de quelqu'un ?

— Non, bien sûr que non.

Sir Clive se renfonça dans son siège et sortit un fin étui à cigarettes en or, qu'il retourna dans sa main sans l'ouvrir.

— Aucun employé ni membre d'équipage ne peut confirmer votre présence ici ?

— Non. Je me doute que cela ne joue pas en ma faveur, mais je ne vais pas fabriquer un alibi au pied levé pour vous faire plaisir.

— Qu'avez-vous fait en rentrant ici ?

Sir Clive ouvrit l'étui et en sortit une cigarette, qu'il tapota sur le couvercle refermé.

— Je crois que j'ai pris un dernier verre et que je me suis assis dans mon fauteuil pour méditer un moment. Puis je me suis couché.

Il sortit son briquet, alluma sa cigarette et tira une longue bouffée avec une désinvolture que Guy trouva déconcertante.

— Quand avez-vous appris ce qui s'était passé la nuit dernière ?

Avant que sir Clive ait eu le temps de répondre, on frappa à la porte. Guy fit signe à Logan d'aller ouvrir. Dans le silence de la pièce, on entendit l'écho d'une brève conversation qui se termina quand le visiteur, un homme parlant avec un accent allemand prononcé, finit par s'excuser et repartit. Sir Clive écrasa sa cigarette et Guy crut remarquer que sa main tremblait un peu.

— C'était Herr von Bohlen, déclara Logan en les rejoignant. Il s'excuse de vous avoir dérangé et dit qu'il reviendra plus tard.

Après un petit temps de retard, Guy se rappela pourquoi ce nom lui était connu.

— Comme c'est étrange, dit sir Clive. Je le connais à peine.

Pourquoi se sentait-il obligé de le préciser ? se demanda Guy.

Encore un point qu'il devrait éclaircir avant que le navire accoste à Rome. Décidément, le temps filait trop vite.

46

Cet après-midi-là, le pont était aussi animé que Green Park un jour de plein été. Tous les passagers avaient envie de profiter à la fois du soleil pour parfaire leur bronzage, mais aussi des rumeurs qui circulaient abondamment entre les transats, avec leur lot d'hypothèses plus ou moins farfelues.

— Le capitaine aurait pu tout aussi bien annoncer la mort de Joseph Fowler par les haut-parleurs, observa Unity tandis qu'elle arpentait le paquebot à bâbord en compagnie de Wolfgang.

Louisa suivait, un ou deux pas en arrière. Apparemment, Wolfgang avait su gagner les faveurs de la baronne pendant le déjeuner, sans être pour autant autorisé à se promener seul avec sa fille. Pour une fois, Louisa approuvait la règle stricte qui voulait que Unity soit escortée par un chaperon, même si elle-même aurait préféré être avec Guy. Au moins pouvait-elle profiter du bon air, qui lui avait tant manqué depuis la veille au soir. Elle avait même réussi à grignoter un morceau après une visite éclair au restaurant de troisième classe, avant d'aller chercher Unity.

— *Ja*, c'est vrai, approuva Wolfgang avec un petit rire complice. Les gens sont plus excités qu'effrayés par le crime. En fait, je crois même que la peur leur procure un certain plaisir, à petite dose, évidemment. Et vous, aimez-vous avoir peur ? demanda-t-il en penchant la tête vers sa compagne.

— Oh, j'aime bien faire un tour sur les montagnes russes, avec ce frisson terrifiant qui vous traverse malgré vous quand cette course éperdue vous donne le vertige. Mais à mon avis, personne n'est vraiment inquiet, en l'occurrence, puisque de toute évidence, c'est sa femme qui a fait le coup. Aucun tueur à la hache ne se promène à bord, prêt à récidiver.

— Non, seulement un tueur au maillet, dit Wolfgang en riant encore, et Unity prit un air horrifié.

Quant à Louisa, en entendant ces mots, elle se figea de stupeur.

Comment Wolfgang savait-il que l'arme du crime était un maillet ? Pour autant qu'elle le sache, il se trouvait toujours dans le meuble-bar de la cabine B-17, à moins que Guy ne l'ait récupéré pour le mettre en lieu sûr. Quoi qu'il en soit, comment cette information avait-elle fuité ?

— Je vous en prie, parlez-moi de Herr Hitler, poursuivit Unity. Comment est-il dans la vie ? Vous l'avez rencontré, n'est-ce pas ? J'avais tellement envie de vous poser la question pendant le déjeuner, mais je regrette de dire que ma mère n'est pas encore capable de reconnaître son intelligence supérieure. Oh, ça viendra, j'en suis certaine.

— Ne vous en faites pas, je comprends très bien. Je connais les préventions de vos compatriotes. Herr Hitler est un chef dans l'âme. Il comprend ce dont les gens ont besoin et il le leur donne. L'Allemagne a souffert trop longtemps d'un manque de dignité et de fierté. C'est ce que nous cherchons à lui restituer.

— Mais Herr Hitler lui-même, dites-moi, est-ce qu'il est timide ? Je ne sais pourquoi, c'est l'impression qu'il me donne, déclara Unity avec une telle ardeur que sa voix monta dans les aigus.

— Oui, c'est quelqu'un de modeste en société. Mais il a le courage d'un meneur d'hommes. Dans la vie, en cuisine comme en amour, ses goûts sont très simples : il aime les femmes pour leur beauté naturelle et apprécie la simplicité d'une cuisine familiale. Il croit en la grandeur de l'Allemagne et œuvre au service de son peuple. Mais nous devons débarrasser le pays de ceux qui ne partagent pas la même foi.

— Vous parlez des Juifs ? dit aussitôt Unity, et Wolfgang acquiesça.

Révoltée, Louisa dut se mordre la langue pour ne pas intervenir dans la conversation. Unity avait tenu secrète son adhésion à la BUF vis-à-vis de ses parents et exprimait rarement le côté le plus abject de ses convictions.

— Mon père a été nommé président de la Fédération des industries allemandes du Reich par Herr Hitler, déclara Wolfgang.

— Cela paraît incroyablement prestigieux.

— Ça l'est, confirma Wolfgang en hochant lentement la tête. On lui a donné pour tâche d'exclure les Juifs de l'organisation. Ce n'est guère difficile, car presque tous sont d'accord. D'ailleurs, qu'importe qu'ils soient d'accord ou pas. En tant que président, il a les pleins pouvoirs. Herr Hitler est assurément très généreux envers mon père et sa famille, mais il peut compter sur notre loyauté. Nous en serons récompensés.

Unity avait fini de badiner.

— Quel dommage que nous ne puissions pas faire pareil en Angleterre, regretta-t-elle avec le plus grand sérieux. Tout doit être décidé par le peuple, mais comme nous le savons tous, « le bon peuple » ne sait pas prendre les bonnes décisions. Évidemment, quand sir Oswald, notre leader, arrivera au pouvoir, tout cela changera.

— Parce que vous pensez qu'il y parviendra ?

— Oh oui, j'en suis certaine. Surtout quand il aura épousé Diana. Elle croit en la cause plus encore que lui. Elle est belle, intelligente, et très populaire. À eux deux, ils formeront un couple irrésistible. Rien ni personne ne pourra les arrêter.

— Vous dites que sir Oswald va épouser Mme Guinness ? Oh ! mon Dieu, j'aurais mieux fait de ne pas évoquer son escapade avec Baba, dit-il en lui adressant son plus charmant sourire, mais soudain, Unity blêmit.

— Je n'étais pas censée vous le dire. C'est un secret. Dès que Diana obtiendra le divorce, le Leader et elle convoleront en justes noces… Surtout, n'en parlez pas, hein ? implora-t-elle en écarquillant les yeux tel un personnage de dessin animé.

Louisa hoqueta sans le vouloir. Le ragoût qu'elle avait englouti à la va-vite lui restait sur l'estomac ; sans doute était-il un peu rance. En l'entendant, Wolfgang tourna la tête et croisa son regard. L'imaginait-elle, ou y avait-elle vu passer un éclair malicieux ?

— Je serai muet comme une tombe, promit Wolfgang en se penchant sur Unity. En fait, il y a une chose que je ne devrais pas vous dire, mais puisque nous en sommes aux confidences…

— Dites-moi… De quoi s'agit-il ? demanda Unity en accélérant légèrement le pas, peut-être pour distancer Louisa.

— Nous, c'est-à-dire ma famille, disons aux gens que notre fortune est dans l'acier. Et ce n'est pas un mensonge. Mais la véritable raison pour laquelle notre avenir dépend de Herr Hitler, c'est qu'il nous a confié son programme de réarmement. Ce n'est pas encore rendu public, alors… motus et bouche cousue, ajouta-t-il.

— Pour se préparer à la guerre ? souffla Unity en remuant juste les lèvres.

— Non, en aucune façon, affirma Wolfgang. Seulement pour la dignité de l'Allemagne. Pour faire savoir au monde que personne ne nous dictera plus notre conduite. Herr Hitler ne souhaite que la paix. Mais il ne voit pas pourquoi nous devrions faire profil bas et qu'on nous marche dessus comme sur un tapis usé. Le traité de Versailles était destiné à nous humilier et à nous détruire. Mais nous méritons le respect, nous méritons d'être sur un pied d'égalité avec le reste du monde. N'êtes vous pas d'accord ?

— Oh si, approuva Unity. Tout à fait d'accord.

La peur s'insinua en Louisa. Ce qu'elle venait d'entendre semblait bien plus dangereux que ce que Iain pensait qu'elle pourrait découvrir. Au diable ses obligations envers lady Redesdale. Elle devait absolument trouver Wellesley, le troisième officier, et vite. Mais il lui fallait aussi impérativement dire à Guy que Wolfgang était au courant, pour le maillet. Auquel des deux parlerait-elle en premier ?

47

— Mademoiselle Unity, dit Louisa en s'approchant d'eux avant de taper sur l'épaule de la jeune fille.

— Quoi ? lui dit celle-ci, visiblement contrariée.

— Je regrette, mais il est 15 heures et il faut que je vous raccompagne, déclara Louisa avec l'espoir que Unity goberait ce bobard.

— Mais non, je n'en ai pas envie, répliqua-t-elle d'un air buté.

Pourtant Wolfgang sembla se ranger à l'avis de Louisa.

— Ce fut un grand plaisir, Fräulein Mitford, commença-t-il en reculant.

— Je vous en prie, appelez-moi Unity.

Wolfgang se contenta de sourire, et Unity dut se résigner.

— Bon, mais je ne me rappelle pas que ma mère nous ait fixé cet horaire.

Ne voulant pas ajouter encore du mensonge au mensonge, Louisa partit en tête. Wolfgang s'était déjà discrètement éclipsé. Tandis que les deux jeunes femmes marchaient en silence pour gagner le pont B par l'intérieur du paquebot, Louisa ne put qu'espérer que lady Redesdale se soit retirée dans sa cabine pour faire une petite sieste. Elle serait peut-être surprise de voir revenir sa fille, mais pas mécontente. Ce n'était que grâce à l'obstination de Unity et au charme de Wolfgang qu'ils avaient obtenu d'elle, bien à contrecœur, la permission de se promener ensemble sur le pont après le déjeuner.

Quand elles arrivèrent, Louisa frappa, puis elle tint la porte ouverte à Unity.

— Vous n'entrez pas ? s'étonna la jeune fille.

— Non, désolée, j'ai quelque chose à faire. Je n'en ai pas pour longtemps.

Unity fit la moue, mais c'était surtout parce qu'elle en voulait à Louisa d'avoir abrégé sa promenade avec Wolfgang.

En remontant le couloir à la hâte, Louisa ne savait pas du tout vers où ses pas devaient la conduire. Il existait sans doute une sorte de bureau de la capitainerie où elle pourrait se renseigner sur Wellesley. Mais il lui fallait impérativement rester discrète. Le capitaine se demanderait ce qu'une passagère de troisième classe, femme de chambre qui plus est, pouvait bien vouloir à un membre d'équipage d'un grade élevé. Et elle ne pourrait pas non plus le faire passer pour une requête venant de lady Redesdale ou d'une de ses filles, car le capitaine ne manquerait pas d'en parler à l'une d'entre elles, comme cela arrivait toujours dans ces cas-là, bien malencontreusement. Indécise comme jamais, elle passa le coude du couloir et tomba nez à nez avec son mari.

— Guy, dit Louisa, partagée entre l'inquiétude et le soulagement.

Pas rasé, les yeux cernés sous des lunettes qui auraient eu bien besoin d'être essuyées, il avait l'air épuisé.

— Tu es seule ?

— Oui, pour une fois. J'ai réussi à me débarrasser des Mitford, répondit Louisa en le prenant par la cravate pour l'attirer contre elle, et il lui sourit.

— Je suis venu ici pour être avec toi, et c'est tout juste si je t'aperçois. Peux-tu m'accompagner, maintenant ?

Elle faillit hésiter, avant de se rappeler l'ordre de ses priorités : Guy passait en premier, Iain et ses acolytes, en second. Elle avait mis trop de temps à s'en rendre compte.

— Oui, je peux. Où allons-nous ?

— Je veux aller voir comment va Jim Evans. Il est en cellule.

— En cellule ? Tu parles d'une pièce avec des barreaux aux fenêtres ?

— Non, pas tout à fait, c'est juste une petite cabine avec un matelot qui monte la garde. Je ne crois pas qu'on ait besoin de barreaux, comment veux-tu qu'un prisonnier s'évade ? En plongeant en pleine mer ? ironisa Guy, puis, jetant un coup d'œil par-dessus son épaule pour vérifier qu'il n'y avait personne, il se pencha pour l'embrasser. Allons, je vais tout te raconter en marchant.

Louisa l'emmena par l'escalier de service réservé à l'équipage et en chemin, il lui raconta qu'il avait interrogé sir Clive et qu'il flairait quelque chose de louche, sans savoir exactement quoi.

— Il n'a pas d'alibi, mais il n'a pas l'air de s'en soucier. Je ne saurais dire s'il cherche à brouiller les pistes ou si c'est plus simple que ça.

— Il dirait la vérité ?

— Je n'ai pas souvent rencontré ça au cours de ma carrière, répondit Guy en haussant les épaules, mais il arrive que certains ne cherchent pas à m'abuser.

— À ton avis, que s'est-il passé, cette nuit ? lui demanda Louisa, égarée parmi la foule de choses qui lui trottaient dans la tête : Ella amoureuse de Jim, et son mari au courant de leur liaison ; Jim et Blythe, et leur projet d'ouvrir un hôtel en bord de mer ; Joseph offrant sa femme à sir Clive pour effacer ses dettes ; et Wolfgang, au milieu de tout ça, n'ayant apparemment aucun rapport avec le reste, sauf pour Iain.

— Je ne peux rien affirmer, mais mon intuition, c'est que, quand M. Fowler a regagné sa cabine, il a surpris Jim et sa femme. Je pense qu'une dispute a éclaté, et qu'à un moment donné M. Fowler a été frappé à coups de maillet, ou par Jim, ou par Mme Fowler. Puis Jim a pris la fuite en la laissant faire le ménage.

— Tu crois donc que Mme Fowler et Jim sont complices du meurtre ?

— Oui, mais je ne saurais dire s'il a été ou non prémédité. C'est possible. Ce qui m'étonne, dans tout ça, c'est que chacun de leur côté, ils se déclarent coupables, tout en restant très vagues à propos de la façon dont ils s'y sont pris. Dans un premier temps, Jim m'a déclaré qu'il avait entendu une dispute entre les deux époux alors qu'il s'était caché sur le balcon et que, au moment où il est entré dans la pièce, il a vu que M. Fowler avait été frappé sur la tête. Maintenant, il affirme que c'est lui le coupable et que Mme Fowler est innocente, sauf qu'il est incapable de rien préciser, sinon qu'il s'est servi du maillet. Ce pourrait être une ruse pour me faire croire qu'il n'y a eu aucune préméditation, ou encore…

— La vérité.

Ils avaient presque atteint le pont E et Guy ralentit le pas.

— Étant donné qu'il a avoué, je l'ai mis en état d'arrestation. Il n'y a aucun doute dans mon esprit sur le fait qu'il est étroitement lié à ce meurtre. Il montre tous les signes de culpabilité. Mais je n'arrive pas à établir qui a porté le coup fatal.

Le maillet, se rappela Louisa.

— As-tu parlé du maillet à quelqu'un ? demanda Louisa.

— Oui, au médecin. Je lui ai demandé si, pour lui, les blessures infligées à la victime correspondaient à cette arme, voilà tout. Il a paru penser que c'était le cas, mais ce n'est qu'un médecin de bord, pas un médecin légiste, hélas.

— L'as-tu dit à quelqu'un d'autre ?

— Non, personne. Pourquoi ?

— Parce que je me promenais avec Unity et Herr von Bohlen quand…

— Attends, l'interrompit Guy.

Ils étaient dans le dernier couloir à présent, et Louisa aperçut alors un homme en uniforme blanc posté devant la porte d'une cabine.

— Wellesley, lui lança Guy. Merci. Y a-t-il eu des problèmes ?

Wellesley. C'était forcément lui. Coïncidence, ou volonté délibérée ? Déconcertée, Louisa oublia complètement qu'elle devait parler à Guy de Wolfgang et du maillet.

Elle détailla l'officier du regard. Il n'avait rien de particulier, mais c'était sans doute préférable pour un agent secret, qui n'avait aucun intérêt à se faire remarquer. Il était juste un peu plus âgé que Guy, supposa-t-elle ; difficile à dire, sous cet uniforme et dans cette position au garde-à-vous.

— Non, monsieur, aucun problème, répondit Wellesley. À un moment, j'ai eu l'impression qu'il pleurait. Il n'est pas en très bonne forme, dirais-je.

— D'accord, eh bien, merci. Je ferais mieux d'aller le voir, dit Guy, puis il se tourna vers Louisa. Désolé, ma chérie. Il va falloir patienter encore un moment. Nous pouvons toujours laisser un message au bureau du commissaire de bord pour nous retrouver plus tard.

— Entendu, faisons comme ça, confirma Louisa en espérant ne rien laisser paraître de son trouble, qu'il ne devine pas qu'elle lui cachait quelque chose.

Elle avait hâte que Guy franchisse le seuil, mais il restait sur le pas de la porte, hésitant.

— Vas-y, lui dit-elle enfin. Il faut que tu saches ce qui s'est passé.

— Oui, tu as raison, convint-il en lui pressant la main.

Quand enfin la porte se fut refermée sur lui, Louisa fit face à Wellesley.

— Le rossignol chante dans Sloane Square, dit-elle.

— Son doux chant fait fleurir les arbres, répondit-il.

Alors elle sut qu'il n'y aurait pas de retour en arrière.

48

Louisa avait les mains moites. Le contact venait d'être établi, mais qu'était-elle censée faire ensuite ? Fort heureusement, Wellesley prit l'initiative.

Le couloir était vide. La cabine E-131 avait sans doute été choisie pour son emplacement à l'écart, qui minimisait les passages. Wellesley s'éloigna de la porte et Louisa fit de même.

— Vous étiez au courant, pour moi ? demanda-t-elle.

Wellesley acquiesça. Il avait l'air grave, mais pas inamical. En d'autres circonstances, elle l'aurait pris pour un membre d'équipage très courtois, agréable, inoffensif. À présent, elle ne pouvait s'empêcher de se demander si c'était un tueur entraîné. Toute cette histoire de meurtre lui donnait des idées noires.

— Vous avez un message, se borna à dire Wellesley d'un ton exigeant.

— En effet, confirma-t-elle.

Soudain tout s'écroula : au juste, qu'avait-elle de si urgent à transmettre à Iain ?

— Je comptais l'informer des événements de la nuit dernière, reprit-elle. Ce n'est pas exactement le genre de choses qu'il m'avait chargée de lui rapporter. Je suis ici pour surveiller…, commença-t-elle, mais alors elle se ravisa et préféra ne prononcer aucun nom. Pourtant j'ai estimé qu'il devait être mis au courant. Au cas où…, conclut-elle d'une voix qui avait faibli à mesure qu'elle parlait.

Wellesley ne dit rien et continua à la scruter tout en jetant des regards furtifs des deux côtés du couloir pour s'assurer qu'il était toujours désert.

— Bref, je suppose que vous l'en avez déjà informé. Ou que vous comptiez le faire, ajouta Louisa en bafouillant à moitié.

— Qu'est-ce qui vous le fait penser ?

— Eh bien, puisqu'il a souhaité que ce soit moi qui vous retrouve, j'en ai déduit que vous étiez d'un grade supérieur au mien.

— Hum.

Louisa sentit l'exaspération la gagner. Elle savait naturellement qu'un agent devait cacher son jeu et ne pas abattre ses cartes, mais comment était-elle censée communiquer avec lui ? C'était comme jouer aux échecs avec quelqu'un qui est le seul à connaître les règles.

— Il y a autre chose, reprit-elle. Tout à l'heure, j'ai entendu par mégarde une conversation entre… Wolfgang von Bohlen et Unity Mitford, ajouta-t-elle à voix basse, après avoir regardé derrière elle.

À ces mots, Wellesley sembla dresser l'oreille comme un chien d'arrêt flairant une piste.

— Il lui a déclaré que sa famille était engagée dans un programme de réarmement avec Hitler, poursuivit Louisa.

— Où étiez-vous, quand vous avez entendu ça ?

À cet instant, quelqu'un apparut à cinquante mètres de là, et Louisa sursauta comme si une guêpe l'avait piquée. Ce n'était qu'une femme de ménage armée d'un seau et d'une serpillière, qui bifurqua dans un autre couloir et disparut.

— Je marchais quelques pas derrière eux, répondit Louisa. Pour chaperonner Mlle Unity.

— N'allez pas vous mêler de ça, lui intima soudain Wellesley d'un ton impératif. C'était peut-être une ruse. Et s'il avait fait en sorte que vous l'entendiez ? Ne dites plus rien à son sujet tant que vous serez à bord. J'insiste ! Surtout, qu'il ne se doute pas de votre mission. Vous risquez de contrarier une opération bien plus importante.

Trop effrayée pour répliquer, Louisa n'osa pas demander quel rôle Wolfgang pouvait bien jouer. Et dire qu'elle n'avait même pas mentionné le fait qu'il connaissait l'arme du crime.

— Vous feriez mieux de vous en aller, à présent. Votre mari risque de ressortir.

Elle hocha la tête, mais ne bougea pas, comme clouée au sol.

— Exécution, ordonna-t-il, et Louisa s'en fut sans demander son reste.

Peu après, Louisa était de retour sur le pont et inspirait l'air salin à grandes goulées, pour tenter de se calmer. Elle se sentait piégée dans une situation inextricable dont elle tentait vainement de démêler les fils. Si Wolfgang s'ingéniait à la tromper elle, qu'en serait-il de Unity ? Bien sûr, elle se devait de protéger Unity, mais ses sentiments à cet égard étaient loin d'être clairs. Louisa connaissait la quatrième fille Mitford depuis son enfance, et Unity avait toujours eu un caractère difficile, enclin à des bouderies et à des silences butés. Aujourd'hui, son ardent amour pour le fascisme la rendait encore plus antipathique. Et sa sœur Diana ne valait guère mieux. Louisa s'en voulait terriblement de s'être laissé entraîner dans une situation où elle devait passer du temps au service de ces donzelles, loin de son époux et de sa propre formation de sténographe. Sans parler de son implication dans un plan obscur et ténébreux concernant le gouvernement britannique et les fascistes.

De rage, elle décocha un coup de pied dans le flanc du navire. « Allez ! Haut les cœurs ! », persifla une voix d'homme, et elle eut envie de se ruer sur ce malotru pour le faire basculer par-dessus bord.

Quelques minutes plus tard, un peu ressaisie, elle décida de se concentrer sur la seule mission dont on l'avait chargée : surveiller de près Diana et Unity. Elle en était arrivée au point de redouter de passer du temps avec Guy alors qu'il essayait de reconstituer le fil des événements de la nuit. Impossible à présent de lui confier ses doutes au sujet de Wolfgang, et donc, d'une manière générale, de l'aider à progresser dans son enquête jusqu'à leur retour à Londres. Quand le *Princess Alice* accosterait près de Rome, elle enverrait un télégramme à Iain pour le prévenir qu'elle interrompait son voyage et revenait avec Guy en Angleterre. Les Mitford pourraient bien aller au diable.

Plus calme maintenant qu'elle s'était dotée d'un plan, Louisa rentra à l'intérieur pour regagner la cabine de lady Redesdale, où Unity devait encore se trouver. En chemin, elle passerait devant le bureau du commissaire de bord et y laisserait un message pour Guy disant qu'elle était de service et le rejoindrait à leur cabine à

19 h 30. À ce moment-là, lady Redesdale et ses filles iraient dîner, et elle aurait un répit d'une heure ou deux. Peut-être Guy et elle réussiraient-ils à se poser un petit moment pour dîner ensemble.

En traversant le couloir qui menait au pont E pour rejoindre le bon escalier, Louisa aperçut la silhouette massive de Herr Müller. Il était en grande conversation avec sir Clive. Müller, si taciturne d'ordinaire, gesticulait tout en parlant avec animation, tandis que sir Clive l'écoutait attentivement. Elle n'eut d'eux qu'un aperçu, mais cela suffit pour qu'elle soit à peu près certaine que c'était bien eux, et qu'ils ne l'avaient pas vue.

Et alors, quelle importance ? Cela ne la concernait pas. Quoi de plus banal que deux passagers n'échangeant probablement que des banalités ? D'ailleurs, s'il y avait en l'occurrence une piste à creuser, Wellesley l'aurait sans doute déjà flairée.

Pourtant la vision fugitive de ces deux hommes l'asticotait. Plus elle voulait la chasser de son esprit, plus elle revenait à la surface pour la tourmenter… et plus sa résolution faiblissait.

49

Dans la cabine B-17, Ella Fowler s'était réveillée. Les derniers effets de la morphine s'étaient estompés et à présent, sobre et blafarde, assise sur le divan, elle regardait Guy avec des yeux aussi vides que le ciel bleu au-dehors. Il lui avait appris que son mari était mort et qu'il l'arrêtait sur présomption de complicité de meurtre avec Jim Evans sur la personne de Joseph Fowler.

— Jusqu'à ce que le navire accoste près de Rome, vous devrez rester dans cette cabine sous surveillance. Il y aura un garde posté devant la porte en permanence, lui déclara Guy puis, après avoir attendu en vain une réaction, il poursuivit. Quand nous arriverons à Rome, vous serez emmenée au poste de police pour interrogatoire complémentaire, si nécessaire, jusqu'à ce qu'on ait organisé votre retour en Angleterre, ainsi que celui de Jim Evans, sans doute en train.

Ella cligna des yeux et sembla revenir à elle.

— Jim aussi ?

— Oui, vous serez tenus à l'écart l'un de l'autre mais…

— Non. Je veux dire, l'avez-vous arrêté ?

Guy le lui confirma.

— Pourquoi ? Je vous l'ai dit : c'est moi qui l'ai fait. Pas lui, il n'a rien à voir avec ça. C'était moi. Allez-vous enfin le comprendre ? dit-elle d'une voix qui tremblait, sans pour autant verser dans l'hystérie.

— Non, je ne saurais dire que je comprends, madame Fowler. Mais j'ai l'intention d'aller au fond de cette affaire avant notre arrivée à Rome.

— Comment va-t-il ? Puis-je le voir ?

— Je n'ai pas le droit de vous le dire, répondit Guy, ce dont il n'était pas absolument certain, mais Ella et Jim étaient au minimum deux témoins, et il n'allait pas rapporter à l'un ce que l'autre disait. Et vous ne pouvez pas le voir non plus.

Ella s'allongea sur le divan, glissa un coussin derrière sa tête et remonta les genoux contre sa poitrine.

— Vous devriez parler à cette garce de Blythe. Elle va tout faire pour vous égarer. Elle a cherché à me voler Jim, mais elle n'a pas réussi. Alors elle veut notre perte à tous les deux, déclara-t-elle, puis, serrant encore les genoux, elle les entoura de ses bras. Pourquoi l'avez-vous laissée seule avec moi ? Elle aurait pu tout aussi bien me tuer.

— Que voulez-vous dire ? demanda Guy, peu convaincu par la soi-disant vulnérabilité d'Ella et les accusations qu'elle portait.

Ce n'était pas la première fois qu'il remarquait combien les gens ont tendance à se croire en plein mélodrame alors qu'il ne s'agit en général que d'un banal triangle amoureux voué à vite s'essouffler. Qu'un homme soit mort pour ça semblait disproportionné, comme un train déraillant parce que quelqu'un a renversé du café sur les genoux d'un autre passager.

— Madame Fowler, portez-vous une allégation sérieuse contre Blythe North ?

— Je veux voir mes petits garçons. Va-t-on enfin me dire où sont mes garçons ? dit Ella en fermant les yeux, puis elle se mit à pleurer, un flot de larmes qui coula sur l'arête de son nez et mouilla le coussin.

Guy renonça. Bon sang ! Quelle qu'en fût la cause, morphine, hystérie, chagrin, ou Dieu sait quoi d'autre encore, il ne tirerait d'elle rien de cohérent. Il avait procédé à deux arrestations et avait son idée sur ce qui s'était passé. Il ne lui restait plus qu'à rassembler suffisamment de preuves pour que des poursuites puissent être engagées dès leur retour à Londres.

Sa deuxième entrevue avec Jim n'avait pas donné grand-chose de plus. Jim était effrayé, et Guy le soupçonnait d'être un homme simple, ballotté entre les désirs et les exigences d'Ella Fowler et de Blythe North. Restait à savoir si elles l'avaient poussé au meurtre. Quelqu'un qui n'était apparemment ni méchant ni calculateur pouvait-il être poussé à tuer un homme de sang-froid ? En le frappant non pas une fois, mais trois fois avec un lourd maillet en bois ? Cet acharnement montrait une intention de tuer, ou bien il révélait un accès de « folie meurtrière », un terme prisé par la presse à sensation. À en juger par son apparence, Joseph Fowler n'était pas en très bonne santé, sans parler de son état dépressif, et il n'avait peut-être pas fallu beaucoup de force pour mettre fin à sa vie. Mais même si la victime n'avait pas tenté de se défendre, il y avait forcément eu des cris de douleur, le bruit écœurant du maillet en bois lui fendant le crâne, les éclaboussures de sang sur la moquette beige. L'auteur du crime avait dû faire preuve d'une bonne dose de détermination. Ce geste ne pouvait être interprété comme accidentel, ou comme une tentative maladroite de donner une leçon à Joseph.

Plus étrange encore, il y avait le fait qu'Ella et Jim plaidaient tous deux coupable, non pas parce qu'ils avaient commis le crime ensemble, mais pour se disculper l'un l'autre, semblait-il. Pourquoi ? Ella avait deux enfants, deux jeunes garçons qui auraient besoin que leur mère soit à la maison pour s'occuper d'eux, au lieu de moisir en prison. Quant à Jim, il avait des projets avec Blythe pour construire une vie à deux, si l'on en croyait la jeune employée. Ou bien s'était-il dit qu'Ella allait l'entretenir et qu'il aurait la belle vie avec elle ; qu'elle le sortirait de sa condition modeste et peut-être aussi du piège que constituait sa relation avec Blythe, exigeante et difficile ? Mais alors pourquoi aurait-il choisi de tuer Joseph Fowler la nuit dernière ? Justement la nuit où on l'avait vu plus tôt échanger des coups de poing avec le défunt. En cas de préméditation, il aurait sûrement attendu et choisi un meilleur moment. Et s'il avait été malin, il aurait tué Joseph Fowler peu de temps avant que le bateau n'accoste à Rome, afin de pouvoir s'échapper et assurer sa fuite. Alors il aurait été extrêmement difficile, voire impossible, de l'attraper.

Décidément, les pièces du puzzle dont Guy disposait ne formaient pas une image cohérente.

À force de pleurer, Ella s'était endormie. Guy aurait bien voulu en faire autant. Il irait rejoindre Louisa en espérant pouvoir se réfugier dans un endroit tranquille avec elle, pour discuter de tout cela. Peut-être aurait-elle quelques bonnes idées quant aux mobiles qui avaient conduit à ce crime atroce. Pour Guy, Louisa était depuis toujours le meilleur des recours.

50

Après avoir laissé un message au bureau du commissaire de bord, Louisa décida de regagner sa cabine pour faire un brin de toilette et se changer. Son horloge biologique était complètement déréglée, et elle avait l'impression de porter la même jupe et le même chemisier depuis des jours. Sans vérifier l'heure, elle n'aurait su dire à quand remontait son dernier repas et quand elle devrait aller se coucher. Elle aurait tout donné pour une tasse de café noir, des œufs brouillés sur toast et quelques tranches de bacon bien grillées, mais ce n'était pas du tout l'heure du petit déjeuner. Le paquebot tangua, et Louisa se sentit au bord de la nausée. Elle qui s'était tant réjouie de constater qu'elle avait le pied marin, il arrivait qu'un soudain roulis lui soulève le cœur. Que tout cela finisse, qu'on regagne la terre ferme, et que nous puissions enfin rentrer chez nous, se dit-elle dans un moment de désespoir. Mais vaille que vaille, le paquebot avançait, il finirait bien par accoster, ils débarqueraient, et ce cauchemar oppressant serait terminé.

Elle se brossait les cheveux devant le miroir tout en scrutant une nouvelle ridule au coin de ses yeux, quand on frappa doucement à la porte. Ce doit être Guy, se réjouit-elle, mais comme elle ouvrait la porte, tout sourire, elle découvrit Blythe sur le seuil.

— Est-ce que je peux entrer ?

— Oui, mais c'est très petit ici, répondit Louisa en ouvrant en grand.

— Je sais, ça n'a pas d'importance. Je dois vous parler.

Blythe s'introduisit dans la cabine et s'assit sur l'étroite couchette tandis que Louisa reposait sa brosse et s'adossait contre la porte close. Elle n'éprouvait pas d'animosité envers Blythe, mais sa visite la déconcertait. Que pouvait-elle bien lui vouloir ? Elle se doutait que la jeune employée voudrait l'impliquer davantage dans l'imbroglio qui se nouait entre elle-même, Ella et Jim, et cela ne la tentait guère.

Il s'avéra qu'elle se trompait.

— Je suis venue vous parler de sir Clive Montague, dit Blythe.

Apparemment, elle avait réussi à prendre un peu de repos, même si ses traits accusaient encore la tension due aux événements de la nuit. Ses boucles brunes retombaient mollement, et les cernes sombres sous ses yeux ressortaient d'autant plus sur son teint de porcelaine.

— Oui, de quoi s'agit-il ?

— Je sais que votre mari s'est entretenu avec lui au sujet de la nuit dernière. Sir Clive lui aura dit qu'il se trouvait seul dans sa suite quand… eh bien quand M. Fowler a été… vous savez.

Elle poussa un petit soupir d'exaspération, comme si Louisa l'obligeait à dire quelque chose qu'elle n'avait pas envie d'admettre à haute et intelligible voix.

— Ah bon ? Il n'était donc pas seul dans sa chambre ?

— C'est possible ; là n'est pas la question. Ce que j'essaie de vous dire, c'est que votre mari croira que sir Clive ignore tout de ce qui est arrivé à M. Fowler, alors qu'il n'en est rien..., déclara-t-elle, mais alors elle se mit à tousser. Pourrais-je avoir un peu d'eau ?

Louisa rinça son verre à dents, le remplit et le lui tendit.

— Je n'ai rien de mieux à vous offrir.

— Merci, dit Blythe, puis elle avala une grande gorgée d'eau et parut se remettre. Sir Clive est amoureux de Mme Fowler, reprit-elle. Il détestait M. Fowler, même s'ils faisaient affaire ensemble. Je crois qu'il pensait pouvoir les persuader de divorcer. Ensuite, il aurait épousé Mme Fowler. Je ne sais pas. Ce sont des gens étranges, et je n'arrive pas à comprendre pourquoi une femme voudrait vivre avec ce vieux croûton, mais chacun ses goûts, je suppose.

Louisa en convint, histoire d'encourager Blythe à en venir au fait.

— Sir Clive me payait pour que je regarde les listes de passagers et que je le prévienne quand les Fowler seraient à bord du *Princess Alice*, afin d'y être aussi.

— Pourquoi ?

— Au début, c'était pour s'assurer de voir Mme Fowler. Cela ne me dérangeait pas, car ainsi, cette vieille bique serait moins tentée de s'accaparer mon Jim. Mais ensuite...

Elle s'interrompit et poussa encore un gros soupir.

— Ensuite ?

— Je n'en connais pas vraiment tous les tenants

et aboutissants, mais sir Clive avait investi dans une affaire avec M. Fowler, qui avait mal tourné. M. Fowler lui devait de l'argent et sir Clive voulait le récupérer. Il pensait que les Fowler l'évitaient, mais comme il était au courant, pour Mme Fowler et mon Jim, il savait qu'ils voudraient se retrouver tous deux à bord, et il avait prévu de coincer M. Fowler à ce moment-là.

— Blythe, où voulez-vous en venir ? s'enquit Louisa, désireuse d'en savoir plus tout en pressentant que ce n'était pas elle qui aurait dû recueillir ce témoignage, mais Guy.

— Je pense que Mme Fowler et sir Clive ont planifié le meurtre. Vous saisissez ? Elle a dû persuader sir Clive qu'une fois veuve elle l'épouserait, et je suppose qu'elle aurait aussi hérité de l'argent de M. Fowler. Sir Clive aurait ainsi récupéré ses fonds, si vraiment il y tenait. Seulement, elle l'a dupé. Elle ne souhaite pas du tout épouser sir Clive, c'est mon Jim qu'elle veut. Mais je vais vous dire une bonne chose... elle ne l'aura pas.

Blythe se leva en tenant d'une main tremblante le verre à dents vide.

— Fort bien, mais avez-vous des preuves de ce que vous avancez ? lui demanda posément Louisa, car Blythe paraissait à bout de nerfs.

— Sir Clive et M. Fowler se sont bagarrés la nuit dernière, affirma la jeune femme.

— Non, c'était Jim et M. Fowler, au Blue Bar, objecta Louisa.

Alors Blythe reposa le verre et s'approcha d'elle.

— Oui, je suis au courant, chuchota-t-elle. C'était

plus tard, dans le fumoir. Sir Clive n'en a pas parlé à l'inspecteur Sullivan, n'est-ce pas ?

— Comment savez-vous de quoi sir Clive et mon mari ont parlé ? C'était une conversation confidentielle.

— Eh bien, je le sais maintenant, n'est-ce pas ? C'était assez facile à deviner.

Louisa se dit qu'en l'occurrence cette situation était dans ses cordes. Il ne s'agissait là que d'une jeune femme vindicative qui essayait de protéger son amant. Il lui suffirait d'aller au fond des choses en posant les questions gênantes, et Blythe finirait par se rendre compte qu'elle était à côté de la plaque.

— Alors comment savez-vous qu'il y a eu une bagarre ? Quelle en était la cause ?

— Je l'ignore. Mais mon ami Alfred, qui travaille au bar, me l'a rapporté. Il connaît sir Clive, et tout le monde sait maintenant que M. Fowler est mort. Beaucoup de membres d'équipage ont fait le rapprochement, conclut Blythe avec un sourire suffisant.

— Même s'ils se sont battus, cela ne signifie pas pour autant que sir Clive l'a tué plus tard, n'est-ce pas ?

— Alors pourquoi sir Clive n'en a-t-il pas parlé à votre mari ? Pourquoi ne veut-il pas que la police le sache ?

— Bien, dit Louisa, trouvant que cela allait trop loin. Je vais lui en parler. Maintenant, vous feriez mieux de partir. Mais, Blythe…

— Oui ?

— Pas un mot, à personne. Je suis sérieuse.

— D'accord. De toute façon, je me fiche bien des autres et du reste, tout ce que je veux, c'est voir Jim.

Je ne sais même pas où il est, admit-elle enfin, avec une détresse visible.

— Vous le saurez bientôt, mais vous devez comprendre que tout doit être fait dans les règles, si nous voulons démasquer le coupable.

— Vous êtes de la police secrète ou un truc de ce genre ?

Prise au dépourvu, Louisa laissa échapper un petit rire nerveux. Elle se serait donné des claques.

— Non, qu'est-ce qui vous fait dire ça ?

— Je ne sais pas. Vous semblez pas mal concernée par toute cette histoire.

— C'est vous qui êtes venue me voir.

— Hmm, fit Blythe en détournant la tête. Eh bien, c'est dit. Bon, je ferais mieux de reprendre le boulot. Venez me prévenir, d'accord, quand ils auront laissé sortir Jim ? J'ai besoin de le voir.

Louisa ouvrit la porte et donna à Blythe une petite tape dans le dos.

— Entendu, convint-elle tout en sachant qu'elle n'en ferait rien, mais qu'elle devrait transmettre à Guy tout ce que Blythe venait de lui dire.

51

24 mai 1935
Old Bailey, salle d'audience numéro 1

Me Manners s'était à peine assis que Me Vangood se levait d'un bond avec l'agilité d'un félin, malgré sa forte corpulence. Le moment était venu pour lui de relever le défi, ce qui était la raison d'être de tout avocat pénaliste. Peut-être ce notable de province tenait-il là l'occasion d'acculer sa proie ici même, dans cette salle de tribunal prestigieuse, et de donner ainsi un joli coup de pouce à sa carrière. La cour elle-même retenait son souffle, consciente de l'épreuve de force qui allait se jouer devant elle.

— Sir Clive, pourriez-vous confirmer à la cour votre situation maritale, s'il vous plaît ? commença l'avocat.

Le juge leva les yeux au ciel, sans intervenir pour autant.

— Je suis célibataire, maître.

— Vous ne vous êtes jamais marié ?

— Non, répondit sir Clive, visiblement troublé par cette question.

Me Manners faillit élever une objection, mais ne

voyant pas encore bien où Me Vangood voulait en venir, il s'en abstint.

— Pourrait-on dire, sir Clive, que vous aviez tendance à préférer la compagnie de Mme Fowler à celle de son époux ?

Cette fois-ci, lorsque sir Clive répondit, ce n'était pas du ton égal et posé qu'il avait eu lors de son contre-interrogatoire avec Me Manners.

— J'ai déjà dit que je trouvais que Mme Fowler était plus agréable à fréquenter que son mari.

— Vous avez également dit que vous étiez, je cite…, s'interrompit Me Vangood, le temps de jeter un coup d'œil à ses notes, « un homme d'expérience ». N'est-ce pas ?

— Eh bien, oui…

— Et parlant de la liaison entre Mme Fowler et Jim Evans, vous avez poursuivi en disant que « ce sont des choses qui arrivent ». Cela vous serait-il arrivé à vous, sir Clive ?

— Je ne suis pas sûr de comprendre votre question, répondit l'accusé (car c'était bien ce qu'il semblait être à présent) en triturant un bouton de sa veste.

— Avez-vous, oui ou non, tenté de séduire vous-même Mme Fowler ?

— Non, en aucune façon.

— Alors pourquoi Mme Fowler a-t-elle rapporté à Jim Evans que vous aviez déclaré à M. Fowler que si elle passait une nuit avec vous, il ne serait dès lors plus votre débiteur ?

— Non. Ce n'est pas tout à fait…, commença sir Clive, mais il se tut et regarda le plafond.

Guy trouva ce silence suffisamment éloquent.

— Pas tout à fait ce que vous avez voulu dire, mais presque, sir Clive ? insista Me Vangood. Eh bien moi, je vous le dis tout net : M. Fowler était un obstacle entre vous et Mme Fowler. Après lui avoir prêté de l'argent, dont vous saviez que ce serait en pure perte, vous avez cherché à utiliser cette dette comme moyen de pression afin d'arriver à vos fins.

— Non, non, s'exclama sir Clive. Ce n'était pas du tout comme ça.

— Pas du tout, ou « pas tout à fait » ?

Sir Clive ne réagit pas.

— La nuit en question, la nuit où M. Fowler fut si lâchement agressé et laissé pour mort, vous étiez à bord du *Princess Alice*, n'est-ce pas ?

Me Vangood s'ingéniait à remuer le couteau dans la plaie. Allait-il porter le coup fatal ?

— Oui, j'étais à bord. Ainsi que plusieurs centaines d'autres passagers, comme vous le savez.

— Aviez-vous vu M. et Mme Fowler ce soir-là ?

— Brièvement, lors d'un cocktail au Blue Bar, avant le dîner.

— Avez-vous parlé à l'un d'eux, à ce moment-là ?

Apparemment, sir Clive avait retrouvé de son aplomb et s'exprimait de nouveau posément, avec aisance, comme quand il s'était présenté à la barre.

— Je ne me souviens pas, mais je ne crois pas, non.

— Pourtant, vous les avez certainement remarqués, là-bas ?

— Eh bien, oui. Il y a eu une bagarre entre Jim Evans et M. Fowler. Elle s'est terminée assez rapidement, mais cela a vivement choqué les personnes présentes.

— Saviez-vous pourquoi la bagarre avait commencé ?

— Non, je ne le savais pas.

— Mais vous saviez, comme cela a été établi dans ce tribunal, que Jim Evans était l'amant de Mme Fowler. Peut-être avez-vous supposé que l'un ou l'autre des deux antagonistes se battait en croyant défendre l'honneur de cette dame ?

— C'est bien possible.

Me Vangood remonta sur ses hanches son pantalon qui luisait un peu au niveau des genoux.

— Avez-vous réconforté Mme Fowler lors de cette bagarre ou aussitôt après ?

— Non. D'autres personnes présentes s'en sont chargées. Peu de temps après, elle est allée dîner avec son mari.

— Vous ne dîniez pas avec eux à cette occasion ?

— Non, j'ai dîné à la table du capitaine.

Le juge intervint pour s'adresser à l'avocat.

— Cette série de questions est-elle censée nous mener quelque part, maître Vangood ?

— Oui, Votre Honneur. Si vous pouvez m'accorder encore un petit moment.

Sir Clive jeta au juge un regard de gratitude, qui fut ignoré.

— Après le dîner, où êtes-vous allé ? reprit l'avocat.

— J'ai pris un verre de cognac dans le fumoir, comme d'habitude, avant d'aller me coucher.

— À aucun autre moment ce soir-là, entre celui où vous êtes allé dîner et celui où vous êtes rentré vous coucher, vous n'avez eu de contact avec M. ou Mme Fowler ?

— Non.

Me Vangood regarda alors le jury d'un air entendu et

l'un des jurés se tapota timidement les cheveux, comme si l'avocat lui avait lancé un coup d'œil critique.

— Vous n'avez donc pas eu d'altercation avec M. Fowler dans le bar à 23 h 30 ce soir-là, jusqu'à ce que les autres passagers présents s'interposent et vous séparent ?

Sir Clive demeura silencieux.

— Je me dois de vous rappeler, sir Clive, que si vous dites devant la cour un mensonge qui sera découvert plus tard, vous pouvez être accusé de parjure. Un crime grave qui entraîne une grave sanction.

Sir Clive but une gorgée d'eau avant de reprendre la parole en s'efforçant manifestement de garder un ton calme et mesuré.

— Je le reconnais. Notre… différend n'a duré que quelques secondes et je n'y ai jamais repensé, peut-être à cause de la nouvelle éprouvante que j'ai apprise dès le lendemain matin.

Me Vangood se tourna à nouveau vers le jury, avec un sourire de satisfaction.

— Pas d'autres questions, Votre Honneur.

52

Ce ne fut qu'en s'éloignant de sa cabine que Louisa se posa la question : comment Blythe pouvait-elle savoir où celle-ci se trouvait ? Louisa ne le lui avait jamais dit. Peut-être s'agissait-il d'informations figurant sur les listes de passagers qu'elle avait à sa disposition. Tout le personnel en recevait-il une copie, ou Blythe avait-elle dû s'en procurer une en secret ? L'idée lui traversa l'esprit que Blythe aurait pu faire elle aussi un bon agent pour Iain. Puis elle frissonna. Et si c'était le cas ? Non, c'était absurde. Pourtant les subterfuges ne manquaient pas, à bord de ce paquebot. Y aurait-il eu une autre altercation entre Joseph et sir Clive dont Guy ne serait pas au courant ?

À cet instant précis, ce qui la turlupinait remonta à la surface : sir Clive et Herr Müller, qu'elle avait surpris en grande conversation. Y avait-il un lien entre sir Clive, Wolfgang et Joseph Fowler ? Lors des différentes mondanités qui s'étaient déroulées à bord, elle était certaine d'avoir vu Wolfgang et M. Fowler présents dans la même pièce, mais jamais elle ne les avait vus discuter. Mais pourquoi aller chercher midi à quatorze heures ? Sir Clive avait peut-être juste aidé Herr Müller à trouver son chemin ; sans doute avaient-ils été présentés l'un à l'autre durant l'un des cocktails donnés par le capitaine.

N'empêche, Herr von Bohlen ne lui revenait pas. Et son instinct avait eu raison sur ce point : Wellesley était présent à bord pour le surveiller. La mention du maillet la mettait encore plus mal à l'aise, même s'il se pouvait que le médecin en ait parlé à von Bohlen. Dans ce cas, c'était un secret de Polichinelle. Pourtant elle devait s'assurer que Unity ne se retrouve plus seule à seul avec lui. Lady Redesdale en conviendrait aisément. L'entêtement de Unity serait le seul obstacle, mais Louisa aurait juste à la chaperonner avec diligence.

Dans ce tableau, Louisa avait oublié Diana.

Lorsque Louisa entra dans la suite de lady Redesdale, elle trouva la baronne assise sur le canapé, Unity à côté d'elle, tandis que Diana se préparait un martini, près du meuble-bar. Il était certes un peu tôt, mais Louisa avait remarqué qu'à bord les règles se relâchaient, et il n'était pas surprenant que les événements de la nuit précédente aient encore bousculé le protocole.

— Louisa, lui dit lady Redesdale sans la regarder. Je commençais à croire que vous étiez passée par-dessus bord.

— Veuillez accepter mes excuses, madame. Mais avec ce qui s'est passé la nuit dernière..., commença-t-elle, pour être vite interrompue dans son élan.

— Je ne veux plus en entendre parler. J'en suis au point de redouter de paraître au dîner de ce soir. Tous ces horribles gens qui en font des gorges chaudes... Il se peut que je n'y aille pas du tout en prétextant une autre migraine. Si c'est le cas, j'aurai besoin que vous chaperonniez Unity.

— Bien sûr, confirma Louisa.

Qu'aurait-elle pu dire d'autre ?

— Je vais dîner avec Herr von Bohlen, déclara Diana, avec dans la voix une pointe de jubilation qui fit frémir de rage Unity. Ma chérie, voyons, je le fais pour toi, roucoula-t-elle en versant le cocktail dans un verre, où les glaçons tintèrent en s'entrechoquant. Et pour le Leader, bien sûr. Comme toujours.

Unity croisa les bras d'un air boudeur.

— Herr von Bohlen est sensible aux difficultés que rencontrent certains d'entre nous, animés par la même cause. Il sait ce que nous ressentons pour avoir vécu des expériences très similaires en Allemagne, poursuivit Diana en sirotant son cocktail, et alors qu'elle s'adressait en apparence à sa mère et à sa sœur, Louisa eut l'impression que ces explications lui étaient destinées, au point qu'elle prépara mentalement ses contre-arguments. Sa propre sœur a été agressée par un groupe de voyous bolcheviques il y a juste quelques mois. Je voudrais m'entretenir avec lui des moyens qu'il nous faudra employer pour contrer ces brutalités, quand nous aurons à y faire face en Angleterre. À partir du moment où le Leader sera à la tête du pays.

— Vous avez dit que c'était dans mon intérêt que vous dîniez avec lui, si je me souviens bien, lui rappela Unity, qui gardait les bras croisés.

— Certainement. Il pourrait faire un beau parti pour toi, ma chérie. C'est pourquoi je vais vérifier, dans ton intérêt, s'il est de noble extraction.

— Votre père ne permettra jamais à aucune de ses

filles d'épouser un Boche, déclara alors lady Redesdale, puis elle jeta un bref coup d'œil à Louisa en se rappelant soudain qu'une domestique assistait à leurs échanges. Quant à moi, je n'apprécie pas ces histoires de jeunes femmes agressées en raison de leurs convictions. Je te prie donc d'en rester là, Diana.

— Farve est absurde, rétorqua Diana, et Louisa se demanda si elle n'en était qu'à son premier martini. Son propre père écoutait presque exclusivement du Wagner. Et Unity a pour deuxième prénom *Valkyrie*, pour l'amour de Dieu. C'est cette fichue guerre qui a faussé son jugement. Les soldats allemands qu'il a combattus étaient d'une autre génération… Pourquoi leurs enfants devraient-ils être punis pour les péchés de leurs pères ?

— Je ne discuterai pas de ça maintenant, lui répondit posément sa mère, et en réponse, Diana consulta ostensiblement l'heure à sa montre, un élégant bracelet Cartier en or, cadeau de Bryan.

— Il faut que je me prépare, déclara-t-elle. Louisa, voulez-vous bien m'accompagner ? Vous pourrez revenir prendre Unity d'ici peu. Herr von Bohlen viendra lui-même me chercher à ma cabine.

Dans la chambre de Diana, Louisa disposa sa tenue de soirée : une robe en satin gris pâle, coupée dans le biais, ainsi que quatre longs rangs de perles et un boléro à manches courtes en renard argenté. Elle regarda le tiroir de la table de chevet où se trouvaient les lettres. Pourrait-elle prendre le risque de lire cette lettre pendant que Diana se maquillait dans la salle de bains ? Il ne lui faudrait guère de temps, moins de dix minutes, pour dessiner l'arc de ses sourcils et farder ses yeux de khôl.

Avec pour touche finale, un soupçon de rouge à lèvres et de Chanel n° 5.

Tout en se préparant dans la salle de bains, Diana se mit à bavarder nonchalamment avec Louisa, ce qui n'était pas dans ses habitudes. Louisa s'approcha du tiroir et l'ouvrit lentement.

— Quelles sont les nouvelles de Mme Fowler ? M. Sullivan lui a-t-il parlé ? demanda Diana.

Louisa se sentait tenue de protéger l'enquête de Guy. Elle hésitait donc à divulguer ce qu'elle en savait. D'un autre côté, à bord, les ragots allaient bon train, avec les hypothèses les plus fantaisistes. Tout cela pouvait se révéler plus nuisible que la stricte vérité des faits.

— Oui. Mais elle est en état de choc, et ses propos restent incohérents, répondit-elle, puis elle ouvrit davantage le tiroir.

Les lettres n'étaient plus liées par un ruban. Comment déterminer laquelle était la plus récente ? Tout en gardant un œil sur la porte, Louisa essaya de les trier d'après le cachet de la poste.

— Voilà qui ne m'étonne guère. Hier soir, elle a bu comme un trou, lança Diana avec un petit rire. Il faut dire qu'avec un tel mari il y a de quoi noyer ses chagrins dans l'alcool. Même s'il ne faut pas dire du mal des morts.

Louisa en fut sidérée. Un homme était mort. Assurément c'était une brute, un vieil homme malheureux et amer, mais sa femme avait pris un jeune amant. Comment pouvait-on se montrer si insensible face à une fin aussi cruelle, même pour quelqu'un comme lui ?

Elle entendit alors des pas et referma rapidement le tiroir. Bon sang. Encore raté.

Diana arriva, coiffée et maquillée, vêtue de son peignoir en soie, prête à enfiler ses bas et à s'habiller.

— Ne me regardez pas avec cet air-là, Louisa. Je sais, ce fut horrible, mais autant passer à autre chose, sinon cette triste histoire va nous gâcher tout le voyage. Avec un peu de chance, Muv décidera de rentrer directement à la maison, une fois que nous aurons débarqué à Rome. Mes garçons me manquent, dit-elle, puis son expression changea et elle essuya vite une larme. Et puis je m'inquiète. Ce que Herr von Bohlen a dit aujourd'hui à déjeuner à propos du Leader et de Baba… Comment l'a-t-il su ? Cela veut-il dire que le monde entier en parle ?

Louisa s'occupa de ranger les embauchoirs. Elle n'était pas habituée à voir Diana dans cet état d'esprit, et elle savait qu'elle ne pouvait lui procurer le réconfort qu'elle recherchait. Sa stupidité et sa naïveté mettaient Louisa en rage : tout le monde connaissait les rumeurs qui couraient sur sir Oswald. Ses nombreuses liaisons, son pouvoir de séduction dont il usait sans vergogne auprès des femmes, sa muflerie… pour ne pas dire pire. Comment imaginer qu'il allait mettre fin à tout cela par amour pour elle ? C'était absurde et illusoire. Autant souhaiter que les fleurs se détournent du soleil.

Plongée dans ses réflexions, Diana s'habilla en silence et Louisa remercia le ciel que le sujet ait été laissé de côté. Au moment où le silence devenait pesant, on frappa à la porte.

— Ouvrez, voulez-vous ? dit Diana. Je vais mettre mes boucles d'oreilles.

Louisa s'apprêtait à laisser entrer Herr von Bohlen, mais ce dernier resta sur le seuil.

— Frau Sullivan, dit-il doucement. J'espérais vous voir ce soir. Je ne savais pas que ce serait si tôt.

Comment connaît-il mon nom de famille ? se dit Louisa, interloquée. Et pourquoi espérait-il me voir ?

— Est-ce que cela concerne Mlle Unity ? Je suis désolée de vous avoir dérangés, mais vous devez comprendre que…

Mais Wolfgang mit un doigt sur ses lèvres.

— Non, non. Il ne s'agit pas de ça, dit-il, la réduisant au silence, puis il mit la main dans sa poche de poitrine tout en la scrutant et en sortit deux enveloppes blanches qu'il lui laissa entrevoir, le temps pour elle de reconnaître l'écriture et la tache, là où l'encre avait bavé.

C'était la lettre adressée à « L'honorable Mme Guinness » par sir Oswald Mosley. Celle que Louisa avait prise dans le tiroir de chevet de Diana et qu'elle n'avait pas réussi à replacer. Or cette lettre se trouvait dans sa propre cabine, la dernière fois qu'elle l'avait vue. Et Wolfgang l'avait maintenant entre les mains.

— Quelqu'un s'est mal conduit, *nein* ? dit-il avec un sourire narquois, puis il remit les lettres dans sa poche avant de passer devant elle pour entrer dans le salon.

53

Deux lettres. Certes, Louisa en avait lu une, qu'elle comptait remettre à sa place dès que possible dans la chambre de Diana, mais à cause de tout ce qui s'était passé, elle n'en avait pas eu l'occasion. La deuxième lettre que détenait Wolfgang, c'était sûrement celle que Diana avait récupérée à Livourne. Celle que Louisa avait en vain tenté de trouver, juste l'instant d'avant. Ce voyage sur le continent dont sir Oswald avait promis à Diana qu'il le lui expliquerait, c'était donc le rallye automobile en compagnie de Baba que Wolfgang avait mentionné lors du déjeuner, commettant ainsi une indiscrétion… délibérée, comprenait-elle à présent.

Non mais, quelle idiote ! se fustigea-t-elle.

Dans cette première lettre, sir Oswald avait écrit qu'il agissait dans leur intérêt à tous les deux, et dans celui du pays. Si ces raisons étaient politiques, Wolfgang détenait peut-être des informations qui les mettaient tous en danger. Elle avait échoué dans sa mission.

À présent Wolfgang avait les lettres en sa possession et les questions se bousculaient. Pourquoi ? Pourquoi les avait-il volées ? Comment avait-il su où se trouvait la cabine de Louisa, et qu'il y aurait là-bas quelque chose à chercher ? Comment Louisa pourrait-elle récupérer la lettre et faire en sorte de la remettre à sa place avant que Diana ne remarque qu'elle avait disparu ?

Et surtout : pourquoi Wolfgang avait-il choisi d'alerter Louisa sur le fait qu'il avait subtilisé la lettre et avait pris connaissance de son contenu ? S'il était entré dans sa cabine, c'était forcément qu'il espérait y trouver quelque chose. Ce n'était pas la lettre, car comment aurait-il pu savoir que Louisa l'avait en sa possession alors que Diana n'avait même pas remarqué qu'elle manquait ? C'était donc parce qu'il savait qu'elle était un agent, et que lui-même en recherchait la preuve : un calepin, ou un message codé sur un bout de papier. Or il n'y avait qu'une raison pour qu'il recherche ce genre d'indices.

Le chantage.

L'effroi la saisit au creux du ventre.

C'était forcément Wellesley qui avait parlé de Louisa à Wolfgang. Il était la seule personne à bord au courant de sa mission secrète. Iain pensait pouvoir se fier à lui ; mais si c'était un agent double ? Quant à Wolfgang, quel que fût son rôle, Wellesley le surveillait, et il avait ordonné à Louisa de ne pas s'en approcher. Wolfgang était donc sous protection. Intouchable. Il pouvait commettre n'importe quel acte sans craindre de représailles.

Y compris un meurtre.

54

Le paquebot devait accoster à Rome dans moins de douze heures. Guy savait que la police locale avait été informée de la mort de Joseph Fowler. Un télégramme avait également été envoyé à l'inspecteur principal Stiles, à Londres. Un entrepreneur de pompes funèbres attendait de récupérer le corps afin de le préparer pour son retour en Angleterre. L'embaumement devrait avoir lieu le plus tôt possible. Guy avait fait l'erreur d'entrer dans la pièce sans air où gisait le défunt, pour vérifier sur son cadavre d'éventuels indices qu'il aurait manqués, et il avait été saisi à la gorge par l'odeur de décomposition qui y régnait déjà. De quoi lui rappeler avec force qu'un être humain, un mari, un père, avait été assassiné, et qu'il méritait que justice soit faite. Bien sûr Fowler était loin d'être parfait, mais qui pouvait se targuer de l'être ? Cet homme avait cédé trop facilement à ses désirs charnels, pourtant il semblait à Guy que si Fowler avait commis des erreurs fatales en acceptant un travail et en contractant des dettes qu'il ne pouvait assumer, c'était surtout pour rendre sa seconde épouse heureuse. Comment lui en vouloir de ce penchant que Guy partageait, ainsi que beaucoup d'autres hommes ?

À leur arrivée, la police italienne serait là pour emprisonner les présumés coupables que Guy avait arrêtés. On l'attendrait au tournant. En tant qu'inspecteur, il représentait une police réputée mondialement pour son excellence. Mais surtout, une fois qu'ils auraient débarqué, il n'aurait plus l'opportunité de recueillir d'autres indices et informations. Les suspects subiraient de nouveaux interrogatoires, mais ce serait les rapports établis par Guy à bord qui orienteraient le procès. Il n'y avait pas de place pour l'erreur, et cela supposait d'avoir enregistré autant de faits concrets que possible plutôt que de s'appuyer sur des suppositions ou des hypothèses élaborées après l'accostage du navire.

Après avoir vu le corps de Joseph, Guy se rendit au bureau du commissaire de bord et trouva un message de Louisa lui disant qu'elle travaillerait pour lady Redesdale au moins jusqu'à 19 heures, quand elle accompagnerait ces dames au restaurant. Il consulta l'heure à sa montre : il était un peu plus de 18 heures.

Jim Evans avait été arrêté et inculpé, et il était détenu dans la F-131, gardé par des matelots à tour de rôle. Aucun n'était armé, et Jim n'avait nulle part où aller, à moins de se jeter par-dessus bord.

Quant à Ella Fowler, également arrêtée et inculpée, elle demeurait elle aussi sous bonne garde, dans sa cabine.

Il aurait dû se tranquilliser, pourtant une impression tenace le taraudait que quelque chose ne collait pas. Il passa les faits en revue. Ella et Louisa étaient rentrées du dîner à la cabine B-17, et Louisa avait été rapidement congédiée. Elle avait constaté que Jim Evans était présent à leur arrivée, et qu'il était toujours là lorsqu'elle était repartie. Joseph Fowler était revenu plus tard, vers minuit, peu après la bagarre dont Guy avait été témoin.

Ces faits-là étaient avérés.

La suite des événements était beaucoup moins claire.

D'après ce que Guy en savait, il existait quatre scénarios possibles.

Le premier : Jim avait quitté la cabine avant l'arrivée de Joseph puis, quand ce dernier était rentré, il y avait eu une dispute, qui avait conduit Ella à saisir le maillet pour asséner à Joseph trois coups sur la tête. Ensuite elle avait téléphoné à la domestique et au médecin.

Le deuxième : Ella et Jim avaient été interrompus dans leurs ébats par le retour de Joseph, il y avait eu une dispute, et Joseph avait été attaqué par Ella et Jim. Ella avait peut-être encouragé Jim à s'enfuir, tandis qu'elle s'efforcerait de nettoyer les lieux.

Le troisième : l'arrivée de Joseph ayant interrompu Ella et Jim, Jim s'était caché sur le balcon, d'où il avait entendu la dispute entre les deux époux. Alors il était rentré dans le salon pour y découvrir le corps ensanglanté de Joseph et, sachant qu'on le suspecterait, il s'était enfui.

Le quatrième : Ella était allée se coucher, et quand Joseph avait regagné la cabine, il y avait trouvé Jim. La dispute qu'ils avaient eue plus tôt dans la soirée avait à nouveau éclaté, et Jim avait attaqué Joseph avec le maillet, puis il s'était enfui et avait laissé Ella découvrir le corps ensanglanté de son mari. Étant donné qu'Ella était sous morphine et en état d'ébriété, il se pouvait qu'elle n'ait rien entendu.

Ce n'était qu'à partir du moment où Blythe et le

médecin étaient arrivés à la cabine que Guy pouvait établir de nouveau les faits avec certitude. À l'arrivée de Blythe, Ella avait enlevé le gilet et la veste ensanglantés de son mari et demandé à la femme de chambre de les nettoyer. On avait aussi enroulé une serviette autour de la tête de Joseph, sans doute pour éviter qu'il perde trop de sang. Restait alors à savoir pourquoi Ella aurait tenté d'assassiner son mari pour chercher ensuite à lui sauver la vie ?

Ella avait aussi téléphoné à Diana Guinness… Pourquoi ? Comme si elle avait prévu d'organiser une petite fête. Pour fêter quoi ? La perspective d'un avenir possible avec Jim ? Ou bien, sous l'effet conjugué de la morphine et de l'alcool, était-elle inconsciente de la gravité de l'état de son mari ? Le temps que Guy arrive, le capitaine et les autres membres de l'équipage étaient déjà sur les lieux, alertés par le médecin. Quant à Ella, complètement ivre, elle mettait des disques sur le gramophone et semblait avoir perdu la tête, au point de danser et même d'essayer d'embrasser l'un des membres de l'équipage.

En tout cas, Jim ne s'était pas rendu service en s'enfuyant pour aller se cacher dans l'atelier d'outillage où, poussé par la panique et la détresse, il avait fait basculer les étagères sur la tête de Guy. Au moins Guy pourrait-il l'arrêter pour avoir agressé un officier de police.

La réserve à outils était une autre énigme. Logan avait été surpris de constater que Jim connaissait même son existence. Pour chaque outil emprunté, il fallait adresser une demande préalable au service des ponts, dépendant des officiers supérieurs. Le retour se faisait de la même manière, en sens inverse.

La principale difficulté était la suivante : les deux suspects qu'il avait arrêtés et inculpés avouaient tous deux le meurtre, alors qu'aucun des deux n'en semblait capable, même si leurs mobiles étaient plausibles. Pourquoi chacun avouait-il avoir commis le crime ? Peut-être parce qu'il ou elle pensait l'autre coupable et essayait de le protéger en s'en attribuant la responsabilité par amour. Dans ce cas, il était possible qu'aucun des deux n'ait commis l'acte.

Et s'il s'agissait d'une tierce personne ?

On avait découvert Jim caché dans la cabine de sir Clive Montague. Que faisait-il là ? Et sir Clive ignorait-il vraiment sa présence ? Décidément, il y avait quelque chose de louche chez ce type.

Louisa avait dit à Guy que sir Clive était amoureux d'Ella Fowler, et que Joseph lui avait offert sa femme sur un plateau pour annuler sa dette. Ella et lui auraient-ils comploté ensemble de tuer Joseph ? Mais alors, pourquoi aurait-elle avoué ? Plus probablement, sir Clive avait été scandalisé par la suggestion de Joseph, et il l'avait tué pour cela. Le problème, c'était que bien que n'ayant pas d'alibi, il ne semblait pas s'en inquiéter, ce qui signifiait qu'il était innocent, ou particulièrement doué pour la dissimulation. De plus, cela n'expliquait pas pourquoi Ella et Jim voudraient porter le chapeau.

Et si le coupable était un inconnu ?

Le registre. Guy devait absolument le vérifier. Il s'en voulait de ne pas l'avoir fait plus tôt, mais il ne restait plus une minute à perdre. C'était l'une des bases élémentaires du travail de policier : trouvez l'arme, reliez-la à quelqu'un, et vous teniez votre homme.

Guy s'en fut au pas de course rejoindre la cabine de

Logan et frappa à la porte. Manifestement, à voir son air ahuri, il l'avait tiré d'un profond sommeil. Ils bredouillèrent tous deux des excuses, mais Guy y coupa court en expliquant qu'il lui fallait impérativement consulter le registre de la réserve à outils. Logan prit sa veste au vol et les emmena tous les deux à fond de cale par un dédale d'escaliers sans fin, à travers des portes massives bloquant le son et la lumière, jusqu'à la dernière porte près de laquelle le registre était accroché à un clou par une ficelle.

L'emprunt du maillet avait été consigné la veille.

— Je ne pense pas que cela vous apprendra quoi que ce soit d'utile, déclara Logan en examinant les initiales. Comme vous le savez, seul un nombre limité de personnes a accès à la réserve. Et le maillet a été consigné par quelqu'un que je connais bien, auquel je confierais ma vie. Un homme totalement digne de confiance.

— Qui est-ce ? demanda Guy.

— Les initiales W.W. correspondent au troisième officier Wellesley.

L'homme qui gardait Jim Evans dans la cabine. Était-ce une coïncidence ?

— Pourquoi Jim lui aurait-il demandé de consigner le maillet ?

— Peut-être que Jim ne lui a pas demandé, répondit Logan en faisant la moue. La demande aura été faite au service des ponts. Je suppose qu'après avoir vérifié les demandes, Wellesley a jugé bon d'y souscrire. Les officiers supérieurs sont tenus d'effectuer des contrôles réguliers de la réserve à outils ; il aura fait d'une pierre deux coups… Pourtant il y a quelque chose d'inhabituel, constata-t-il en consultant à nouveau le registre.

— Quoi ? s'enquit Guy en retenant son souffle, car les infimes détails que les gens remarquaient au deuxième coup d'œil étaient souvent les plus révélateurs.

— Eh bien, il travaille sur ce navire depuis quatre ans, et c'est la première fois qu'il signe la sortie d'un outil… C'est peut-être un hasard sans conséquence, conclut Logan en revenant à Guy.

Troisième officier W. Wellesley. Guy irait lui parler de ce pas.

55

Louisa ne savait comment gérer la situation. C'était bien plus difficile, obscur et, pour tout dire, terrifiant qu'elle ne l'avait imaginé quand Iain lui avait demandé de surveiller Diana et Unity. Elle savait que le fascisme était une idéologie détestable. Après que le rassemblement organisé par Sir O eut gâché leur mariage, elle avait suivi de près l'essor du mouvement en Grande-Bretagne, ainsi que ses équivalents en Italie et en Allemagne. Savoir Diana liée de près à cette organisation l'avait consternée, car à cause du lien qui l'unissait à elle, Louisa se sentait salie et coupable. Les partisans de Sir O avaient de plus en plus paradé en uniforme de style militaire, ceci pour embrigader les fascistes et intimider leurs opposants, se disait Louisa. Guy lui avait rapporté que la nouvelle d'un autre rassemblement des Blackshirts mettait la police sur les dents. Il n'y avait pas encore eu de véritables affrontements, mais Guy savait que les gens qui s'opposaient au mouvement finiraient par faire entendre leurs voix, et l'on disait que les Blackshirts s'armaient de plus en plus, décidés à leur régler leur compte. On parlait de coups de poing américains, de pieds de chaises bardés de fil de fer…

Mais tout cela faisait figure d'amateurisme, comparé à l'Allemagne nazie, lui avait expliqué Iain. Louisa n'était pas sûre que les deux dirigeants, Hitler et sir Oswald, soient exactement du même tonneau, mais l'enthousiasme fervent de Unity pour le fascisme, et les encouragements de Diana à cet égard, ne manquaient pas de la déconcerter. D'où venait cette ombre démesurée qui obscurcissait leur jugement et leur cœur ? Les nazis commençaient à traquer les Juifs dans leur propre pays, et même si elle n'avait pas entendu Diana ou Unity cautionner un tel extrémisme, il y avait eu des remarques antisémites exprimées de-ci, de-là avec une désinvolture révoltante.

Et voilà qu'elle se retrouvait entraînée dans ce jeu politique d'une violence extrême. Elle avait besoin d'en parler à quelqu'un, mais elle n'était plus certaine de pouvoir se fier à Wellesley, comme Iain le lui avait conseillé. Si c'était bien lui qui avait parlé de Louisa à Wolfgang, et elle ne voyait pas qui d'autre l'aurait fait, cela signifiait qu'il travaillait peut-être pour l'autre bord. Le meilleur parti à suivre à présent, c'était de limiter les dégâts autant qu'elle le pourrait. Heureusement, le navire accosterait dans quelques heures. Si elle réussissait à empêcher Guy de conclure son enquête avant leur arrivée à Rome, elle pourrait alors prendre contact avec Iain qui lui indiquerait la voie à suivre.

Après avoir laissé Diana et Wolfgang qui s'apprêtaient à aller dîner, Louisa emprunta le petit couloir qui menait à la chambre de Unity et entra sans frapper. Diana leur avait dit qu'elle et Wolfgang feraient escale au Blue Bar avant le dîner. Louisa espérait pouvoir y emmener Unity sans trop tarder.

Dans la chambre de Unity, les lumières étaient allumées alors que le soleil brillait encore au-dessus de l'horizon. Assise devant une petite coiffeuse, Unity scrutait attentivement son visage dans le miroir. Elle s'était coiffée différemment, avec deux courtes tresses de chaque côté qui se rejoignaient sur la nuque, grâce à un bataillon de pinces à cheveux. À dire vrai, ce n'était pas une réussite.

— Louisa, gémit Unity. J'ai essayé de me donner un style germanique, mais je ne suis pas sûre d'y être arrivée.

Louisa observa un silence plein de diplomatie.

Unity se mit alors à ôter les pinces et à défaire les tresses, qui avaient donné à ses cheveux un pli et des ondulations peu esthétiques.

— Tout ça parce que j'ai envie de faire tout ce que je peux pour rivaliser avec Diana.

— Rivaliser ? Dans quel but ? demanda Louisa en feignant de ne pas connaître la réponse.

— Herr von Bohlen, bien sûr. Elle a déjà le Leader, mais ça ne lui suffit pas. Il faut que tous les hommes rampent à ses pieds. D'ailleurs il n'y a pas que ça. Dans cette famille, personne ne me laisse jamais avoir ce que je veux.

Pas question d'entrer là-dedans, se dit Louisa.

— Laissez-moi vous brosser les cheveux, je vais arranger ça, proposa-t-elle. Vous ne devriez pas les faire attendre.

Unity tendit la brosse à Louisa, qui se mit au travail.

— Que se passait-il entre vous et Herr von Bohlen quand je vous ai vus dans l'escalier, hier soir ? osa Louisa, consciente du risque qu'elle prenait.

Unity piqua un fard. Assise devant le miroir, elle vit le rouge qui lui montait aux joues et ne put esquiver la question.

— Je vous en prie, n'en dites rien à Muv. Nous parlions, et Herr Müller faisait le guet pour nous garantir un peu d'intimité.

— Je ne le dirai pas à lady Redesdale, confirma Louisa en espérant pouvoir tenir sa promesse. Mais je dois m'assurer que vous n'êtes pas en danger.

— En danger ? s'étonna Unity d'un air hautain. Mais de quoi ? Je sais comment dire non. D'ailleurs, nous ne faisions que parler.

— Vraiment ? insista Louisa qui arrêta net de brosser les cheveux de la jeune fille et chercha à croiser son regard dans le miroir.

— Nous avons juste échangé un baiser, répliqua Unity d'un air de défi, et Louisa vit sa propre panique se refléter dans le miroir. Juste un… J'avais besoin… de savoir quel sentiment je lui inspirais. Surtout n'allez pas penser que c'est sa faute. Et puis ce n'est pas un crime, lui n'est pas marié, que je sache ! protesta-t-elle, une petite allusion perfide à la situation de sa propre sœur. C'est lui qui a gentiment suggéré que nous serions plus tranquilles pour… parler dans l'escalier, par souci de protéger ma réputation.

— Quelle prévenance, murmura Louisa.

— Oui, c'est aussi ce qui m'a semblé, acquiesça naïvement Unity.

— Et de quoi avez-vous parlé ?

Jamais elles n'avaient eu de conversation aussi intime, mais l'occasion était trop belle, et Louisa ne risquait pas de la laisser passer.

— Je lui ai demandé s'il connaissait un établissement convenable à Munich, où je pourrais séjourner. Je ne veux pas aller à Paris, comme Diana et Jessica. Je veux apprendre l'allemand, et je veux essayer de rencontrer Herr Hitler. J'ai la conviction que nous pourrions être amis. Du moins pourrais-je l'admirer d'un peu plus près qu'aujourd'hui. Nous avons tant à apprendre de lui. J'aimerais que vous le compreniez, Louisa.

— Peut-être la politique n'est-elle pas mon fort, répondit Louisa, qui préférait nettement changer de sujet. Mais je pense que vous devriez être prudente. Il est beaucoup plus âgé que vous.

— Mais non, il n'a que vingt-huit ans, ce n'est pas si vieux. Ce serait un parti parfaitement convenable.

— Jamais lord Redesdale ne le permettrait.

— Il ne peut pas me dire ce que je dois faire. Je suis une adulte, déclara Unity d'un air résolu. Avez-vous fini de me brosser les cheveux ? J'aimerais que nous partions, maintenant. J'ignore ce que Diana a en tête, mais il n'est pas question que je la laisse accaparer Herr von Bohlen.

56

Louisa conduisit donc Unity au restaurant et l'y laissa avec Diana et Wolfgang, bien à contrecœur, mais elle n'avait pas le choix.

Elle ne pouvait parler à Guy de peur de se trahir, car si Guy savait qu'elle soupçonnait quelqu'un à bord d'être un agent secret, elle devrait lui révéler la mission que Iain lui avait confiée, et cela pourrait le mettre en danger. Pas plus qu'elle ne pouvait parler à Wellesley. Mais il y avait une personne mêlée à toute cette affaire susceptible de lui apporter des réponses. Si elle parvenait à empêcher Guy d'inculper à tort des innocents, elle aurait agi dans l'intérêt de son mari, sans compromettre sa propre sécurité.

Elle se rendit à la cabine de sir Clive et frappa à la porte. Sir Clive lui ouvrit, et ne put cacher sa surprise de la trouver là.

— Avez-vous un message de Mme Guinness pour moi ? s'enquit-il, mais Louisa secoua la tête.

— Il faut que je vous parle.

Il hésita, puis s'écarta et la laissa entrer dans la pièce. Une fois à l'intérieur de la suite, il se versa un whisky sans rien lui proposer, puis il s'assit tandis que Louisa restait debout.

— Allez-vous me dire de quoi il s'agit ? J'ai déjà une sacrée journée derrière moi.

— Mon mari enquête sur le meurtre, comme vous le savez, commença Louisa en prenant son courage à deux mains. Je lui apporte mon soutien, étant donné qu'il est le seul policier à bord et qu'à l'origine il ne s'y trouvait pas à titre officiel.

— Continuez.

— Je sais que vous avez perdu de l'argent en investissant des fonds dans une affaire avec M. Fowler, et que vous êtes amoureux de Mme Fowler.

À cette déclaration, sir Clive haussa les sourcils.

— C'est plutôt audacieux de votre part d'affirmer de telles choses. N'attendez pas de moi que je les nie ou que je les confirme. Mais d'où vous viennent ces idées ?

— Je les tiens de Mme Fowler elle-même, répondit Louisa, et le silence de sir Clive lui confirma qu'elle avait fait mouche.

Elle décida alors de jouer le tout pour le tout.

— Pensez-vous que Mme Fowler a tué son mari ?

Sir Clive reposa son verre lentement, avec précaution.

— Non, je ne le crois pas. Elle était malheureuse et c'était un tyran, mais je pense qu'elle l'aimait bien, et même qu'elle se montrait protectrice envers lui. Il tolérait son « caprice » avec le steward, dit-il en faisant une moue de dégoût, et Ella lui en était reconnaissante.

— Ce que je ne comprends pas, c'est la place que vous occupez dans le tableau, se permit Louisa, constatant que sir Clive s'était radouci.

Il régnait dans la pièce une étrange atmosphère. On

sentait le froid de la nuit se presser contre la fenêtre. L'obscurité au-delà et l'éclairage tamisé du salon créaient une sorte d'intimité bien éphémère, qui la mettait sur un pied d'égalité avec sir Clive.

— De quoi discutiez-vous avec M. Müller ?

Clive parut surpris, puis il eut un petit rire.

— Rien ne vous échappe, hein ?

— Répondez-moi. J'ai tout mon temps.

— Je vois. Je vais vous le dire, mais cela n'ira pas plus loin, la prévint-il avec une certaine douceur dans la voix.

— Pourquoi ?

— Vous allez comprendre. Quand j'ai rencontré M. et Mme Fowler, j'ai été frappé par le couple qu'ils formaient. Ella possède une forte personnalité, hors du commun. Certes, elle est belle, mais cela, n'importe quel idiot peut le voir. Entre nous, je pense que ce qui échappe souvent à son entourage, et en particulier à son mari, c'est la passion qui l'anime, et son talent pour la musique et la beauté. Je le répète, ce n'est pas une femme ordinaire : elle a gagné une médaille pour sa bravoure à la guerre, elle a élevé seule son premier fils, et c'est une véritable artiste. Elle défie les conventions en vigueur chez les Britanniques avec un courage que je lui envie. Mais elle est aussi vulnérable aux faiblesses de son sexe, et elle a besoin d'être guidée et protégée. C'est ce soutien que j'aurais aimé lui apporter.

— Et M. Fowler ?

— C'était un architecte talentueux, cela ne fait aucun doute. En fait, j'avais pu admirer son travail en Colombie-Britannique, je savais donc de quoi il était capable. Mais quelle erreur de sa part d'avoir abandonné sa première femme et leurs enfants pour Ella ! Il n'a pu résister à la tentation, et je le comprends. Mais comment a-t-il pu s'abuser au point de croire qu'il pourrait satisfaire à tous les besoins d'une femme aussi merveilleuse et extraordinaire ? C'était un homme terne et ennuyeux, aigri par ses échecs successifs. Si j'ai investi une petite fortune dans son projet pour Blenheim, c'est parce que j'avais foi en ses conceptions futuristes, mais aussi parce que j'espérais que le succès du projet lui permettrait enfin de donner à Ella le train de vie auquel elle avait droit. Mais ce projet a avorté. J'étais prêt à supporter les pertes que j'allais subir, quand j'ai entendu parler d'un éventuel investissement du parti national-socialiste.

Visiblement, sir Clive était soulagé de pouvoir se confier, et cela le rendait prolixe. Louisa fut parcourue d'un frisson de peur. Les dernières pièces du puzzle commençaient à se mettre en place. Mais elle seule serait capable de saisir l'image dans son intégralité.

— Comment ?

— C'est Blythe North qui m'en a informé, répondit sir Clive en sachant que Louisa réagirait à ce nom.

— Puisque nous en sommes aux confidences, sachez que Blythe m'a déjà dit que vous la payiez pour vérifier les listes de passagers à l'avance, lui déclara Louisa, et sir Clive haussa les épaules.

— Mlle North se laisse facilement acheter. Elle m'a rapporté une conversation qu'elle avait entendue entre Joseph Fowler et Herr Müller le premier jour de cette croisière. M. Fowler se vantait de l'investissement qu'il avait reçu de personnalités « haut placées » du IIIe

Reich. Il pensait que Hitler lui-même était séduit par l'idée de faire du palais de Blenheim sa propre résidence, lorsque les Allemands se seraient emparés de la Grande-Bretagne.

Louisa en fut abasourdie.

— Quoi ? s'exclama-t-elle. Emparés de la Grande-Bretagne ? Que voulez-vous dire par là ?

— Cette déclaration ne m'a pas surpris. Sir Robert Vansittart est de mes amis. C'est le sous-secrétaire permanent du Foreign Office. Il ne cache pas sa conviction que lorsque l'actuel gouvernement allemand se sentira fin prêt, il déclenchera une autre guerre en Europe.

Que la convicion de ce sir Robert se confirme ou non (et elle espérait que non), il était clair que Iain n'agissait pas selon ses seules intuitions.

— À mon avis, il est fort possible que Herr Hitler, ou l'un de ses proches, ait entendu parler du projet de Joseph et qu'il y ait vu un moyen de mettre un pied dans la place, poursuivit sir Clive. Une invasion pacifique, en quelque sorte, même si toutes les personnes impliquées devaient se douter que les Britanniques ne verraient sans doute pas les choses de la même façon. Cet investissement devait donc se faire dans le plus grand secret. Personne ne savait que M. Fowler avait déjà dépensé beaucoup d'argent – mon argent – avant d'obtenir les autorisations dont il avait besoin. Blythe apprit donc ce jour-là que Joseph essayait de persuader Müller d'user de son influence sur Wolfgang von Bohlen pour que ce dernier investisse lui-même de l'argent dans le projet. Ces nazis sont des voyous. Je me fiche de ce que les autres pensent ou disent d'eux, moi, je m'en méfie comme de la peste. Ce qui m'importait, ce n'était pas la dette, je ne voulais en aucun cas être associé à eux, de près ou de loin. Et cette histoire m'a également confirmé que Joseph était un homme sans scrupules, qui ne pensait qu'à lui.

Louisa écoutait attentivement avec l'envie d'intégrer ces nouveaux éléments et de poser les questions pour lesquelles elle avait besoin de réponses. Wolfgang savait, pour le maillet. Que pouvait-on en déduire ?

— Êtes-vous en train de dire qu'il est possible que Herr von Bohlen ou Herr Müller ait tué Joseph Fowler ? Pour le faire taire ?

— Oui, acquiesça sir Clive. N'étant pas présent au moment des faits, je ne peux l'affirmer, mais c'est probable. Si les nazis pensaient que Joseph Fowler avait perdu cet argent et qu'il risquait de dévoiler leurs plans, alors il fallait le faire taire… définitivement.

Louisa se souvint de la fente entre les rideaux. Se pouvait-il que Jim se soit caché sur le balcon au moment de l'attaque ? Mais alors, pourquoi avouerait-il le meurtre ? À moins qu'il ne se soit enfui par les portes-fenêtres lorsque Joseph Fowler avait regagné la cabine, qu'il ait entendu la dispute et cru qu'Ella l'avait tué. Il devait protéger Ella, comme elle semblait le protéger. Quant à Ella, elle devait être dans la chambre au moment de la dispute, et elle avait dû supposer que c'était Jim le coupable.

— Pourquoi avez-vous caché Jim Evans dans votre chambre ?

— C'est Blythe qui m'y a obligé. Elle refusait qu'on reproche à Jim un acte commis par Ella, du moins c'est ce qu'elle croyait. Je me suis dit que c'était temporaire, juste une chance pour lui de retrouver ses esprits. C'était de la folie, d'essayer de se cacher sur un bateau. Mais je pense qu'aucun d'entre nous n'avait les idées claires, à cette heure de la nuit.

— En effet, acquiesça Louisa, qui savait maintenant pourquoi sir Clive lui avait révélé tout cela.

Elle se dirigea vers la sortie, puis se retourna.

— Encore une question : comment savez-vous que je suis un agent ?

— Ma chère, j'ai comme l'impression que vous débutez dans le métier, et je crains fort que vous n'ayez vendu la mèche, à force de poser des questions. Vous en savez trop, vous avez un sens de l'observation un peu trop développé. Et puis, ajouta-t-il en mettant la main dans sa poche, vous ne devriez pas écrire ce genre de choses.

Il en sortit un bout de papier : c'était celui où elle avait inscrit l'adresse de Dolphin Square pour y envoyer des télégrammes. Le papier avait dû tomber de son soutien-gorge sans qu'elle s'en rende compte. Elle le lui reprit.

— Où l'avez-vous trouvé ?

— Cela me regarde, mais avec moi, votre secret est bien gardé, lui assura-t-il. Pour des raisons évidentes. Je ne sais pas si « les éléphants roses volent toujours dans un ciel bleu » ou quel que puisse être votre code en vigueur, mais il se trouve que j'ai travaillé un certain temps dans la même branche, après la guerre.

Donc elle pouvait faire confiance à sir Clive. Mais elle ne pouvait rien dire de tout cela à Guy. S'il arrêtait des innocents, en l'occurrence Ella et Jim, il commettrait une erreur terrible, pour ne pas dire tragique.

Pourtant, elle n'avait aucun moyen de l'en empêcher. Louisa, Guy, Ella, Jim : ils n'étaient que des pions sur l'échiquier des nazis, et ils n'avaient aucune chance de gagner.

57

24 mai 1935
Old Bailey, salle d'audience numéro 1

Quand Ella Fowler fut appelée à la barre, un frémissement parcourut la salle d'audience. C'était le moment que tout le monde attendait. Tandis qu'on la conduisait du banc des accusés à la barre des témoins, Guy s'aperçut qu'il retenait son souffle. Sous un chapeau mou bleu marine, elle était d'une pâleur extrême et semblait perdue dans un ample manteau bien trop chaud pour une journée d'été. Mais cela devait faire longtemps qu'elle n'avait pas senti le soleil sur son visage.

Lorsqu'on lui demanda de prêter serment, elle le fit d'une voix presque inaudible et, comme un seul homme, tous les présents parurent se pencher un peu en avant pour mieux l'entendre. Mme Fowler confirma qu'elle était mariée à Joseph Fowler depuis huit ans et qu'elle avait déjà été mariée deux fois auparavant. Son premier mari avait été tué à la guerre, et elle avait divorcé du second. Cela ne fit que confirmer des faits déjà bien connus de celles et ceux qui se trouvaient dans la tribune réservée au public et qui se gavaient depuis des jours d'articles de presse retraçant sa vie.

Me Manners, son avocat, entra rapidement dans le vif du sujet.

— Pourriez-vous décrire les rapports que vous aviez avec votre mari ?

— Depuis la naissance de notre fils, nous occupions des chambres séparées, répondit Ella à voix basse.

— Étiez-vous hostiles l'un envers l'autre ? lui demanda Me Manners en soutenant son regard pour l'inciter à poursuivre d'une voix assurée, afin de ne laisser aucune place au doute dans l'esprit du jury.

— La plupart du temps, nous nous efforcions d'être courtois.

L'avocat déplaça une feuille de papier posée devant lui, signalant ainsi un changement de cap.

— Pourriez-vous dire à la cour quand vous avez fait la connaissance de Jim Evans ?

— Mon mari et moi avons voyagé à bord du *Princess Alice* en 1930…

— C'est-à-dire trois ans avant le meurtre de Joseph Fowler ?

— Oui, répondit-elle en tressaillant légèrement. Evans était notre steward de cabine. Nous l'avons rencontré à ce moment-là.

— Êtes-vous devenue la maîtresse d'Evans ? enchaîna l'avocat sans transition, ce qui produisit un effet de choc dans l'assistance.

En guise d'acquiescement, Ella fit un signe de tête presque imperceptible.

— Lors de notre troisième croisière à bord, murmura-t-elle.

Me Manners poursuivit son interrogatoire sur un rythme soutenu.

— D'une manière générale, depuis cette époque jusqu'à la mort de votre mari, vos relations avec Evans ont-elles été régulières, chaque fois que vous étiez à bord ?

— Oui.

— Vous avez voyagé sur ce paquebot durant les périodes suivantes : mai 1930, octobre 1930, mai 1931, août 1931, janvier 1932, juin 1932, octobre 1932, janvier 1933 et, bien sûr, juin 1933.

— Oui.

Quelque part à l'extérieur de la salle d'audience, une porte claqua, ce qui fit tressaillir tout le monde.

— Vous avez entretenu cette relation avec Jim Evans durant chacune de ces croisières, à part les deux premières ?

— Oui, confirma Ella, et elle agrippa la barre devant elle de ses mains nues.

— Votre mari était-il au courant ?

— Il devait s'en douter car quatre ans plus tôt, il m'avait dit de mener ma vie comme je l'entendais. Je lui avais répondu que je le prendrais au mot et effectivement, je menais ma vie à ma guise.

Ella avait pris de l'assurance et sa voix s'était raffermie. Autant qu'elle tire le meilleur parti de cette situation, se dit Guy.

— Durant la croisière de janvier 1933, une querelle est-elle survenue entre Evans et vous ?

— Oui, je voulais rompre en raison de notre différence d'âge, et Evans s'y est opposé.

Me Manners prit un papier que Tom Mitford lui avait remis.

— Avant que vous montiez à bord du *Princess Alice*

en juin 1933, votre compte bancaire était à découvert, apparemment. C'était environ dix jours avant la mort de M. Fowler. Et votre mari vous a donné 250 livres ?

— Oui.

— Comment avez-vous obtenu cette somme ?

— Comme d'habitude. Deux fois par an, quand je me retrouvais à découvert, j'inventais chaque fois une histoire différente pour que mon mari me donne de l'argent.

— Après avoir reçu les 250 livres, avez-vous tiré cinquante livres en liquide que vous avez données à Evans à Livourne ?

— Oui, Evans en a utilisé une partie pour m'acheter une bague. Le reste de l'argent a été dépensé pour faire des achats. J'ai donné à Evans quinze ou vingt livres.

— Vous êtes-vous déjà rencontrés à l'extérieur du paquebot ?

— Une fois, nous nous sommes retrouvés à Londres alors qu'il était en congé.

— Avez-vous séjourné dans un hôtel ?

— Oui.

Me Manners fit précéder la question suivante d'un petit toussotement.

— À Londres, à l'hôtel, viviez-vous comme mari et femme ?

— Oui.

Cet interrogatoire soutenu durait déjà depuis un bon moment. Guy avait l'estomac noué. Le juge Hogan se grattait le menton. Mais Me Manners n'en avait pas fini.

— Pour en revenir au jour qui nous intéresse, le 18 juin 1933. Avant d'aller dîner, vous étiez seule dans votre cabine avec votre mari. Pouvez-vous rapporter au jury la conversation que vous avez eue ce soir-là ?

— Il a mentionné un livre qu'il lisait. Il admirait un personnage de ce livre qui disait avoir vécu trop longtemps et avait préféré, je cite, « se supprimer avant de devenir gâteux ».

— Comment l'avez-vous pris ?

— J'ai pensé qu'il avait besoin de réconfort. Je lui ai dit que je prendrais des dispositions pour nous organiser une sortie lorsque le bateau accosterait à Rome, quelques jours plus tard.

— Que s'est-il passé ensuite ?

— Je me suis retirée un moment dans ma chambre. Evans est entré. Il était très en colère.

— A-t-il expliqué pourquoi ?

— Il m'a accusée d'avoir passé du temps avec M. Fowler cet après-midi-là, la porte de la chambre étant fermée. Je lui ai dit que ce n'était pas le cas. Il était très jaloux de M. Fowler.

— Que s'est-il passé ensuite ?

— Rien. Je pensais qu'il s'était calmé. Il a quitté ma chambre et la cabine.

— L'avez-vous revu ce soir-là ?

— Oui, deux fois. Il y a eu une bagarre au Blue Bar entre lui et M. Fowler. Aucun d'eux n'a été gravement blessé.

— Savez-vous comment l'altercation a commencé ?

— M. Evans a fait une remarque à mon mari, pour qu'il me lâche le bras.

— Une telle chose s'était-elle déjà produite auparavant ?

— Non, jamais.

Me Manners passa rapidement à autre chose.

— Vous avez dit que vous aviez revu Evans ce soir-là ?

— Oui, après le dîner. Je suis retournée à la cabine et Evans y était. M. Fowler était allé prendre un autre verre au bar.

— Qu'avez-vous fait ?

— Je lui ai dit que je n'étais pas d'humeur à parler, puis je me suis retirée dans ma chambre. Je me suis endormie, mais un bruit m'a réveillée un peu plus tard, dit-elle, avant de se tourner pour faire face au jury, lui offrant son visage aux pommettes hautes, et Guy vit que la sueur formait une ligne sous le bord de son chapeau. J'ai entendu Joseph gémir, ajouta Ella. J'ai sauté du lit et je me suis précipitée dans le salon.

Me Manners observa un silence, puis, regardant Ella droit dans les yeux, il lui posa la question que Guy espérait tout en la redoutant.

— Qu'avez-vous découvert ?

— Mon mari, assis dans son fauteuil, complètement immobile. Je l'ai rejoint en courant et alors seulement, j'ai vu le sang. J'ai essayé de lui prendre le pouls et je l'ai secoué pour essayer de le faire parler.

— Avez-vous appelé à l'aide ?

— Non, pas tout de suite. J'ai essayé de le faire réagir, et je lui ai remis son dentier pour l'aider à parler. Je me suis servi un verre de whisky pour lutter contre la nausée et je l'ai bu d'un trait. J'avais besoin de m'abrutir, pour tenter d'effacer le choc que m'avait causé cette découverte.

— Avez-vous tué votre mari ?

— Oh, non, répondit Ella en prenant son temps.

— En admettant que ce meurtre ait été prémédité, avez-vous, d'une manière ou d'une autre, participé à sa préparation ?

— Non.

— Saviez-vous quelque chose de ce sujet ?

— Non. Dans ce cas-là, j'aurais naturellement tout fait pour l'empêcher.

Il y eut un silence. On aurait dit qu'Ella était comme essoufflée.

— Madame Fowler, pourquoi avez-vous avoué le meurtre à ce moment-là ?

Pour la première fois, elle perdit son calme et, en proie à une vive agitation, elle se mit à se tordre les mains.

— J'étais en pleine confusion. Nous avions été si malheureux, nous nous étions dit de telles horreurs. J'avais le sentiment que même si je ne l'avais pas frappé de ma propre main, je devais avoir provoqué sa mort d'une certaine façon parce que Jim…

— Oui, madame Fowler ? Parce que ? insista sans ménagement l'avocat, car il fallait impérativement qu'elle réponde à cette question.

— Précédemment, il y avait un maillet dans la pièce, et il avait disparu. Or seuls Jim et moi savions que cet outil était là, ce qui m'a fait croire qu'il était coupable. Mais je ne pouvais supporter qu'il porte le chapeau. Je l'aimais.

Enfin, la digue se rompit, et elle éclata en sanglots convulsifs.

Me Manners se tourna alors vers le juge.

— Pas d'autres questions, Votre Honneur.

58

Guy descendit jusqu'à la E-131, mais Wellesley n'y montait plus la garde. Nonchalamment adossé au mur, un jeune matelot se redressa à son approche. Guy lui montra son insigne et pénétra dans la cellule.

Jim, qui n'avait pas dormi depuis la nuit précédant l'agression, était avachi sur la table, sa tête reposant sur ses bras croisés. Quand il releva la tête, Guy vit qu'il était comme effaré de peur et de fatigue. La privation de sommeil est une forme de torture, se dit-il. À un moment donné, le prisonnier souhaite seulement que tout cela se termine, d'une manière ou d'une autre.

— Alors ? Est-ce qu'elle a encore parlé ? demanda Jim.

— À qui faites-vous allusion ?

— À Mme Fowler. Elle parle trop, et c'est ce qui nous a mis dans le pétrin.

— Si elle ou vous-même avez quelque chose à ajouter, cela viendra compléter vos déclarations, se contenta de répondre Guy. Je suis venu ici pour vous poser une question : pourquoi avez-vous sorti le maillet de la réserve à outils ?

— Il y avait un clou qui ressortait sur le sol de la cabine. M. Fowler disait qu'il n'arrêtait pas d'y accrocher ses chaussettes.

— Est-ce qu'il entre dans le travail d'un steward de cabine de replanter des clous dans le sol ? N'y a-t-il pas de menuisier à bord ? s'étonna Guy, qui était resté debout tandis que Jim était toujours assis.

Peut-être aurait-il dû le menotter et l'attacher à la chaise, mais Guy savait que Jim avait eu sa dose d'épreuves.

— C'était plus rapide de m'en occuper moi-même, répondit Jim en haussant les épaules.

— À part vous et les Fowler, quelqu'un d'autre savait-il que le maillet était dans la B-17 ?

— Le troisième officier Wellesley, qui a signé la sortie… Et le capitaine en second, qui vérifie les registres régulièrement, ajouta-t-il après réflexion, puis il regarda Guy d'un œil trouble et apeuré. Cela veut-il dire que je ne suis pas le seul suspect ? Est-ce que l'un d'entre eux pourrait être le coupable ?

— Il faudrait pour cela qu'il y ait un lien entre M. Fowler et l'un ou l'autre de ces officiers. Or ce n'est pas le cas. Vous restez en état d'arrestation.

— Oui, bien sûr, reconnut Jim dont les épaules s'affaissèrent.

Guy quitta la cellule et, après avoir demandé au jeune matelot comment s'y rendre, il se dirigea vers le service des ponts pour s'entretenir avec Wellesley. Il se sentait épuisé et en pleine confusion. Il ne restait que quelques heures avant l'accostage, et il n'était pas convaincu d'avoir fait tout ce qu'il aurait dû faire. Quant à Louisa, où donc pouvait-elle bien être ?

Changeant de direction, Guy se rendit sur le pont B, où se trouvaient les cabines des Mitford. Il était possible que Louisa soit avec elles pour les aider à se préparer en vue du dîner. Pourquoi des femmes adultes avaient-elles besoin des services de son épouse pour s'habiller ? Cela ne laissait pas de l'intriguer. Mais ces dames vivaient dans un autre monde, dont beaucoup d'usages lui échappaient. Résoudre des crimes semblait parfois plus simple.

En traversant le foyer principal du pont B, Guy vit enfin Louisa. Il savait qu'elle était fatiguée, pourtant elle lui parut plus jolie que jamais. Ils marchèrent l'un vers l'autre, mais sa démarche à elle lui parut plus hésitante. Les gens se pressaient autour d'eux sans leur prêter attention. Guy se réjouit un bref instant de cet anonymat et se demanda s'il oserait la prendre dans ses bras.

Mais ce fut elle qui prit l'initiative. Elle avança en tendant les mains vers lui, comme pour s'excuser.

— Je suis désolée, Guy.

— Mais de quoi ?

— Je ne saurais le dire. Je suis si fatiguée, j'en ai tellement assez de ce maudit paquebot. Quand on aura accosté, je rentrerai à Londres avec toi. Je me fiche des Mitford, qu'elles se débrouillent toutes seules.

— Je sais, toute cette affaire est éprouvante. Mais ce sera bientôt derrière nous. Il me reste encore quelques questions à poser, puis je pourrai m'estimer fin prêt.

Louisa hocha la tête, et il vit alors qu'elle retenait ses larmes. Cela faisait longtemps qu'il ne l'avait pas vue dans un tel état de détresse et il en fut troublé.

— Tu veux venir avec moi ? lui proposa-t-il. Je vais voir un certain Wellesley, je pense qu'il sait peut-être quelque chose.

À la mention de ce nom, Louisa tressaillit.

— Non, tu ne dois pas le voir.

— Quoi ? Pourquoi pas ? Qu'est-ce que tu sais de lui ?

Tremblante, Louisa jeta des coups d'œil autour d'eux. Que craignait-elle donc ? Alors quelque chose lui revint.

— Louisa ? Tu voulais me parler de Wolfgang. Ou était-ce de Wellesley ?

— Non, non. Guy, s'il te plaît, promets-moi que tu n'iras parler à aucun de ces hommes. Je ne peux pas te dire pourquoi, tu dois me faire confiance.

— Je te fais confiance, mais…, hésita Guy, complètement perdu. Pourquoi ne pas me dire ce qui te tracasse au juste ?

— On ne peut pas parler ici. Viens avec moi, lui dit Louisa en lui prenant le bras, et elle le mena à l'extérieur du foyer jusque sur le pont.

Il y faisait sombre et froid, mais au moins, c'était désert.

59

Sur le pont, ils discutèrent tout en marchant loin des oreilles indiscrètes. Louisa conseilla vivement à Guy de suspendre l'enquête et d'attendre leur retour à Londres pour la poursuivre. Mais elle refusa de lui dire pourquoi.

— Si je n'ai pas résolu cette affaire d'ici notre arrivée à Rome, je vais perdre mon emploi, répliqua Guy.

Il se départait rarement de son sang-froid et ne criait jamais, mais là, il était à cran. Louisa ne comprenait-elle pas l'enjeu que la réussite de cette enquête représentait pour lui ?

— Ce n'est pas une question de fierté personnelle, expliqua-t-il. Mais unc fois que nous aurons tous quitté le *Princess Alice*, je n'aurai plus l'occasion de découvrir de nouveaux indices. Si les deux personnes que j'ai mises en arrestation sont soupçonnées à tort, le vrai coupable débarquera et disparaîtra en Italie. Alors il n'y aura presque aucune chance de l'attraper.

— Je sais, reconnut Louisa avec un calme d'autant plus exaspérant.

— Et puis nous connaissons déjà le tableau. Un homme a été assassiné sur un paquebot de luxe avec à bord des passagers fortunés ; les journaux vont en faire des gorges chaudes. Si je n'ai pas fait mon travail correctement, je vais être exposé à toutes les critiques et non seulement désavoué par l'inspecteur principal Stiles et par le chef de la police métropolitaine, mais aussi traîné dans la boue en première page du *Times* et de ce satané *Daily Mail* !

Louisa lui tint le bras en le regardant de ses yeux d'un brun velouté qui savaient si bien l'attendrir. D'habitude.

— Si tu sais quelque chose, tu dois me le dire. Qu'est-ce que tu me caches ? Quel est ce secret ? Qu'est-ce que c'est, Louisa ?

— Je ne peux pas. Tu dois me faire confiance, si je pouvais te le dire, je le ferais. Mais je ne peux pas. Sache seulement que tu dois libérer Mme Fowler et Jim Evans, et attendre la suite des événements une fois que nous aurons débarqué à Rome.

— Je ne peux pas libérer des gens que je viens d'arrêter ! Qu'est-ce que tu crois ? Qu'il s'agit d'un jeu d'enfants ? Sur quels motifs te fondes-tu pour croire qu'ils ne sont pas coupables, alors qu'ils ont tous deux avoué ? Pourquoi avoueraient-ils, dans ce cas-là ? protesta Guy en gesticulant tant il avait besoin d'expulser sa rage.

Soudain, il se sentit comme vidé. Il n'avait plus qu'une envie, s'affaler sur une chaise longue, mais s'il cessait de bouger, il aurait perdu la bataille. Et il ne pouvait se le permettre.

— Je m'en vais suivre à haute voix le fil de mes pensées, déclara-t-il alors en accélérant le pas et en entraînant Louisa avec lui.

C'était la méthode d'un inspecteur dans un mauvais roman à quatre sous, Guy le savait, mais cela l'aidait à réfléchir.

— Chacun d'eux affirment l'avoir fait, tout en

voulant me convaincre que l'autre ne peut avoir commis le crime. C'est étrange, je le reconnais. On dirait qu'ils essaient chacun de se sacrifier pour protéger l'autre. Ou encore, il peut s'agir d'une tierce personne.

« Quant à cette tierce personne, il y a deux possibilités. Sir Clive Montague, qui a perdu beaucoup d'argent dans le projet architectural de Joseph Fowler, et qui est aussi, du moins le croyons-nous, amoureux de Mme Fowler. Il se pourrait que, révolté par la proposition de Fowler qui lui offrait son épouse comme une vulgaire prostituée, il en soit venu à commettre le meurtre. Mais pourquoi prendre le risque de le tuer à bord du *Princess Alice* ? Un homme intelligent aurait sûrement attendu un peu. À moins qu'il ne s'agisse d'un crime passionnel ? dit Guy d'un air songeur. S'il s'est rendu à la cabine des Fowler pour se jeter aux pieds de Mme Fowler en lui disant qu'il l'aimait et voulait l'épouser, et que M. Fowler s'en est mêlé, il a pu saisir le maillet et le frapper, emporté par sa passion.

Guy scruta Louisa en quête d'un signe quelconque lui confirmant qu'il était sur la bonne piste, mais le visage de son épouse n'exprimait que de la tristesse. Il secoua la tête.

— Non, je ne vais pas laisser tomber, Louisa. Avec ou sans ton aide, j'irai au fond des choses, déclara-t-il, puis il avança de quelques pas en se disant que dans des moments comme celui-ci, il aurait bien aimé être fumeur et s'en griller une. Il y a deux trucs qui me chiffonnent, chez sir Clive, reprit-il. La première, c'est qu'il n'a pas d'alibi au moment du meurtre et qu'il n'a pas l'air de s'en soucier. Or en général, un coupable s'arrange pour se fabriquer un alibi. À moins qu'il ne s'agisse d'une manœuvre, d'une sorte de double bluff. Deuxièmement, pourquoi a-t-il caché Jim Evans dans sa chambre ? Il faudra que j'y revienne.

Louisa avait lâché le bras de Guy pour s'envelopper de son cardigan. Elle demeurait silencieuse.

— L'autre suspect potentiel, c'est Blythe North, poursuivit Guy. Elle est amoureuse de Jim, prétend que Jim est amoureux d'elle, qu'ils ont l'intention de se marier et d'ouvrir un hôtel ensemble. Elle t'a dit que sir Clive la payait pour vérifier les listes de passagers, afin de savoir quand les Fowler étaient à bord du *Princess Alice*, car M. Fowler évitait manifestement sir Clive à cause de sa dette envers lui. Il est tout à fait possible qu'elle ait « aidé » Mme Fowler à prendre de la morphine. D'accord, ce n'est pas une sainte. Mais je ne vois pas quel avantage elle retirerait de la mort de M. Fowler, qui laisse sa rivale veuve et libre de se remarier.

Guy se tint devant Louisa. Le paquebot serait à Rome dans quelques heures, et tout cela serait terminé, d'une manière ou d'une autre.

— Non, cette troisième personne est forcément sir Clive, déclara-t-il. Mais je ne peux pas l'arrêter. Je n'ai aucune preuve contre lui, rien qui le relie à l'arme ni à sa présence dans la cabine au moment des faits. Pas de témoins, pas d'aveux.

Alors Guy se pencha vers elle pour que leurs yeux soient à la même hauteur.

— Quel est le lien avec Wellesley ? lui demanda-t-il doucement. Pourquoi ne veux-tu pas que je lui parle ? Sais-tu quelque chose qui me permettrait de l'arrêter ? Parce que dans ce cas, je te supplie de me le dire.

— Non, je ne peux pas. Je t'en prie, fais-moi confiance. Attends que nous rentrions à Londres.

— Je te fais confiance, dit-il. C'est toi qui ne me fais pas confiance, en me cachant ce que tu sais… J'ai peur pour nous, Louisa, lui avoua-t-il, envahi d'une tristesse qu'il n'aurait jamais cru ressentir un jour.

Puis il s'éloigna, quitta le pont pour rentrer à l'intérieur et la porte se referma lourdement derrière lui.

60

À 8 heures du matin, tandis que l'immense paquebot était habilement manœuvré pour l'accostage, une longue file de passagers attendait de débarquer près des portes avec la patience d'athlètes au départ d'une course olympique. Préférant éviter de se mêler à la ruée des passagers de troisième classe, lady Redesdale, Diana et Unity n'en étaient pas, malgré leur ferme intention de quitter pour de bon le *Princess Alice.*

Tard dans la nuit, Louisa et une femme de chambre empruntée pour l'occasion s'étaient occupées de boucler leurs nombreux bagages. Louisa avait dû aussi faire la queue pour récupérer les coffrets à bijoux au bureau du commissaire de bord. Lady Redesdale avait télégraphié à son mari pour lui demander de leur réserver une nuit d'hôtel à Rome, d'où elles prendraient un train vers Paris dès le lendemain matin. Louisa avait accepté de les accompagner ; elle s'occuperait de leurs billets et de leurs passeports, donnerait des pourboires aux porteurs et transporterait leurs objets de valeur, facilitant ainsi la dernière étape de leur voyage. En l'état actuel des choses, elle n'aurait pu rentrer chez elle avec son mari, même s'il le lui avait permis. Guy devait escorter les prisonniers lors de leur descente du navire et de leur transfert dans les bâtiments de la police locale, pour leur garde à vue. Là, il recueillerait leurs déclarations finales puis, en coopération avec la police italienne, il les ramènerait au pays en train, accompagné d'un autre garde.

À leur retour à Londres, Guy et Louisa devraient décider s'ils voulaient mettre fin à leur vie conjugale. Louisa désirait ardemment rester avec Guy. Elle savait qu'il était consterné par son apparente trahison, pourtant elle était impuissante et n'avait aucun moyen de se défendre. C'était pour protéger Guy qu'elle gardait le silence, mais comment aurait-elle pu le lui expliquer ?

Surtout, elle était bouleversée de constater que Guy ne lui faisait pas confiance. Qu'il la croyait capable de le trahir pour quelque chose d'insignifiant. Qu'il ne se rendait pas compte qu'elle pouvait en savoir plus que lui, et qu'elle méritait d'être prise au sérieux. Oui, elle l'aimait, d'un si grand amour qu'elle se sentait incapable d'y penser de peur d'en avoir le cœur brisé, mais elle ne craignait pas de vivre seule. S'ils demeuraient ensemble, ce serait par choix et non par devoir.

Louisa avait beau s'armer de courage, elle n'était pas sûre de croire vraiment à ce beau raisonnement. Ils ne s'étaient pas encore dit au revoir que Guy commençait déjà à lui manquer.

La dernière fois qu'elle verrait Guy, ce serait lorsqu'il escorterait ses deux suspects jusqu'aux voitures de police italiennes qui les attendaient. La nouvelle des arrestations avait déjà atteint le continent. On se doutait qu'il y aurait des badauds et des journalistes, mais lorsque le quai grouillant de monde apparut, Louisa en eut le souffle coupé. La foule se pressait en rangs serrés contre une seule file de policiers en uniforme qui tentaient de la contenir en verrouillant leurs bras, tandis que le *Princess Alice* faisait basculer la passerelle pour permettre aux passagers de troisième classe de descendre. Reporters et cameramen se bousculaient sous la mitraille des flashs. Cette fascination malsaine lui souleva le cœur.

Alors, bien trop vite, Guy fut le premier à débarquer du navire pour se diriger vers la meute de loups qui attendait de le dévorer. Du moins Louisa eut-elle cette impression. Comme il avait l'air seul et vulnérable, ce grand échalas, coiffé d'un panama un peu trop large pour son tour de tête, avec ses lunettes qui reflétaient le vif soleil romain ! Devant lui marchaient Ella Fowler et Jim Evans, et bien qu'aucun des deux ne fût menotté, avec leur teint blême et leur dos voûté, ils avaient l'allure de coupables idéaux, accablés par l'énormité de leur crime.

Une clameur de colère monta de la foule, aussi aiguë que les cris des mouettes qui volaient au-dessus d'elle. Deux files de policiers leur ouvrirent la voie en écartant les spectateurs, puis les deux captifs furent poussés sans ménagement dans deux voitures distinctes. Tout cela n'avait pris que quelques secondes, mais le temps semblait avoir ralenti. Louisa avait saisi la scène dans ses moindres détails, le cœur déchiré, avec l'envie poignante d'être avec son mari pour le protéger de toute cette horreur.

Elle était accoudée à la balustrade du pont de première classe, au-dessus de la foule, si loin de son bien-aimé qu'elle avait l'impression de le voir comme dans un rêve. En ce tout début de matinée, la chaleur était déjà intense, sans la brise marine dont ils avaient joui à bord du paquebot.

Abaissant le regard, elle reconnut la silhouette massive de Herr Müller. Une grande valise en cuir dans chaque main, il descendait la passerelle en chancelant un peu, déséquilibré par le poids des bagages sur cette pente inclinée. Plusieurs pas derrière lui, vêtu de son uniforme SS où la croix gammée ressortait en noir sur fond blanc, marchait Wolfgang von Bohlen. Arrivé au bas des marches, il prit le temps d'ajuster sa casquette et sa ceinture. Alors, se retournant, il regarda en l'air, droit vers Louisa. Souriant de toutes ses dents, il lui adressa un salut, puis s'éloigna sur la route pavée et disparut au coin d'une rue.

61

Deux jours après son retour de Rome avec les Mitford, Louisa s'arrangea pour rencontrer Iain. Guy n'était pas encore rentré à Londres ; coincé en Italie avec la police locale, il prenait les dispositions nécessaires pour ramener en Angleterre non seulement les suspects, mais aussi le corps de Joseph Fowler. Louisa et lui ne s'étaient pas quittés en mauvais termes. C'était bien pire : ils étaient restés distants et s'étaient dit au revoir avec une politesse glaçante qui l'avait effrayée.

Pendant le long voyage de retour, les quatre femmes étaient demeurées silencieuses. Diana regagnait un Londres où personne ne l'attendait, car Bryan avait emmené les garçons et sir Oswald était toujours en virée automobile en France, avec Baba. Personne n'imaginait qu'elle revienne avant trois semaines, et aucun rendez-vous ne figurait sur son agenda ; ce n'était pas une perspective agréable, car tant que le divorce ne serait pas prononcé officiellement, elle ne pouvait risquer d'être vue en compagnie d'un homme. Furieuse et consternée par les derniers événements, lady Redesdale n'avait qu'une envie, mettre le plus de distance possible entre elle et le *Princess Alice*. Unity se complaisait dans un désarroi romantique, car Wolfgang était parti sans qu'ils aient échangé d'adresses ni envisagé de se revoir. Quant à Louisa, elle n'avait guère envie de bavarder et n'aspirait qu'à rentrer chez elle, pour tenter de retrouver sa vie d'avant, avec Guy.

Mais d'abord, Iain.

Ils se retrouvèrent sur le pont de Hammersmith. Dire que quelques semaines seulement s'étaient écoulées depuis la dernière fois qu'elle l'avait vu… songea-t-elle. Il faisait légèrement plus chaud à présent, avec la brise familière venant de la Tamise, gorgée d'humidité. Lorsque Louisa vit Iain marcher vers elle, elle ressentit un besoin irrépressible de se décharger de son fardeau. Elle éprouvait sans conteste un terrible sentiment de culpabilité, comme si elle allait à un rendez-vous galant retrouver son amant, mais ce qui lui pesait surtout, c'était l'obligation qui l'avait contrainte à tout garder pour elle.

Sans même prendre la peine de la saluer, Iain s'appuya contre le mur et alluma une cigarette. Il inclina un peu la tête sur le côté pour l'inviter à parler.

À son grand soulagement, et malgré son débit un peu chaotique, Iain l'écouta. Elle lui parla de Wolfgang von Bohlen, qui ne se déplaçait jamais sans Herr Müller, son homme de main, du fait qu'il avait confié à Unity que sa famille travaillait avec Hitler sur un programme secret de réarmement, et qu'il était soi-disant à bord afin de recueillir des informations en vue d'une future croisière organisée par Hitler pour les travailleurs allemands. Dans ce cas, pourquoi avait-il volé une lettre dans la cabine de Louisa et l'en avait-il informée ? Pourquoi avait-il parlé du « programme secret de réarmement » en sachant qu'elle l'écoutait ? C'était sûrement parce que

Wellesley l'avait alerté sur son rôle d'agent secret ; par conséquent, ce dernier était un agent double.

— Wolfgang von Bohlen travaille pour nous, lui déclara Iain.

Ce fut comme si on l'avait jetée dans un bain d'eau glacée.

— Alors pourquoi Wellesley était-il à bord ?

— Parce que nous le soupçonnions d'être un agent double et que c'était le meilleur moyen de le coincer, expliqua Iain, trop posément, en fumant sa cigarette.

Louisa s'efforça de calmer sa respiration. Il restait encore beaucoup de questions sans réponses.

— Que s'est-il passé entre von Bohlen et Joseph Fowler ? demanda-t-elle.

Iain jeta sa cigarette dans la rivière.

— Joseph Fowler avait assuré à des membres importants du parti nazi qu'il avait investi leur argent pour garantir les projets architecturaux du palais de Blenheim, mais il avait tout perdu. Sir Clive le savait et il en a informé Herr Müller. Il y avait un risque que Fowler en dise trop, qu'en état d'ébriété il parle à son entourage de l'argent nazi investi en Angleterre.

— Il a mis sa propre vie en danger ?

— Les hommes sont parfois stupides, se contenta de remarquer Iain en haussant les épaules.

Louisa sentit une brise fraîche lui caresser le visage. Elle essaya de raviver encore sa mémoire. C'était sa seule chance d'aller au fond des choses et elle n'en aurait pas d'autre.

— Wellesley a signé la sortie du maillet de la réserve à outils pour Jim Evans. A-t-il indiqué à von Bohlen que le maillet était dans la cabine des Fowler ?

— Oui, Wellesley croyait que les nazis voulaient la mort de Joseph Fowler. Ils l'auraient probablement tué s'ils s'étaient rendu compte du danger qu'il représentait pour eux, mais un autre s'est chargé de la sale besogne pour eux.

— Von Bohlen. C'est-à-dire… vous.

— Madame Sullivan, ces choses-là dépassent les intérêts particuliers. La sécurité de notre pays est en jeu. D'ailleurs, qui peut dire que Joseph Fowler n'a pas attaqué von Bohlen en premier ?

— Mais pourquoi von Bohlen avait-il besoin de tuer Joseph Fowler ?

— Fowler avait la langue trop bien pendue. Nous ne pouvions nous permettre que quelqu'un découvre les plans des nazis alors que nous enquêtions encore sur eux. Il s'est donc trouvé que ce que les nazis voulaient, nous le voulions aussi, avec l'avantage supplémentaire pour nous de garder Wellesley dans l'ignorance du fait que von Bohlen travaillait pour nous.

— Quand cela s'est-il produit ?

— Joseph Fowler avait invité Wolfgang dans sa cabine ce soir-là, pour parler affaires. Mais en arrivant, Wolfgang a entendu qu'une dispute avait éclaté à l'intérieur de la suite. Puis ce fut le silence. Nous pensons que Mme Fowler s'était retirée dans sa chambre tandis que Jim Evans était apparemment caché sur le balcon. Cela n'a pris que quelques secondes.

— Et si M. Fowler avait repris conscience ?

— Oui, nous nous en sommes inquiétés un moment, mais tout s'est bien terminé.

Iain reboutonna sa veste et remua un peu sur place. Elle devina qu'il s'apprêtait à partir.

— Attendez, quelqu'un a attaqué mon mari dans la réserve à outils… C'était aussi Wellesley ?

Iain se passa la main sur la bouche.

— Oui, à mon grand regret. Il craignait que l'inspecteur Sullivan n'approche trop de la vérité. Votre mari a eu de la chance : vous l'avez empêché de suivre la bonne piste, et cela lui a sauvé la vie.

Louisa se sentait à deux doigts d'exploser.

— En plus de mettre en danger un officier de police britannique, deux personnes ont été arrêtées pour un crime qu'elles n'ont pas commis, et elles risquent de finir au bout d'une corde. Vous devez intervenir dans l'enquête criminelle.

— Impossible, répondit Iain d'un ton égal. C'est un meurtre qui a fait la une des journaux, la pression ne va pas s'atténuer. Le public veut voir quelqu'un se balancer au bout d'une corde, et la police doit en tenir compte.

— Même si cela signifie que des innocents seront pendus ?

Au lieu de répondre, Iain jeta un coup d'œil impatient par-dessus son épaule. Sur le pont, le bruit de la circulation ressemblait à un grondement sourd, et Louisa sentait monter en elle un même grondement de colère, face à cette brutale injustice.

Avec un petit soupir, Iain s'adressa à elle comme un instituteur à un enfant de la maternelle qui apprend tout juste à compter.

— Wolfgang est vital, pour nous. Grâce à lui, nous pouvons espérer pénétrer les rouages du parti nazi. Si nous réussissons à suivre ce qui s'y trame, nous pourrons peut-être empêcher la guerre. Une seule mort sacrifiée, pour sauver des milliers de vie, voire des millions.

Tel est l'enjeu. Nous ne pouvons laisser une autre guerre dévaster l'Europe, et nous ferons tout pour l'empêcher. C'est un ordre qui vient d'en haut : von Bohlen ne doit en aucun cas être relié à cette affaire.

Louisa avait regardé l'eau couler sous le pont en écoutant les explications de Iain.

— Et c'est tout ?

— C'est tout.

Elle chercha à croiser son regard et s'y accrocha.

— Je ne pourrai plus travailler pour vous dorénavant, lui déclara-t-elle. Vous le comprenez, n'est-ce pas ?

— Je le comprends. Mais je vous en préviens : si vous racontez tout cela à votre mari, vous le mettrez en danger. Il ne doit en aucun cas compromettre le procès, et il le fera s'il connaît la vérité. Nous nous efforcerons d'obtenir aux accusés un verdict clément. Mais encore une fois, je le répète : il n'y a là-dedans rien de personnel, seule compte la sécurité de notre pays.

Sur ce, Iain héla un taxi qui s'approchait, il y monta et disparut.

Effarée, Louisa rentra à pied. Elle avait tout risqué : son mariage, sa carrière, son estime de soi, pour servir les Mitford, mais surtout Iain et son pays. Elle croyait pouvoir tenir le coup, mais elle n'en était pas capable. Elle était profondément troublée par l'insensibilité de Iain, la désinvolture avec laquelle on traitait des personnes innocentes, tout cela dans un but aussi incertain, tandis qu'on laissait libres les vrais criminels. Le trottoir sur lequel elle marchait lui semblait mou comme une éponge, elle avait du mal à respirer et sentait son sang bouillonner dans ses veines. Elle n'avait plus qu'une envie, aller se terrer dans un coin sombre, mais le soleil brillait avec une parfaite insouciance. Cette douleur durerait, elle le savait, et elle serait seule pour y faire face. Quand enfin elle en émergerait, elle ne pouvait qu'espérer contre toute attente que son Guy chéri serait encore là.

62

Durant les semaines qui suivirent leur retour à Londres, Guy et Louisa furent très occupés chacun de leur côté par les retombées compliquées des événements survenus sur le *Princess Alice*. Guy était plongé jusqu'au cou dans l'affaire et les préparatifs du procès, tandis que Louisa se débattait entre l'envie qui la tenaillait de confier à son mari le rôle qu'elle avait joué et tout ce qu'elle savait, et le risque très réel de les mettre tous deux en danger, sous la menace de forces dont elle connaissait à présent la noirceur.

Elle reprit sa formation de sténographe et retrouva le quotidien et la routine de sa vie d'avant comme si rien n'avait changé, en cherchant désespérément un réconfort dans cette monotonie répétitive. Mais la crainte de ne jamais pouvoir revenir à la normale s'accrochait à elle comme une toile d'araignée.

Ils se voyaient tous les jours, se couchaient ensemble tous les soirs, mais s'ils restaient cordiaux l'un envers l'autre, ils ne parvenaient jamais à se regarder dans les yeux. Au dîner, Louisa s'asseyait à table en face de Guy et il lui manquait cruellement, alors même qu'elle pouvait le voir et le toucher. Elle savait que c'était à elle de reconstruire le pont qui les unissait et elle était résolue à le faire dans la solitude, pierre par pierre.

Dans la nuit, Louisa sentit l'air froid et fourra sa tête dans le creux, entre les omoplates de Guy. Elle étira ses jambes en les collant contre les siennes et glissa la main sur sa poitrine pour la poser à plat, là où elle pouvait sentir battre son cœur. Il bougea un peu pour mieux l'accueillir dans la tiédeur de son corps.

Pierre par pierre.

63

24 mai 1935

Malgré son décor peu reluisant, le Red Lion était bondé, comme toujours, grâce à l'affluence des familles de prévenus, des journalistes et des corps de métier qui fréquentaient le palais de justice. Plusieurs membres de la famille Mitford y étaient réunis pendant la pause-déjeuner. Il s'était passé beaucoup de choses depuis la dernière fois que Louisa les avait vus tous ensemble : Pamela s'était fiancée, et Nancy avait épousé Peter Rodd, un homme qu'elle avait rencontré quelques mois après que Hamish eut rompu des fiançailles qui avaient duré cinq ans.

— Comment appellerait-on un groupe de Mitford ? Un troupeau ? Une meute ? demanda Nancy, un verre de sherry à la main, très chic dans une veste pied-de-poule noir et blanc cintrée à la taille.

— Un essaim d'abeilles, répondit Tom en buvant une longue lampée de bière. Dards qui piquent et miel qui régale. Mais n'allez pas me demander qui en est la reine.

Tom ne faisait que passer, car il restait encore à préparer les contre-interrogatoires de l'après-midi.

— Moi, je suis une abeille ouvrière, affirma résolument Pamela avant de mordre dans un grand sandwich au fromage, avec supplément de cornichons.

Ces trois-là prenaient plaisir à ce genre de facéties, et Louisa les connaissait depuis assez longtemps pour ne pas en être gênée, mais elle sentit Guy s'impatienter à ses côtés. Aujourd'hui, Diana serait appelée à la barre comme témoin, et ses sœurs étaient censément là pour la soutenir ; hormis Jessica, qui n'était décidément pas « sur la même longueur d'onde » que Diana, et Deborah, que ses parents n'avaient pas autorisée à venir. Unity serait la seule à soutenir sans réserve le témoignage de Diana. Pamela et Nancy ne cachaient plus leur aversion pour sir Oswald Mosley, même si Pamela se montrait plus diplomate que son aînée. Malgré ce qu'elles avaient déclaré à leurs parents, Nancy et Pamela étaient là uniquement pour leur frère Tom, qui se retrouvait au centre de ce procès sensationnel. C'était pour lui à la fois un défi et une épreuve supposant une foule d'exigences. Même s'il n'y jouait qu'un rôle relativement mineur, il fallait tout passer au crible et ne rien négliger : déclarations, preuves, témoignages. Certes il revenait à Me Manners, qui assurait la défense d'Ella, d'occuper le devant de la scène en menant des contre-interrogatoires incisifs et de brillantes plaidoiries, mais à cet égard, il devait pouvoir compter sur ses assistants pour lui fournir des notes et des informations irréprochables.

Toutes ses sœurs adoraient Tom, et leur présence en ce jour devait en principe le conforter. Telle était du moins la lecture que Louisa faisait de la situation. Pourtant, lorsqu'il était enfant, il avait paru content d'échapper un peu à leur emprise ; durant son internat, il leur écrivait des lettres qui suscitaient leur envie, où il décrivait son existence sans contrainte, les longues promenades avec ses camarades d'école pour fumer une cigarette en cachette, les saucisses au petit déjeuner, les batailles d'oreillers dans les dortoirs. Avait-il vraiment souhaité la présence de ses sœurs à ce procès, ou ne lui avaient-elles pas laissé le choix ? La question restait posée.

Présentement, Nancy et Pamela étaient assises à une table et Diana et Unity à une autre, au fond de la salle. Louisa et Guy avaient d'abord été invités à la table de l'inspecteur principal Stiles, mais ce dernier avait dû s'éclipser rapidement pour regagner le poste de Knightsbridge. À présent qu'elle était assise autour d'une table ronde avec Nancy et Pamela, Louisa savait qu'elle aurait dû aller saluer Diana et Unity, mais elle n'en avait guère envie. Au cours des deux dernières années, elle ne les avait quasiment pas revues.

Avant l'arrivée de Tom, Nancy avait mis Louisa au courant des derniers petits drames survenus chez les Mitford.

— Diana ne me parle plus depuis la publication de *Wigs on the Green*[1], et Unity, en chien fidèle, est aussi fâchée contre moi. Elles sont incapables de relativiser et n'ont aucun humour. Vraiment, elles sont devenues d'un provincial ! Diana prétend parler couramment l'allemand. Et savez-vous que Unity a rencontré Hitler, il y a quelques mois ?

Que répondre à cela ? se dit Louisa, qui se contenta de hausser les sourcils.

---

1. Roman paru en 1935, et dans la traduction française, sous le titre *Charivari*, en 2011. *(N.d.l.T.)*

— Elle l'a littéralement traqué, raconta Nancy. Heure après heure, jour après jour, elle s'est assise dans un petit café sinistre qui était son repaire habituel, jusqu'à ce qu'il finisse par la remarquer et l'invite à déjeuner. Vous vous rendez compte ? J'en suis écœurée, s'indigna Nancy sans prendre la peine de baisser le ton. Ensuite, elle a écrit à Farve qu'elle était si heureuse que mourir lui serait bien égal.

Pamela, à présent fiancée à Derek Jackson, un scientifique – Debo était également folle de lui, d'après Nancy, et s'était évanouie en apprenant la nouvelle – fit signe à sa sœur de parler plus bas.

— Pas question, répondit son aînée, qui continua de plus belle. Ces deux pestes ont prétendu que Tom était de leur côté, alors qu'il a trouvé Hitler terriblement ordinaire. À mon avis, il a baratiné Diana pour lui faire plaisir, parce qu'elle a pour amies des beautés qu'il voudrait bien amener dans son lit.

Louisa n'irait certainement pas demander à Tom de prendre parti, car elle se doutait qu'il avait surtout à cœur de rendre toutes ses sœurs heureuses, dans un souci d'apaisement.

— Serait-ce le mariage qui te fait tenir des propos aussi choquants ? demanda Pamela. J'espère qu'il n'aura pas cet effet sur moi.

— J'espère bien que si, répliqua Nancy.

Ce fut alors que Tom arriva, au moment où Guy apportait les boissons à la table.

— Puis-je vous offrir une bière ? lui proposa-t-il.

Louisa se réjouissait de voir son mari aussi à l'aise avec l'un des Mitford. L'affaire avait mis Guy et Tom sur un pied d'égalité.

— Merci, dit Tom en rapprochant un tabouret. Où sont Diana et Unity ?

— Dans l'un des box, au fond, répondit Nancy. Elles font mine de se préparer pour le contre-interrogatoire de Diana.

— Comment ça, elles font mine ? s'enquit Tom en haussant les sourcils d'un air amusé.

— Quel soulagement de ne pas avoir à leur parler, répondit Nancy. C'est tellement pénible, depuis Noël.

— Tu n'as à t'en prendre qu'à toi-même, rétorqua Pamela en faisant signe à la serveuse qui lui apportait son sandwich.

— Non. C'est de leur faute, si elles se sont acoquinées avec ces sales brutes, déclara Nancy. Peter et moi sommes allés au rassemblement de la BUF à l'Olympia, l'été dernier…, commença-t-elle en s'adressant à Louisa, laissant délibérément sa phrase en suspens.

Tous les journaux avaient dénoncé avec force la violence dont les Blackshirts avaient usé contre les antifascistes venus ce soir-là pour perturber le discours de Mosley ; même le *Daily Mail* avait par la suite cessé de soutenir sir Oswald.

— Après ça, reprit Nancy, je n'ai plus eu aucune sympathie pour elle. Je ne comprends pas comment elle peut rester aussi aveugle.

— Depuis toujours, Mosley est un horrible personnage, acquiesça Pamela, qui avait gardé sa tenue habituelle de campagnarde, une jupe et une veste en tweed, bien qu'elle ait récemment quitté la ferme laitière de Bryan Guinness à Biddesden, où elle avait longtemps travaillé.

Guy revint à la table pour la deuxième fois en

apportant la bière de Tom. Une fois assis, il leva son verre à leur santé à tous. Nancy ne répondit pas à son geste, dont Louisa savait qu'elle le trouvait trop commun.

Et c'était à ce moment-là que Nancy avait posé d'un ton facétieux sa question sur le nom à donner à la tribu Mitford, peut-être pour détendre l'atmosphère.

— À votre avis, comment cela se passe-t-il ? demanda Guy à Tom, quand on eut épuisé la plaisanterie.

— C'est difficile à dire. À l'époque, les deux accusés avaient plaidé coupable, et voilà qu'aujourd'hui, ils plaident chacun non coupable. Nous savions depuis le début que ce serait ardu, et les tactiques de l'accusation ont été difficiles à prévoir.

— Étant donné les preuves que détient la partie adverse, vous voulez dire, remarqua Guy, puis il avala une autre gorgée de bière qu'il sentit couler dans son estomac comme de l'eau dans une baignoire vide. Chacun a avoué, puis chacun a nié. Nous savons qu'au moins l'un d'entre eux ment, si ce n'est les deux.

— Ou bien quelqu'un d'autre connaît la vérité, objecta Tom.

Louisa releva la tête. Se pourrait-il qu'ils aient deviné ? Hélas ! non, sûrement pas.

— En fin de compte, ce sera aux jurés de décider. La sympathie du public va à Jim, mais comment savoir si cela aura une influence sur le jury ? s'interrogea Tom.

— Ses membres ne sont pas autorisés à lire les journaux ni à discuter de l'affaire, n'est-ce pas ? demanda Pamela.

— Non, mais ce sont des humains comme les autres. Or on en parle partout et en tous lieux. Il suffit de prendre le bus pour entendre des ragots sur l'affaire, déclara Guy.

— Je devrais essayer, un jour, dit Nancy. De prendre le bus, je veux dire, ajouta-t-elle en guettant les réactions autour de la table. C'était une blague. Je prends le bus tout le temps. Mais je dois dire que c'est assez agréable, de pouvoir me payer un taxi de temps en temps, maintenant que les livres marchent bien.

— Bravo, sœurette ! la félicita Tom. Bon, je ferais mieux d'aller dire bonjour aux autres avant d'y retourner.

— Jim Evans va-t-il venir à la barre ? s'empressa de lui demander Guy.

— Non. À mon avis, il ne supporte pas d'être scruté par tout ce monde. C'est un drôle de gars, d'après ce que j'ai pu en voir. Ses déclarations ont changé plusieurs fois au cours des deux dernières années… Je me doute que vous êtes au courant… Et on nous a appris ce matin que son avocat a invoqué pour sa défense qu'il avait pris de la cocaïne avant l'agression et que cela l'avait rendu fou. Incroyable, non ? Ils espèrent un verdict de culpabilité assorti de non-responsabilité pour cause de troubles mentaux… Je me demande parfois s'il n'est pas innocent et cherche ainsi à protéger Mme Fowler, ajouta-t-il d'un air pensif, comme se parlant à lui-même.

— Sans parler de ses deux garçons, renchérit Nancy. Pauvres petits. Un père au Canada, un autre mort, et leur mère qui risque d'être exécutée.

— Il faut que justice soit faite. Si c'est elle qui l'a tué, ce dont je suis certain, alors elle doit être punie pour son crime, intervint Guy en rougissant un peu de s'être ainsi échauffé.

— Bien sûr, vous avez raison, convint Tom. Et je ne suis qu'un avocat subalterne dans cette affaire. N'empêche, cela me fait un drôle d'effet. Peut-être que quelqu'un d'autre a commis ce crime.

— Nous avons fait un travail minutieux, dit Guy, sur la défensive. Les preuves sont là pour les faire condamner, et ils le seront.

Tom hocha la tête, leur dit au revoir, et se dirigea vers le fond de la salle, pour saluer ses autres sœurs.

Tenue au silence, Louisa n'avait pu intervenir. Deux personnes allaient être condamnées à mort pour un crime qu'aucune d'elles n'avait commis, et elle ne pouvait rien faire pour l'empêcher.

64

24 mai 1935
Old Bailey, salle d'audience numéro 1

En ce quatrième jour de procès, comme depuis le début de la semaine, la salle d'audience était à son comble, mais Guy sentait l'air vibrer d'une sorte de fébrilité avide : Mme Diana Guinness allait être appelée à la barre des témoins.

Malgré son manque d'intérêt pour tout ce qui touchait au style vestimentaire, Guy dut admettre que Diana avait su choisir la tenue parfaitement adaptée aux circonstances. Elle portait une longue jupe noire et un haut en soie blanche peu décolleté, avec une large ceinture foncée. Ses cheveux d'un blond miel, séparés par une raie sur le côté, s'ourlaient juste sous les oreilles. Bien droite, l'air grave, les lèvres entrouvertes, Diana attendait qu'on lui apporte la Bible sur laquelle elle devrait prêter serment.

— Madame Guinness, commença Me Burton-Lands, qui s'était levé de son banc, en souriant à son témoin vedette. Pouvez-vous confirmer où vous vous trouviez le 18 juin 1933 ?

— J'étais à bord du *Princess Alice*, répondit Diana d'une voix ferme et confiante.

Elle ne jouait pas pour la galerie, mais s'assurait de bien se faire entendre des jurés.

— Vous décririez-vous comme une amie de l'accusée, Mme Fowler ?

— Une connaissance, plutôt. Une croisière favorise souvent des liens d'amitié qui ne se noueraient pas sur la terre ferme, nuança Diana, et Me Burton-Lands commenta cette phrase par un petit rire obséquieux. Je ne l'avais jamais rencontrée auparavant, poursuivit-elle. Je crois que le capitaine Schmitt nous a présentées lors de l'apéritif qu'il a donné le premier soir.

— Quelles furent vos impressions ?

— C'était une belle femme au passé mouvementé. J'avais de la sympathie pour elle. L'une comme l'autre, nous avions été l'objet de sarcasmes pour avoir choisi de suivre les inclinations de notre cœur.

Guy en fut surpris. C'était inhabituel chez Diana de montrer ainsi sa vulnérabilité.

— À vos yeux, était-elle une personne digne de confiance ?

— Objection ! intervint Me Manners en se levant. On fait appel à la subjectivité du témoin.

— Objection retenue, décréta le juge, puis il agita un stylo en direction de Burton-Lands. Continuez.

— Quand avez-vous appris pour la première fois que M. Fowler avait été attaqué ? demanda l'avocat de l'accusation, sans se laisser démonter.

— Mme Fowler m'a téléphoné aux environs d'une heure du matin. Elle était dans tous ses états, comme si elle avait pleuré, et elle m'a demandé de venir sur-le-champ la rejoindre dans sa cabine.

— Vous a-t-elle dit pourquoi ?

— Non, mais sa détresse était manifeste. J'étais au lit, mais je suis descendue quelques minutes plus tard, en robe de chambre et en pantoufles.

— Sa cabine était-elle proche de la vôtre ?

— Oui, dans le même couloir que la mienne, confirma Diana. Je n'y étais encore jamais allée, mais elle m'a donné le numéro.

— Qu'avez-vous vu quand vous y êtes entrée ?

Diana changea de position pour que le jury puisse mieux la voir.

— C'était… effroyable, commença-t-elle, et à son expression, on aurait dit qu'elle venait juste de découvrir la scène qu'elle évoquait à présent. Mme Fowler arpentait la pièce un verre à la main en criant, l'air très excitée. Une femme de ménage frottait la moquette à genoux. Quant à M. Fowler, il était assis dans un fauteuil, mais en partie dissimulé par le médecin qui s'occupait de lui et me bloquait la vue. Quand le médecin s'est redressé, j'ai vu…

— Prenez votre temps, madame Guinness, lui dit Me Burton-Lands d'un ton apaisant.

— Il y avait plein de sang. Les yeux de M. Fowler étaient fermés. J'ai pensé qu'il était peut-être mort, et je suis aussitôt repartie.

— Qu'avez-vous fait ensuite ?

— Je suis retournée dans ma cabine et j'ai téléphoné à ma femme de chambre, Louisa Sullivan. Je savais que son mari était à bord depuis peu et qu'il était policier. Je leur ai demandé de venir me voir tous les deux.

— Dans quel but ?

Diana posa une main gantée sur la barre, comme pour assurer son équilibre.

— J'étais sous le choc, bouleversée par ce que j'avais vu. J'avais besoin du soutien de ma femme de chambre. Et je me doutais que l'inspecteur Sullivan serait appelé sur les lieux du drame. Personne d'autre à bord n'était au courant de sa présence, mais j'ai pensé qu'il pourrait être utile.

— Ce qui était bien vu, commenta l'avocat en tirant sur le col de sa robe, puis il jeta un coup d'œil à une feuille de papier. J'aimerais vous interroger sur un événement antérieur à cette nuit-là. La veille, en fait, lorsque le *Princess Alice* avait accosté à Livourne. Lors de cette escale, vous aviez convenu d'une sortie avec Mme Fowler ?

— Oui, Mme Fowler et moi-même, avec ma mère, lady Redesdale, et ma sœur, Mlle Unity Mitford, avions prévu de déjeuner ensemble dans un café de la ville.

— Pourquoi cela a-t-il changé ?

— Quand nous sommes entrées dans le café, nous avons vu que son mari s'y trouvait déjà, en compagnie de sir Clive Montague. En les voyant là, Mme Fowler nous a dit qu'elle ne pouvait rester, car elle venait de se rappeler qu'elle devait acheter des jouets pour ses enfants.

— C'est ce qu'elle a fait ?

— Peut-être, répondit Diana d'un air hautain, mais quand nous l'avons revue, elle était avec Jim Evans. Il portait plusieurs sacs de courses et était habillé de neuf, semblait-il.

— Avez-vous parlé à Mme Fowler ?

— Brièvement. Elle nous a expliqué qu'elle avait fait des achats pour M. Fowler et que M. Evans l'avait aidée parce qu'il était de la même taille que son époux.

Me Burton-Lands prit une feuille de papier et la consulta.

— Si je ne me trompe, M. Fowler mesurait 1,85 mètre, déclara-t-il, et aussitôt, tous les présents se tournèrent pour regarder Jim Evans, assis sur le banc des accusés. Or M. Evans mesure 1,75 mètre.

— J'en ai tiré mes propres conclusions, acquiesça Diana.

— Que vous feriez mieux de garder pour vous dans une salle d'audience, intervint le juge. Je rappelle au témoin que nous ne prenons en compte que des faits et des preuves.

Si seulement, songea Guy.

— Plus tard, de retour à bord, que s'est-il passé ?

— Juste avant le dîner, la plupart des passagers de première classe se retrouvaient au Blue Bar, répondit Diana. Une bagarre a éclaté entre M. Fowler et M. Evans. Elle s'est rapidement terminée, grâce à l'intervention de l'inspecteur Sullivan.

— A-t-on donné une explication sur ce qui avait déclenché cette bagarre ? demanda l'avocat.

— Quelques minutes plus tôt, M. Fowler nous avait croisées, Mme Fowler et moi-même, alors que nous nous donnions le bras. Il nous a séparées en lui serrant le bras avec brusquerie. Je pense qu'il croyait qu'elle s'apprêtait à aller dîner sans lui. M. Evans est intervenu.

— Alors que les gens s'en allaient, vous avez entendu M. Evans dire quelque chose ? suggéra Burton-Lands, puis il jeta un coup d'œil aux jurés pour vérifier qu'ils écoutaient attentivement.

— Oui. Il a marmonné quelque chose à voix basse, pour lui-même, mais comme au même instant, je passais devant lui, je suis certaine d'avoir bien entendu. Sur le moment, je n'ai pas pris la chose au sérieux, dit Diana. Je le regrette maintenant. J'aurais probablement dû.

— Pouvez-vous dire à la cour ce que vous avez entendu ?

Diana prit une longue inspiration avant de répondre.

— M. Evans a dit : « La prochaine fois, je lui réglerai son compte. »

— Merci, madame Guinness. Vous avez été très utile. Pas d'autres questions, Votre Honneur.

THE LONDON GAZETTE
Samedi 8 juin 1935

«MON ARRÊT DE MORT» – MME FOWLER

Mme Ella Fowler a rédigé un mot avant de mourir, dans lequel elle révélait qu'elle mettait fin à ses jours après avoir pris conscience qu'elle ne pourrait pas aider son amant, Jim Evans. *C'est ce qui a signé mon arrêt de mort*, a-t-elle écrit.

Le coroner (M. R. A. Silversea) a lu les lettres – dans lesquelles elle confiait l'angoisse qu'elle éprouvait depuis le procès – lors de l'enquête qui s'est déroulée hier. Un verdict de suicide commis lors d'une crise de démence a été établi.

À 15 h 37, le vendredi 31 mai, Mme Fowler apprenait les deux verdicts prononcés à Old Bailey, dont l'un la délivrait de l'ombre de la mort et l'autre envoyait l'homme qu'elle aimait dans la cellule des condamnés, à la prison de Pentonville.

Et ce fut hier, à 15 h 37, que le verdict de suicide fut rendu, clôturant enfin l'histoire tempétueuse de sa vie et de sa mort.

L'une des dernières lettres de Mme Fowler fut écrite sur la rive du fleuve, quelques minutes avant qu'elle ne se poignarde le cœur. Elle avait griffonné son dernier adieu au dos d'une enveloppe, et elle y décrivait la beauté du monde et des fleurs du printemps.

Ce doit être plus facile d'être pendu, ajoutait la lettre, *que d'avoir à faire le travail soi-même.*

Une autre lettre révélait comment elle avait tenté de se jeter sous un train à Oxford Circus, puis sous un bus, mais y avait renoncé, ces lieux étant trop fréquentés.

Il n'y avait qu'un petit groupe de témoins ainsi que le jury pour représenter le public, lors de ce dernier acte de la tragédie du *Princess Alice*. L'enquête n'a duré que vingt-cinq minutes.

Le Dr Julian Bertrand, le médecin qui a effectué l'autopsie, a déclaré que la victime avait reçu six coups de couteau dans la poitrine, dont trois avaient atteint le cœur. Selon lui, la mort est due à une hémorragie consécutive à des blessures auto-infligées par une lame affûtée et pointue, et Mme Fowler est morte avant d'entrer dans l'eau.

Mlle Blythe North, femme de chambre au service de Mme Fowler sur le *Princess Alice*, a prêté serment d'une voix à peine audible. Elle a identifié le sac à main et l'écriture de Mme Fowler. Après qu'elle eut terminé sa déposition, le coroner l'a autorisée à quitter la salle d'audience.

LA PÉTITION EN FAVEUR D'EVANS

Un comité d'éminents citoyens de Southampton s'est fondé hier pour aider à l'organisation de la distribution de formulaires pour la pétition demandant la grâce de Jim Albert Evans, le steward de navire de vingt-deux ans qui est condamné à mort pour le meurtre de M. S. F. Fowler commis sur le *Princess Alice*.

M. H. S. Staines, député du Hampshire pour la

circonscription où se trouve le domicile d'Evans, a proposé de porter officiellement l'affaire devant le ministre de l'Intérieur.

Des tables où l'on peut signer la pétition sont actuellement placées en divers endroits des rues de Southampton. Les maisons de commerce apportent leur concours, et des membres de leur personnel sont allés hier démarcher de maison en maison avec des formulaires de pétition durant leur pause-déjeuner.

65

Louisa reposa le journal sur la table du petit déjeuner. Ainsi c'était terminé. Joseph Fowler avait été assassiné et Ella s'était suicidée d'une horrible façon, laissant derrière elle ses deux garçons. Jim avait échappé de peu à la pendaison, mais il purgerait une peine de prison à vie pour un crime qu'il n'avait pas commis. Jim croyait qu'Ella avait commis cet acte pour se défendre d'un mari tyrannique, et il avait voulu la protéger, ainsi que ses enfants, d'une condamnation à mort ignominieuse. Dorénavant, il perdrait sa jeunesse puis sa maturité dans une institution pénitentiaire qui le recracherait à la fin de sa longue peine comme un rejet de la société, un homme sans aucune chance de construire une vie heureuse.

Blythe North s'en était bien sortie : elle avait envoyé une carte postale à Louisa pour lui dire qu'elle jouerait dans une pièce à Covent Garden le mois prochain et qu'elle laisserait deux billets à son nom au guichet. Louisa ne comptait pas s'y rendre.

Sir Clive Montague avait été traqué par un journaliste et, même si l'essentiel de ses réponses se bornait à un « sans commentaires », l'article laissait entendre qu'il s'était retiré dans sa maison de campagne. Louisa espérait qu'il y trouverait la paix.

Depuis son mariage avec Peter Rodd, Nancy s'était radoucie. Elle écrivait assez souvent à Louisa en lui confiant les derniers potins sur la famille. Dans une lettre récente, elle peignait une Unity s'adressant à une foule de deux cent mille Allemands lors d'un festival qui s'était déroulé en plein été près de Heidelberg, et rapportait que sa cadette avait accepté un poste de correspondante à Londres pour *Der Stürmer*. Nancy ajoutait que Unity écrivait fréquemment à toute la famille, y compris à Jessica, en leur décrivant par petites touches amusantes sa vie à Munich et en signant toujours : *Heil Hitler* et *avec toute mon affection*.

Diana avait rompu tout contact avec Louisa, qui en éprouvait du soulagement. Elle avait entendu dire que la relation de Diana avec Mosley était plus forte que jamais, n'ayant d'égale que leur foi en la cause du fascisme. D'après Nancy, Jessica avait embrassé le communisme avec la même ferveur. Louisa souriait en songeant aux Noëls à Swinbrook. Il devait y avoir de l'animation, mais les disputes enragées n'avaient jamais fait peur aux enfants de lord et lady Redesdale.

Deborah, la plus jeune, avait si mal vécu d'être mise en pension à la fin de l'année dernière qu'au bout de seulement deux nuits, malheureuse comme les pierres, elle était rentrée à la maison. Selon Nancy, elle y vivait heureuse, et faisait de longues balades à cheval sans jamais se soucier de choses aussi casse-pieds que des tables de multiplication ou des cartes de géographie.

Restait donc Tom. Après le succès obtenu par l'avocat de la défense lors du procès, il avait été récompensé de sa participation en se voyant confier une affaire à lui. Mais aurait-il le temps de s'y consacrer, alors qu'il vivait une liaison passionnée avec une belle danseuse autrichienne ? disait la lettre de Nancy. *Entre passer du temps dans un cabinet d'avocats ou une chambre à coucher, nous savons toutes où ira sa préférence.*

Et Louisa et Guy, où en étaient-ils ? Ils auraient bientôt leur premier enfant ; à cette idée, Louisa était comme éblouie de bonheur par une clarté soudaine qui la prenait au dépourvu. Pourtant, le rôle qu'elle avait joué malgré elle dans le procès menaçait parfois d'assombrir ce bonheur. À présent que le procès était pour de bon derrière eux, elle pourrait enfin dire la vérité à Guy.

Oui. Aujourd'hui, quand Guy rentrerait à la maison, elle lui dirait tout. L'affaire étant close, et Jim sauvé de la pendaison, elle se sentait enfin libre de rompre son serment envers le gouvernement britannique sans faire courir de danger ni à elle ni à son époux. Guy pourrait démissionner de la police, s'il partageait sa fureur contre des institutions qui sacrifiaient des vies innocentes en protégeant celles des coupables. Mais elle ne se faisait pas de soucis pour lui. En fait, elle avait déjà un plan. Un bureau quelque part, peut-être au-dessus d'un magasin, d'une discrète élégance, avec leurs noms sur la porte : *Guy et Louisa Sullivan, Agence de détectives privés*.

Cela viendrait en son temps. Pour l'heure, Louisa posa la main sur son ventre et sentit la vie remuer, palpiter et frémir en elle tel un foulard de soie dans le vent.

POSTFACE / NOTICE HISTORIQUE

Avertissement : n'allez surtout pas lire cette notice avant d'avoir terminé le roman, cela vous gâcherait le plaisir. À moins que vous ne vouliez savoir ce qui se passe…

Toutes les conversations de ce livre relèvent de la pure fiction. Cependant, certains éléments de l'intrigue sont tirés d'événements réels.

Le procès pour meurtre d'Ella Fowler et de Jim Evans s'inspire du procès pour meurtre d'Alma Rattenbury et de George Stoner, qui a effectivement eu lieu. Certains des contre-interrogatoires du roman (ceux du médecin et d'Ella) suivent de près les dépositions des personnes qui leur correspondent dans la réalité, que j'ai pu consulter grâce aux archives de la presse anglaise, the British Newspaper Archive. Alma Rattenbury et George Stoner, son amant (qui était employé par les Rattenbury comme chauffeur), ont été accusés du meurtre de Francis, le mari d'Alma, en 1935. Au cours du procès, Stoner fut reconnu coupable et condamné à mort, mais pour l'opinion publique, c'était Alma qui avait planifié le meurtre. La façon dont elle fut traitée lors du procès fut critiquée à l'époque. Elle se suicida peu après, croyant que son amant allait être exécuté. Lors de l'enterrement d'Alma, la police dut intervenir pour contrôler la foule de plus de trois mille personnes qui essayait d'y assister ; des femmes grimpaient sur les pierres tombales pour avoir une meilleure vue. Au cimetière, des signatures furent recueillies pour une pétition visant à commuer la peine de Stoner, qui fut couronnée de succès. Plus de trois cent mille signatures furent présentées au ministre de l'Intérieur et la peine fut commuée en travaux forcés à perpétuité. Stoner fut libéré de prison en 1942 et il mourut à l'âge de quatre-vingt-trois ans, le jour même du soixante-cinquième anniversaire du meurtre de Francis Rattenbury.

Tom Mitford a effectivement travaillé, dans une moindre mesure, sur le procès du meurtre de Rattenbury (cf. une note de bas de page dans *The Mitfords: Letters Between Six Sisters*, recueil édité par Charlotte Mosley, p.158), avec l'avocat d'Alma, Me F. J. O'Connor, KC. Le cabinet de Tom était sis au 4 Paper Buildings, dans le Temple, mais sa carrière d'avocat est passée inaperçue. Ses réussites dans ce domaine ont trouvé moins d'écho dans la sphère publique que les épisodes de sa vie amoureuse, notamment sa liaison avec la danseuse et star de cinéma autrichienne Tilly Losch, dont j'ai pu prendre connaissance grâce à l'aimable courtoisie de Margaret Simmons, détentrice des archives de Tilly Losch.

Le personnage de Iain est librement inspiré de Maxwell Knight, le recruteur d'agents le plus important du MI5 avant la guerre. Il était à la tête de la section B5(b), chargée d'infiltrer des agents dans des groupes subversifs, et il a particulièrement bien réussi à pénétrer les mouvements fascistes britanniques. Il engageait volontiers des agentes, qu'il considérait comme plus compétentes que leurs homologues masculins. Pour beaucoup, c'est Maxwell qui a inspiré le personnage de M, dans les romans de James Bond écrits par Ian Fleming.

Le dossier du MI5 sur Diana fut ouvert le 26 septembre 1934 ; j'ai donc pris la liberté d'avancer cette date d'un peu plus d'un an. Le dossier sur sir Oswald Mosley, en revanche, fut ouvert en 1933, par un rapport de l'agent de police Edward Pierpoint, qui avait assisté à une réunion publique fasciste à Manchester.

La troisième branche du MI5, dans laquelle les agents sont autorisés à commettre des actes illégaux, m'a servi de base pour le meurtre de Joseph par Wolfgang et sa dissimulation ultérieure par Iain.

La fortune de Wolfgang von Bohlen et de sa famille s'inspire de celle de la famille Krupp et de l'argent qu'elle a gagné grâce au soutien des nazis après 1933 (et, plus tard, pour avoir utilisé une main-d'œuvre d'esclaves durant la Shoah). Leurs aciéries étaient au centre du programme secret de réarmement de Hitler, leurs employés passant de 35 000 à 112 000. En 1933, Hitler nomma Gustav Krupp, le seul Allemand à avoir été accusé de crimes de guerre durant les deux guerres, président de la Fédération des industries allemandes du Reich. Les Juifs furent exclus de la compagnie, le conseil d'administration fut dissous et Krupp en devint le seul décideur. (Le personnage de Wolfgang et son rôle dans le meurtre de Joseph sont totalement fictifs.)

La mission de Wolfgang en tant qu'agent secret au service des Britanniques ne s'inspire d'aucun membre de la famille Krupp, mais il y eut un Wolfgang Gans zu Putlitz, qui était le premier secrétaire en charge de la section consulaire de l'ambassade d'Allemagne à Londres, où il fut nommé en 1934. Membre du parti nazi et des SS, il était effectivement un agent du MI5. Il n'a cessé d'avertir le gouvernement britannique sur le fait que chercher la conciliation avec Hitler et ses projets apparemment pacifiques conduirait inévitablement, et rapidement, à la guerre.

Pour celles et ceux qui se demandent si le reste du monde s'alarma de l'ascension de Hitler dès 1933, le boycott nazi des entreprises et des produits juifs battait son plein en mars 1933, et il fut autorisé officiellement par Goebbels et le gouvernement à partir du 1er avril de la même année. Peu après, des meetings eurent lieu à New York, rassemblant plus de mille personnes, pour envisager le boycott des exportations allemandes en réaction à cette politique antijuive. Bref: les gens savaient.

Concernant ce que sir Clive dit à Louisa: en mai 1933, sir Robert Vansittart, sous-secrétaire permanent au Foreign Office, prévenait que: «Le régime actuel en Allemagne déclenchera une autre guerre européenne dès qu'il se sentira assez fort… Nous avons affaire à des brutes épaisses, sans cervelle, qui n'ont en tête qu'une chose: s'imposer par la force armée.» Citation figurant dans *The Defence of the Realm: The Authorized History of MI5*, p.195, par Christopher Andrew, qui cite comme source les «Security Service Archives».

La mention de l'organisation de loisirs KdF (*Kraft durch Freude*) est fidèle à la réalité. Traduite par «La force par la joie», elle faisait partie de l'organisation nationale allemande du travail et avait pour mission d'inculquer et de renforcer les idéaux et l'unité nazis en offrant des loisirs et des voyages aux masses allemandes. Ainsi furent proposées des croisières en Méditerranée qui débutèrent en 1934 sur des navires affrétés à partir de ports allemands.

L'idée d'un investissement potentiel de Hitler dans un projet architectural autour du palais de Blenheim est née de la rumeur selon laquelle Hitler avait des vues sur la maison ancestrale du duc de Marlborough pour en faire sa base au Royaume-Uni; il aurait même demandé à la Luftwaffe de ne pas la bombarder.

Sir Oswald Mosley eut effectivement une liaison avec la sœur de sa défunte épouse, Baba, au cours de l'été 1933 (il avait déjà eu une brève liaison avec la troisième sœur, Irène, ainsi qu'avec leur belle-mère, Grace Curzon). Merci à Anne de Courcy pour ces informations, tirées de sa biographie saluée et reconnue, *Diana Mosley*.

Unity Mitford rencontra Hitler dans le café Osteria Bavaria à Munich, en février 1935, et fit ensuite partie de son cercle intime. Son antisémitisme était avoué, et le *Jewish Chronicle* rapporta, en août 1935, qu'elle avait écrit un article en tant que correspondante à Londres de *Der Stürmer*, dans lequel elle déclarait qu'elle pensait avec joie au jour où elle pourrait dire avec autorité qu'on en avait « fini avec eux ». Plus tard, elle eut des petits amis qui étaient dans les SS.

Quant à Diana Guinness, elle finit par épouser sir Oswald Mosley dans le salon de Goebbels, avec Hitler comme témoin, le 6 octobre 1936.

REMERCIEMENTS

Avant tout, je me dois de rendre hommage à Alma Rattenbury, Stephen Rattenbury et George Stoner. On ne peut connaître les méandres de leur vie, seulement la tragédie qui les prit dans son engrenage. J'espère avoir utilisé le cadre de leur affaire avec respect, sans perdre de vue la brutalité dont fut empreint ce meurtre fatal.

Comme toujours, j'ai une dette immense envers celles et ceux qui sont de loin plus intelligents et experts que moi sur le plan historique. Je remercie Charles Cumming, Celestria Noel, Annette Jacot, Michael Gracy et Margaret Simmonds pour leurs connaissances et leur œil aiguisé. Les erreurs qui subsistent sont, bien entendu, entièrement de mon fait.

L'écriture d'un livre n'est qu'une facette de l'ouvrage terminé que vous tenez entre vos mains. Pour m'inspirer et me guider, Ed Wood et Catherine Richards m'ont servi de phares. Rosanna Forte est intervenue en tant qu'éditrice lorsque la Covid-19 a bouleversé le cours des choses et elle a su répondre exactement à ce dont nous avions besoin, le livre et moi-même. Les équipes de Little, Brown et de St Martin's Press sont infatigables, créatives, patientes et excellentes, qu'il s'agisse d'édition, de conception, de marketing ou de vente.

Merci à Stephanie Melrose, Laura Vile, Andy Hine, Kate

Hibbert, Thalia Proctor, Catherine Burke, Charlie King, Sarah Melnyk, Allison Ziegler, Nettie Finn, Helena Doree et Sally Richardson.

J'aimerais également remercier les nombreux(ses) éditeurs-trices, traducteurs-trices, concepteurs-trices et responsables du marketing des éditions étrangères de cette série pour l'enthousiasme et la bonne humeur avec lesquels ils et elles ont fait voyager Louisa et Guy dans le monde entier. Sans oublier les libraires, les blogueurs-ses, les organisateurs-trices de festivals littéraires et, bien sûr, les lecteurs-trices. J'adore avoir de vos nouvelles, que ce soit sur les réseaux sociaux ou par e-mail, dans toutes les langues – continuez comme ça ! Merci encore pour votre attention et votre soutien. Un livre n'existe vraiment que quand quelqu'un le lit, alors je compte sur vous.

Merci à Caroline Michel, Laurie Robertson et à l'équipe de Peters, Fraser & Dunlop pour leurs efforts constants.

J'ai une telle chance d'être protégée et aimée par ma famille, ce qui me permet d'écrire. Que demander de plus ? Je suis comblée. Merci à mes chers Simon, Beatrix, Louis et George. Sans oublier Zola et Benson, bien sûr, qui nous ont toujours montré la meilleure façon de passer une journée de travail (allongés sur le sol du bureau).

Ce livre est écrit à la mémoire de Hope Dellon, une immense stature du monde de l'édition, que j'ai eu l'honneur et la chance d'apprendre à connaître au fil de plusieurs livres et de longs déjeuners. L'amour de Hope pour les livres et les écrivains était à la fois généreux et exigeant, et elle nous laisse un magnifique héritage.

De la même autrice
aux éditions du Masque :

L'Assassin du train, 2018
Le Gang de la Tamise, 2019
Un parfum de scandale, 2020

PAPIER À BASE DE
FIBRES CERTIFIÉES

Le Livre de Poche s'engage pour l'environnement en réduisant l'empreinte carbone de ses livres. Celle de cet exemplaire est de :
400 g éq. CO_2
Rendez-vous sur
www.livredepoche-durable.fr

Composition réalisée par Soft Office

Achevé d'imprimer en mai 2022 en Espagne par
Liberduplex
Dépôt légal 1re publication : juin 2022
LIBRAIRIE GÉNÉRALE FRANÇAISE
21, rue du Montparnasse – 75298 Paris Cedex 06

81/9070/0